LINDA HOLME

Mit Aussicht auf Gl

Weitere Titel der Autorin:

Weil alles jetzt beginnt

LINDA HOLMES

Mit Aussicht auf Glück

Roman

Übersetzung aus dem amerikanischen Englisch von
Alexandra Kranefeld

lübbe

Dieser Titel ist auch als Hörbuch und E-Book erschienen.

Die Bastei Lübbe AG verfolgt eine nachhaltige Buchproduktion.
Wir verwenden Papiere aus nachhaltiger Forstwirtschaft und verzichten darauf, Bücher einzeln in Folie zu verpacken. Wir stellen unsere Bücher in Deutschland und Europa (EU) her und arbeiten mit den Druckereien kontinuierlich an einer positiven Ökobilanz.

MIX
Papier | Fördert gute Waldnutzung
FSC® C014496

Titel der amerikanischen Originalausgabe:
»Flying Solo«

Published in the United States by Ballantine Books,
an imprint of Random House,
a division of Penguin Random House LLC, New York.

Textredaktion: Susanne George, Bergisch Gladbach
Umschlaggestaltung: SO YEAH Design, Gabi Braun
Einband-/Umschlagmotive: © shutterstock.com: korkeng | Vasya Kobelev | Vadym Pasichnyk
Satz: GGP Media GmbH, Pößneck
Gesetzt aus der Arno
Druck und Einband: GGP Media GmbH, Pößneck

Printed in Germany
ISBN 978-3-7857-2843-7

4 2 1 3 5

Sie finden uns im Internet unter luebbe.de
Bitte beachten Sie auch: lesejury.de

Für die Frauen meiner Familie,
für all ihre gelebten Leben

Prolog

Laurie nahm die Finger erst wieder aus den Ohren, als sie aus dem Haus war, und dann auch bloß, um ihr Fahrrad zu holen und die anderthalb Meilen zu Tante Dots Haus zu fahren. Ihre Mutter hatte es erlaubt, nachdem Laurie sich ihren roten Schal um den Hals gebunden und die Handschuhe mit den Schneeflocken darauf angezogen und Dot ihr am Telefon versichert hatte, dass es überhaupt kein Problem wäre.

Die Jungs konnten so schrecklich laut sein, alle vier tobten, schrien, knallten mit den Türen, als gehörte das Haus ihnen, und Laurie hielt es nicht mal mehr in ihrem Zimmer aus. Seit sie zwölf war, durfte sie ganz allein zu Tante Dot fahren, auch nach dem Abendessen, wenn es schon dunkel war.

Als sie bei Dot ankam, ließ sie ihr Rad vor dem Haus ins Gras fallen und lief hinauf zur großen roten Tür. Dot war eigentlich nicht ihre Tante, sondern die Tante ihrer Mutter. Sie war in diesem Haus aufgewachsen und hatte ihr ganzes Leben dort verbracht. Seit ihre Eltern mit ihr aus dem Krankenhaus heimgekommen waren, so erzählte sie es, sei sie immer wieder hierher zurückgekehrt. Laurie drückte auf den Klingelknopf.

Dot kam in Jeans und einem lila Chenillepullover an die Tür, ihre langen grauen Haare hatte sie zu einem Pferdeschwanz zusammengebunden. »Hallo Honeybun«, sagte sie und ließ sie herein.

Laurie mochte den Geruch in Dots Haus. Es roch nach Holz und Lavendelseife und nach Meer, weil es an der Küste von Maine eigentlich überall ein bisschen nach Meer roch. Ein behagliches Feuer prasselte im Kamin, und Laurie zog sich die Handschuhe aus, nahm den Schal ab und legte die Sachen über die Lehne eines Esszimmerstuhls. »Ist das kalt draußen«, sagte sie.

»Ich weiß. Gut, dass du jetzt hier bist, du musst völlig durchgefroren sein.« Dot hatte schon den kleinen Topf mit Milch auf dem Herd stehen, löffelte Schokoladenpulver in zwei Tassen und rührte die dampfende Milch hinein, dann nahm sie die Sprühsahne aus dem Kühlschrank und sagte »Wuuusch«, wie sie es immer machte, wenn sie die turmhohen Sahnehäubchen auf den Kakao zauberte. Laurie legte die Hände um ihre Tasse, als sie zusammen ins Wohnzimmer gingen. »So«, sagte Dot, »deine Mom meinte, es wäre mal wieder ziemlich hoch hergegangen zu Hause.«

Laurie pustete vorsichtig in ihren Kakao und verdrehte die Augen. »Patrick und Scott hatten Streit. Ich weiß nicht, weshalb.« Die beiden waren siebzehn und vierzehn, sie waren Teenager, und Laurie kam es vor wie eine andere Welt. Oft verstand sie überhaupt nicht, wovon sie redeten, ob sie nur Spaß machten oder sich wieder zankten. Sie versuchte daher, sich herauszuhalten. »Und Ryan will herausfinden, was im Haus am meisten Krach macht.« Ryan war der Jüngste.

»Oje.« Dot lachte. »Der Forscherdrang von Achtjährigen kann ziemlich anstrengend sein.«

»Und Joey ist eben Joey.« Sie schaute Dot vielsagend an. »Du weißt, was das bedeutet.« Dot nickte. Joey war zehn und nichts war vor ihm sicher, wirklich gar nichts. Joey musste alles ausprobieren, alles anfassen, alles zerlegen, auf allem herumspringen, alles in den Mund stecken, durch alles hindurchkriechen und sich mit allem Möglichen schmutzig machen.

»Ich habe ja vorhin mit deiner Mutter gesprochen, und wenn du möchtest, kannst du gern hier übernachten. Sie wäre einverstanden, weil morgen keine Schule ist.«

Laurie sprang vom Stuhl hoch und hätte dabei fast den Kakao verschüttet. »Ja!«, rief sie. »Soll ich noch mal nach Hause und meine Sachen holen?«

»Ich kann dir auch was von mir geben.«

Laurie schaute an sich hinab. »Ich bin aber dicker als du«, sagte sie.

Dot lachte schallend. »Bist du nicht«, sagte sie. »Und selbst wenn du es wärst, würden wir schon etwas finden, worin du schlafen kannst. Zur Not kannst du immer noch meinen Bademantel anziehen. Eine Zahnbürste kannst du auch haben, und mehr brauchst du eigentlich nicht, oder?«

Nachdem sie ihren Kakao ausgetrunken hatten, ging Laurie mit nach oben, und Dot suchte in einer Kommode herum, bis sie ein langärmeliges pinkes Shirt zum Vorschein brachte, auf dem NIAGARA FALLS stand. Als Laurie es sich anhielt, reichte es ihr fast bis zu den Knien. »Danke, dass ich kommen durfte«, sagte sie und umarmte Dot, die sie fest an sich drückte und ihr einen Kuss auf die Stirn gab.

»Du weißt, dass du hier jederzeit willkommen bist«, sagte sie.

Laurie breitete das Shirt auf dem Bett aus und setzte sich daneben, während irgendwo im Haus die Heizung ansprang. »Wie still es hier ist«, sagte sie. »Zu Hause kann ich nicht mal in Ruhe lesen – ja, manchmal verstehe ich nicht mal mehr meine eigenen Gedanken.«

»Du hast eine große Familie, eine große und wunderbare Familie, von der du sehr geliebt wirst«, erwiderte Dot. »Und ich weiß, dass du sie auch liebst, sogar deine Brüder.« Sie setzte sich zu Laurie. »Aber du hast recht, sie können schon ein bisschen wild sein. Und laut.«

Laurie lächelte. »Sehr laut.«

Dot hob die Augenbrauen. »Hier sind nur wir beide, hier hast du deine Ruhe. Du kannst morgen ausschlafen, und niemand wird dich stören, außer vielleicht ich, wenn ich Kaffee mache, aber ich versuche, ganz leise zu sein. Wenn du willst, kannst du bis mittags im Bett bleiben oder gleich den ganzen Tag.«

»Ich bin echt neidisch«, meinte Laurie. »Du kannst hier machen, was du willst. Du bist immer allein und brauchst auf niemanden Rücksicht zu nehmen.«

Dot lachte. »Ich bin nicht immer allein.«

»Dann stimmt es also«, stellte Laurie fest. »Mom meinte, du hättest einen Freund.«

»Ach, deine Mutter ist eine alte Tratschtante«, sagte Dot grinsend. »Ich habe viele Freunde, aber mehr verrate ich dir nicht, auch wenn du das gerne hättest.« Sie stand auf und ging zur Tür, wo sie stehen blieb und mit dem Finger über die Wand strich, an der die Farbe schon ein wenig abblätterte. »Ich sollte dieses Zimmer mal wieder streichen«, sagte sie. »Doch, das sollte ich.«

»In welcher Farbe willst du es denn streichen?«, fragte Laurie.

Dot verharrte einen Moment, dann drehte sie sich zu Laurie um. »Was ist deine Lieblingsfarbe?«

»Im Augenblick Goldfisch.«

»Goldfisch? Du meinst Orange?«

Laurie nickte. »Ja, das mag ich total gern. Mom sagt, es würde sie an Makkaroni mit Käse erinnern, aber ich muss dabei immer an Goldfische denken.«

Dot nickte. »Gut, dann nehmen wir Goldfisch.«

Lauries Augen wurden immer größer. »Ehrlich?«

»Natürlich, warum denn nicht?«

»Einfach so?«

»Warum schaust du mich jetzt so an? Es geht doch bloß ums Anstreichen.«

»Schon, aber … Du streichst deine Wände einfach so, wenn du gerade Lust dazu hast? Musst du da nicht erst mal, ich weiß nicht … überlegen? Oder mit irgendjemandem sprechen?«

»Ich spreche doch jetzt mit dir darüber«, erwiderte sie. »Mit wem sollte ich das noch besprechen? Es ist mein Haus, es sind meine Wände. Wenn mir der Sinn danach stünde, könnte ich mir auch eine Tapete mit Zebramuster aussuchen. Oder Sand auf den Boden streuen und mir vorstellen, es sei ein Strand. Da finde ich ein paar Goldfischwände vergleichsweise harmlos.«

Laurie nickte nachdenklich. Das Haus, in dem sie wohnte, gehörte zwar ihren Eltern, aber auf solche Ideen würden die niemals kommen, da war sie sich ziemlich sicher. Auf einmal sah sie alles mit anderen Augen. Sie stellte sich Tapeten mit Zebramuster vor. Sie stellte sich vor, wie sie hier auf dem Bett lag, mit zebragestreiften Wänden und Sand auf dem Boden. Niemand, der einen störte, der herumschrie und mit den Türen schlug, niemand, der einem sagte, wann es Frühstück gab oder dass es schon zu spät sei für Kakao.

Eine Woche später ging Laurie wieder hinüber zu Dot und dann strichen sie das Zimmer, in dem sie übernachtet hatte. Es war ein leuchtendes Orange, und Dot wischte dann noch mit einem dicken Pinsel etwas Rot hinein, um es richtig »goldfischig« zu machen. Am Abend hatte Laurie orange Farbspritzer in den Haaren und auf ihrer Jeans, und sie meinte zu Dot, dass es das beste Zimmer sei, das sie je gesehen habe. Und obwohl ihre Tante noch fast dreißig Jahre in diesem Haus leben und etliche Zimmer streichen und die Böden erneuern sollte und die Küche renovierte und das Bad gleich zweimal, würde dieses Zimmer doch immer das Goldfischzimmer bleiben.

1

Genauso gut hätte sie die Ente auch nicht finden können. Sie hatte ganz zuunterst in der alten Wäschetruhe aus Zedernholz gelegen, und Laurie hätte sie überhaupt nicht bemerkt, wenn sie nicht, anders als die Prinzessin auf der Erbse, alle Decken und Laken einzeln herausgenommen hätte, um zu schauen, ob sich ein besonders schönes Exemplar darunter befand.

Die Ente war aus Holz, maß ungefähr dreißig Zentimeter und lag viel leichter in der Hand als erwartet. Es ließ sich schwer sagen, wie alt sie sein mochte, denn sie befand sich in so tadellosem Zustand, als habe sie seit Jahren unberührt in der Truhe gelegen. Laurie konnte keinen einzigen Kratzer entdecken, die Oberfläche war so glatt gearbeitet, dass sie jeden feinen Pinselstrich des Farbauftrags unter den Fingern spüren konnte. Die Farben leuchteten kräftig: der grüne Kopf, die rotbraun gesprenkelte Brust, ein warmes Senfgelb an den Seiten und das dunkle Blau und Grün der Flügel. Laurie ging damit in den Flur. »Warum«, begann sie, die eine Hand in die Hüfte gestützt und in der anderen die Ente, »sollte eine Frau von dreiundneunzig Jahren diese Holzente in einer Truhe unter drei Häkeldecken und einem Quilt versteckt aufbewahren?«

»Als Krafttier? Oder um damit auf die andere Seite zu gelangen?«, fragte June aus dem Wohnzimmer zurück.

»Es ist mir echt ein Rätsel, allerdings nicht so eins.«

Laurie ging mit der Ente ins Wohnzimmer, wo June sich durch den ersten Schwung Bücher arbeitete. Das ganze Haus war voller Bücher, sie standen dicht an dicht in den hohen Wandregalen oder türmten sich in schwankenden Stapeln auf dem Boden, sodass man immer Sorge hatte, einen umzuwerfen. »Ich nehme an, sie hatte diese Ente aus demselben Grund, weshalb sie auch vier Federboas besaß und ein Autogramm von Steve McQueen.«

»Und der wäre?«

»Sie war dreiundneunzig. Warum sollte sich da nicht auch eine Ente unter ihren Schätzen finden?«

Laurie nahm ihr Telefon, um ein paar Fotos zu machen und ihrer Mutter zu schicken. »Das ist ein wirklich schönes Stück. Ich frage mich, warum sie in der Truhe lag und nicht irgendwo im Haus steht, so wie alles andere auch.«

Überall in Dots Haus fanden sich Erinnerungsstücke, die sich im Laufe eines langen Lebens angesammelt hatten. In mit buntem Stoff bezogenen Schachteln hatte sie Postkarten und Briefe aufbewahrt. Filmrollen, deren vergilbte Etiketten mit Kugelschreiber beschriftet waren, lagerten in Metallwannen, Reisesouvenirs gaben Aufschluss über die wechselnden Phasen ihrer Sammelleidenschaft. Es gab die Eierbecher- und die Löffelphase, später waren es kleine Teller mit handgemalten Landschaften. Sie war in Rom gewesen, in Bangkok, Buenos Aires und Mexico City. Im Sommer 1952 hatte sie mit zwei Freundinnen im Yellowstone-Nationalpark Campingurlaub im Wohnwagen gemacht, 1994 war sie, damals schon über sechzig, allein durch China gereist. Auf einem Foto, das jemand anders gemacht haben musste, sah man sie in heller Jeansjacke mit einem Elton-John-Aufnäher am Ärmel und die grauen Haare locker zusammengebunden auf der Chinesischen Mauer stehen.

Dot hatte praktisch jeden Kurs belegt, der am Community College im Laufe der Jahre angeboten wurde. Sie hatte auch sämtliche Kursverzeichnisse aufgehoben, und die Früchte ihrer kreativen Anstrengungen lagerten in einem der ungenutzten Schlafzimmer: Keramik, Kreuzstichstickerei, Stricken, Häkeln, Sammelalben mit schablonierten Titeln wie »Weihnachten 2003: Arktische Kälte«. Malen, Zeichnen, Kalligrafie, Ketten aus Perlen und Angelschnüren. Ganz unten, unter all den anderen Kisten und Kartons, stand eine große blaue Wanne aus Kunststoff, die mit IN ARBEIT/UNVOLLENDET beschriftet war. Unvollendet würden diese Arbeiten jetzt auch bleiben.

Laurie fand ein kleines Bündel Liebesbriefe von Männern, mit denen Dot über die Jahre zusammen gewesen war: Paul, der Lehrer, John, der Chemiker, Andrew, der Journalist. Ein Brief hatte keinen Umschlag mehr und war nur mit M. unterzeichnet, die Handschrift ließ auf eine Frau schließen. (Und wieder der Gedanke: Sie war dreiundneunzig geworden. Warum sollte sich nicht auch eine Frau unter ihren Liebschaften finden?) Laurie legte die Briefe beiseite, ohne auch nur einen einzigen gelesen zu haben, aus dem einfachen Grund, dass sie selbst es nicht wollen würde, wenn nach ihrem Tod jemand ihre Korrespondenz las. Sie wegzuwerfen wäre ihr aber auch nicht richtig erschienen, weshalb sie sie einfach wieder in den mit PRIVATE BRIEFE beschrifteten Karton zurücklegte und diesen zur Seite stellte.

»Lass uns eine Pause machen«, sagte Laurie zu June und ließ sich mit der ominösen Ente in der Hand auf die Couch fallen. »Ich bin mit ihrem Schmuck durch, und bevor ich mir die Kiste KAMERAS & 8-SPUR-KASSETTEN vornehme, brauche ich dringend eine kleine Stärkung.«

»Kuschel du ruhig ein bisschen mit deiner Ente«, meinte June, stand zwischen den am Boden liegenden Büchern auf und ging hinüber in die Küche. »Möchtest du einen Eistee?«

»Du bist die beste aller besten Freundinnen, habe ich dir das schon gesagt?«

»Laurie, es ist bloß Eistee.«

»Du weißt, was ich meine«, erwiderte Laurie. »Ich mache das jetzt seit gut zehn Tagen. Ich habe überall Katzer an den Händen, und langsam tut mir auch die Schulter weh, frag mich nicht, warum. Aber ich mache es gern, und ich *muss* es tun. Du hingegen bist deshalb hier, weil du einfach ein guter Mensch bist.«

»Du wirst es nicht glauben«, sagte June über das hell klirrende Geräusch der in Gläser fallenden Eiswürfel, »aber wenn du als einzige Angehörige herkommst und dich um alles eigenhändig kümmerst, bist du auch ein guter Mensch.«

Laurie seufzte. »Was hätte ich machen sollen? Ich wollte nicht, dass ihre ganzen Sachen einfach so verschwinden, nur weil sie nicht verheiratet war und keine Kinder hatte. Und außer mir hatte eben niemand Zeit.«

June brachte den Eistee in zwei von Dots hohen Kristallgläsern mit Rautenmuster. »Das verstehe ich nicht. Du hast vier Brüder, und alles bleibt an dir hängen?«, sagte sie und setzte sich zu Laurie. »Trotzdem freue ich mich, mal wieder Zeit mit dir zu verbringen. Ist eben doch was anderes, als immer bloß zu telefonieren, findest du nicht auch? Ich hätte fast vergessen, wie hübsch du bist.«

»Das ist wirklich lieb von dir, auch wenn ich gerade bestimmt furchtbar aussehe, ganz verschwitzt und voller Staub. Ich hatte eigentlich gehofft, dich auf meiner Hochzeit zu sehen, aber da wurde ja nichts draus, wie du weißt. Im Grunde bin ich ganz froh, ein paar Wochen abtauchen und alte Freunde treffen zu können. Außerdem will ich auf gar keinen Fall, dass meine Freunde in Seattle aus Mitleid eine Party zu meinem Vierzigsten schmeißen und mich insgeheim total bedauern, meine letzte Chance vertan zu haben, nicht so eine verschrobene Alte zu werden.«

»Ich bezweifle sehr, dass irgendjemand außer dir selbst das denkt.« June verdrehte die Augen.

»Sag das mal Harry und Sally.«

»Was meinst du damit?«

»Erinnerst du dich an die Szene, wo Sally im Bademantel ist, und Harry schaut bei ihr vorbei, und sie heult sich die Augen aus, weil ihr Exfreund heiratet – du weißt schon, dieser Typ, der Gerald Fords Sohn ist?«

»Das ist der Sohn von Gerald Ford?«

»Ja, ist er. Sie ist richtig fertig deswegen, fängt an zu heulen und jammert: ›Und nicht mehr lang, dann bin ich vierzig!‹ Darauf er: ›Wann genau?‹ Und sie: ›Irgendwann.‹ Das ist die erste Pointe. Die zweite kommt, als er sagt, dass sie doch erst in acht Jahren vierzig wird.«

June schüttelte den Kopf, als Laurie sie erwartungsvoll ansah. »Ich versteh's nicht, worauf willst du hinaus?«

»Der Witz ist natürlich, dass sie allen Ernstes glaubt, für sie wäre der Zug abgefahren, dabei hat sie noch *acht ganze Jahre*. Und glaub mir, wenn du den Film noch mal einen Monat vor deinem Vierzigsten schaust, sieht man diese Szene mit ganz anderen Augen. Ich meine, warum kann er nicht einfach sagen: ›Na und? Vierzig werden wir doch alle früher oder später, und entweder wir sind dann Single, oder wir sind verheiratet, wen interessiert es, und hast du dir schon mal überlegt, dass Gerald Fords Sohn und seine Verlobte auch irgendwann vierzig werden?‹ Ich habe mich immer gefragt, warum er das nicht getan hat.«

June zog eine Augenbraue hoch. »Hast du dich das wirklich schon immer gefragt oder erst in letzter Zeit?«

»Versuch jetzt bitte nicht clever zu sein«, sagte Laurie und sah ihre Freundin mit zusammengekniffenen Augen an. »Ich wollte darauf hinaus, dass sie es nicht so hätten darstellen sollen, als hinge alles nur daran, ob sie die große Liebe findet oder nicht.«

»Na ja, es ist eine Liebeskomödie.«

»Ich weiß. Aber manchmal stelle ich mir vor, wie ich Billy Crystal erzähle, dass ich meine Hochzeit abgeblasen habe, und zu ihm sage: ›Und nicht mehr lang, dann bin ich vierzig!‹, worauf er mich fragt: ›Wann genau?‹ und ich: ›In einem Monat!‹ und er nur: ›Krass.‹« Junes leises, melodisches Lachen zu hören tat so gut. Sie hatten sich viel zu lang nicht mehr gesehen. »Lach nicht, wenn ich mich über Altersdiskriminierung aufrege.«

»Tut mir leid, ich dachte nur gerade ... Nein, es hat nichts mit dir zu tun. Ich meine, du würdest nicht im Bademantel herumsitzen und heulen. Du würdest dir einen Drink genehmigen und dir einen Film anschauen, verstehst du, was ich meine? Meg Ryan war in dem Film Single und deswegen ganz deprimiert. Du bist einfach bloß Single.«

»Stimmt. Ich ärgere mich natürlich, dass wir einen Teil der Anzahlung nicht zurückbekommen haben und wie viel Zeit es mich gekostet hat, alle Geschenke zurückzuschicken, aber dass ich deswegen sonderlich deprimiert wäre, kann ich nicht behaupten.«

»Sei froh. Und überhaupt, niemand hat Billy Crystal um seine Meinung gebeten.«

»Hast du dich eigentlich vor deiner Hochzeit auch so verrückt gemacht mit dem Heiraten?«, fragte Laurie etwas nuschelig, weil sie gerade einen Eiswürfel im Mund hatte.

June hob nachdenklich den Blick, ehe sie Laurie wieder ansah. »Ich glaube nicht. Wegen der Feier habe ich mich schon verrückt gemacht, oder wie das später werden sollte, bei wem wir Weihnachten verbringen würden zum Beispiel oder wie seine Familie es aufnehmen würde, wenn ich meinen Namen behalte. Zu dem Zeitpunkt haben Charlie und ich aber schon einige Jahre zusammengelebt, und ich bin nicht davon ausgegangen, dass sich durch die Heirat etwas Grundlegendes in unserer Beziehung ändern würde.«

»Und, hat sich etwas verändert?«

»Eigentlich nicht. In der ersten Zeit habe ich sogar oft vergessen, dass wir jetzt nicht einfach nur zusammen, sondern verheiratet sind.«

»Ihr seid auch ein tolles Paar. Nachdem ihr euch auf dem College kennengelernt habt, wurde es eigentlich immer nur besser mit euch beiden. Es wirkt alles so leicht bei euch. Weißt du, was ich meine?«

»Oh, das würde ich so nicht sagen. Als wir dann Bethie bekamen, war das schon eine ziemliche Umstellung – für uns beide. Plötzlich war da ein anderer Mensch, der ständig etwas von uns wollte, der heulte, spuckte, schrie. *Das* hat etwas verändert. Und dabei war sie kein anstrengendes Baby. Tommy auch nicht, der war wirklich ganz ruhig und lieb, auch wenn er echt ein kleiner Stinker war. Ich glaube, man wächst da rein, um noch mal auf deine Frage zurückzukommen.«

»Ich hatte die beiden so lange nicht gesehen, dass ich im ersten

Moment dachte, huch, wo kommen jetzt diese Schulkinder her, habt ihr Besuch?«

»Das kenne ich«, erwiderte June lächelnd.

»Sehnst du dich manchmal nach der Zeit zurück, als sie beide noch ganz klein waren? Sie waren so unglaublich süße Babys.«

»Ich mochte diese Zeit«, sagte June. »Aber jetzt sind sie in dem Alter, wo sie allmählich selbstständig werden. Sie ziehen jeden Morgen mit ihren Rucksäcken los, haben Lieblingsfreunde und Lieblingsfeinde und ihren eigenen Kopf, statt wie früher rumzujammern, weil sie müde sind. Das ist auch schön. Und ich bin wirklich froh, dass sie dich jetzt auch kennengelernt haben. Nach all den Jahren dachten sie wahrscheinlich schon, du lebst auf Skype.«

Laurie dachte daran, wie sie extra stricken gelernt hatte, um eine Decke für Bethie zu machen, es dann aber bei dieser einen Handarbeit belassen hatte. »Es tut mir leid, dass ich nicht präsenter war«, sagte sie. »Eigentlich wäre ich gern die tolle Tante Laurie gewesen, aber jetzt bin ich nur eine Freundin ihrer Mutter, an die sie sich noch dazu kaum erinnern.«

»Oh, das stimmt nicht. Und selbst wenn, wie wolltest du es ändern? Seattle ist nicht gerade um die Ecke, und du musst schon in deinem Job so viel reisen.«

»Da hast du allerdings recht«, sagte Laurie und griff nach der Ente, die neben ihr auf der Couch lag. »Ich bin richtig verliebt in dieses Ding.« Sie fuhr mit dem Daumen über den Rücken, betrachtete das aufgemalte Gefieder, spürte der Form des sattgrünen Kopfes nach. »Ich glaube, es ist eine Brautente – hier, dieser typische Schwung am Kopf.«

June stellte ihr Glas auf einen gehäkelten Untersetzer auf dem Couchtisch. »Aber was ist das eigentlich?«

»Eine Entenattrappe für die Jagd, vermute ich.« Laurie warf einen Blick auf die Unterseite, wo ein münzgroßer Kreis aufs unbehandelte Holz geprägt war, in dem die Buchstaben CKM standen. »CKM«, murmelte sie.

»Und das steht für Calvin Klein ... Modellenten?«, schlug June vor.

»Gute Idee, aber wenig wahrscheinlich. Ich weiß ehrlich gesagt nicht, was es bedeutet und woher Dot sie überhaupt hat.«

»Aber schön ist sie.«

»Ja. In den letzten Tagen ist mir klar geworden, dass ich längst nicht alles über Dots Leben wusste, aber bin ich mir ziemlich sicher, dass sie nicht auf ihre alten Tage noch zur passionierten Jägerin geworden ist.« Sie strich über die runde Prägung. »Wusstest du, dass die Küken der Brautenten aus ihrem Nest im Baum springen, um ihrer Mutter zu einem See zu folgen? Bis zu fünfzehn Meter springen sie runter!«

Laurie war Journalistin und schrieb Naturreportagen über alles, was kreuchte und fleuchte, weshalb June solche Kuriositäten aus dem Tierreich bereits gewohnt war. »Gehören eigentlich Brautenten zu den bedrohten Arten?«, wollte sie jetzt wissen. »Hast du damals drei Monate in Michigan Feldforschung betrieben, um dann einen aufrüttelnden Artikel über die Folgen des Klimawandels für die heimische Fauna zu schreiben?«

»Manche Enten sind tatsächlich vom Aussterben bedroht«, sagte Laurie. »Die Brautente jedoch nicht. Beziehungsweise nicht mehr. Bevor 1918 das Gesetz zum Schutz heimischer Zugvögel erlassen wurde«, sie warf einen Blick auf June, die mit großen Augen zuhörte, »sah es ziemlich düster für sie aus, doch seitdem haben sich die Bestände wieder erholt.« Laurie lächelte und strich mit den Fingern über die angelegten Flügel. »Für *The Outdoors* habe ich allerdings mal in Oregon und Washington zu bakteriellen Vergiftungen bei Wasservögeln recherchiert, und da hatte es auch einige Brautenten erwischt, solche wie dieses Kerlchen hier. Ich habe also einschlägige Erfahrungen mit der Spezies.«

»Da fällt mir ein, du hast erwähnt, dass du in ein paar Wochen einen neuen Auftrag hättest, aber du hast noch gar nicht erzählt, worum es diesmal geht.«

Laurie legte die Ente wieder neben sich auf die Couch. »Schildkrötenschmuggel.«

»Das gibt es also wirklich?«

»Ja, das ist sogar ein richtiger Geschäftszweig. Die Tiere werden in Fallen gefangen, eingesammelt und dorthin verschifft, wo Nachfrage nach exotischen Haustieren besteht. Ich werde mich also in South Carolina von einem geläuterten Schildkrötenschmuggler namens Puppy Tavishaw in die dunklen Geheimnisse seines ehemaligen Gewerbes einweihen lassen. Er arbeitet mittlerweile mit dem Küstenschutz zusammen, um den Banden das Handwerk zu legen.«

June, die sich inzwischen wieder dem Sortieren der Bücher zugewandt hatte, schaute verwundert auf. »Puppy? Ist das ein Deckname oder heißt er wirklich so?«

»Das ist nur eine der vielen Fragen, auf die ich mir als investigative Journalistin an der Schildkrötenfront Antworten erhoffe.«

June sortierte weiter. »Hoffentlich ist dieser Puppy nicht gefährlich.«

»Das Gefährlichste dürften die Moskitos sein, die mich wahrscheinlich auffressen werden. Das und die Aussicht, dass ich diesmal auch das Bildmaterial beisteuern soll, zumindest für die Onlineausgabe. Was das Fotografieren angeht, muss ich mich jedes Mal erst wieder damit vertraut machen. Und da fällt mir ein, dass ich mir langsam mal den nächsten Karton vornehmen könnte. Ich bin gleich wieder da, du darfst gespannt sein.«

Als Laurie mit dem Karton KAMERAS & 8-SPUR-KASSETTEN zurück ins Wohnzimmer kam, hatte June es sich schon gemütlich gemacht und die Füße auf die Ottomane gelegt. »Jetzt wollen wir mal sehen, was wir hier Schönes haben. Eine Kamera habe ich auf dem Küchentisch gefunden, aber ich habe keine Ahnung, was hier noch so alles drin ist.« Das alte Klebeband löste sich fast von selbst, und feiner Staub tanzte im Sonnenlicht, als Laurie die Laschen des Kartons aufklappte.

Ganz unten im Karton standen zwei Reihen Kassetten ordentlich aufgereiht. »Da ist Musik drauf. Die Auswahl reicht von Dolly Parton und Kenny Rogers bis zu den Beach Boys, Fleetwood Mac, Smokey Robinson, Santana, David Bowie und Van Halen.«

»Dot hat Van Halen gehört?«

»Mal sehen. Hier haben wir *Van Halen II,* dem Label nach von 1979, da wäre Dot also um die fünfzig gewesen. Doch, das müsste hinkommen. Ich hoffe, dass ich in zehn Jahren auch noch so coole Musik höre.« Sie nahm die Kassette und sah, dass ein Stück Papier darin steckte. Sie ließ es herausfallen und faltete es auseinander, dann grinste sie und schaute June an. »Das ist eine Konzertkarte. Dot hat Van Halen in Boston live gesehen, am 27. März 1978 im Paradise Theater – als Vorgruppe von Journey.« Sie gab die Karte June.

»Wahnsinn, das haut mich jetzt wirklich um. Kannst du dir meine Großmutter oder auch nur meine Mutter auf einem Rockkonzert vorstellen?«

»Ich muss auf jeden Fall noch ihre Plattensammlung durchgehen, wer weiß, was sich da noch so alles verbirgt. Hier im Karton sind noch ein paar Schachteln, wahrscheinlich mit den Kameras.« Laurie hob den Deckel einer stoffbezogenen Schachtel ab und fand zwei Polaroidkameras darin, von denen eine schon sehr alt sein musste, jedenfalls hatte Laurie noch nie ein solches Modell gesehen, aber die andere war exakt die gleiche *OneStep,* die auch ihre Eltern gehabt hatten. Sie nahm die übrigen Boxen heraus und stellte fest, dass in allen Sofortbildkameras lagen. Am Ende waren es fünf Polaroids, zwei Kodaks und eine Fujifilm. Manche sahen ziemlich antiquiert aus, andere mussten aus der Zeit kurz vor dem Aufkommen der ersten Digitalkameras stammen, die das Schicksal der Sofortbildfotografie erst mal besiegelt hatten. Einer der Apparate schien noch recht neu zu sein.

Schließlich holte Laurie eine Schachtel heraus, auf deren Deckel 2007 stand. Laurie nahm ihn ab und fand ordentlich archivierte

Polaroidfotos, unterteilt durch unbeschriftete Registerkarten. Sie zog einen Stapel heraus und schien einen Städtetrip nach New York erwischt zu haben. Zu sehen waren das Empire State Building, die Freiheitsstatue, die Neonlaufschrift der Radio City Music Hall. Auf einem Bild sah man Dot, da schon fast achtzig und mit silbergrauem Haar, vor der Leuchtreklame von *Avenue Q* ihr strahlendes Gesicht an das eines Mannes schmiegen, der im selben Alter zu sein schien wie sie. Auf dem breiten weißen Rand unter dem Foto war mit Filzschreiber ein einziges Wort geschrieben: *Leo.* Sie zeigte June das Bild. »Sie hatte schon immer ein Faible für Musicals.«

June beugte sich vor. »Wer ist Leo?«

Laurie schüttelte den Kopf. »Keine Ahnung. Sie ist viel gereist, nachdem sie in Rente gegangen war, mal in der Gruppe, mal allein, mit Freundinnen oder mit wechselnden Begleitern. Von einem Leo habe ich sie nie erzählen hören, aber sie scheinen ja sichtlich Spaß miteinander gehabt zu haben.«

Der Rest waren weitere Reisebilder, Fotos von Geburtstagsfeiern und ein paar Hochzeiten, außerdem von einem Footballspiel an der Highschool und Schnappschüsse von Leuten, die Laurie meist nicht kannte. Ein Foto von ihren Eltern war dabei und ein paar von Patricks Hochzeit, und sie meinte sich zu erinnern, wie sich Dot mit ihrer Polaroidkamera unter die Gäste gemischt und an jedem Tisch ein paar Aufnahmen gemacht hatte.

»Warum hat sie wohl ihre Kameras zusammen mit den Fotos von 2007 aufbewahrt?«, fragte June, während sie die nach Themen und Zustand sortierten Bücher in Kartons packte.

»Vielleicht waren es die letzten, die sie aufgenommen hat«, vermutete Laurie, räumte die Fotos wieder weg und nahm eine der älteren Kameras in die Hand. »Vielleicht hat sie damit aufgehört, nachdem sie sich eine Digitalkamera angeschafft hatte.«

»Vielleicht sind die aktuelleren auch nicht jugendfrei.«

»Das würde mich ehrlich gesagt nicht wundern, aber es würde mich überraschen, hätte sie gewollt, dass die Nachwelt sie findet.

Wenn ich mir das allerdings hier so anschaue«, sie drehte die Kamera in den Händen, »kann das nicht alles sein. Es muss irgendwo noch mehr Fotos geben.«

2

Laurie hatte gerade die Kameras zurück in den Karton gelegt, als es an der Tür klopfte. »Das wird der Sensenmann sein«, meinte sie und ging aufmachen. Vor ihr stand ein auf sein iPad starrender Mann in Jeans und einem Bandshirt der Decemberists. Als er aufschaute, lächelte er. »Hallo, ich bin Matt Pell von *Das Beste bewahren.* Wir hatten telefoniert.«

Das Beste bewahren boten Haushaltsauflösungen an. War jemand verstorben oder wollte sich einfach nur verkleinern, kamen sie vorbei und schauten, was sich zu Geld machen ließ oder für Spenden taugte, und entsorgten den Rest. Der Service wurde angepriesen als »materieller Abschied«, was Laurie etwas vermessen fand, aber immer noch besser als das sich ihr aufdrängende Bild gierig kreisender Geier, die sich aufs irdische Habe der Toten stürzten.

Matt sah auf jeden Fall nicht aus wie ein Geier. Er sah aus wie ein Philosophiedozent, der sein Müsli im Biosupermarkt kaufte. Er machte den Eindruck, tatsächlich auf dem Konzert gewesen zu sein und das T-Shirt dort gekauft zu haben. Er hatte sich die Karte gekauft, das orange Bändchen ums Handgelenk getragen, überteuertes Bier getrunken und vermutlich irgendwo auf den hinteren Rängen gestanden, um niemandem den Blick zu versperren, denn er wirkte wie jemand, der sich über so etwas Gedanken machte. Seine Augen waren grau, allerdings mit einem blauen Schimmer, und unter dem Ärmel seines T-Shirts lugte ein Tattoo hervor. Etwas Keltisches vielleicht, schon etwas blass und offenbar älteren Datums. Oder ein lateinischer Spruch.

Sie blinzelte und nahm sich zusammen. »Genau, wir hatten telefoniert. Ich bin Laurie Sassalyn – schön, dass Sie gekommen sind.« Er folgte ihr ins Haus und sie setzten sich, er auf die Couch, Laurie und June in die beiden Sessel gegenüber. »Womit wollen wir anfangen?«, fragte sie.

»Erzählen Sie mir ein bisschen von sich und von Ihrer Tante«, forderte Matt sie in einem freundlichen Plauderton auf und legte das iPad beiseite.

»Also gut, ich bin Laurie, und das ist June Devon, meine älteste und beste Freundin, die so nett war, mir heute in diesem Chaos zu helfen. Dot war genau genommen nicht meine Tante, sondern die meiner Mutter, also meine Großtante. Die Schwester des Vaters meiner Mutter, um genau zu sein. Sie ist dreiundneunzig Jahre alt geworden.«

»Dreiundneunzig, alle Achtung, stramme Leistung«, sagte er, und Laurie überlegte, ob er Sport machte, ob er Marathons lief oder Fußball spielte, aber nach einer Knieverletzung hatte der Arzt ihm zu Schonung geraten, was ihn aber nicht davon abhielt, bei Freundschaftsspielen anzutreten, auch wenn er nie wieder zu alter Form auflaufen würde, aber er war immer der Erste, der nach dem Spiel allen eine Runde ausgab, weil er einfach so war und …

»Laurie?« June schaute sie mit fragendem Blick an.

»Oh, ich war ganz in Gedanken. Es ist doch alles etwas viel.« Laurie schüttelte kurz den Kopf. »Also gut, wo waren wir … Das Haus, ja. Es hat ihr gehört, sie hat praktisch ihr ganzes Leben hier verbracht.«

»War sie verwitwet? Hatte sie Kinder?«

»Nein, sie hat immer allein gelebt. Bis zur Rente hatte sie eine Stelle im Sekretariat der Grundschule und danach … Nun ja, Sie sehen es ja selbst. Das Haus ist bis in den letzten Winkel voller Erinnerungen. Wir sind das meiste bereits durchgegangen und haben die persönlichen Dinge herausgesucht, die ich gern behalten oder weitergeben würde. Keiner aus der Familie lebt mehr in dieser Gegend, für das meiste hätten wir auch keinen Platz oder keine Verwendung.

Ich glaube, Dot hat in all den Jahren kein einziges Buch weggegeben, und sie besaß eine Plattensammlung, um die manch einer sie beneiden dürfte. Aber wollte ich das alles selbst mit meinem Mietwagen stemmen, wäre ich vermutlich noch in einem Jahr zugange.«

»Dann sind Sie auch nicht aus der Gegend?«

»Doch, ich bin in Calcasset aufgewachsen, June lebt noch immer hier. Ich bin allerdings schon vor Jahren nach Seattle gezogen und war sehr lange nicht mehr zu Besuch, weshalb ich auch keine Vorstellung davon hatte, was mich hier erwartet.«

»Und jetzt fällt diese undankbare Aufgabe trotzdem Ihnen zu.« Er hatte eine angenehme Stimme, warm und tröstend. Sehr verständnisvoll. Du liebe Güte, wie bedürftig kann man sein?, dachte sie und setzte sich aufrechter hin, straffte dabei die Schultern und nickte.

»Irgendjemand muss es ja machen. Dot hatte wie gesagt keine Kinder. Und meine Eltern leben schon lange in Florida, und meine Mutter hat eine neue Hüfte bekommen, mein Vater wurde am Rücken operiert.«

»Und Geschwister haben Sie keine?«

»Geschwister?« Laurie und June schauten sich bloß an und verdrehten die Augen. »Doch, gleich vier Brüder, aber die würden kurzen Prozess machen und alles zur Mülldeponie bringen. Außerdem sind sie beruflich und familiär sehr eingespannt, zumindest sagen sie das.«

»Die gute Tochter also«, stellte er mit einem Lächeln fest. »Es überrascht Sie vermutlich nicht, wie oft mir genau diese Konstellation begegnet. Auf jeden sich kümmernden Sohn kommen im Schnitt drei Töchter. Je entfernter der Grad der Verwandtschaft, desto höher auch der Anteil von Frauen, die sich um den Nachlass kümmern.«

»Das Patriarchat kriegt uns alle«, sagte Laurie trocken. »Damit kann ich leben. Ich mochte Dot, ich mochte sie sehr, und ich mache es gern. Und keine falsche Bescheidenheit, aber ich spiele hier nicht die Heldin oder Märtyrerin, ich öffne einfach nur ganz stupide einen

Karton nach dem anderen und hoffe, nicht auf Spinnen oder Sexspielzeug zu stoßen. Wenn auch aus ganz unterschiedlichen Gründen, wie man sich denken kann, so doch mit derselben bangen Erwartung.«

Wie immer redete sie zu viel. Aber er lachte und griff dann zum Tablet, klickte sich durch den Vertrag und erklärte ihr, was sie unterschreiben würde. »Wie ja schon am Telefon besprochen, können Sie vorab alles einpacken, was Sie gern behalten möchten. Und nehmen Sie sich die Zeit, die Sie brauchen. Heute könnte ich Ihnen schon mal eine erste Schätzung geben, was sich verkaufen lässt – das ist natürlich keine Garantie, lediglich eine kleine Orientierungshilfe, die sich auf meiner bald fünfzehnjährigen Erfahrung in diesem Geschäft gründet.« Er hielt das iPad hoch. »Mein mobiles Büro ist immer dabei, für die Recherche, die Abstimmung mit Kollegen und so weiter. Sie erhalten von mir nachher eine Aufstellung der geschätzten Verkaufswerte. Entweder Sie behalten alles, holen noch ein weiteres Gutachten ein oder überlassen die Sachen mir, das ist ganz allein Ihre Entscheidung. Möchten Sie sich von den gelisteten Gegenständen trennen, kann ich entweder alles in Kommission nehmen und Sie würden anteilig bezahlt, oder Sie entscheiden sich für einen Pauschalbetrag bei Übernahme, der in der Regel zwar nur fünfzig Prozent des Kommissionserlöses beträgt, aber Sie sind alles auf einen Schlag los und müssen sich keine Gedanken deswegen machen, ob es sich verkauft oder nicht. Beides würde mit den laufenden Kosten verrechnet. Ist das so weit alles verständlich?«

Der Gedanke an ihre eigenen Habseligkeiten drängte sich auf. Ihre Bandshirts, Füllfederhalter, ihre Kamera (keine Sofortbild), ihr Dampfkochtopf. Wem würde es zufallen, ihren Nachlass zu regeln, wenn sie eines Morgens aus dem Haus ging und von einem Bären gefressen wurde? Sollte sie schon einmal Listen anlegen, ein Testament verfassen? Das Armband von ihrer Mutter würde sie gern jemandem geben, aber die Brüder sollten es nicht bekommen. »Ja, alles klar so weit.«

Und schon ging es weiter. »Danach kümmern wir uns um die Sachspenden. Das sind Möbel in gutem Zustand, Haushaltsgeräte und Bettwäsche, Bücher, die an öffentliche Bibliotheken gehen. Bei der von Ihnen erwähnten Plattensammlung hängt es ganz davon ab, ob es Sammlerstücke sind, das sehen wir dann. Sie brauchen sich um gar nichts zu kümmern, wir erledigen das alles für Sie. Beim letzten Durchgang nehmen wir dann alles mit, was Sie nicht behalten wollen, aber auch keiner weiteren Verwendung zugeführt werden kann. Abgetragene Kleidung wäre das zum Beispiel, Hausrat, den man nicht mehr gebrauchen kann, und alles, was wir den Bodensatz nennen und der für gewöhnlich im Restmüll landet. Altes Büromaterial, angebrochene Shampooflaschen, bereits benutzte Kosmetikartikel, Modeschmuck und Staubfänger, für die sich kein neues Zuhause mehr findet. Allerdings achten wir darauf, auch diesen Dingen einen würdigen Abschied zu bereiten.«

»Da bin aber beruhigt, dass auch Dots Lidschatten ein anständiges Begräbnis bekommen.«

Er lächelte. »Der Abschied sollte Ihnen so leicht wie möglich gemacht werden. Kurz und schmerzlos.«

June, die ihr bereits geholfen hatte, drei Körbe mit Handlotion nach dem Haltbarkeitsdatum zu überprüfen, bekam bei den Worten »kurz und schmerzlos« ganz große Augen, und auch Laurie musste sich ein Lachen verkneifen. »Ich fürchte, das meiste hat nur rein sentimentalen Wert. Sie hing an ihren Dingen, es waren Erinnerungsstücke, die für sie selbst Bedeutung hatten, aber ich gehe nicht davon aus, dass man sich um ihren Eierbecher aus Rio de Janeiro reißen wird. Sie wird all diese Dinge auch nicht als Sammelstücke gekauft haben, wenn Sie wissen, was ich meine, sie hat einfach nur gern … gesammelt.« Laurie lehnte sich in ihren Sessel zurück. »Ich fühle mich so schlecht dabei, wie eine Grabräuberin.«

Matt nickte verständnisvoll. »Das verstehe ich, doch dazu besteht kein Grund, glauben Sie mir. Sagen sie sich einfach, dass Ihre Tante zu Lebzeiten viel Freude an diesen Dingen hatte und sie damit ihren Zweck erfüllt haben. Ihnen würden sie diese Freude vermutlich nicht bereiten, weshalb es auch nicht verwerflich ist, sich davon zu trennen. Behalten Sie vielleicht einige ausgewählte Stücke, die Ihnen tatsächlich gefallen, die Sie an Ihre Tante erinnern, und ich kümmere mich um den Rest. Wäre das ein Angebot? Ich bin schließlich hier, um Ihnen die Arbeit und den Abschied zu erleichtern.«

»Ja, das klingt tatsächlich nach einem guten Angebot. So machen wir das.« Laurie fand ihr Lächeln immer etwas bemüht, aber diesmal versuchte sie, nicht bemüht zu lächeln, denn sie war wirklich dankbar. Jemand hatte ihren Eltern, die auch die Kosten übernahmen, *Das Beste bewahren* empfohlen, und es wäre wirklich ein Segen, wenn ihr damit erspart bliebe, Dutzende Müllsäcke mit Souvenirs aus aller Herren Länder eigenhändig entsorgen zu müssen. Sie mochte auch June nicht andauernd um Hilfe bitten, also war es wohl so das Beste. Matt stand auf, um zur Tat zu schreiten.

»Dann würde ich im Schlafzimmer anfangen, wenn Sie damit einverstanden sind. Sie können gern hier weitermachen, legen Sie einfach alles zur Seite, was Sie behalten möchten, ich bringe Ihnen dann nachher die Liste mit den Verkaufswerten.« Laurie führte ihn zu Dots Schlafzimmer. »Ah, und noch etwas«, sagte er, bevor er darin verschwand, »ich trage extra keine Jacke, und meine Taschen habe ich zugenäht, damit gar nicht erst der Verdacht aufkommt, ich könnte etwas abzweigen.« Er zog an den Hosentaschen seiner Jeans, die tatsächlich keinen Fingerbreit nachgaben.

»Sehr vorausschauend gedacht, aber ich vertraue Ihnen«, versicherte ihm Laurie.

Als sie zurück ins Wohnzimmer kam, schaute June von den Bücherkisten auf. »Das ist also der Sensenmann?«, fragte sie leise.

»Ich muss gestehen, ich hatte ihn mir auch etwas anders vorgestellt.« Laurie ließ sich auf die Couch fallen. »Selbst wenn er mit messerscharfer Sense gekommen wäre, hätte ich ihn hereingelassen, denn seien wir ehrlich, ich will das einfach erledigt haben. Die Arbeit geht doch ganz schön ins Kreuz, denn vergiss nicht, *in einem Monat werde ich vierzig!* Morgen gehe ich erst mal in die Bücherei und hole mir einen Schwung Neuerscheinungen zur Erholung.«

»Gute Idee. Aber du weißt, dass Nick sie jetzt leitet?«

»Ja, ich weiß.«

»Seine Eltern haben sich zur Ruhe gesetzt.«

»Habe ich gehört.«

»Und er ist geschieden, schon seit ein paar Jahren.«

»June, das weiß ich. Aber ich will mir wirklich nur was zum Lesen holen.«

June hob beschwichtigend die Hände. »Ich wollte es lediglich gesagt haben. Liest du immer noch Cosy Crime?«

»Ich lese alles, in dem das Verhängnis lange Schatten wirft. *Schatten des Schweigens, Mörderische Geheimnisse, Der tote Gärtner* und wie sie alle heißen. Hauptsache, ich kann damit den ganzen Tag auf der Couch liegen, und es bringt mich auf andere Gedanken.«

June hielt sich ihr kaltes Glas an die Wange. »Du solltest mit dem Sensenmann ausgehen. Bestimmt möchte er mit dir über den Familienschmuck sprechen oder was aus den fünfzig Jahre alten Lexika werden soll.«

»Er macht eigentlich einen ganz netten Eindruck«, sagte Laurie. »Findest du ihn nicht nett?«

»Doch, ich finde ihn nett. Ich hatte das übrigens ernst gemeint. Es war ein vollkommen ironiefreier Vorschlag, dass du mit ihm ausgehen sollst. Hör einfach mal einen Moment auf, dir wegen deiner Zukunft Sorgen zu machen. Geh nett mit ihm essen, vielleicht auch ins Bett – das Gute ist ja, mit einem Typen, der bereits die Unterwäscheschublade deiner Großtante begutachtet hat, steigst du gleich auf einem ganz anderen Level ein.«

Laurie ließ ihren Blick durchs Zimmer schweifen, über das Chaos aus Kisten und Kartons, über die Sachen, sie die beiseitegelegt hatte, und die großen Müllbeutel, die schon halb gefüllt herumstanden. »Irgendwie hatte ich gehofft, ein ganzes Zimmer voller Hochzeitsgeschenke zurückzuschicken wäre die größte Herausforderung, der ich mich vor meinem Vierzigsten zu stellen hätte.« Es war jetzt fast ein Jahr her, dass sie und Chris – oder nein, eigentlich nur sie – die Hochzeit abgeblasen hatten, und vor ein paar Monaten hatte dann auch das letzte der vielen Geschenke seinen Weg zurück zum Absender gefunden. »Junie, ich glaube, du hast wirklich etwas gut bei mir.«

June rollte bloß mit den Augen und begann an den Fingern abzuzählen. »Die Wohnungssuche in Philadelphia, als ich noch im Buchladen gearbeitet habe. Die Durchsicht meiner College-Bewerbungen, du hast manches praktisch neu geschrieben. Dass du mich zum Hautarzt begleitet hast, als mir dieses Muttermal am Rücken weggemacht werden musste. Nicht zu vergessen die Stunden in dem bestimmt höllisch unbequemen Kleid auf meiner Hochzeit. Deine Bilanz sieht ganz gut aus, würde ich sagen. Und es mag jetzt egoistisch klingen, aber lieber helfe ich dir hiermit, als eine Scheidung mit dir durchzustehen. Uh.« Sie schüttelte sich.

»Ich weiß nicht mal, ob ich mich hätte scheiden lassen«, sagte Laurie. »Vielleicht wäre ich auch einfach verheiratet geblieben, hätte Suppen gekocht und wäre allmählich zu Staub zerfallen.«

June runzelte die Stirn. »Suppen gekocht?«

»Ja. Ich habe in den Monaten vor der Trennung ständig Suppe gekocht. Suppe, wenn ich depressiv war, Suppe, wenn ich über etwas nachdenken musste, Suppe, wenn er da war, Suppe, wenn er weg war. Ein bisschen so, als wollte ich Vorkehrungen für eine postapokalyptische Zukunft schaffen – mit der Apokalypse meine ich natürlich die Hochzeit.«

»Vielleicht war ja auch die Trennung die Apokalypse.«

»Die sah ich da noch nicht kommen.«

June zog eine Augenbraue hoch, eine Fähigkeit, um die Laurie sie immer beneidet hatte. »Vielleicht ja doch.«

»Du bist so klug.«

Sie räumten weiter Bücher in Kartons, Bücher und immer noch mehr Bücher, und Laurie nahm sich einen Schuhkarton, in den sie kleinere Erinnerungsstücke legte. Sie behielt einen Kühlschrankmagneten (LECK MICH), einen Satz Untersetzer mit Jugendstilmotiven und die daumengroße Keramik-Eule, die immer auf der Fensterbank in der Küche gestanden hatte.

Nach einer Weile tauchte Matt wieder auf. »Ich wäre dann so weit. Sollen wir schon mal eine erste Bestandsaufnahme der Wertsachen aus dem Schlafzimmer machen?«

Sie setzten sich zusammen und er erklärte, dass Dot zwar keinen teuren Schmuck besessen habe, der Opalring sich aber bestimmt verkaufen ließe, ebenso wie die Armbanduhr mit den kleinen Diamanten. Auch für die Patchworkdecke wäre sicher etwas zu bekommen, die sei echte Handarbeit und sehr gut erhalten. Aber damit hatte es sich auch schon. Er nannte eine Summe und Laurie bat ihn, alles in Kommission zu nehmen. Sie hoffte eigentlich nur, am Ende so viel dafür zu bekommen, dass die Kosten für den Flug gedeckt wären. Dann zeigte sie ihm ihr Lieblingsstück. »Haben Sie meine Ente schon gesehen?«

»Die Jagdattrappe?« Ein leicht schiefes Lächeln spielte um seine Lippen, und in die Augenwinkel traten feine Fältchen, die aussahen wie knittrige Sternchen. »Die habe ich gesehen. Wissen Sie, woher Ihre Tante die hatte? Gibt es Jäger in der Familie?«

Laurie schüttelte den Kopf. »Keinen einzigen. Ich hatte gehofft, dass Sie mir etwas dazu sagen könnten. Ich überlege auch, warum die Ente ganz unten in ihrer Wäschetruhe gelegen hat und nicht irgendwo hier im Haus stand wie alles andere auch.«

»Dürfte ich sie mir genauer ansehen?«, fragte er, und Laurie reichte sie ihm. »Die ist wirklich in einwandfreiem Zustand. Was hielten Sie davon, wenn ich Ihnen fünfzig Dollar gebe und schaue, ob ich einen Interessenten finde? Sollte ich mehr dafür bekommen, machen wir halbe-halbe.«

Laurie lächelte. »Sie ist mir ehrlich gesagt ziemlich ans Herz gewachsen. Ich glaube, ich behalte sie.«

»Laurie kennt sich aus mit Enten«, warf June ein. »Sie schreibt für namhafte Magazine über Frösche und Sümpfe oder eben Enten.« Was sie nicht sagte, war, dass Laurie auch für Alumni-Magazine, Kundenzeitschriften und andere ähnlich unglamouröse Presseerzeugnisse schrieb, die aber den Vorteil hatten, sie regelmäßig mit neuen Aufträgen zu versorgen und vor allem pünktlich zu zahlen.

»Wirklich? Das ist ja spannend. Natur ist sozusagen mein Steckenpferd. Was haben Sie zuletzt geschrieben, vielleicht kenne ich es sogar.«

»Zuletzt …«, wiederholte Laurie und dachte nach. »Ah, das muss der Artikel für *The Atlantic* über die texanische Blauechse gewesen sein, eine Spezies, die es zwar nicht gibt, die aber gerade deswegen legendär ist.«

»Der war von Ihnen? Natürlich habe ich den gelesen, ich war begeistert.« Er strahlte sie an. »Dann habe ich vollstes Verständnis, dass Sie sich nicht von der Ente trennen wollen. Würde ich an Ihrer Stelle auch nicht. Aber dürfte ich wohl ein paar Fotos davon machen? Ein Freund von mir kennt sich auf dem Gebiet ziemlich gut aus, dem würde ich das gern zeigen. Vielleicht weiß er sogar mehr darüber.«

»Ja, natürlich«, sagte Laurie. »Je mehr Leute sie sich ansehen, desto größer die Chance, etwas darüber zu erfahren.«

»Das ist sehr freundlich von Ihnen«, warf June ein. »Da wird Laurie sich sicher gern erkenntlich zeigen.«

»Keine Ursache«, winkte er ab. »Man tut, was man kann.« Während er Bilder mit der Handykamera machte, schaute Laurie June so intensiv an, als wolle sie ihr ein Loch in die Stirn brennen. »Geben Sie gut auf dieses Schätzchen acht«, meinte er dann.

»Das werde ich«, versprach sie.

Er brauchte noch mal gut zwei Stunden, bis er sich durch das übrige Haus gearbeitet hatte. Laurie und June packten in der Zwischenzeit Kartons mit Schuhen und Handtaschen aus und wieder ein und gingen den Kleiderschrank durch. Als sie sich alle wieder im Wohnzimmer einfanden, fiel sein Angebot recht spärlich aus. Ein handgeschnitztes Holztablett könnte hundert Dollar einbringen, die silberne Teekanne, die Dot von ihrer Mutter geerbt hatte, vielleicht das Doppelte. Dann noch hier und da ein paar Kleinigkeiten, aber alles nicht weiter der Rede wert. Niemand dürfte Interesse an den Polaroid- oder den anderen Kameras haben. Während er den Vertrag fertig machte, wurde Laurie plötzlich nervös. »Und Sie?«, tastete sie sich vor. »Leben Sie hier in Calcasset?«

»Camden«, antwortete er, was nicht weit weg und schon mal gut war. »Sie meinten, Sie wären hier aufgewachsen«, nahm er den Faden auf.

»Ja, bis zum College. Kurz danach sind auch meine Eltern weggezogen, weil mein Dad eine neue Stelle in Florida bekommen hat. Und jetzt im Alter finden sie das mildere Klima dort ganz angenehm.« Sie überlegte einen Moment. »Haben Sie Kinder?« Wenn sie wissen wollte, ob jemand Single war, fragte sie aus unerfindlichen Gründen immer, ob er Kinder hatte, was die komplett falsche Frage war, denn sie sagte wenig über seinen Beziehungsstatus aus, ließ sich aber besser als Small Talk deklarieren. *Wo kommen Sie her? Was machen Sie beruflich? Haben Sie Kinder?* Die üblichen Fragen eben, auch wenn sie damit eigentlich meinte *Haben Sie familiäre Verpflichtungen?*

»Nein«, sagte er. »Aber einen Hund. Der hält mich auch ganz schön auf Trab.«

Hinter ihm klimperte June verzückt mit den Wimpern, als würde sie süße Katzenvideos gucken.

»Ich habe die Fotos von dieser Ente übrigens vorhin meinem Freund geschickt, er hat das sofort erkannt und gesagt, es wäre Massenware ohne echten Wiederverkaufswert. Ihre Tante hatte vermutlich längst vergessen, dass sie diese Ente überhaupt hatte. Sie würden sich wundern, wie oft es vorkommt, dass Leute irgendwelchen Kram aufheben und sich dann zwanzig, fünfzig Jahre später selbst nicht mehr erklären können, wie das jetzt in den Keller gekommen ist oder eben in die Wäschetruhe, in irgendeinen alten Koffer. Tut mir leid, dass ich keine bessere Nachricht für Sie habe.« Er verschränkte die Arme vor der Brust. »Man steckt in den Leuten nicht drin, will ich damit sagen.« Er schwieg einen Moment und ihr war, als sehe sie ein helles Funkeln in seinen Augen aufscheinen. Ganz kurz nur, eher den Anflug eines Funkelns. Aber vielleicht bildete sie sich das auch bloß ein. »Bei mir im Laden würde sich das als Deko trotzdem gut verkaufen, weshalb ich Ihnen noch immer fünfzig Dollar dafür bieten würde. Wenn Sie sich denn davon trennen wollen.«

Sie schüttelte den Kopf. »Danke, das ist wirklich sehr nett, dass Sie sich die Mühe gemacht haben, aber jetzt hängt mein Herz doch irgendwie schon daran.« Und während sie noch überlegte, wie sie mit dem nächsten Ausatmen ganz beiläufig ein »Wollen wir mal essen gehen?« anbringen könnte, stand er bereits auf und schüttelte ihr die Hand.

»Also gut«, sagte er. »Das war es dann für heute. Geben Sie mir einfach Bescheid, wenn Sie hier mit allem durch sind, dann komme ich die restlichen Sachen holen und kümmere mich um die Termine für Spendentransport und Entrümpelung. Wollen wir so verbleiben?«

Natürlich, sagte sie, sie würde sich die Tage melden, was hätte sie auch sonst sagen sollen? *»Ich möchte Sie noch nicht gehen lassen, weil ich die Lachfältchen um Ihre Augen mag. Können wir das hier bitte noch etwas in die Länge ziehen?«* Natürlich würden sie so verbleiben. Sie unterschrieb noch irgendwelche Formalitäten, sie gaben sich erneut die Hand, dann war er auch schon weg. Sie hörte draußen seinen Wagen wegfahren und drehte sich um zu June. »Kann sein, dass ich etwas aus der Übung bin.«

»Überhaupt nicht«, meinte June. »Ich fand das ehrlich gesagt ziemlich heiß, diesen höflichen Händedruck. Es kam mir fast schon indiskret vor, euch dabei zu beobachten.«

Laurie und June räumten noch bis zum frühen Abend im Haus herum, dann gingen sie essen. Es gab gebratenen Fisch und Krabben, dazu frisches Brot und Weißwein, aber nicht zu viel. Der Sensenmann war noch immer Thema. Es war ja nicht so, als ob Laurie seine Nummer nicht hätte, die stand auf seiner Karte, sie könnte ihn jederzeit anrufen. Auf dem Rückweg setzte sie June zu Hause ab, und sie umarmten sich zum Abschied.

Zurück in Dots Haus saß Laurie oben in einem der nicht mehr genutzten Schlafzimmer, vor sich an der Wand das große Gemälde mit den Segelschiffen und neben sich auf dem Bett den Schuhkarton mit den Privatbriefen, die sie nicht lesen würde, natürlich nicht, denn es gehörte sich einfach nicht, in anderer Leute Liebesbriefen herumzuschnüffeln. Aber die Arbeit der letzten Tage lastete auf ihr, eine ungute Mischung aus Ungewissheit, Enttäuschung und Pflichtgefühl, die einfach nicht nachlassen wollte. Vielleicht würde sie sich doch einen der Briefe ansehen, nur einen einzigen, ihn lediglich kurz überfliegen, einen von John vielleicht, denn wie skandalös konnte ein Brief von einem Chemiker schon sein?

Sie nahm den Deckel vom Karton und blätterte den Stapel durch, bis sie einen Brief mit Absender *J. Harlan* fand. Er hatte in Bangor gewohnt, wohnte vielleicht nach wie vor dort – falls er überhaupt noch lebte, was nicht gerade wahrscheinlich war. Als sie den Brief aus dem Umschlag nahm, fiel ihr Blick als Erstes auf das Datum. 14. Juli 1973. Auch wenn sie die Zeilen bloß überflog, meldete sich prompt ihr schlechtes Gewissen. Ein »vermisse Dich« las sie und »mag ich mir kaum vorstellen«, »schwere Zeiten« und »Dein Lächeln«. Sie war nicht mehr nur in Dots Haus, wühlte sich durch Kisten und Kartons irdischer Hinterlassenschaften, sie war in einen Bereich ihres Lebens vorgedrungen, in dem sie nichts verloren hatte. Sie hatte hinter die Vorhänge geschaut, an der Tür gelauscht, war unters Bett gekrochen. Es fühlte sich falsch an. Allerdings verriet ihr das wenige, das sie las, dass der Brief an eine Frau gerichtet war, die unglücklich schien und eine schwere Zeit durchmachte. 1973 war das Jahr, in dem Dots Schule mit der aus dem Nachbarort zusammengelegt worden war und sie sich nach einer neuen Stelle hatte umsehen müssen. Diesen Teil der Geschichte kannte Laurie, sie wusste aber auch, dass Dot damals vom Sekretariat der Grundschule relativ reibungslos in das der Highschool gewechselt war.

Laurie war auf der letzten Seite angelangt, drei Blätter waren es insgesamt. Sie drehte das letzte um, weil sie wissen wollte, wie er unterschrieben hatte. Hatte er »Dein John« geschrieben oder »In Liebe«, »Mit brennendem Verlangen« oder »In guter Chemie verbunden«?

Es waren schlicht »Herzliche Grüße«. »Herzliche Grüße, John.«

Doch der Satz unmittelbar darüber war es, der Laurie ins Auge sprang. Ein einzelner, abschließender Satz, aus dem viel Zuneigung und Vertrautheit sprachen. »Denk dran: In der Stunde der Not gibt es immer noch die Enten. In Liebe, John.«

»Die Enten«, sagte Laurie leise.

3

In Dots Schmuckschatulle fand sich ein Armband mit achtzehn Anhängern in Herzform. Auf jedem war auf einer Seite ein Name eingraviert und auf der anderen ein Geburtsdatum. Vier der Herzen waren für ihre beiden Neffen und die beiden Nichten, darunter Lauries Mutter Barbara. Die vierzehn anderen, die sich im Stil leicht von den älteren abhoben, waren für deren Kinder, darunter Laurie und ihre Brüder.

Von der weitverzweigten Verwandtschaft war es Lauries Familie, die als einzige in Calcasset geblieben war und sich vermutlich am besten daran erinnerte, wie Dot das Armband zu besonderen Gelegenheiten getragen hatte, an Weihnachten, an Thanksgiving oder eben an den Geburtstagen. Mit einer kleinen Zange löste Laurie vorsichtig ihren Anhänger und legte ihn in den Karton mit Erinnerungsstücken. Nachdem sie sich kurz mit ihrer Mutter besprochen hatte, machte sie auch die restlichen Anhänger ab, packte sie in Plastiktütchen und legte sie erst einmal beiseite, um sie später ihren Verwandten zu schicken.

Als Dot noch berufstätig war, hatten ihre Reisen sich auf ein paar Wochen jeden Sommer beschränkt. Doch nachdem sie, Laurie musste damals zwölf oder dreizehn gewesen sein, in Rente gegangen war, schien ihre Abenteuerlust kaum noch zu bremsen. Sie hatte Kreuzfahrten unternommen, war mit Freunden und Freundinnen verreist und jenen »Freunden«, die eigentlich Liebhaber waren. Sie machte Gruppenreisen und Wandertouren, fuhr mit der Kirche weg. Viele ihrer Reisen hatte sie auch allein unternommen, wie die nach Paris und Sevilla, nach Key West und Tokio, und jedes Mal war sie mit einem Koffer voller Schätze und Erinnerungsstücke zurückgekehrt, und jedes von ihnen hatte seinen Platz gefunden, liebevoll angeordnet in den Regalen, auf Tischen und Fensterbänken, bis das Haus schier überquoll von allem, was Dot während ihres langen Lebens bereist und gesehen hatte.

Dot war Ende November gestorben, und es war schneidend kalt gewesen, als man sie neben ihren Eltern zur letzten Ruhe gebettet hatte. Nach der Beerdigung hatte Martha, eine gute Freundin von Dot aus der Kirche, in ihrem Haus zu Kaffee und Kuchen geladen, und Laurie wusste nicht, wann sie je von so vielen Menschen, die sie zum Teil kannte, überwiegend jedoch nicht, umarmt worden war. Danach waren sie alle sieben – Laurie, ihre Eltern und ihre Brüder – in den Mietwagen gestiegen, den ihr Vater sich für das Wochenende genommen hatte, und Laurie hatte sich wie immer ganz nach hinten verkrochen, weil sie keine Lust hatte, zwischen ihren Brüdern eingekeilt zu sitzen. Sie hatte es noch nie gemocht, wenn man ihr zu nahe kam. So waren sie zu Dots Haus gefahren und hatten sich an den langen Esstisch gesetzt. Barbara hatte koffeinfreien Kaffee ausgeschenkt, und Dennis, ihr Vater, hatte an einem Ende des Tisches Platz genommen und Barbara am anderen. Laurie hegte den Verdacht, dass die beiden sich trotz des traurigen Anlasses freuten, alle Kinder wieder mal beisammen zu haben, was in den letzten Jahren eher selten vorgekommen war.

»Es gibt ein paar Dinge, die wir besprechen sollten«, hatte Barbara begonnen und ihnen dann eröffnet, dass sie von Dot mit der Verwaltung des Nachlasses betraut worden war, es aber sicher noch ein halbes Jahr dauern würde, bis alles so weit geregelt wäre, dass sie das Haus ausräumen und verkaufen könnten. Und sie, Barbara, trat wegen ihrer Hüftbeschwerden ohnehin schon kürzer in letzter Zeit. Nun war auch noch für den Frühsommer ihre OP geplant, was natürlich ein Segen war, aber nun, im konkreten Falle, etwas ungelegen kam. Auch Dennis war nicht mehr der Jüngste und musste sich demnächst am Rücken operieren lassen, was er längst hätte tun sollen.

Das waren einfach sehr unglückliche Umstände gerade, und am besten überlegten sie sich schon mal, was sie mit dem Haus anfangen wollten.

Dots Erbe würde zu gleichen Teilen an ihre vier Nichten und Neffen gehen, wobei der einzige echte Vermögenswert wohl das Haus war, in dem Dot aufgewachsen war und das sie nach dem Tod ihrer Eltern geerbt hatte. Niemand aus der Familie riss sich darum, dort zu leben, doch vor dem Verkauf musste natürlich erst mal alles aufgelöst werden, was sich in Dots über neunzigjährigem Leben angesammelt hatte – eine Aufgabe, mit der sie im Mai oder Juni beginnen könnten. »Und es wird nicht gerade eine kleine Aufgabe«, hatte Barbara angekündigt. »Es muss sich auch niemand von euch dazu verpflichtet fühlen, aber vom Rest der Verwandtschaft wird es keiner machen. Uns bleibt nur die Wahl, es entweder selbst zu erledigen, die Arbeit unter uns sieben aufzuteilen, oder ein Unternehmen damit zu beauftragen. Aber das könnten wir schon bezahlen, deshalb braucht ihr euch also keine Sorgen zu machen.«

Patrick hatte sich als Erster zu Wort gemeldet – im selbstbewussten Ton des Arztes und mit der Autorität des Ältesten. »Unsere Nummer eins«, hatte Laurie ihn immer genannt. »Ich könnte mir eventuell ein paar Tage freinehmen«, sagte er, »aber mit den Kindern, der Arbeit im Krankenhaus und jetzt eben noch Mariannes neuem Job kann ich das unmöglich auch noch stemmen. Tut mir leid.« Patricks Kinder waren zehn und zwölf, und seine Frau Marianne hatte sich vor Kurzem als IT-Beraterin selbstständig gemacht, aber was genau sie da machte, hatte Laurie noch nicht so ganz verstanden.

»Ich schaffe es leider auch nicht«, schloss Joey sich an, was nicht anders zu erwarten gewesen war, denn obwohl nur Nummer vier, hatte er immer versucht, Patrick nachzueifern. Die beiden hatten ähnliche Interessen gehabt, taten sich in Sport und Naturwissenschaften hervor, und einmal hatte Joey ein Loch in die Wohnzimmercouch gebrannt, um dem großen Bruder den Fehler in dessen

Physikprojekt zu beweisen. »Ich bin für so etwas einfach nicht organisiert genug«, sagte er jetzt, »ich hasse Papierkram und kann mir unmöglich so viel Zeit freischaufeln.« Joey hatte weder Frau noch Kinder (*noch nicht,* wie Lauries Mutter rasch anfügen würde), aber seit vier Monaten einen sehr stressigen neuen Job und einen anspruchsvollen Chef, der zu allem Unglück auch noch Brutus hieß. Außerdem war er noch in der Probezeit, es war also völlig unmöglich, sich freizunehmen. Er arbeitete als Unternehmensberater für Medizingerätehersteller, weshalb Laurie ihn jedes Mal, wenn sie sich sahen, als Erstes fragte, wie weit die Entwicklung von Sexrobotern vorangeschritten sei.

Scott, die Nummer zwei, schüttelte ebenfalls den Kopf und hob sicherheitshalber noch beide Hände. »Ich möchte jetzt nicht die Babykarte spielen, aber: Baby.« Mit Scott hatte es die ersten fünfundzwanzig Jahre seines Lebens eigentlich nur Probleme gegeben, aber dann hatte er eine Therapie begonnen und ging jetzt ganz im häuslichen Glück auf, perfekt mit Baby und allem. Die Kleine hieß Lilac. (»Dufte«, hatte Dot diese neuerliche Wendung der dramatischen Ereignisse kommentiert.)

Ryan schaute erst zu Laurie, dann zu seiner Mutter. Dann holte er tief Luft. »Wenn alles gut läuft, ist Lisa bis dahin schwanger – *wenn* es klappt und wir Glück haben. Das ist jetzt wirklich blödes Timing.« Ah ja, die Nummer fünf. Das Baby der Familie, das jetzt selbst ein Baby wollte. »Außerdem«, setzte er nach, »stehe ich dann hoffentlich wieder auf der Bühne.« Ryan lebte als Schauspieler in New York und hangelte sich von Engagement zu Engagement, wobei er recht oft Leerlauf hatte.

Dann schauten alle Laurie an, und Laurie schaute sich im Zimmer um. Hinter jeder Schranktür verbargen sich stapelweise Schallplatten, Papiere, Zeitschriften. Auf einem Vitrinenbord sah sie allein schon mindestens ein Dutzend Eierbecher stehen. Das Haus hatte zudem zwei Geschosse, einen Keller und einen Dachboden. Es gab vier Schlafzimmer. Und den Schuppen im Garten.

»Laurie, fühl dich bitte nicht dazu verpflichtet«, hatte ihre Mutter gesagt. »Wir können einen Tag lang zusammen alles durchsehen, uns ein paar Erinnerungsstücke aussuchen und dann jemanden mit der Haushaltsauflösung beauftragen. Wir wären ja nicht die erste Familie, die vor diesem Problem steht.«

Laurie nickte nachdenklich. »Aber was geschieht dann mit ihren Sachen?«

Ihre Mutter zuckte mit den Schultern. »Was davon noch zu gebrauchen ist, wird gespendet. Manches lässt sich vielleicht auch verkaufen.«

»Und der Rest kommt einfach weg«, schloss Laurie. »Wie traurig, ihr ganzes Leben einfach so abzuwickeln, meint ihr nicht auch?«

»Traurig ist, dass wir sie verloren haben«, sagte ihre Mutter. »Aber sie würde ganz sicher nicht erwarten, dass du dich pflichtschuldigst durch ihren Hausrat arbeitest. So war sie nicht, das weißt du. Es würde Wochen dauern, bis du mit allem durch wärst.«

»Schätzchen, du hast dein eigenes Leben, dein eigenes Haus«, stimmte ihr Vater ein. »Du musst arbeiten, du hast Aufträge, und dann ist Sommer. Wir suchen uns jemanden, den wir damit beauftragen können.«

»Das würde ich auch vorschlagen«, sagte Barbara.

Aber Laurie schaute sich noch immer um, ließ den Blick schweifen von den Regalen zu den Vitrinen, den Schränken und Kommoden. Dann schüttelte sie den Kopf. »Nein, das können wir nicht machen«, sagte sie. »Wisst ihr noch, wie oft ich früher bei ihr war? Ich konnte jederzeit vorbeikommen. Wenn es bei uns mal wieder nicht zum Aushalten war, weil alle wild durcheinandergeschrien haben und einfach nur *laut* waren, durfte ich bei ihr übernachten, oben in dem orangefarbenen Zimmer. Bei ihr habe ich zum ersten Mal Whiskey getrunken, da war ich allerdings schon auf der Highschool, na ja. Oder damals, als Scott das erste Mal in die Klinik musste, da war sie auch für uns da, sie hat ganz selbstverständlich geholfen.« Laurie tauchte aus ihren Erinnerungen auf und lächelte. »Ich mache es. In ein paar Monaten komme ich wieder und fange an. Das lässt sich schon einrichten. Ich mache es gern.«

Als Dennis und Barbara an jenem Abend längst oben im grünen Gästezimmer schliefen, saßen Laurie und ihre Brüder noch bei ein paar Drinks und in warme Decken gewickelt im Wohnzimmer. »Bist du sicher, dass du das machen möchtest?«, fragte Ryan. »Sie hat so unglaublich viel alten Krempel. Im Grunde war sie ein Messie, allerdings sehr organisiert und mit einem Sinn fürs Schöne.«

»Ich bekomme das schon hin«, meinte Laurie. »Fahr du mal wieder nach New York und schwängere deine reizende Frau.«

Ryan schaute auf die Uhr. »Lisa dürfte jetzt schon schlafen. Aber vielleicht könnte ich sie morgen schwängern.«

»Schlaf am besten jetzt schon vor«, riet ihm Scott. »Lilac hält uns jede Nacht auf Trab. Sie schläft maximal drei Stunden am Stück. Wann haben eure beiden eigentlich angefangen durchzuschlafen?«, wollte er von Patrick wissen.

Patrick rieb sich allein bei der Erinnerung die Augen. »Mit acht Monaten vielleicht? Oder zehn? Genau kann ich dir das gar nicht sagen, da legt sich nicht plötzlich ein Schalter um, das geht mal mehr und mal weniger gut. Nach ein paar Monaten schlafen sie öfter durch, ist aber nicht die Regel. Es ist ein ständiges Auf und Ab, bis man völlig zermürbt ist und irgendwann glaubt, die machen das doch bestimmt mit Absicht, als wäre alles ein psychologisches Experiment.« Er hob sein Glas und trank einen Schluck. »Ist es natürlich nicht. Dass sie ihre Grenzen austesten, das fängt später an. Aber bis dahin bleiben dir noch ein paar Jahre, genieß sie einfach.«

»Toll«, sagte Scott. »Super Aussicht. Vielleicht habe ich mich ja zu früh gefreut, als ich dachte, jetzt wäre ich zum ersten Mal im Leben halbwegs stabil und alles würde gut.«

»Wie geht es dir denn?«, fragte Patrick. »Also psychisch?«

»Gut«, sagte Scott. »Ich bin stabil. Aber wo wir gerade bei psychischen Krisen sind – wenn ich mich nicht verrechnet habe, fällt dein viel gefürchteter Vierzigster genau mit dieser Entrümpelungsaktion zusammen. Wie geht es dir damit?«

Sie runzelte die Stirn. »Das versuche ich zu verdrängen, habe ich vielleicht nicht genug andere Sorgen? Ich möchte das natürlich keineswegs vergleichen, mit kleinen Kindern ist es noch mal etwas ganz anderes, aber wer hätte geahnt, dass schon ein eigenes Haus so viel Arbeit macht? Vor ein paar Wochen hat der Heizkessel gestreikt, und ich musste erst mal mit der Erkenntnis klarkommen, dass ich nicht einfach den Eigentümer anrufen und sagen kann, er soll jemanden vorbeischicken. *Ich* bin die Eigentümerin und muss mich um alles selber kümmern. Es war wie in einem Horrorfilm, wenn einem das ganze Grauen bewusst wird. Kann auch sein, dass ich kurz geschrien habe.«

»Dann warte mal bis zum ersten Wasserschaden«, meinte Patrick und lachte.

Laurie hielt sich die Ohren zu. »Das will ich gar nicht hören.« Sie rutschte tiefer in die Couch. »Immerhin habe ich jetzt einmal im Monat eine Putzfrau, wobei ich noch nicht weiß, ob sie weiterhin kommen soll.«

»Warum?«, wollte Ryan wissen und warf sich eine Handvoll Knabbermix ein, den er vom Empfang bei Martha mitgenommen hatte. Als er Lauries Blick bemerkte, machte er nur große Augen. »Was denn? Es hieß, man könne sich ruhig etwas mitnehmen.«

Laurie schüttelte den Kopf. »Vor ein paar Wochen kam ich jedenfalls nach Hause und finde im Wohnzimmer drei meiner BHs ordentlich zusammengelegt auf dem Sessel im Wohnzimmer. Erst fand ich es richtig gruselig, dann habe ich kapiert, dass sie die zwischen den Polstern der Couch gefunden haben muss. Und irgendwie finde ich es nicht so toll, wenn meine Putzfrau weiß, dass ich abends so fix und alle auf der Couch abhänge, dass ich mir im Liegen den BH ausziehe. Das ist ja schon ziemlich intim, so was.«

»Auf den Gedanken ist sie wahrscheinlich gar nicht gekommen. Sie nimmt bestimmt an, dass du ständig Sex auf der Couch hast.«

»Aber wäre das besser?«, fragte Laurie. »Dann stellt sie sich beim Anblick der Couch ja sonst was vor, während ich einfach nur zu faul bin, wegen dem blöden BH aufzustehen.«

»Du möchtest Fremde also nicht an deine Wäsche lassen«, stellte Joey fest.

»Ich glaube, es geht hier gar nicht um die BHs«, sagte Ryan und kaute krachend seine Salzbrezeln. »Es ist wie damals, als wir nicht mehr in dein Zimmer durften. Weißt du noch, wie du Tesa an die Türritzen geklebt hast, damit du sofort merkst, wenn jemand in deiner Abwesenheit dein Zimmer betreten hat?«

»Haha, daran erinnere ich mich auch noch«, sagte Scott. »Oder dieses Schild an deiner Tür GEFÄLLIGST DRAUSSEN BLEIBEN mit den zehn Ausrufezeichen, und wie Mom dich dazu verdonnert hat, es durch BITTE DRAUSSEN BLEIBEN zu ersetzen.«

Das Schild hatte Laurie mit dreizehn an ihrer Zimmertür angebracht und das aus gutem Grund. Sie war den ganzen Tag bei June MTV schauen gewesen, und als sie kurz vor dem Abendessen nach Hause gekommen war, hatte an ihrem Schreibtisch eine Schublade offen gestanden. Sie war sofort hinübergestürmt zum Zimmer von Ryan und Joey, denn in neunundneunzig Komma neun Prozent der Fälle waren es die beiden, die einfach so bei ihr herumschnüffelten. Patrick und Scott waren schon älter und hätten sich nicht mal tot dabei erwischen lassen, sich für die Sachen ihrer kleinen Schwester zu interessieren. Laurie stieß die Tür so kräftig auf, dass sie gegen die Wand knallte und der Griff eine Delle hinterließ, die noch Jahre später zu sehen war. Die beiden hatten auf dem Boden gesessen und waren in eine komplizierte Lego-Konstruktion vertieft gewesen. »Wer von euch war in meinem Zimmer?«, fauchte sie, die Wangen noch gerötet von der kurzen Fahrradfahrt nach Hause. Nach einem mehrminütigen Kreuzverhör gab Ryan schließlich zu, dass er eine Schere gesucht hatte.

Dabei war es eine vergleichsweise harmlose Verletzung ihrer Privatsphäre gewesen. Immerhin hatte er nicht ihr Tagebuch gelesen. Das war erst ein Jahr später passiert, trotz des Schildes. Sie war vierzehn, und Joey hatte dafür einen ganzen Monat Fernsehverbot und Hausarrest bekommen. Später, als sie beide schon erwachsen waren, musste Laurie ernüchtert feststellen, dass er keinerlei Erinnerung mehr daran hatte, sie hingegen dachte jedes Mal daran, wenn sie ihr Tagebuch aufschlug oder ein neues begann. Damals war sie völlig ausgeflippt. Ihr Gesicht hatte geglüht, und sie war so in Rage auf ihren Bruder losgegangen, dass ihre Mutter flugs nach oben gesprintet war, um den Streit zu schlichten. Laurie hatte das Gefühl gehabt, ihr Kopf würde platzen. *Die können nicht einfach an meine Sachen gehen!,* hatte sie geschrien. *Ich will nicht, dass sie in mein Zimmer latschen, ich habe es schon so oft gesagt, aber sie tun es trotzdem! Sie denken, sie könnten das einfach machen, aber das dürfen sie nicht!* Dann war sie zu Dot gefahren und hatte dort zu Abend gegessen.

Am nächsten Tag hatte ihre Mutter sich endgültig mit dem Schild einverstanden erklärt und nur auf der höflicheren Variante bestanden.

»Vielleicht ganz gut, dass du nicht geheiratet hast«, meinte Scott, worauf es ganz still wurde. Ryan schaute Laurie an. Joey schaute Patrick an. »Was ist?«, fragte Scott. »Stimmt doch. Ich meine, du hättest das mit der Unterwäsche nicht ewig vor Chris verheimlichen können.«

»Weißt du, was du bist?«, sagte Patrick und schaute sie über den Rand seiner Brille an. »Kontrollig. Du bist ein richtiger Kontrollfreak, das warst du schon früher, als Kind. Alles muss immer nach deinem Kopf gehen, muss genau so sein, wie du es dir vorstellst. Niemand darf etwas von deinen Sachen nehmen oder sie auch nur anfassen.«

Laurie zuckte mit den Schultern. »Vielleicht bin ich ja ein Kolibri.«

»Was meinst du damit?«, fragte Ryan. »Ist das wieder so ein Insiderwitz, für den man erst mal wochenlang Dokumentarfilme schauen muss, um ihn zu verstehen?«

»Die meisten Vögel sind in großen Schwärmen unterwegs«, klärte Laurie ihn auf. »Sie sind soziale Wesen. Aber manche Vögel sind lieber allein, zum Beispiel Kolibris. Wenn sie nicht gerade auf Nahrungssuche sind oder sich fortpflanzen, machen sie einfach ihr eigenes Ding. Und vielleicht ist das ja meins – so zu leben wie ein Kolibri.«

Einen Moment schien keiner ihrer Brüder zu wissen, was er dazu sagen sollte. Dann ließ Patrick ein lautes Schnauben hören. »Ich bin ja immer noch der Meinung, du hättest Angus heiraten sollen. Was ist eigentlich aus Angus geworden?«

Mit Angus war sie vor Chris zusammen gewesen. Angus war Wanderführer und arbeitete außerdem in einem Outdoorladen, wo er Mitarbeiterrabatt auf Rucksäcke und Wanderstiefel bekam, was natürlich sehr praktisch war. Er teilte Lauries Liebe zur Natur und fand es genauso faszinierend wie sie, die wimmelnde Mikrofauna unter Steinen zu erforschen. Er hatte einen buschigen Bart und trat ein paarmal im Jahr mit einer Fleetwood-Mac-Coverband auf. Er hatte sich bestens mit ihren Brüdern verstanden und war zwei NFL-Spielzeiten lang in ihrer Chatgruppe gewesen, bevor er aus ihrem, also aus Lauries, Leben verschwunden war – und, so schien es, auch aus dem ihrer Brüder.

»Ja, genau«, schloss Joey sich an, »was ist eigentlich aus Angus geworden? Ist er noch zu haben? Können wir ihn zurückhaben?«

Ryan hob beschwichtigend die Hand. »Lassen wir Lauries Liebesleben mal ihre Sache sein.« Ihr kleiner Bruder sprang mal wieder für sie in die Bresche. Weil Ryan sie kurz nach der Trennung besucht hatte, war er der Einzige, der wusste, was aus Angus geworden war. Angus war nicht mehr zu haben, er war verheiratet und hatte eine sechs Monate alte Tochter. Im Grunde war es ganz simpel gewesen: Angus hatte Kinder gewollt und Laurie nicht. »Und wenn sie ein Kolibri ist«, fuhr Ryan diplomatisch fort, »dann ist sie eben ein Kolibri, was auch immer das genau heißt.«

»Aber willst du das wirklich?«, fragte Patrick. »Letztes Jahr hättest du um ein Haar geheiratet. Bist du sicher, dass du den Rest deines Lebens allein verbringen willst? Das wird auf Dauer ganz schön einsam.«

Laurie schaute sich im Zimmer um. »Dot war ein Kolibri«, sagte sie. »Und ich glaube nicht, dass sie einsam war. Schaut euch einfach mal an, was sie mit ihrem Leben angefangen hat.«

»Na ja«, sagte Scott. »Bestimmt hatte sie Sex auf dieser Couch.«

4

Morgens beim Frühstück telefonierte Laurie meistens mit ihrer Mutter, was jetzt, da sie sich beide in derselben Zeitzone aufhielten, deutlich einfacher war. Am Tag nach ihrem Termin mit dem Bandshirts tragenden Sensenmann begrüßte ihre Mutter sie mit den Worten: »Guten Morgen, jetzt habe ich mir auch noch den Knöchel verknackst.« Sie hielt das Telefon nach unten, damit Laurie die Schiene an ihrem Bein sehen konnte.

»Oh nein, was ist passiert?«

Ihre Mutter zögerte einen Moment und wurde ein bisschen rot. »Ich wollte den Eiswagen noch erwischen.« Laurie kannte den Eiswagen schon aus vielen Erzählungen ihrer Mutter. Er fuhr fast ganzjährig durch das Wohnviertel ihrer Eltern in Florida, beschallte die Straßen mit »My Heart Will Go On« und verkaufte durch ein kleines Schiebefenster Eis am Stiel, Eis im Hörnchen, Softeis und gefrorene Schokoriegel. »Er hat für die Nachbarskinder von gegenüber gehalten, die Zwillinge, und ich habe noch nach Bargeld gesucht – du weißt, dass ich kaum noch welches zu Hause habe –, und als ich endlich aus dem Haus kam, wollte er gerade losfahren. Ich also nichts wie hinterher, und dabei bin ich über ein Paket von Tommy Bahama gestolpert, das in der Einfahrt stand. Dein Vater hatte sich dort Hemden bestellt.«

Eins musste Laurie ihrer Mutter lassen – es wurde nie langweilig, wenn man sie fragte, was passiert war. Barbara schaffte es, allem immer noch eine gewisse Komik abzugewinnen. »Und was genau ist jetzt mit deinem Knöchel? Ist er womöglich sogar gebrochen? Warst du damit im Krankenhaus?«

»Dein Vater ist mit mir in die Notaufnahme gefahren, wo wir bestimmt drei Stunden warten mussten, bis mich jemand untersucht hat. Nein, es ist nur eine Stauchung. Sie haben das geschient und mir Krücken mitgegeben. Aber eins sage ich dir, wenn noch mal jemand behauptet, du könntest dein ganzes Körpergewicht tragen, indem du dir diese Dinger unter die Arme klemmst …«, sie schwenkte mit der Kamera auf ein Paar Krücken, die an der Wand lehnten, »… den kann ich jetzt eines Besseren belehren. Als Nächstes sind dann bestimmt meine Schultern dran.«

»Das tut mir leid. Deiner Hüfte ist bei dem Sturz aber nichts passiert, oder?«

Barbara winkte ab. »Ist halb so wild. Wie kommst du denn bei Dot voran? Ich wollte mich gestern Abend noch melden, aber dann habe ich im Bett angefangen, *Bridgerton* zu schauen, und bin glatt dabei eingeschlafen.«

»Läuft ganz gut. Dieser Typ von *Das Beste bewahren* war da und hat sich erst mal alles angeschaut. Ich packe alles ein, worum du mich gebeten hast, und die Sachen, wovon ich glaube, dass wir sie behalten sollten. Die Fotos, die immer auf dem Kaminsims standen, den großen Schmortopf, den du haben wolltest … Ich arbeite mich gerade durch die Liste und hoffe, nichts zu vergessen. Eins wollte ich dich allerdings noch fragen.«

»Wenn es dir nichts ausmacht, dass ich dabei frühstücke, schieß los«, sagte ihre Mutter und biss in ein Stück Orange.

»Weißt du irgendetwas über eine Holzente, wie man sie als Attrappe für die Jagd verwendet? Sie lag ganz unten in Dots Wäschetruhe unter lauter Decken. Fast hätte ich sie übersehen. Es kam mir seltsam vor, weil doch sonst all ihre Dinge in den Vitrinen, den Regalen standen, wo man sie sehen konnte. Es kam mir fast vor, als wollte sie diese Ente verstecken oder aus den Augen haben. Dabei ist es ein sehr schönes Stück, wenn auch ein bisschen rustikal. Dot hatte ja sonst eher ein Faible fürs Auffällige, Schillernde oder eben für typische Souvenirs.«

Barbara runzelte die Stirn. »Eine Entenattrappe, sagst du, für die Jagd? Davon höre ich jetzt zum ersten Mal. Vielleicht hat sie die mal auf dem Flohmarkt gefunden oder beim Kirchenbasar. Du weißt ja, wie sie war, wenn ihr etwas gefallen hat, hat sie es mitgenommen, und sie konnte sich von nichts trennen. Wie die Ente in der Truhe gelandet ist, kann ich dir nicht sagen, aber wahrscheinlich hat Dot sie einfach dort vergessen.«

»Ja, wahrscheinlich.« Sollte sie den Brief erwähnen? Lieber nicht. »Ich fand es nur ungewöhnlich. Wo sie doch sonst solche Ordnung gehalten hat. Alles ist hier archiviert oder steht ordentlich aufgereiht im Haus herum, ein bisschen wie in einem Museum. Nur diese Ente nicht. Warte mal, ich habe Fotos davon gemacht.« Weil sie übers Tablet angerufen hatte, konnte sie ihrer Mutter die Fotos auf ihrem Telefon zeigen.

Barbara beugte sich vor und kniff ein wenig die Augen zusammen. »So klein kann ich kaum was erkennen, aber kommt mir nicht bekannt vor. Vielleicht war es ein Geschenk, das ihr nicht gefallen hat, und sie hat es einfach weggepackt und dann nicht mehr daran gedacht. Willst du die Ente behalten?«

»Fürs Erste ja«, sagte Laurie. »Matt, das ist der Typ von *Das Beste bewahren,* meinte, es wäre Massenware und würde nicht viel bringen. Ein reines Dekorationsobjekt. Er hat mir immerhin fünfzig Dollar dafür geboten.«

»Gut, das musst du wissen. Wer die Arbeit macht, darf auch entscheiden. Wenn du sie behalten willst, behalte sie. In dem Haus verbergen sich vermutlich so einige Geheimnisse, aber wie sollte es auch anders sein? Dot hat über neunzig Jahre dort gelebt und die meiste Zeit allein, da bleiben viele Fragen offen.«

»Werde ich auch auf Geheimnisse stoßen, wenn ich eines Tages euer Haus ausräume?«

Ihre Mutter lächelte und griff nach ihrem Kaffeebecher. »Nicht so wie bei Dot. Hier gibt es keine versteckten Enten.«

»Weißt du, was auch seltsam ist? Je länger ich ihre Fotos und die ganzen Sachen durchschaue, desto mehr wünschte ich, mit ihr über die Hochzeit gesprochen zu haben – darüber, sie nicht stattfinden zu lassen, meine ich. Die letzten Male, als ich mit ihr telefoniert habe, wollte ich es ansprechen oder hatte gehofft, sie würde danach fragen, aber wir sind dann doch nie auf das Thema gekommen.«

»Vermutlich hätte sie etwas wie ›Besser so als später die Scheidung‹ gesagt.«

»Das meinte June auch.«

»Sie war schon immer sehr klug, deine Freundin.« Barbara warf einen Blick auf ihre Uhr. »So, um elf Uhr dreißig habe ich einen Termin zur Nachuntersuchung wegen meinem Knöchel.«

»Ah, das ist gut. Vielleicht können sie dir auch einen Tipp geben, wie du mit dieser Schiene laufen kannst – damit wäre in den nächsten Wochen garantiert keine Maus mehr sicher vor dir.«

»*Ein Mal*«, sagte Barbara. »Nur weil ich *ein* einziges Mal auf eine Maus getreten bin, bekomme ich das jetzt den Rest meines Lebens von euch zu hören.«

Laurie lachte und schaute auf die Küchenuhr an der Wand. »Ich muss auch los. In einer Viertelstunde macht die Bücherei auf. Ich wollte kurz rübergehen, um mir was zum Lesen zu holen.«

»Hat Dot nicht genug Lesestoff im Haus? Wenn du mich fragst, könnte sie mit ihren ganzen Büchern der Library of Congress Konkurrenz machen.«

»Ich möchte ein paar aktuellere Bücher«, sagte Laurie. »Kurz nachdem ich hier angekommen bin, war ich schon mal dort, und es hat mir richtig gut gefallen.« Was sie nicht erwähnte, waren die drei hufeisenförmig gruppierten Lesesofas in der Belletristik-Abteilung sowie die für eine Provinzbibliothek erstaunlich gut sortierte Auswahl an Zeitschriften. »Ich bleibe auch nicht lange.«

»Wusstest du, dass Nick Cooper sie jetzt leitet? Er hat die Bücherei von seinen Eltern übernommen.« Natürlich wusste sie das. Das war ja einer der Gründe, weshalb sie hinging. Wegen der bequemen Sofas, der Zeitschriften und … deshalb.

»Ja, Mom. June hat es mir erzählt. Nein, ich habe ihn noch nicht gesehen, ja, ich weiß, dass er geschieden ist, und ja, wenn ich ihn sehe, richte ich ihm schöne Grüße von dir aus.«

»Du bist mir mal wieder ein ganzes Stück voraus, mein Sonnenschein.«

»Ich weiß. Kümmer du dich mal um deinen Knöchel, hol dir künftig dein Eis im Laden, wie andere Leute in deinem Alter das auch tun, und morgen sprechen wir uns wieder. Bis dahin, ich drück dich.«

»Ich dich auch, mach's gut.«

Die städtische Bücherei in Calcasset war eine Zweigstelle des Bibliotheksverbands von Whipwell County. Sie befand sich auf einem kleinen Hügel an der Ecke Kirk und Cabot Street, nicht weit von den Geschäften und Cafés der Innenstadt entfernt. Viele der Läden hatte es noch nicht gegeben, als Laurie weggezogen war. Vor der Bücherei gab es einen kleinen Parkplatz, einen Fahrradständer und eine Bücherspendenbox. Das Gebäude war aus Naturstein und erinnerte eher an eine Kirche, ein deutlicher Gegensatz zu den kalten Betonblöcken, die man oft in großen Städten fand, oder den gesichtslosen Bürokomplexen, die seit den siebziger Jahren in den Vorstädten auf die grüne Wiese gesetzt worden waren. Dieses Gebäude war 1898 errichtet worden und stand unter Denkmalschutz. Es war in Lauries Augen einfach der perfekte Ort für eine Bibliothek.

Sie stellte den Wagen ab und hängte sich den Beutel mit den Taschenbüchern über die Schulter, die sie die Woche zuvor ausgeliehen und in Rekordzeit verschlungen hatte. Gleich im Eingangsbereich, vorn an der Ausleihtheke, entdeckte sie das Rückgabeterminal und schob die Bücher eins nach dem anderen in den dafür vorgesehenen Spalt und hörte sie dumpf in den noch fast leeren Kasten fallen. Sie hob grüßend die Hand und lächelte der Mitarbeiterin an der Theke zu, die freundlich zurücknickte. Woher, dachte sie ein wenig verwundert, kommen all diese neuen Gesichter an einem Ort, wo ich früher mal jeden mit Namen kannte? Und den Einzigen, den sie tatsächlich kannte, hatte sie dafür noch immer nicht zu Gesicht bekommen.

Die Taschenbücher standen in einem separaten Regal im Hauptgeschoss. Laurie fuhr mit der Hand über die Rücken der Bücher, von denen manche schon so zerlesen waren, dass man Autorenname und Titel kaum noch entziffern konnte, und suchte nach etwas mit vielen Morden, Geheimnissen und schönen Menschen, die an exotischen Orten romantische Abenteuer erlebten. Sie zog *Fatale Erinnerungen* und *Knarren an der Riviera* heraus und war gerade am Ende der ersten Reihe angelangt, als sie neben sich eine Stimme hörte.

»Ma'am, ich muss Sie leider verhaften. Ihre Bücher sind seit zwanzig Jahren überfällig.«

Sie brauchte tatsächlich einen Moment. Er war natürlich älter geworden, genau wie sie. Oft sah man Männer ja mit der gleichen Frisur, die sie schon zu Schulzeiten hatten, aber er hatte sich haartechnisch weiterentwickelt. Seine Haare waren jetzt kürzer, ordentlicher, vielleicht auch ein wenig heller. Aber sein Gesicht hatte sich kaum verändert, und sein Lächeln war noch ganz dasselbe. Sie hatte sein Lächeln immer gemocht. Früher hatte es ihr immer kurz die Sprache verschlagen, jetzt schob sie es darauf, dass sie sich so lange nicht mehr gesehen hatten. Ihm war ihr Zögern natürlich nicht entgangen, und er legte sich betroffen die Hand an die Brust. »Sag nicht, dass du mich vergessen hast. Nick? Bibliothekshüter und Freund aus alten Zeiten?«

»Oh, *Nick*«, sagte sie und zog seinen Namen in die Länge, »doch, ich … ich meine mich zu erinnern.«

»Das will ich aber auch hoffen.«

Bevor sie lange darüber nachdenken konnte, ob sie ihn jetzt umarmen sollte oder nicht, geschah es auch schon, und es fühlte sich so selbstverständlich und vertraut an, dass sie beinahe wie früher die Hände hinten in seine Hosentaschen geschoben hätte. Wie lange hatte es gedauert, bis sie sich berührten, neun Sekunden? »Ich freue mich so, dich zu sehen. Ich war letzte Woche schon mal hier, aber da warst du wohl gerade nicht hier.« Er leitete die Bücherei jetzt, das hieß, er kümmerte sich um alles, von der Buchausgabe bis zum Einsortieren der Bücher, und so war sie praktisch jeden Gang abgelaufen, in der Hoffnung, ihn auf einer der beiden Etagen zu entdecken, war ihm dabei aber leider nicht, natürlich rein zufällig, begegnet. Jetzt hielt sie die beiden Bücher hoch, die sie aus dem Regal genommen hatte. »Ein bisschen leichte Kost, denn immer bloß Kisten sortieren wird auf Dauer auch langweilig.«

Er ließ sein vertrautes Lächeln aufblitzen, doch dann wurde seine Miene ernst. »Ich habe gehört, dass du noch mal kommen und dich um ihr Haus kümmern wolltest. Tut mir leid, dass ich nicht bei der Beerdigung war, ich konnte hier nicht weg. Aber ich glaube, Dot hätte Verständnis dafür gehabt, sie kam regelmäßig vorbei. Ich glaube, drei Wochen vor ihrem Tod war sie noch mal hier, um ein paar Thriller zurückzugeben und gleich einen Schwung neue mitzunehmen.«

»Es würde mich nicht wundern, wenn sie auch noch Bücher aus der Bibliothek zu Hause hätte. Ich sehe mal nach, und falls ich welche finde, bringe ich sie natürlich zurück – wenn nötig, leihe ich mir einen Anhänger.«

»Ist bestimmt eine Mammutaufgabe, solch einen Nachlass zu sichten.«

»Ja, sie hat unglaublich viele Dinge gesammelt in ihrem Leben, das ganze Haus steckt voller Erinnerungen. Meine Eltern schaffen es gerade nicht, sich darum zu kümmern, und meine Brüder sind anderweitig eingespannt. Also nehme ich mir die Zeit zwischen zwei Aufträgen, um mich ein bisschen nützlich zu machen.«

»Und wartest auf die nächste Spezies, deren Geschichte erzählt werden will.«

Wie grün seine Augen sind, dachte sie und nickte stumm.

Jetzt waren sie an diesem Punkt angelangt. Dem Punkt, an dem sie erwidern könnte: *War schön, dich mal wieder zu sehen, wir sehen uns bestimmt noch mal die Tage,* worauf er dann erwidern könnte: *Und wenn nicht, schon mal schöne Grüße an deine Eltern und den Rest der Familie.* Doch sie sagte es nicht, und während sie noch überlegte, was sie stattdessen sagen könnte, hörte sie: »Ich wollte mir gerade einen Kaffee holen. Willst du die Bücher gleich mitnehmen, und wir gehen zusammen?«

Sie spürte die Anspannung von sich abfallen. »Ja, gerne. Als ich letztes Mal hier war, hat Viola für mich gebürgt, aber ich glaube, heute sollte ich mir vielleicht doch einen Ausweis ausstellen lassen, um ihre Kulanz nicht überzustrapazieren und gegen sämtliche Regeln des Hauses zu verstoßen.« Und während sie es sagte, fiel ihr Blick auf seine Schultern, den Hauch von Sommersprossen auf seinen Wangen und wie er noch immer die Angewohnheit hatte, die Hände in den Hosentaschen zu vergraben und die Schultern hochzuziehen, was ihm auch nach all den Jahren noch etwas Jungenhaftes verlieh, das sie immer an ihm gemocht hatte.

»Dann bist du bei mir genau richtig«, meinte er nur.

Er ging mit ihr zur Ausleihtheke und setzte sich an einen der Computer. »So, dann wollen wir mal. Dein Name ist Laurie Ellen Sassalyn«, begann er ihren Namen einzugeben.

»Gutes Gedächtnis.«

»Deine Adresse vor Ort ist bei Dot?«

»Ja. 2623 Butterfly Street.«

»Stimmt«, sagte er, »Butterfly Street. Dazu musst du wissen, dass es vor ein paar Jahren dort einen Einbruch in einem der Häuser gegeben hat, und andauernd fragten mich Leute, ob ich auch schon von der Sache in der Butterfly Street gehört hätte, und ich dachte die ganze Zeit nur, dass es wie der Titel eines seichten Provinzkrimis klang. Vermutlich ist das eine Berufskrankheit.« Er tippte weiter. »Geboren bist du am 16. Juli … 1982?«

»Sag mal, hast du eine Akte über mich angelegt, Cooper?«

»Ich habe einfach ein gutes Gedächtnis.« Er schaute auf. »Dann hast du ja demnächst Geburtstag.«

»Erinnere mich bloß nicht.«

»Und noch dazu ein so epochaler. Ich weiß, wovon ich da rede, meiner liegt gerade hinter mir.«

»Ich sollte mit dem Blut geweihter Jungfrauen anstoßen, um mir ewige Jugend zu sichern.«

Er verzog das Gesicht. »Auf so etwas kannst auch nur du kommen.«

Ehe sie etwas erwidern konnte, trat eine junge Frau mit einem Namensschild, auf dem JOLIE stand, zu ihnen und tippte Nick auf die Schulter. »Entschuldige die Störung, Nick, aber Frank Ashton meinte, du hättest Reiseführer für Nova Scotia für ihn zurückgelegt?«

»Ja, habe ich«, sagte Nick, schaute unter die Theke und holte einen Stapel Bücher hervor, den er ihr reichte. »Falls nichts Passendes dabei ist, soll er mich einfach anrufen.«

»Du gibst also auch Empfehlungen«, stellte Laurie fest.

»Aber natürlich. Ich bin sozusagen der persönliche Rechercheassistent für die nicht so internetaffine Klientel«, sagte er und tippte dann weiter.

Nachdem er ihren Bibliotheksausweis ausgedruckt und laminiert hatte, klebte er noch einen Barcode auf die Rückseite, scannte ihre Bücher und ließ sie in ihre Tasche fallen, dann stand er auf, ging ihr voraus zur Tür und hielt sie ihr auf. Sie passierten die Bücherspendenbox und den Fahrradständer, dann stieß er sie mit der Schulter an, genau wie früher. »Außer kurz auf Junes Hochzeit habe ich dich wie lange nicht mehr gesehen? Zwanzig Jahre?«

Sie nickte. »Könnte hinkommen.« Sie war allein zu Junes Hochzeit gekommen, er nicht. »Wie geht es Ginger?«, wechselte sie das Thema. »Macht sie immer noch die Straßen unsicher?« Nicks Großmutter lebte mit ihren Hunden im alten Leuchtturm unten am Hafen, und weil man mit dem Auto nicht bis hinaus auf die Mole fahren konnte, hatte sie sich ein Golfmobil angeschafft, mit dem sie manchmal auch durch die Stadt brauste, obwohl es dafür nicht zugelassen war. Auf ihrem Nummernschild stand SPEEDY.

»Macht sie, sie ist einfach unverbesserlich. Und das Team ist diese Saison in Bestform, was sie natürlich sehr freut.« Ginger gehörten die Claws, die Baseball in der Minor League spielten, aber in Calcasset wie Helden verehrt wurden. Nachdem ihr Mann gestorben war, war sie zurück in den Ort gezogen, um in der Nähe von Nicks Eltern und dem Rest der Familie zu sein. »Meine Eltern sind schon länger im Ruhestand und leben inzwischen in Rockland. Sie haben ein kleines Haus in der Stadt und spielen auf ihre alten Tage sehr viel Tennis.«

»Das kommt mir bekannt vor. Meine Mutter hat das Schwimmen für sich entdeckt.« Sie liefen eine Weile schweigend weiter. »Und du?«, fragte sie schließlich. »Bist du glücklich?« Er war zum Studium nach Boston gegangen, hatte seinen Master in New York gemacht, war dann zurückgekehrt und hatte seitdem immer in der Gegend gelebt. Zumindest hatte sie diesen Eindruck aus seinen Social-Media-Posts gewonnen, die hin und wieder den Weg zu ihr gefunden hatten. Meistens Fotos von Reisen, erst mit seiner Frau, später ohne.

»Im Großen und Ganzen ja«, antwortete er. »Ich mag meine Arbeit. Es ist nicht immer leicht, aber dafür umso wichtiger. Ich weiß, warum ich es mache, und man bekommt auch wahnsinnig viel zurück.«

Laurie schaute auf, als ein Auto mit heruntergelassenem Fenster langsam an ihnen vorbeifuhr. Ein junges Mädchen, das sie auf vielleicht vierzehn Jahre schätzte, winkte ihnen von der Beifahrerseite aus zu. »Hallo Mr Cooper«, rief sie. »Hat alles geklappt, danke!«

»Das freut mich, Angela. Hallo Anna Beth.« Er winkte den beiden zu.

»Hey Nick, von mir auch danke!« Die Frau am Steuer, die Mutter von Angela, wie Laurie annahm, lehnte sich ebenfalls kurz aus dem Fenster und fuhr dann mit einem vergnügten Winken weiter.

»Hast du die beiden für diesen Auftritt bestellt?«, fragte Laurie.

Er lachte. »Das waren Angela und ihre Mom. Angela musste für ihren Ferienkurs irgendwas über ihr großes Idol Beyoncé recherchieren, und ich habe ihr heute Morgen erklärt, wie sie sich in unseren Datenbanken zurechtfindet. Aber einer Zehntklässlerin dürften sich da vermutlich kaum neue Welten auftun.«

Laurie schüttelte den Kopf. »Es ist so seltsam für mich, wie vielen neuen Gesichtern ich hier begegne. Früher kannte ich gefühlt jeden, und jetzt habe ich nicht mal die geringste Ahnung davon, was hier so vor sich geht.«

»Das lässt sich ändern. Dass die Claws in Bestform sind, habe ich ja schon erzählt. Die Theatergruppe hat dieses Jahr *The Music Man* aufgeführt und es war ein rauschender Erfolg. Sie haben sogar ein ganz passables A-cappella-Quartett auf die Bühne bekommen.«

»Hast du Marian gespielt, die Bibliothekarin?«

»Gute Idee, vielleicht das nächste Mal. Was sonst noch … Wir haben inzwischen auch einen TJ Maxx Superstore, womit Calcasset jetzt auf insgesamt *drei* Rolltreppen kommt.« Er hob drei Finger und sie lachte.

»Verrückt. Das muss ich mir bei Gelegenheit anschauen und ein bisschen rauf- und runterfahren.«

»Die Highschool hat jetzt einen Baseballtrainer, der früher bei den Yankees gespielt hat.«

Laurie schaute ihn überrascht an. »Hallo, wie ist das denn passiert?«

»Seine Verlobte lebt hier. Erinnerst du dich an Evvie Ashton? Sie war zwei, drei Klassen unter uns. Ihre Mutter ist irgendwann abgehauen und Evvie hat mit ihrem Dad in einem der Häuser unten am Hafen gelebt.«

»Ehrlich gesagt nicht. Scheint, als hätte ich wirklich die allermeisten vergessen, die ich von früher kannte.«

»Du solltest einfach öfter zu Besuch kommen.«

Laurie seufzte. »Ich weiß. Irgendwann fing das an, dass ich ständig mit Dot und June telefoniert habe und das völlig ausreichend fand. Alle anderen sind darüber in Vergessenheit geraten und die Erinnerungen verblasst.« Sie lächelte. »Mit Ausnahme von dir natürlich. Ich freue mich wirklich, dich zu sehen.«

»Das ehrt mich sehr. Und es beruht auf Gegenseitigkeit.« Er rieb sich das Kinn. »Ich überlege gerade, ob ich dich nach der Hochzeit fragen soll. Ich habe davon gehört.«

»Natürlich. Hier spricht sich alles herum«, seufzte sie.

»Kollateralschäden einer gut vernetzten Gesellschaft«, fand er.

»Es reicht schon, dass meine Mutter auf Facebook ist. Welchen Nutzen hat das überhaupt, außer einen zu verleiten, Dinge preiszugeben, die man besser für sich behalten sollte?«

»Oder einen an tolle Urlaube zu erinnern, die man vor acht Jahren mit der Frau gemacht hat, von der man längst geschieden ist. Du brauchst nicht darüber zu sprechen, wenn es dir unangenehm ist.«

»Es ist mir nicht unangenehm, allerdings finde ich, wir sollten dieses Gespräch nicht hier auf der Straße führen und noch dazu vor einem Schild mit der Aufschrift HUNDE AN DIE LEINE NEHMEN.«

Er fasste sie kurz am Ellbogen, als direkt vor ihnen ein Auto aus der Einfahrt fuhr, dann gingen sie weiter. »Du hast recht. Kommst du denn bei Dot gut voran? Ist sicher viel Arbeit.«

»Ziemlich, ja. June ist ein paarmal vorbeigekommen, um mir zu helfen. Wir haben außerdem jemanden beauftragt, sich Dots Sachen mal anzusehen. Einen Teil kann man noch verkaufen oder spenden, den Rest holen seine Leute dann später ab. Aber vorher möchte ich alles wenigstens einmal durchgesehen haben.«

»Bist du schon auf verborgene Schätze gestoßen?«

»Nicht wirklich. Sie hat unglaublich viele persönliche Erinnerungsstücke, Briefe, Fotos, Bücher. Allein mit den Reisesouvenirs könntest du ein Kreuzfahrtschiff zum Sinken bringen. Und so viele im Prinzip identische Postkarten von blauem Wasser unter blauem Himmel hast du in deinem ganzen Leben noch nicht gesehen.«

»Nichts Skandalöses also.«

»Na ja, Liebesbriefe habe ich gefunden. Aber noch kann ich der Versuchung widerstehen, sie zu lesen, obwohl es mir von Tag zu Tag schwerer fällt.«

»Sie scheint ganz schön was erlebt zu haben.«

»Das kann man wohl sagen«, pflichtete Laurie bei. »Ich gewinne immer mehr den Eindruck, dass sie für ihr Alter und vor allem für ihre Zeit doch recht unkonventionell war.« Sie überlegte. »Eines beschäftigt mich allerdings – ich habe bei ihr diese Ente gefunden ...«

»Eine Ente?«

»Keine lebende, eine Ente aus Holz, eine Attrappe wie für die Jagd. Sie lag ganz unten in ihrer Wäschetruhe, als habe sie sie dort versteckt. Wahrscheinlich hat es überhaupt nichts zu bedeuten, und Dot hat sie einfach dort vergessen.« Laurie kickte ein Steinchen aus dem Weg. »Seltsam ist nur, was ich in einem der Briefe gelesen habe, einem der Liebesbriefe, in den ich nur mal kurz reingeschaut habe, aber ...«

»Nur mal kurz.«

Sie verdrehte die Augen. »Du hättest es auch getan, also spiel dich nicht so auf. In diesem Brief war die Rede davon, dass sie in der Stunde der Not immer noch die Enten hätte. Darauf kann ich mir einfach keinen Reim machen. Es kann alles Mögliche oder auch gar nichts bedeuten. Aber ungewöhnlich ist es doch schon, oder? Diese Anspielung auf Enten und diese aus den Tiefen der Wäschetruhe aufgetauchte Holzente?«

»Hast du diesen Gutachter mal gefragt, der sich ihre Sachen ansehen wollte?«

»Habe ich. Er hat einen kurzen Blick darauf geworfen und befunden, dass sie nicht wertvoll sei. Ich überlege, ob ich sie behalten oder ihm verkaufen soll. Er hat mir nämlich trotzdem noch fünfzig Dollar dafür geboten. Ich kann nicht alles mitnehmen, was irgendwie interessant scheint, sonst sieht es bei mir am Ende so aus wie bei Dot.«

Sie waren bei dem kleinen Café angelangt, an dem Laurie schon auf dem Hinweg mit dem Wagen vorbeigekommen war, und Nick hielt ihr die Tür auf. Drinnen war es schön kühl, es wirkte freundlich und angenehm. »Ah«, sagte sie, »tut das gut.« Sie holten sich beide einen großen Kaffee, und Nick deutete auf zwei mit Leder bezogene Stühle. »Wollen wir uns setzen?«

»Gerne.«

Nachdem sie beide einen Schluck getrunken hatten, sah er sie erwartungsvoll an. »Also, die Hochzeit.«

Sie lächelte. »Was hast du denn schon mitbekommen?«

»Nur dass sie abgesagt wurde.«

»Ah ja. Du willst die ganze Geschichte hören?«

»Wenn du sie erzählen möchtest, ja.«

»Gut. Wir waren noch nicht so lange zusammen, als wir uns verlobt haben, vielleicht ein Jahr. Vielleicht kannten wir uns einfach noch nicht gut genug. Aber wenn du Mitte dreißig, fast vierzig bist, kommt dir ein Jahr lang vor, und du willst auch nicht mehr ewig warten. Wir haben uns also verlobt, das schien uns der logische nächste Schritt.«

»Ist er vor dir auf die Knie gegangen und hat gesagt: ›Laurie Sassalyn, möchtest du meine Frau werden, weil, keine Ahnung, es der logische nächste Schritt ist?‹«

»Nein, aber ich bin mir nicht sicher, ob er es nicht gedacht hat.«

»Wie romantisch.«

»Auf jeden Fall haben wir dann ein halbes Jahr vor dem Termin eine Hochzeitsliste gemacht, für die Geschenke. Die Hochzeit war für den August geplant, und wir haben das im Februar gemacht, weil manche Leute angeblich Monate brauchen, um ein Geschenk zu besorgen, selbst wenn man ihnen ganz genau sagt, was man haben möchte. Mir war das ohnehin unangenehm, es kam mir vor, als würde ich eine Liste mit Forderungen stellen, aber ich weiß natürlich, dass das so üblich ist.«

»Als Becca und ich geheiratet haben, bekamen wir eine riesige grüne Porzellanschale, die ich immer die ›Golftrophäe‹ genannt habe, also nichts gegen Hochzeitslisten, die haben schon ihren Sinn.«

»Dabei spielst du nicht mal Golf. Oder hast du dann damit angefangen?«

»Natürlich nicht, wofür hältst du mich denn bitte? Ich bin übrigens geschieden.«

»Habe ich gehört.«

»Stimmt, weil deine Mutter auf Facebook ist.«

»Genau.«

»Gut, aber ich wollte dich nicht unterbrechen.«

»Wir haben uns für eins dieser großen Einrichtungsgeschäfte entschieden, ich habe den Namen schon wieder vergessen, auf jeden Fall sind wir dort dann mit so kleinen Scannerpistolen herumgelaufen, die man auf das Gewünschte richtet, und dann macht es Piep, und der Artikel ist auf deiner Liste. Wir haben einen Premium-Mixer angepiept, wunderschöne Leinenbettwäsche und dann eben ganz normale Sachen wie Salatschüsseln und was man noch so alles gebrauchen kann. Und dann wollte Chris dieses Waffeleisen … Was ist?«, fragte sie, weil Nicks Augenbrauen immer höher wanderten.

»Nichts. Was sollte denn sein, ich finde die Geschichte unglaublich fesselnd bisher. Fünf Sterne, finde nichts daran auszusetzen.«

Sie lachte. »Klar. Also, er wollte dieses Waffeleisen. Es war natürlich nicht irgendein Waffeleisen, sondern ein Gerät, das WaffleSmart heißt. Es hat so Einsätze zum Wechseln, damit man Waffeln mit verschiedenen Motiven backen kann. Eine Blume gab es, einen Hasen, eine Karte der Vereinigten Staaten. Man konnte auch weiteres Zubehör kaufen, für Darth-Vader-Waffeln, Ohio-State-Waffeln, Red-Sox-Waffeln – nur damit du schon mal eine ungefähre Vorstellung hast.«

»Sollte die Geschichte darauf hinauslaufen, dass du die Hochzeit wegen Red-Sox-Waffeln abgeblasen hast, gehst du als Legende in die Geschichte New Englands ein.«

»Ich wünschte, es wäre so, immerhin hätte das noch einen gewissen Unterhaltungswert.« Sie seufzte. »Also ein Waffeleisen mit viel Schnickschnack und allen Extras. Man konnte es so einstellen, dass die Waffeln außen knusprig und innen weich waren. Es gab verschiedene Bräunungsgrade, von leicht getoastet bis extra kross, und ich glaube, es gab auch noch Programme für Vollkornwaffeln und glutenfreie Waffeln, als würde so ein Gerät da einen Unterschied erkennen.«

»Aber deshalb ist es ja ein smartes Waffeleisen.«

»Oh nein, deswegen nicht. Smart ist es, weil es eine App dazu gibt. Du kannst dir eine App auf dein Telefon laden, um die Zeit und das passende Programm einzustellen. Und wenn die Waffeln fertig sind, bekommst du eine Benachrichtigung. Das ganze Konzept basiert auf der Annahme, dass Waffeln backen etwas ist, das man delegieren und fernsteuern muss. Aber wer ist denn bitte beim Waffelbacken so sehr beschäftigt, dass man so etwas brauchen würde, außer vielleicht das Servicepersonal am Brunchbüfett?«

»Es wirkt in der Tat etwas überambitioniert.«

»Und rate mal, wie die App heißt.«

Er neigte den Kopf nachdenklich zur Seite. »Ich tippe mal auf … Waffel2Go?«

»Das wäre schlimm genug und ist sehr nah dran. Sie heißt Waffel-o-Bill.«

»Aua.«

»Du sagst es.«

Nick überlegte einen Moment, stellte seinen Kaffeebecher ab und schüttelte den Kopf. »Ich muss gestehen, dass Waffeln bei mir oft anbrennen, weshalb mir das gar nicht so ungelegen käme, so eine App.«

»Das ist aber noch nicht alles. Wenn deine Waffel fertig ist, spielt das Gerät ›Oh, What a Beautiful Morning‹. Sollte einem das nicht gefallen, gibt es auch noch ein Zitat aus *Also sprach Zarathustra* oder eine Lounge-Version von ›La Cucaracha‹. Der ganze Spaß sollte 350 Dollar kosten. Und das denke ich mir nicht aus, wirklich 350 Dollar für ein Waffeleisen. Er wollte das auf unsere Hochzeitsliste setzen, damit jemand es für uns kauft. Er wollte unseren Freunden sagen: ›Wir sind so ein Pärchen, das 350 Dollar für ein ›La Cucaracha‹ singendes Waffeleisen ausgibt.‹«

Nick nippte nachdenklich an seinem Kaffee. »Es spricht nichts dagegen, sich bei der wichtigsten Mahlzeit des Tages ein bisschen Luxus zu gönnen, meinst du nicht?«

»Ha, jetzt kommt ja das Beste – Chris frühstückt nicht mal. Wenn ich Kaffee gemacht habe, hat er auch einen genommen und dazu vielleicht noch einen Energieriegel. Wenn ich keinen Kaffee gemacht habe, hat ihm der Riegel gereicht. Aber sich mal hinsetzen und richtig frühstücken? Fehlanzeige.«

»Habt ihr darüber gesprochen? Ich könnte mir vorstellen, dass du diesen Widerspruch nicht unerwähnt gelassen hast.«

»Natürlich, ich hab's ihm gleich gesagt, noch im Laden.«

»Dieser große, dessen Name nicht genannt werden soll.«

»Ist doch völlig egal, wie der Laden heißt. Ich habe Chris außerdem gefragt, wo er das Teil überhaupt hinstellen will, denn nachdem er zu mir gezogen war, hatten wir sowieso kaum noch Platz in der Küche, überall stand sein Kram herum, und dann hat er sich noch diesen Dörrapparat angeschafft, mit dem er *ganze zwei Mal* Trockenfleisch zubereitet hat.«

»Wie ist es geworden?«

»Eklig. Es hat nach feuchten Zigaretten geschmeckt. Wir hätten damit die Waschbären verjagen können. Und dann wollte er dieses 350-Dollar-Waffeleisen haben, das wie eine Karaokeparty in einer Anwaltskanzlei klingt. Hörst du meine Stimme? Ich rege mich schon wieder auf.«

»Mir gefällt's.«

»Auf jeden Fall, das war's dann, glaube ich. Obwohl ich alles erst ein paar Monate später abgesagt habe, war das der Moment, wo mir klar wurde, dass das niemals funktionieren würde mit uns beiden. Chris meinte, er fände das toll zum Brunchen, aber wir hatten noch nie Brunch gemacht – oder wenn wir am Wochenende Leute zum Kaffee einladen, aber wir hatten noch nie Leute am Wochenende zum Kaffee eingeladen. Ich habe gedacht, er beschreibt da ein Lebensgefühl, ein Konzept, das überhaupt nichts mit unserem Leben zu tun hat.« Laurie versuchte ihre Stimme etwas zu senken. »Mir ist bewusst, dass es ein lächerlicher Grund ist, um seine Verlobung zu lösen.«

Wieder schwieg Nick, diesmal etwas länger. Zwischendurch ging die Tür ein paarmal auf und wieder zu. Eine Frau kam mit einem kleinen Jungen herein, ging an die Theke, um etwas zu bestellen. Ein Mädchen mit einem großen Rucksack über der Schulter ging hinaus. »Würde ich jetzt so nicht sagen. Glaub mir, es ist besser, gar nicht erst zu heiraten, wenn du schon vorher merkst, dass die Ehe nicht das halten wird, was du dir davon versprichst.«

»Ja, genau das«, sagte Laurie und zupfte am Saum ihres Shirts herum. »Und weil es so war, habe ich alles abgesagt.«

»Wann?«

»Drei Wochen vorher.«

Er pfiff leise. »Nicht schlecht. Das war bestimmt eine aufwühlende Zeit, und ich kann mir vorstellen, dass es einfach superstressig und viel Arbeit ist, so eine Hochzeitsabsage abzuwickeln.«

»Absolut. Nachdem Chris sich ein paar Tage betrunken und kein Wort mit mir geredet hat, war er aber sehr bemüht, mir dabei behilflich zu sein. Zum einen, weil er eben einfach ein netter Kerl ist, und zum anderen wohl auch, um noch so viel Geld wie möglich zurückzubekommen, was aber – Spoiler – nicht wirklich geklappt hat. Ich habe den Saal abgesagt, die Band und die Blumen, er das Essen, den Service, den Pfarrer. Meine Mutter hat den Gästen Bescheid gegeben. Das Rücksenden der Geschenke haben wir ganz fair unter uns aufgeteilt. Das Kleid ist natürlich an mir hängen geblieben.«

»Hast du dafür noch etwas zurückbekommen?«

»Was glaubst du wohl?«, sagte sie. »Wenn du dir ein Hochzeitskleid anfertigen lässt, gibt es kein Zurück mehr. Entweder du behältst es oder sie behalten es und versuchen, es noch loszuwerden, aber du zahlst dennoch fast denselben Preis. In meinem Fall waren das ein paar Tausend Dollar.«

»Stolze Summe«, meinte er und drehte seinen Becher in den Händen. »Und ein ziemlich einträgliches Geschäft, wenn ich das mal so sagen darf.«

»Darfst du. Es ist Abzocke. Erin, eine Freundin aus Seattle, plant gerade ihre Hochzeit. Sie wollte den Auftrag für die Einladungen an dieselbe Druckerei geben, die sie schon mal für Einladungen zu einer Familienfeier beauftragt hatte, und obwohl der Arbeitsaufwand im Prinzip derselbe gewesen wäre, haben sie für die Hochzeitskarten das Sechsfache verlangt. Erin wollte wissen, warum, und der Typ meinte ganz unverfroren, ›weil der Markt es hergibt‹.«

»Du hoffst jetzt also, dass jemand dein Kleid kauft?«

»Nein«, sagte sie. »Ich sehe nicht ein, warum ich mich an diesem Geschäft beteiligen sollte. Ich habe es einfach bezahlt und behalten.«

»Das heißt, du hast das Kleid noch?«

Sie nickte. »Ich habe es noch. Wobei ich nicht weiß, ob ich es jemals brauchen werde, aber immerhin habe ich jetzt ein Kleid. Vielleicht trage ich es mal zu Halloween. Sonst staubt es eben in meinem Schrank ein, und irgendwann kann man mich dann darin begraben.«

Nick rieb sich das Kinn. »Du möchtest also diese komische Alte werden, die in einem vierzig Jahre alten Hochzeitskleid beerdigt wird?«

»Das ist der Plan.«

»Hm.«

»Was?«

»Nichts. Ich dachte nur gerade, dann zeigst du es ihnen noch mal so richtig.«

»Hey, auf wessen Seite stehst du eigentlich?«

»Auf deiner. Und das Kleid wird nicht in deinem Schrank verstauben. Ich bin mir sicher, dass du zu gegebener Zeit noch Verwendung dafür haben wirst, und du wirst umwerfend darin aussehen.« Er trank seinen Kaffee, und sie schwiegen einen langen Moment, sahen sich einfach nur an, und ihr fiel zum ersten Mal die dunkle Locke auf, die ihm in die Stirn fiel.

Sie ließ ihren Becher sinken. »Moment – warst du schon immer so sexy?«

Er lachte, zog seine Jacke aus und hängte sie über die Stuhllehne. »Bin ich nicht, das kommt höchstens dir so vor.«

»Ich bin mir nicht sicher, ob du das beurteilen kannst.«

»Würde ich mir auch niemals anmaßen. Vor ein paar Wochen schrieb mir eine Frau auf einer Dating-App, ich wäre eine Sechs, aber wenn ich mal zum Friseur und in die Muckibude ginge, könnte ich glatt eine Acht sein.«

»Warum hat sie das gesagt?«

»Keine Ahnung. Aber ungebetene Kommentare dieser Art scheinen mir die Grundfunktion solcher Apps zu sein. Die Leute geben zwar alles Mögliche von sich preis, aber in der Regel erfährt man nie das, was man wirklich wissen möchte. Einmal habe ich eine Frau nach ihrem Lieblingsbuch gefragt, worauf sie ›Yoga‹ geantwortet hat.«

Laurie verdrehte die Augen. »Ich hätte nie im Leben gedacht, dass du Leute nach ihrem Lieblingsbuch fragst.«

»Warum?«

»Weil es eine Frage ist, die, auch wenn du sie aus echtem Interesse und ohne Hintergedanken gestellt hast, immer von Männern gestellt wird, die in der Regel Idioten sind und sie nur deshalb stellen, um dich in ein Raster zu pressen, auf das sie sich später berufen, wenn sie dich in deinen kulturellen Vorlieben belehren.«

»Meinst du?«

»Ja. Ich habe einem Typen mal erzählt, dass ich *Die Firma* toll fände, also den Film, worauf er meinte, wenn mir solche Justizthriller gefielen, müsste ich unbedingt den besten Thriller von allen lesen, die Bibel.«

»Das verstehe ich jetzt nicht.«

»Ich auch nicht. Aber ich weiß, dass du keine Sechs bist. Du bist wirklich attraktiv, und ich ärgere mich ein bisschen, dass du das in meiner Abwesenheit geworden bist.«

»Vielleicht war ich das ja schon immer, nur anders.«

»Nein, warst du nicht«, erwiderte sie. »Du warst ein netter Kerl und irgendwie süß, aber nicht sexy. Das ist etwas komplett anderes.«

»In deinen Augen war ich das vermutlich schon.«

»Wie kommst du darauf?«

»Immerhin warst du mit mir zusammen.«

»Ich war mit dir zusammen, weil du süß warst und ein netter Kerl. Ich war sechzehn. Süß und nett ist genau das, was du brauchst, wenn du sechzehn und eine mit Komplexen beladene Spätentwicklerin bist, die noch dazu seltsame Spezialinteressen hat.«

»So habe ich dich überhaupt nicht erlebt.«

»Woher willst du das wissen?«

»Ich war mit dir zusammen.«

»Das sagte ich ja gerade, Leute wie ich sind mit Typen zusammen, die nett und harmlos sind.«

»Und mit wem sind dann die attraktiven Typen zusammen?«

»Mit den Cheerleadern.« Laurie senkte den Blick auf ihren Becher und schaute dann wieder hoch zu ihm. »Oh mein Gott, Nick.«

»Was denn?«

»Schau dich an, du bist jetzt ein sexy Bibliothekar! Es ist ein Klischee, aber ich hoffe, es macht dich glücklich.«

»Sehr.«

»Wirklich?«

»Nicht der erste Teil, es kann schon überhandnehmen mit den Fans und den Jubelchören, wie du heute bemerkt hast, aber Bibliothekar zu sein ist toll, ich würde es jederzeit wieder machen, wenn ich vor der Wahl stünde. Wobei es nicht leicht ist in Zeiten, wo Kultur am besten umsonst sein soll. Jedes Mal wenn ich wieder jemanden von einem Netflix für Bücher reden höre, verpasst mir meine

Zahnärztin erst mal eine neue Knirschschiene, um an Substanz zu retten, was noch zu retten ist.«

»Das kann ich mir vorstellen. Ich habe kürzlich von einem Startup gelesen, das ›grüne Oasen mit Fitnesszonen‹ schaffen wollte mit ›Mitarbeitern, die unsere natürlichen Ressourcen bewahren helfen‹, und es hätte mich nicht gewundert, wenn zur grünen Firmenphilosophie noch ein dressierter Bär gehört hätte, der Pushnachrichten bei Waldbrandgefahr verschickt, aber nur an Premiumkunden.«

Nick lachte. »Schöne neue Welt, ja. Aber es hat auch seine Vorzüge. Letztes Jahr bin ich zum Bürger des Jahres gewählt worden.«

»Nein!«, rief sie. »Das ist ja toll.«

»Ich glaube, früher oder später hat jeder mal die Ehre, aber meine Mom hat sich natürlich sehr darüber gefreut.«

»Sie war bestimmt auch schon mal Bürgerin des Jahres, oder?«

»Viermal. Mein Vater dreimal.«

»Dann seid ihr ja eine richtige Dynastie! Die beiden sind in Calcasset so etwas wie Goldie Hawn und Kurt Russell, nur eben als Bürger des Jahres. Was hast du als Preis bekommen?«

»Ein Abendessen im Pearl. Sehr nett und geschmackvoll, meine Großmutter hat ihre silberne Paillettenjacke getragen.«

»Ich kann's mir lebhaft vorstellen.« Laurie nippte an ihrem Kaffee. »Du überlegst also nicht, beruflich noch mal umzusatteln?«

»Doch, eigentlich ständig. Aber dann kann ich wieder jemandem beim Verfassen seines Lebenslaufs helfen und ihn freundlich darauf hinweisen, nicht in die Tastatur zu krümeln und sage mir, dass ich hier einen guten und wichtigen Job mache.«

»Das ist es, was du an deinem Job magst?«

Er zuckte mit den Schultern. »Man tut, was man kann.«

In dem Moment kam ein Paar lachend ins Café, die Frau entdeckte Nick und winkte. »Wir sind endlich fertig«, rief sie. »Sie sind unser Held, Nick!«

Nick grinste und hob den Daumen.

»Wer ist das?«, wollte Laurie wissen.

»Das sind Bruce und Shelly Foster-Forester. Sie wollen eine Teestube in dem ehemaligen Schreibwarenladen drüben bei der Feuerwache eröffnen. Moment, zuletzt war, glaube ich, ein Schmuckladen drin. Na ja, auf jeden Fall haben die zwei sich vor ein paar Tagen einen Hochdruckreiniger bei uns ausgeliehen.«

»So was kann man sich bei euch ausleihen?«

»Jep. Wir haben jetzt auch eine Bibliothek der Dinge. Damit habe ich vor ein paar Jahren angefangen, nachdem meine Mutter in Rente gegangen ist.« Früher hatten Nicks Eltern die Bücherei zusammen geleitet, und während seiner Highschoolzeit hatte Nick dort zu arbeiten begonnen. »Das ist unglaublich praktisch und nachhaltig, und es muss nicht jeder einen Bolzenschneider in seiner Garage rumliegen haben, bloß weil man irgendwann mal einen braucht.«

»Ich finde es faszinierend«, sagte Laurie. »Ich bin seit gefühlt fünf Minuten mit dir unterwegs, und dir ist schon zwei Mal in aller Öffentlichkeit für deine Arbeit gedankt worden.«

»Tja, ich bin eine richtige Berühmtheit hier«, sagte er und legte sich die Hand ans Herz. »Die Menschen wenden sich in allen Fragen vertrauensvoll an mich, ganz gleich, ob sie zu Beyoncé recherchieren oder einen Hochdruckreiniger brauchen.«

»Ich find's toll«, bekräftigte Laurie über das Zischen der Espressomaschine hinweg, und sie musste daran denken, wie Nick sich, wenn sie ins Kino gegangen waren, oft hinter sie gesetzt hatte, um ihr vor Beginn des Films die Schultern zu massieren und dann, wenn die Lichter ausgingen und der Film anfing, einen Satz über die Lehne gemacht und sich neben sie gesetzt hatte. »Es ist schön, dich wiederzusehen«, sagte sie.

»Finde ich auch. Es tut mir nur leid, dass die Umstände nicht erfreulicher sind. Ich weiß, wie sehr du an deiner Tante gehangen hast.«

»Danke«, sagte Laurie. »Ich wünschte auch, ich hätte sie öfter gesehen die letzten Jahre. Was nicht heißt, dass sie zu Hause Däumchen gedreht und auf meinen Besuch gewartet hätte. Ich glaube, sie hat ziemlich viel erlebt, sie hatte viele Freunde und Bekannte.«

»Und eine Ente«, ergänzte Nick.

»Und eine Ente«, wiederholte Laurie und ertappte sich dabei, mit dem Knie zu wippen, wie sie es auch machte, wenn sie ein kniffliges Kreuzworträtsel löste.

»Die Ente beschäftigt dich«, stellte er fest.

»Ja, das tut sie tatsächlich.«

»Sass«, sagte Nick und sah sie ernst an, »mir scheint, du solltest die Ente behalten.«

»Nick«, sagte sie und nickte langsam, »ich glaube, du hast recht.«

5

Zurück in Dots Haus googelte sie nach Antiquitätenhändlern in der näheren Umgebung und stieß auf einen Laden, der unter anderem auf Jagd und Fischerei spezialisiert war und sich, eine halbe Autostunde entfernt, in Wybeck befand. Sie packte die Ente, in eine Decke gewickelt, in einen Karton, stellte ihn neben sich auf den Beifahrersitz und machte sich sofort auf den Weg.

Die Luft war angenehm frisch und trocken, sie ließ das Fenster halb herunter und schaltete einen ihrer Podcasts ein. Es war sonnig, aber nicht zu heiß oder schwül, und so sehr sie die üppige Vegetation des pazifischen Nordwestens auch liebte und es dort keineswegs *immer* regnete, wie ihre Mutter zu glauben schien, musste sie doch zugeben, dass diese Art unaufdringlichen Sommerwetters nicht gerade zu den Stärken ihrer Wahlheimat gehörte. Ganz anders hier in Maine. Zwischen den Ortschaften war die Gegend nur spärlich besiedelt, die Straße zog sich durch die hügelige Landschaft und führte hier und da leicht bergan, ehe es wieder sanft hinabging. Neben ihrem Podcast versuchte Laurie sich aufs Fahren zu konzentrieren, während sie gleichzeitig einen Blick für die Vögel hatte, die am blauen Himmel dahinzogen oder von den Pflöcken der Weidezäune aufflogen.

Sie lebte jetzt seit fünfzehn Jahren in Seattle und betrachtete es als ihr Zuhause. Aber hier in Maine war sie geboren und aufgewachsen, es hatte sie geprägt. In ihr steckte noch immer etwas von der Zehnjährigen, die jeden Stein umdrehen musste, um sich Seesterne, Einsiedlerkrebse und Seeigel anzuschauen. Überall an der Küste wurde Hummer gefangen und sie war von jeher fasziniert gewesen von diesen Tieren, deren in Segmente unterteiltes Außenskelett wie ein Panzer war und von einem so tiefen Braun, wie sie es sonst nur von Käfern kannte. Oder die Vögel, die sie zu bestimmen gelernt hatte, während sie mit ihrem Vater Zeit im Garten verbrachte, von seinem Wissen ebenso zehrte wie die Moskitos von ihr, diese langen Sommerstunden, wenn sie beide faul im Liegestuhl lagen und sich eine Tüte M&M's teilten.

In Wybeck angekommen, fand sie Ransom & Sons in einer ruhigen Seitenstraße, zwischen dem Postamt gelegen und einer Strickboutique, im Schaufenster das übliche Sammelsurium aus alten Uhren, Lampen, Ölgemälden, kleinen Beistelltischen und Vasen in allen möglichen Formen.

Als sie den Laden betrat, bimmelte eine Türglocke, doch sonst blieb es still. Die Gänge waren eng und verwinkelt, Waren türmten sich bis ans Ende jeder Reihe, quollen aus den hohen Regalen hervor. Laurie wollte sich gerade bemerkbar machen, als sie den Kopf eines Mannes hinter einem Stapel Kisten auftauchen sah. Er war groß und hager, hatte schlohweißes Haar, und sie fand ihn auf Anhieb sympathisch. »Guten Tag«, sagte er.

»Guten Tag«, erwiderte sie. »Ich wollte fragen, ob Sie mir weiterhelfen können. Es geht um ein Erbstück, dessen Wert ich gern schätzen lassen würde.«

Er wischte sich die Hände an einem weißen Tuch ab und kam zu ihr in den vorderen Teil des Ladens. »Dann sind Sie bei mir goldrichtig. Ich bin Joe Ransom.« Er reichte ihr die Hand.

»Hi, ich bin Laurie Sassalyn. Und um Folgendes geht es.« Sie stellte den Karton auf die Glasplatte der Verkaufstheke, unter der sich eine Auslage bunter Fischköder befand. Sie packte die Ente aus und stellte sie vor ihn hin. »Ich räume gerade das Haus meiner kürzlich verstorbenen Großtante aus und habe das in ihrer Wäschetruhe gefunden. Ich weiß nichts darüber, aber mir kam es so vor, als habe sie sie absichtlich dort aufbewahrt, sie versteckt, und nun wüsste ich gern, ob Sie mir mehr dazu sagen können. Natürlich würde ich Sie dafür auch bezahlen.«

Er winkte ab. »Wenn mich diese Spurensuche nicht reizen würde, könnte ich auch einen Eisenwarenladen betreiben.« Sie merkte ihm an, dass er diesen Satz nicht das erste Mal sagte. Er setzte die Brille auf, die er um seinen Hals hängen hatte. »Dann wollen wir doch mal schauen ... Es handelt sich um eine Jagdattrappe, eine Ente aus Holz. Sehr schöne Arbeit, sehen Sie nur dieses Gefieder.«

»So weit war ich auch schon.«

»Man sollte das Offensichtliche nie unterschätzen. Wie alt war Ihre Großtante?«

»Dreiundneunzig. Ich weiß allerdings nicht, seit wann sie die Ente hatte.«

Er nahm sie in die Hand und betrachtete sie genauer. »Die ist in einem tadellosen Zustand. Ich würde sogar behaupten«, er hielt sie ins Licht, »dass sie noch nie zum Einsatz gekommen ist.«

»Und das ist ungewöhnlich?«

»Aber ja. Mittlerweile sind das begehrte Sammelobjekte des Kunsthandwerks, und manche erzielen erstaunlich gute Preise. Aber ursprünglich waren diese Attrappen für die Jagd gedacht, es waren Gebrauchsgegenstände. Genau das macht auch ihren Reiz aus, wenn Sie mich fragen. Die meisten, die ich zu sehen bekomme, haben etliche Jahre auf dem Buckel, das sehen Sie an den verschiedenen Farbaufträgen, die wurden oft mehrmals neu angemalt, man sieht Witterungsschäden, auch Spuren von Salzwasser. Ab und an findet man ein Exemplar, auf das geschossen wurde.«

»Schon arg, was eine schwimmende Holzente in ihrem Leben so durchmachen muss.«

»Allerdings, doch dafür sind sie gemacht. Das ist einer der Gründe, warum für die richtig alten Stücke sehr stolze Preise gezahlt werden. Die meisten überstehen die Zeit nicht, ohne dass es ihnen an Kopf und Kragen geht, da fehlen Teile vom Schnabel, vom Bürzel. Dieses Kerlchen dürfte ein gewisses Alter haben, scheint aber nicht einen Tag draußen, geschweige denn in Gebrauch gewesen zu sein. Eine richtige Antiquität ist es also nicht.«

»Das deckt sich mit der Einschätzung, die mir bereits von jemand anders gegeben wurde«, sagte Laurie. »Wie schade, aber danke, dann weiß ich Bescheid.«

»Nicht so schnell, ich bin noch nicht fertig.« Er drehte die Ente um. »Aha. Sehen Sie sich mal das hier an.« Er nahm ein Vergrößerungsglas und hielt es über den Farbauftrag der Flügel. »Interessant«, murmelte er, »sehr interessant. Wo, sagten Sie, lebte Ihre Tante noch mal?«

»Ich hatte es noch gar nicht gesagt. Sie hat ihr ganzes Leben in Calcasset verbracht.«

»Hm-mmh.« Wie spannend wollte er es noch machen? Wie viel Bedeutung konnte man in ein einzelnes *Hm-mmh* legen? »Was mir daran auffällt, ist Folgendes: Diese Ente ist im Stil Carl Kitterys gearbeitet. Kittery war ungefähr von den Vierzigern bis in die frühen Achtziger aktiv, seine Nachbildungen waren sehr bekannt. Seine letzte Arbeit müsste von 1982 sein, wenn mich nicht alles täuscht. Sehen Sie, wie dieser Flügel gemalt ist? Dieses Muster?« Die Flügel hatten weiß aufgemalte Zacken aus dicht nebeneinander gesetzten Haarstrichen, schmalere Reihen wechselten sich ab mit etwas breiteren. »Diese Art der Federzeichnung war praktisch sein Markenzeichen. Allerdings habe ich noch keine Brautente von ihm gesehen, das erscheint mir doch ungewöhnlich. Das andere wäre sein Sigel, das sich auf all seinen Jagdattrappen findet – es ähnelt zwar diesem hier, ist aber nicht mit ihm identisch.«

»Oh, verstehe.«

»Sehen Sie hier dieses CKM? Das steht für ›Carl Kittery, Maine‹. Aber danach steht immer noch ein Jahr, beispielsweise CKM65 oder CKM78. Außerdem hat er unter den Kreis immer noch drei Punkte gesetzt, die für seine Frau und seine beiden Töchter stehen. Bei den frühen Stücken gibt es Abweichungen, der Kreis kam erst später, auch seine Töchter waren da noch nicht geboren. Aber diese Stücke sind extrem selten, und sie sind sehr alt, deutlich älter als dieses Exemplar. Ich habe schon ein paar Kitterys verkauft, aber so was ist mir noch nicht untergekommen. Seltsam … Das ist irgendwie nichts Halbes und nichts Ganzes. Als hätte jemand versucht, seinen Stil nachzuahmen, ohne das Sigel richtig zu fälschen.«

Laurie nickte. »Man würde also nicht von einem Original sprechen? Von einem echten Kittery?«

»Schwer zu sagen. Ausschließen würde ich es nicht. Da ich noch nie eine Brautente von Kittery gesehen habe, war es vielleicht einfach ein nicht zum Verkauf gedachtes Modell und daher die unvollständige Signatur. Sagen wir so, es ist eine erstklassige Handarbeit und bis auf diese eine Sache mit dem Sigel kaum von einem echten Kittery zu unterscheiden, weshalb es genauso gut ein Kittery sein könnte.«

»Aber mit Sicherheit sagen kann man es nicht.«

»Leider nein. Etwas anderes wäre es, wenn sich Belege fänden, wie die Ente in den Besitz Ihrer Tante gelangt ist. Aber so, mit diesem unvollständigen Markenzeichen und ohne Herkunftsnachweis, wird das sehr schwer zu verkaufen sein.«

»Angenommen, es wäre ein echter Kittery, wie viel würde es ungefähr bringen? Bekomme ich damit die Kosten für mein Flugticket wieder rein?«

Er lächelte. »Bei einem echten Kittery sollte das locker drin sein. Letztes Jahr ist einer von 1962 für achtzigtausend Dollar weggegangen. Und wie ich schon sagte, ist das die erste Brautente, die ich von ihm sehe, vorausgesetzt, sie ist wirklich von ihm, aber das wäre eine echte Rarität und dürfte den Wert noch mal deutlich steigern.« Er notierte sich etwas in einem Ringbuch. »Geben Sie mir Ihre E-Mail-Adresse, dann schicke ich Ihnen ein Bild des Sigels von einem Kittery, den ich vor ein paar Jahren verkauft habe, und Sie können ja mal schauen, ob Sie noch an weitere Informationen kommen. Wenn ja, melden Sie sich gerne, denn das würde auch mich interessieren. Selbst wenn es kein echter Kittery ist, es ist wirklich ein auffallend schönes Stück.«

»Ja, das finde ich auch«, sagte Laurie und ließ die Hand auf dem

Rücken der Ente ruhen. »Eigentlich möchte ich bloß mehr darüber erfahren und sie gar nicht unbedingt verkaufen.«

»Da hätte ich noch einen Tipp für Sie«, sagte er. »Mein Wissen auf dem Gebiet der Jagdattrappen ist zwar solide, aber wenn Sie die Einschätzung eines echten Experten wollen, wenden Sie sich am besten an Wesson & Truitt in Hartford. Das ist ein Auktionshaus, das sich auf solche Objekte spezialisiert hat. Wenn jemand sich mit diesen Attrappen auskennt, dann die. Sprechen Sie mit Jim Baines.« Er kritzelte etwas auf eine neue Seite seines Blocks, riss das Blatt heraus und gab es ihr. Etwas unleserlich stand dort *Wesson & Truitt, Hartford, Jim Baines.* »Und schreiben Sie mir Ihre E-Mail-Adresse auf, dann schicke ich Ihnen die Informationen zu Kitterys Signatur.«

»Das wäre wirklich wunderbar.«

»Und wenn Sie noch etwas finden, das Sie gern verkaufen möchten, bringen Sie es einfach vorbei. Wie Sie sehen, nehme ich so ziemlich alles.«

Noch ein paar Tage später wurde Laurie es dann langsam leid, sich durch immer noch mehr Urlaubserinnerungen, Wäsche und Weihnachtsdeko zu ackern. Außerdem bekam sie langsam einen Koller, weil sie fast jeden Tag allein in Dots Haus war und Podcasts hörte oder eben abends mit leichter Lektüre und schmerzendem Rücken auf der Couch lag. Sie versuchte die Monotonie ihrer Tage etwas aufzulockern, indem sie immer mal wieder zu einem ihrer kleinen Streifzüge aufbrach, Vögel beobachtete, tote Baumstümpfe abklopfte, bei jedem Rascheln im Unterholz lauschend stehen blieb. Und am Donnerstagabend, sie hörte gerade Doris-Day-Platten aus Dots Sammlung und trank ein Glas Rotwein dazu oder auch zwei, beschloss sie, sich endlich dem Schrank im dritten der oberen Schlafzimmer zu widmen. Dort stieß sie auf dreiunddreißig blaue Aufbewahrungsboxen, die in fünf ungleich hohen Stapeln übereinanderstanden.

Sie sahen genauso aus wie die Box mit den Polaroids aus dem Jahr 2007 und waren sogar in zeitlicher Folge geordnet, fein säuberlich etikettiert und nach Jahren von 1974 bis 2006 beschriftet. Sie zog die 1986 heraus und setzte sich damit aufs Bett. Hier waren sie also, die Fotos. Aber dass es so viele waren, hätte sie dann doch nicht gedacht. Es waren Unmengen. Wie sollte sie die alle durchsehen? Fotos von einer Party in irgendeinem Wohnzimmer, alle schauten lächelnd in die Kamera, aber niemand, den Laurie erkannte. Eine Frau saß lachend auf dem Schoß eines Mannes. Ein Schnappschuss von jemandem, der einen Martini eingoss, das Cocktailglas in der einen, den Mixer in der anderen Hand. In wessen Haus war das? Wer waren diese Leute?

Laurie war damals noch ganz klein gewesen, sie hatte also keine Erinnerungen an Dot aus dieser Zeit. Das hatte alles früher stattgefunden, vor der Dot, die sie kannte. Die an Weihnachten zu Besuch kam, die Süßes mitbrachte und ihr das Haar zerzauste. Die bei Grandma Natty im Wohnzimmer auf der Couch übernachtete, weil sämtliche Gästezimmer von Kindern und verheirateten Paaren belegt waren.

Dann wieder Urlaubsfotos, immer wieder Fotos von Reisen, türkisblau schimmernde Postkartenansichten von Hawaii, aber auch das Bild eines Mannes, der unter einem Baum stehend auf ein Schild mit der Aufschrift BAXTER STATE PARK zeigte. Zwei Frauen, die mit Körben voller Blaubeeren posierten. Laurie meinte in einer der beiden Frauen jene zu erkennen, die auf den Bildern von der Party lachend auf dem Schoß des Mannes gesessen hatte.

Auf einem Bild waren ihre Eltern zu sehen, unglaublich jung, viel jünger, als sie die beiden je erlebt hatte. Etwas verblichen war das Foto, beide saßen sie auf Grandma Nattys Sofa mit dem Rosenblütenmuster, ihre Mutter hatte den Kopf auf die Schulter ihres Vaters gelegt. Laurie und ihre beiden älteren Brüder rannten wahrscheinlich irgendwo außerhalb des Bildes durchs Zimmer oder machten sich gerade über die Kekse her, die Natty extra für ihre wachsende Enkelkinderschar in der Dose mit den Koalabären drauf aufbewahrte.

Laurie schaute wieder zum Schrank. Noch zweiunddreißig solcher Boxen. Sie nahm ihr Telefon und schrieb June eine Nachricht. *Du hast nicht zufällig Lust, heute Abend spontan vorbeizukommen und Fotos mit mir zu sortieren?*

Laurie und June hielten sich für gewöhnlich nicht mit einem simplen Ja oder Nein auf, sie dachten beide praktisch und machten sofort Pläne. *Ich müsste noch die Kinder abfüttern und ins Bett bringen,* schrieb June denn auch prompt zurück. *Aber Charlie ist da, sollte kein Problem sein. Wie wäre es mit 19.45?*

Laurie reagierte mit einem gehobenen Daumen. Dann sang sie ein bisschen bei Doris Day mit, trank noch einen Schluck Wein, griff erneut zum Telefon. Legte es wieder weg. Nahm es noch mal zur Hand. Legte es dann mit dem Display nach unten auf den Tisch. Trank ihr Glas aus. Griff zum Telefon, diesmal entschlossen.

Sie hatte seine Nummer einfach unter Bibliotheksleiter gespeichert. *Hallo! Wahrscheinlich bereust du gleich, mir deine Nummer gegeben zu haben, wenn ich dich frage, ob du dein hervorragendes Organisationstalent nicht darauf verwenden möchtest, nachher vorbeizukommen und mir bei der Sichtung von in zweiunddreißig Jahren gesammelter Polaroids zu helfen, die ich gerade in Dots Schrank gefunden habe. (Es ist nichts nicht Jugendfreies dabei, soweit ich das überblicken kann.) Im Gegenzug könnte ich Wein und was zum Knabbern anbieten. June kommt auch. Bitte unten ankreuzen, wenn das für dich nach dem spaßigsten Abend aller Zeiten klingt.* Sie schickte die Nachricht ab, ohne sie noch einmal durchzulesen.

Dann ließ sie sich zurück aufs Bett fallen und starrte mit laut pochendem Herzen an die Decke. Diese Lampe, dachte sie, hing auch schon ewig da. Es war das orange Zimmer, das Goldfischzimmer, dessen Wände sie zusammen mit Dot gestrichen hatte und das Lauries Zimmer gewesen war, wenn sie über Nacht geblieben war oder das Wochenende bei ihr verbracht hatte. Wenn ihre Eltern abends weggingen, blieben ihre Brüder allein zu Hause, und sie hatte zu Dot gedurft – Dot hatte es ihre Mädelsabende genannt, nur sie beide, mit Popcorn vor dem Fernseher oder stundenlang in Ruhe lesend.

Ihr Telefon sirrte, eine Nachricht von Nick. *Kein Problem,* schrieb er, *mache ich doch gern. 20 Uhr?*

Sie antwortete erneut mit dem Daumen-hoch-Emoji, dann schickte sie June noch eine Nachricht. *P.S.: Nick kommt auch.*

June antwortete umgehend. *PLOT TWIST,* schrieb sie, alles in Großbuchstaben.

Sie saßen in Dots Wohnzimmer auf dem Boden, drei Absolventen des Abschlussjahrgangs 2000 der Calcasset Highschool, und tranken Wein aus Wassergläsern, weil die nicht so leicht umkippten und der Teppich keine Flecken bekommen sollte. Sie teilten die Arbeit nach Jahrzehnten unter sich auf. Laurie nahm die ersten zehn Boxen, June die mittleren Jahre, Nick den Rest. Als Faustregeln legten sie fest, Reisefotos ohne persönlichen Bezug auszusortieren, Familienfotos zur weiteren Sichtung erst mal beiseitezulegen und ansonsten alles herauszupicken, was anderweitig bemerkenswert oder von Interesse war. Oberstes Gebot war natürlich, nach Bezügen zu Enten in jedweder Form Ausschau zu halten, ob nun hölzern oder lebend, und Laurie sofort auf diese Fotos aufmerksam zu machen, damit sie nicht untergingen in der Masse der Bilder.

Dann legten sie los.

»Seht ihr euch noch oft?«, wollte Laurie wissen, während sie ihren ersten Stapel durchging. »Oder habt ihr euch aus den Augen verloren, bis ich euch heute endlich wieder zusammengebracht habe?«

June runzelte die Stirn. »Doch, ab und an. Aber weißt du noch, wann wir das letzte Mal miteinander gesprochen haben, Nick? Wahrscheinlich beim Spring Dance, oder?« Er nickte. Der Spring Dance war, anders als der Name vermuten ließ, keine Tanzveranstaltung, sondern das jedes Jahr ausgerichtete Freundschaftsspiel der Calcasset Claws, jenem Baseballteam, das der ganze Stolz des

Ortes war und Nicks Tante Ginger gehörte. »Manchmal sehen wir uns in der Stadt. Aber in den letzten Jahren verbringe ich ja hauptsächlich Zeit mit anderen Eltern, wie das eben so geht. Ich glaube, Nick und ich würden uns öfter sehen, wenn er mein Interesse für das Nachwuchsteam der Little League teilen würde.«

»Ich verbringe meine Zeit mit Büchern«, meinte darauf Nick und warf zwei Fotos in die BEHALTEN-Box, die Laurie in der Mitte auf den Boden gestellt hatte. »Im Grunde führe ich das Leben eines Einsiedlerkrebses.«

»Das klingt ja nicht so gesund«, fand Laurie.

»Dieser Ort und ich kommen einfach nicht voneinander los«, meinte er und schnippte noch ein paar Bilder in den Karton. »Ich habe meinen Frieden damit gemacht.«

June hielt kurz in der Arbeit inne und schenkte sich noch etwas Wein nach. »Darf ich dich fragen, wie es Becca geht?«

Er schaute nicht auf. »Du kannst ruhig fragen, ihr geht es gut. Wir haben uns einvernehmlich getrennt, besser konnte eine Scheidung gar nicht laufen. Sie lebt in Michigan und ist in einer festen Beziehung, wie du vielleicht auf Facebook gesehen hast.«

»Machen Leute das immer noch, ihren Beziehungsstatus angeben?«, fragte June. »Ich finde das einfach nur seltsam, habe aber auch nicht wirklich Erfahrung in solchen Dingen, weil ich seit 2001 mit ein und demselben Mann zusammen bin. Bevor es Facebook überhaupt gab, war ich schon vom Markt.« Sie reichte Laurie eines der Fotos. »Schau mal, das müsste dein kleiner Bruder beim Knusperflockenrennen sein.«

Das Knusperflockenrennen hatte eine lange Tradition bei den Spielen der Claws, es wurde als Pauseneinlage zwischen dem dritten und vierten Inning ausgetragen, und Sieger war, wer es, als Frühstücksflockenschachtel verkleidet, am schnellsten um die Bases schaffte. Einmal hatte auch Lauries jüngster Bruder Ryan bei dem Rennen mitgemacht, da war er neun gewesen und als Chex-Schachtel angetreten. »Ich bin wirklich froh, dass ich schon verheiratet war, bevor wir uns beziehungstechnisch mit dem Internet auseinandersetzen mussten.«

»Glück gehabt«, meinte Nick.

»Macht ihr das überhaupt, Onlinedating?«, wollte June weiter wissen und sah sie beide an.

»Ich habe es mal probiert«, sagte Laurie. »Aber nicht lange und auch eher halbherzig. Du wirst es ziemlich schnell leid, jeden Tag ein Dutzend Nachrichten von Typen vorzufinden, die alle einfach bloß *Hi* schreiben.«

»Was ist an *Hi* denn so schlimm?«, fragte Nick ehrlich verwundert. »Vielleicht wollen Sie einfach bloß ein Gespräch anfangen.«

»Und was soll ich auf *Hi* antworten?«

»Auch *Hi?*«, schlug er vor.

Laurie nahm sich die nächste Box vor. »Ich fand dieses *Hi* immer sehr unspezifisch. Ich könnte mir vorstellen, dass diese Typen völlig planlos vorgehen und einfach achthundert Frauen so ein *Hi* schicken und dann mal schauen, ob eine *Hi* zurückschreibt. Als würde man oben am Berg ins Horn blasen und warten, dass die Herde angetrabt kommt.«

June schüttelte den Kopf. »Horn, Herde? Ich stelle mir gerade Bergziegen vor, die hurtig gen Gipfel springen, und bin mir nicht sicher, ob ich dieses Bild wieder vergessen kann.«

»Mal angenommen, ich würde das machen, ich würde zwanzig von diesen Männern ein *Hi* zurückschreiben, in der Hoffnung, dass einer davon mein zukünftiger Ehemann sein könnte.«

»Du musst sie ja nicht gleich heiraten«, sagte June und streckte ihre Beine. »Wie sieht es denn bei dir aus, Nick? Treibst du dich auch in diesen virtuellen Untiefen herum?«

Nick schüttelte den Kopf. »Schon lange nicht mehr. Ich hatte es Laurie bereits erzählt, anscheinend bin ich bloß eine Sechs. Und eins meiner ersten Dates war dann auch noch mit meiner Zahnärztin.«

»Wie das?«, fragte June und nahm sich einen neuen Packen

Fotos vor. »Hast du sie nicht auf dem Profilbild erkannt? Oder an ihrem Namen?«

»Wie sollte ich eine Frau erkennen, die ich höchstens zwei Mal im Jahr sehe und dann auch nur mit Mundschutz und so einem Visier vor den Augen? Außerdem heißt sie Smith, Dr. Smith. Auf ihrem Profilbild trug sie Sonnenbrille, hatte einen Chihuahua im Arm und nannte sich Leslie. Ich hatte gerade unsere Drinks bestellt, als es Klick machte.«

»Und, hat sie dich erkannt?«

»Sie meinte, ich käme ihr irgendwie bekannt vor. Es wurde uns dann beiden im selben Moment klar.«

Laurie zuckte mit den Schultern. »Such dir doch einfach jemand anderen, um dir den Zahnstein entfernen zu lassen.«

»Ich hatte letztes Jahr zwei Wurzelbehandlungen bei ihr«, sagte Nick und schob einen Stapel durchgesehener Fotos wieder zusammen. »Lieber suche ich mir ein anderes Date als eine andere Zahnärztin. Sie hatte vollstes Verständnis dafür und war wohl auch ein bisschen geschmeichelt. Schade, dass man bei diesen Bewertungsportalen nicht einfach schreiben kann: ›Tolle Frau, noch bessere Zahnärztin!‹«

»Aber du wärst wieder bereit, jemanden kennenzulernen?«, fragte Laurie nach.

»Gute Frage«, meinte er. »Ich bin nicht gern Single, so viel steht fest. Verheiratet zu sein hatte durchaus Vorteile. Ich fand es schön, ein gemeinsames Haus zu haben, einen anderen Menschen, mit dem man alles teilen konnte. Jetzt stehe ich morgens auf und schaue mich um, und dann überkommt mich dieses Gefühl absoluter Freiheit, das sich aus der Erkenntnis speist, dass es niemanden kümmert, was du machst oder ob du überhaupt irgendwas machst. Ich mag es nicht, und es tut mir auch nicht gut, behaupte ich.«

»Weil du alles liegen lässt, wo es hingefallen ist, und die halbe Küche in Brand steckst beim Versuch, dir ein Ei zu braten«, vermutete Laurie.

»Ich kann bestens für mich selber sorgen, das ist nicht der Punkt«, stellte er klar. »Es macht nur keinen Spaß, sich jeden Sonntag überlegen zu müssen, was man jetzt bitte mit dem ganzen Tag anfangen soll. Ich scheine nicht dazu fähig zu sein, allein etwas zu unternehmen.«

»Genau das liebe ich«, sagte Laurie. »Ich habe entgegen aller landläufigen Erwartung nicht das Gefühl, dass mir dann die Decke auf den Kopf fällt. Ich finde es herrlich, einfach mal einen ganzen Tag nichts vorzuhaben. Vielleicht nicht gerade jeden Sonntag, aber manchmal, wenn mir danach ist.«

Nick sah sie einen Moment schweigend an. »Ich weiß, Sass. Du warst in der Hinsicht schon immer ein bisschen speziell.«

»Ich bin einfach gern der Boss«, sagte Laurie. »Es macht mir Spaß, unabhängig zu sein, für mich selbst sorgen zu können. Es fühlt sich gut an, von niemandem abhängig zu sein.«

»Oh, danke«, sagte June trocken.

»Was?«

June ließ die Fotos wieder sinken, die sie gerade zur Hand genommen hatte. »Ich finde es toll, dass du zufrieden bist mit deinem Leben. Aber es hat gerade so geklungen, als wäre ich nicht in der Lage, selbst für mich sorgen, nur weil ich verheiratet bin und Kinder habe. Als hätte ich damit meine Unabhängigkeit aufgegeben.«

»So war das nicht gemeint«, verteidigte sich Laurie. »Ich wollte damit höchstens sagen, dass du jemanden hast, mit dem du dir die Aufgaben teilst. Du musst nicht alles allein machen.«

Junes Augen wurden immer größer. »Aber natürlich! So wie damals, du erinnerst dich, als Charlie beruflich sechs Wochen in Philadelphia war? Und ich mit Bethie wegen ihres Asthmas in die Notaufnahme fahren musste, während Tommy sich die Seele aus dem Leib gebrüllt hat. Ich habe noch schnell versucht, meinen Auftrag fertig zu bekommen, uns was zu essen zu machen und den Müll rauszubringen, und zwischendrin habe ich auch noch Rettungssanitäterin und Superwoman gespielt. Ich würde mal behaupten, doch, ich komme ziemlich gut allein zurecht.«

Nick war ganz still geworden.

»Es tut mir leid, June«, sagte Laurie. »Ich verstehe, was du meinst.«

June funkelte sie aus zusammengekniffenen Augen an, dann lächelte sie und zeigte Laurie eins der Fotos. »Schau mal, wir beide vor unserem Haus in der Cragen Avenue. Ich glaube, bei euch wurde der Hochzeitstag eurer Eltern gefeiert. Das muss 1990 gewesen sein.«

»Und bei euch wurde gerade die Küche renoviert.« Sie betrachtete das Foto, sie mit einem wirren, sich langsam auflösenden Pferdeschwanz und June mit bandagierten Knien, beide mit Zahnlücken: Laurie fehlte oben ein Schneidezahn, June die beiden unteren. »Erinnerst du dich noch an dieses T-Shirt? ICH BREMSE AUCH FÜR EIDECHSEN, ich hätte es jeden Tag tragen können, es war mein absolutes Lieblingsshirt. Leider ist das Foto so alt und verblasst, dass man es kaum erkennen kann.«

»Apropos alt und verblasst«, sagte June. »Weißt du noch, der vergrabene Schatz, den wir im Garten gefunden haben?«

Laurie lachte. »Oh mein Gott, erinnere mich bloß nicht daran!« Nick schaute fragend auf. »Erzähl du«, sagte Laurie zu June.

June zeigte auf das Bild. »Wir sind 1989 in dieses Haus gezogen. Laurie und ich waren total glücklich, weil es so einen großen verwilderten Garten hatte. Wir haben uns alle möglichen Spiele ausgedacht, sind durchs Laub gerannt, haben Verstecken und Fangen gespielt und fanden es großartig. Es war für uns Kinder das reinste Paradies. Dann sahen wir im Fernsehen etwas über einen geheimen Schatz und beschlossen, im Garten zu suchen, ob da nicht auch ein Schatz vergraben sein könnte. Am Fuß eines alten Baums stießen wir auf einen Kreis aus Steinen. Für uns war die Sache klar: Jemand hatte diesen Ort markiert, weil dort Gold und funkelnde Juwelen lagen oder was man sich eben mit sieben unter einem geheimen Schatz vorstellt. Also beschlossen wir, an dieser Stelle zu graben.«

Laurie hielt sich die Augen zu. »Ich weiß noch, dass ich die Schaufel geholt habe.«

June musste lachen. »Wir fingen also an zu graben. Meine Eltern haben davon nichts mitbekommen, weil das ganz hinten im Garten war, sonst hätten sie bestimmt etwas gesagt, aber so buddelten wir einfach los. Und plötzlich stießen wir auf einen Knochen. Aber es war nur ein kleiner Knochen, ungefähr so groß.« Sie zeigte es mit den Händen, die sie etwa zehn Zentimeter auseinander hielt.

»Und dann?«, fragte Nick.

»Wir nahmen natürlich an, dass es sich um einen kleinen Baby-Dinosaurier handelt«, sagte June. »Unser Fund würde uns berühmt machen und im Museum ausgestellt werden. Also gruben wir weiter, wie zwei angehende Archäologinnen. Wir fanden auch noch weitere Knochen, die wir neben der Grabungsstätte ordentlich nebeneinanderlegten. Und dann kam mein Vater, um zu schauen, wo wir denn abgeblieben waren. Erst war er nicht gerade begeistert, dass wir ein Loch in den Garten buddelten, dann sah er die Knochen.«

»Ich nehme mal an, er hielt es nicht für einen Baby-Dinosaurier.«

Jetzt ergriff Laurie das Wort. »Ihm war sofort klar, dass wir die sterblichen Überreste eines Miezosaurus entdeckt hatten.«

»Ah«, sagte Nick und verzog das Gesicht. »Ihr habt eine Katze ausgebuddelt?«

»Bloß die Knochen«, sagte June. »Laurie war absolut hin und weg.«

»Ich hatte eben schon immer eine morbide Ader«, sagte Laurie achselzuckend. »Schade, dass wir Dot nicht geholt und sie gebeten haben, die Katzenknochen zu fotografieren, denn ich garantiere euch, dass sich das Bild noch heute in einer dieser Boxen finden würde, irgendwo zwischen Dinnerpartys und einer Kreuzfahrt zu den Bahamas.«

»Wisst ihr, was mich wirklich wundert?«, sagte June und deutete auf die Fotoboxen. »Polaroidfilme waren mal richtig teuer. Meine

Mutter hat sich jedes Foto genau überlegt, um bloß kein Bild zu verschwenden. Dot muss jedes Jahr ein paar Hundert davon gemacht haben. Das nennt man dann wohl wahre Leidenschaft.«

Nick hielt die Box hoch, die er gerade durchsah. »Und hier, die sind von 2005. Zu dem Zeitpunkt gab es längst gute Digitalkameras. Die Hälfte dieser Bilder könnte ganz einfach auf einer Festplatte gespeichert sein.«

Laurie lächelte. »Könnten sie, ja.« Sie fuhr über den weißen Rand einer Aufnahme ihrer Eltern an Weihnachten. Die Farben waren verblichen und hatten einen leichten Rotton, das Bild gealtert auf eine Weise, wie eine digitale Aufnahme es nie könnte. »Vielleicht mochte sie, wie die Dinge sich im Laufe der Zeit veränderten. Vielleicht schaute sie diesem Prozess des Alterns gerne zu.«

June hielt in ihrer Arbeit inne. »Kann ich dich mal was fragen? Willst du das eigentlich wirklich, diese ganzen Fotos durchgehen, oder fühlst du dich nur dazu verpflichtet? Ich meine, mir macht das nichts aus, ich freue mich, dich zu sehen und mit dir zu quatschen. Von mir aus könnten wir auch Socken sortieren. Aber dir ist hoffentlich klar, dass du das nicht zu machen brauchst. Bloß weil sie diese ganzen Fotos hat, musst du dir nicht jedes einzeln ansehen.«

Nick hob den Blick und schaute zwischen ihnen hin und her, bevor er mit 2005 weitermachte.

Laurie legte alles beiseite und streckte sich auf dem Boden aus, zog dann leicht die Knie an die Brust, um ihren Rücken zu dehnen. Dabei dachte sie an Dot, sah sie vor sich mit der Kamera bei Familienfeiern oder auf Reisen. Jemand musste das Foto vor *Avenue Q* gemacht haben, vielleicht ein Fremder, dem Dot auf die Schulter getippt und ihn höflich darum gebeten hatte. Sie setzte sich wieder auf. »Junie, wenn deine Eltern mal sterben, wer geht dann ihre Sachen durch?«

June blinzelte. »Ich nehme an, Mary Jo und ich.«

»Und wirst du dir ihre Fotos anschauen?«

Sie nickte. »Sicher.«

»Jedes Bild, zumindest kurz? Oder wenigstens einen Blick in jedes Fotoalbum werfen, in jede Fotokiste, um zu sehen, was überhaupt drin ist?«

»Wahrscheinlich, ja.«

»Und du, Cooper? Wirst du dir eines Tages die alten Fotos deiner Eltern anschauen? Die Baseball-Sammelkarten deines Vaters sortieren, seine Angelausrüstung, durch ihre College-Jahrbücher blättern?«

Er sah sie an und lächelte, ganz leicht nur, aber aus irgendeinem Grund musste sie an seine Jacke denken, die er damals getragen hatte, die mit dem Lammfellkragen, auf dem ihre Hände lagen, wenn sie sich küssten. »Das werde ich, aber es ist ja auch mein Job, sozusagen.«

»Es kann gut sein, dass mich hier irgendwann die Lust verlässt«, sagte Laurie. »Aber ich finde einfach, auch Dot steht das zu – obwohl sie keine Töchter hatte, die sich darum kümmern, keinen Bibliothekar zum Sohn.« Sie seufzte. »Wisst ihr, was ich meine?«

Einen Moment herrschte Stille, dann hob Nick sein Glas. »Auf Dot. Und auf jede einzelne ihrer Fotografien.«

»Auf Dot«, schloss June sich an.

»Auf Dot«, sagte Laurie leise. Sie beugten sich alle etwas ungelenk vor, um mit ihren Wassergläsern anzustoßen, ein dumpfer Laut, der in der Stille des Zimmers widerhallte, dann setzten sie ihre Arbeit fort.

Sie fragten Nick über seinen Werdegang bis zur Leitung der Stadtbücherei aus, folgten ihm nach New York, wo er sein Studium beendet hatte, dann die Rückkehr nach Calcasset und wie erst sein Vater sich zur Ruhe gesetzt hatte und ein paar Jahre später seine Mutter. Laurie erzählte von einem Unwetter in Borneo, wo sie über fliegende Frösche recherchiert hatte und vor dem sintflutartigen Regen auf einen Baum geflüchtet war und zwei Stunden in der dichten Laubkrone ausgeharrt hatte, um nicht von den Fluten fortgespült zu werden. June berichtete von Tommy und seiner flammenden Liebe für Instant-Kartoffelbrei, weil es nach seiner Mandel-OP das Einzige war, das er essen konnte, und jetzt wollte er überhaupt nichts anderes mehr.

Sie saßen bestimmt schon zwei Stunden zwischen den Fotos auf dem Boden, als Laurie sich mit einem von 1970 vorbeugte. Darauf war ein Mann zu sehen, der mit dem Rücken zur Kamera an einer Werkbank stand. »Ich weiß nicht, wer das ist«, sagte sie und schüttelte den Kopf, »aber schaut euch das mal an und sagt mir, wonach das eurer Meinung nach aussieht. Da, ganz rechts, dieser Gegenstand auf der Werkbank.« Sie reichte June das Bild.

»Es sieht aus wie Brust und Kopf eines Vogels.« June gab es an Nick weiter.

Er nickte. »Eine halb fertige Ente.«

Der Entenkopf war rötlich braun, hatte allerdings nicht die typische Kappe der *Aix sponsa*. Es war nicht ihre Ente, doch die Ähnlichkeit war verblüffend. »Hat einer von euch beiden eine Ahnung, wer das ist?«

»Nein«, sagte June. »Aber es ist auch nicht wirklich viel von ihm zu erkennen, oder? Man sieht nur seinen Rücken und leicht ergraute kurze Haare. Das könnte praktisch jeder Mann in mittleren Jahren sein.«

»Ja, lässt sich wirklich schwer sagen«, fand auch Nick. Er betrachtete das Bild noch einmal genauer, drehte es dann um und seufzte. »Es macht mich wahnsinnig, dass Leute ihre Sachen einfach nicht beschriften.« Er gab es Laurie zurück. »Tut mir bitte beide den Gefallen, denkt an alle Archivare dieser Welt und beschriftet euren Kram ordentlich.«

»Du meinst, es reicht nicht, wenn man ›Leo‹ auf den Rand eines Fotos schreibt?«, zog Laurie ihn auf.

»Wenn du dir diese Frage stellst, hast du schon deine Antwort.«

»Wahrscheinlich hätte ich über die Jahre einfach mehr darauf achten sollen«, sagte Laurie nachdenklich.

6

Eine Woche, nachdem die Hochzeit geplatzt war, hatte Laurie mit Dot telefoniert. Sie saß allein in ihrem Haus inmitten eines Riesenbergs Verpackungen und Kartons. In einem davon war der WaffleSmart – der Chefredakteur eines der Magazine, für das sie schrieb, hatte es im Namen der gesamten Redaktion geschickt. Eine nette Geste, die sie jedoch vor die Frage stellte, wie sie das Geschenk jetzt mit Anstand zurückschicken sollte.

Da sie den Karton mit dem Logo einer herzförmigen Waffel noch nicht geöffnet hatte, klebte sie ein Adressetikett auf die Vorderseite, schrieb die Anschrift der Redaktion darauf und stellte ihn zu den anderen, die sie nachher zur Post bringen wollte. Dazu kamen noch etliche Briefe mit Schecks, die zurückgingen an jene Gäste, die sich wohlweislich gleich für Geldgeschenke entschieden hatten, ein paar Kuriositäten und Verlegenheitspräsente, die nicht auf der Hochzeitsliste gestanden hatten, darunter eine Popcornmaschine, die, Laurie hatte es gegoogelt, für knapp sechzig Dollar »fünf leckere Sorten« versprach. Außerdem noch die Entschuldigungskarten, die sie allen Gästen schicken wollte, auch denen von Chris' Seite, obwohl er das Zurückschicken seiner Geschenke selbst übernommen hatte.

Während sie also in diesem Chaos aus Kisten und Kartons, Adressaufklebern und Briefumschlägen saß, Styroporkügelchen und Klebefilmstreifen an den Socken und in die Betrachtung dieser materiellen Verwerfungen und falschen Entscheidungen versunken, griff Laurie zum Telefon und schickte June eine Nachricht. *Warum haben wir so viele Leute eingeladen? Ich hätte ihn einfach heiraten sollen.*

Wünsch dir beim nächsten Mal bloß Geld, kam prompt die Antwort ihrer klugen Freundin.

Beim nächsten Mal lol, schrieb Laurie zurück.

Sollen wir sprechen?

June machte gerade ihren Master und hatte immer den Kopf in den Büchern, wenn sie nicht gerade alle Hände voll mit den Kindern zu tun hatte. *Nein, lern weiter,* schrieb sie also. *Sag mir einfach nur, dass die Zahl der Geschenke in meinem Esszimmer endlich ist, auch wenn es gerade kein Ende zu nehmen scheint.*

Mathematisch ein Ding der Unmöglichkeit, und ich sollte es wissen, weil Master-Programm!

Master in Geschichte!

Zählt trotzdem. Ich bin jetzt offiziell intelligent.

Laurie schickte drei Herzen zurück und wandte sich dann dem Rest der Kartons zu. Ein Paket hatte einen Absender aus Florida. Der Name sagte ihr nichts, aber sie ging davon aus, dass es ein früherer Kollege ihres Vaters sein musste. *Vorsicht zerbrechlich* stand darauf, also eine Bonbonniere, eine Porzellanfigur, irgendetwas in der Art. Sie packte es aus und hielt eine schwere Kristallkugel von der Größe einer Grapefruit auf einem dunklen Holzsockel in der Hand. CHRIS & LAURIE 28.08.21 stand ins Glas eingraviert, AUF DIE ZUKUNFT.

»Ah«, murmelte sie. »Wie originell.« Bedauerlich auch, dass personalisierte Geschenke nicht mehr umgetauscht werden konnten. Ob man sie dennoch zurückschicken sollte, darüber gab es geteilte Meinungen. Laurie hätte es dennoch anstandslos getan, zumal sie die Vorstellung ärgerte, dass jemand, noch dazu jemand, den sie überhaupt nicht kannte, ihr ein großes und schweres Glasobjekt schenkte und ganz selbstverständlich davon auszugehen schien, dass sie dafür Platz fand. Vermutlich war es nur nett gemeint, aber sie fand es furchtbar anmaßend, als würde ein Fremder einen Platz auf ihrem Kaminsims, ihrem Couchtisch, ihrem Bücherregal für sich beanspruchen. Hatte wirklich jemand geglaubt, sie würde sich darüber freuen? Oder kosteten sie ihre Rolle in einem Ritual aus, das vorsah, das glückliche Paar mit der größtmöglichen Geschmacksverirrung zu beschenken und so subtil dafür Rache zu nehmen, dass man stundenlang in Gesellschaft, die man sich nicht aussuchen konnte, herumsitzen musste? Änderte es etwas, dass sie das Hochzeitsessen nun doch nicht über sich ergehen lassen mussten? Würden sie ihr Geschenk gar bereuen?

Sie stellte die Kristallkugel vor sich auf den Boden. Ihre Hand kroch zum Hammer, mit dem sie vorhin einen Nagel in die Wand geschlagen hatte, um das gerahmte Foto vom Mount Katahdin wieder aufzuhängen (während der paar Monate, die Chris bei ihr gewohnt hatte, musste da unbedingt sein Foo-Fighters-Poster hängen). Sie nahm den Hammer, schwang ihn achtsam hin und her, tippte sachte mit der Spitze auf den Teppich. Die Vorstellung, die Glaskugel in tausend Stücke zerspringen zu sehen, war wirklich sehr verlockend. Sie hörte schon das helle Klirren, das Splittern. In das Gefühl der Befriedigung schlich sich allerdings die Überlegung, dass sie wohl besser eine Schutzbrille aufsetzen sollte. Hatte sie so etwas überhaupt? Vielleicht unten im Werkzeugkasten? Oder würde es die Schwimmbrille nicht auch tun? Aber wo hatte sie die …

In dem Moment klingelte das Telefon. Sie legte den Hammer beiseite und ging dran. »Hallo Dot.«

Dot hatte einen Festnetzanschluss in der Küche, und Laurie konnte sie herumhantieren hören. Der Wasserhahn wurde auf- und wieder zugedreht. Sie stellte sich vor, wie Dot gerade die Blumen auf der Fensterbank goss. »Hallo mein Schatz. Ich wollte mich nur mal bei dir melden, ich hoffe, ich störe nicht.«

»Tust du nicht. Ich schicke gerade Hochzeitsgeschenke zurück.«

»Hm. Kommst du gut voran?«

»Es ist quälend und zäh und langweilig, also genau so, wie man sich einen Freitagabend vorstellt.«

Dot lachte. »Und als wäre das nicht schon schlimm genug, musst du mit dem ganzen Kram auch noch zur Post. Ich bekomme immer schlechte Laune, wenn ich zur Post muss. Man findet nie einen Parkplatz, und jedes Mal ist jemand vor mir, den ganzen Arm voller Sendungen, die alle versichert werden sollen. Eine junge Frau erzählte mir mal, sie würde auf eBay-Kleinanzeigen Knöpfe verkaufen. Kannst du dir das vorstellen, sie verschickt ein paar Knöpfe als versicherte Sendung.«

»Das müssen wirklich tolle Knöpfe sein.« Laurie lehnte sich mit dem Rücken an die Wand. »Wie geht es dir?«

»Nicht schlecht für dreiundneunzig«, erwiderte sie, ihre übliche Antwort. »Ich habe mir jetzt diesen Film mit Leonardo DiCaprio angesehen, wo er einen Trickbetrüger spielt.«

»Und, wie fandest du ihn?«

»Ziemlich langweilig«, sagte Dot. »Ich weiß ja, dass der Junge jetzt ein ernst zu nehmender Schauspieler ist, aber ich mochte ihn lieber, als er noch mit diesem Schiff abgesoffen ist.« Laurie hörte, wie ein Glas gefüllt wurde, sicher mit Wein. »Wie geht es den Jungs?« Sie war das offizielle Sprachrohr ihrer Brüder, die es alle vier nicht so sehr mit dem Telefonieren hatten.

Sie überlegte kurz. »Patrick ist zum leitenden Oberarzt befördert worden, und Scotts Elternzeit müsste langsam vorbei sein. Die Fotos von Lilac im Batman-Schlafanzug hat er dir geschickt, oder?«

»Batman? Nicht dass ich wüsste.«

»Dann schicke ich sie dir nachher, wenn wir aufgelegt haben, die sind wirklich süß. Joey hat mit seinem Team bei der Arbeit ein Softballturnier gewonnen. Und Ryan steht wieder auf der Bühne, irgendeine Independent-Produktion über die Kubakrise. Aber es läuft ganz gut für ihn. Er und Lisa sind gerade in eine größere Wohnung umgezogen, sie macht die Kostüme für dieses Remake von *Unsere kleine Stadt.*«

»Und wie geht es deiner Mutter? Von ihr habe ich schon eine ganze Weile nichts gehört. Deine Tante Colleen hat mir erzählt, sie wäre jetzt eine begeisterte Schwimmerin?«

»Seit sie nach Florida gezogen sind, schwimmt sie fast täglich, das gehört dort anscheinend dazu. Sie hat kürzlich Synchronschwimmen in einer Seniorengruppe angefangen. Sie proben sogar für einen Auftritt – zur Musik von *Hollywood Hotel.*«

Dot johlte vor Lachen. »Ach, herrlich – ich gönne es ihr. Man sollte keine Gelegenheit auslassen, um auf seine Kosten zu kommen.« Sie trank einen Schluck. »Vielleicht wird aus ihr noch eine zweite Esther Williams … Ach, was rede ich da, du wirst kaum wissen, wer das ist.«

»Doch, sie war Leistungsschwimmerin und Hollywoodstar, berühmt für ihre Rollen in Wasser-Musicalfilmen.«

»Und sie wurde einundneunzig«, schloss Dot, die sich mit hochbetagten Berühmtheiten bestens auskannte. Sie wusste, welche Krankheiten und Wehwehchen sie geplagt hatten, wie groß ihr Vermögen war, als sie starben, und welche Verwandten mit welchen unlauteren Methoden versucht hatten, an selbiges zu gelangen. Besonders interessierte sie, ob jemand bis zum Schluss fit gewesen war und im eigenen Haus gelebt hatte. Sie beharrte stets darauf, dass ihre erste auch ihre letzte Adresse sei, und bislang hatte sie damit recht behalten.

Ihre Telefonate liefen immer nach demselben Muster ab. Zuerst erkundigte sich Dot, was Laurie machte, dann erzählte sie ein bisschen von sich, fragte nach Lauries Brüdern, dann nach ihren Eltern und schließlich nach weiteren Verwandten, in absteigender Folge je nach Verwandtschaftsgrad und Zuneigung, bis Dot das Interesse verlor und Laurie nichts mehr einfiel. Dann gingen sie ihre neuen Entdeckungen auf Netflix durch, danach kam, wenn noch Zeit war, das aktuelle Tagesgeschehen zur Sprache, diesmal ging es um einen der Korruption überführten Senator, den Dot einen Lügner schimpfte, »einen elenden Heuchler und Lügner«. So oder ähnlich hatte es sich zwischen ihnen eingespielt.

»Und jetzt, meine Liebe«, kam Dot zum Ende, »verziehe ich mich mit meinem Wein in die Wanne. Bis zum nächsten Mal, ich hab dich lieb.«

»Ich dich auch, bis dann. Genieß dein Bad und mach keine Dummheiten.« Sie legte das Telefon neben sich auf den Boden. Dot hatte sich kürzlich eine Spezialwanne einbauen lassen, die eine Tür in der Seite hatte, damit man leichter hinein- und herauskam. Sie sehe nicht ein, meinte Dot, warum sie auf ihre täglichen Wannenbäder verzichten sollte, nur weil ihre Gelenke nicht mehr so wollten wie sie.

Jedes Mal, wenn sie mit ihr sprach, musste Laurie daran denken, wie Dots Haus ihr damals das Leben, oder zumindest den Verstand, gerettet hatte. Was hätte sie ohne diesen Ort getan? Als Kind war ihr nicht bewusst gewesen, wie sehr sie diese Zuflucht gebraucht hatte. Dabei hatte Dot sie weder verwöhnt noch ihr erlaubt, was sie daheim nicht durfte. Sie war einfach da gewesen, hatte ihr Ruhe und Frieden geboten. Hier musste nicht alles verhandelt und endlos diskutiert werden, wie wenn man zu siebt unter einem Dach lebte. Es waren nur sie beide, jede an ihrem Ende der Couch, und dann schauten sie *Dr. Quinn*, die Serie mit der Ärztin, oder Musicals, von denen Dot viele auf Videokassetten hatte, bis Lauries Mom kam, um sie abzuholen.

Laurie, June und Nick hatten sich ungefähr durch die Hälfte der Polaroids gearbeitet, als Junes Telefon klingelte. Da müsse sie drangehen, meinte sie, nachdem sie einen kurzen Blick darauf geworfen hatte, es würde aber nicht lange dauern. »Charlie«, sagte sie, bevor sie sich in Dots Schlafzimmer zurückzog, »da scheint Not am Mann zu sein.«

»Ich bringe das schon mal weg, bevor hier noch jemand drauftritt«, sagte Laurie, stand ebenfalls auf und trug Gläser und Teller in die Küche. Nick folgte ihr und blieb, während sie das Geschirr heiß abspülte, so dicht hinter ihr stehen, dass es kaum noch freundschaftlich zu nennen war. »Muss spannend sein, Cooper, mir beim Abwasch zuzuschauen.«

Er lächelte. »Mach dich ruhig lustig. Ich versuche, so viele Eindrücke wie möglich von dir aufzusaugen, bevor du wieder verschwindest.«

Sie spürte seinen Blick und merkte, wie sie rot wurde und nicht gegen das Lächeln ankam, das sich über ihr Gesicht breitete. »Genau wie damals«, sagte sie. »Weißt du noch, wie wir auf der Party zu Dana Koppkes Sechzehntem in der Küche geflirtet haben? So fing alles an.«

Er überlegte. »Wenn ich es richtig in Erinnerung habe, hast *du* auf Dana Koppkes Party angefangen. Ich stand nur da, beide Arme bis zu den Ellbogen im Spülwasser und du …«, er beugte sich vor, »… hast mich einfach auf meine unbefleckte Wange geküsst.« Er deutete mit dem Finger darauf. »Ich habe sie bis heute nicht gewaschen.«

»Oh, du Armer«, murmelte Laurie und hörte sein leises Lachen. »Nur um eins klarzustellen: Mir war das so unglaublich peinlich.« Sie schaute verstohlen zu ihm auf, als wäre es ihr noch immer unangenehm. »Kaum hatte ich es getan, dachte ich nur noch daran, was du jetzt den anderen erzählst.«

»Ich habe es überhaupt niemandem erzählt, sondern mir tagelang meine weitere Vorgehensweise überlegt.«

Sie spülte ein Glas aus. »Du hast eine Woche gebraucht, um mich endlich anzurufen.«

»Ja, klar. Ich dachte irgendwann, ich hätte mir das alles bloß eingebildet, weil du gleich danach fluchtartig die Küche verlassen und nie wieder ein Wort darüber verloren hast.«

Sie öffnete die Spülmaschine, und er musste einen Schritt zurückmachen. »Ich war völlig überfordert. Der Kuss war Punkt eins meines großen romantischen Eroberungsplans – einen Punkt zwei gab es nicht.« Sie räumte Teller und Gläser ein, schloss die Tür wieder und trocknete sich die Hände an einem Küchenhandtuch ab.

»Hat bei mir auch so funktioniert«, meinte er, nahm sich einen der kleinen Salzstreuer von der Anrichte und drehte ihn in den Händen. »So viel dazu.«

»Ja«, wiederholte sie, »so viel dazu.« Sie schaute einen Moment auf seine Hände. »Ich hatte ganz vergessen, wie zappelig du bist.«

»Ach das … Becca hat das meine ›nervösen Ticks‹ genannt, es hat sie wahnsinnig gemacht.«

»Verstehe«, sagte Laurie. »Hat sie dir deshalb so leichtfertig den Laufpass gegeben?«

Er nickte. »Deswegen und wegen eines ziemlich guten Jobangebots, das nur leider ziemlich weit entfernt war.«

»Hättest du nicht mitgehen können?«

»Nein, wie stellst du dir das vor?«

»Gibt es in Michigan keine Bibliotheken?«

»Es ging nicht«, sagte er. »Ich war gerade dabei, die Bücherei von meinen Eltern zu übernehmen, undenkbar, in dem Moment alles hinzuschmeißen und es an jemand anderen zu übergeben.«

»Es war also schlechtes Timing«, sagte Laurie und dachte daran, wie oft sie in ihrem Abschlussjahr an der Highschool in der Bücherei gewesen war, wo Nick neben der Schule schon als Aushilfe arbeitete. Sie redeten, knutschten zwischen den Regalen herum, räumten Bücher ein und knutschten weiter. Sie hatte sehr schöne Erinnerungen an die Calcasset Public Library.

Er nickte. »Das County wollte uns mit Wybeck und Brayer zusammenlegen, Personal einsparen, Gelder kürzen, den Laden hier ganz dichtmachen. Die Leute hätten eine Dreiviertelstunde bis zur nächsten Bibliothek fahren müssen. Für Calcasset wäre es das Aus gewesen, dafür sollte es ein neues, modernes Mediathekgebäude mit allen technischen Schikanen und angeschlossenem Café geben.«

»Aber du konntest es verhindern.« Natürlich hatte er es zu verhindern gewusst. Mehr noch: *Danke, Mr Cooper, von mir auch danke, Mr Cooper, Sie sind unser Held, Nick.* Sie konnte kaum den Blick von ihm wenden, von den feinen Lachfalten um seine Augen, dem Umriss seiner Schultern, seinen Fingern, die noch immer den kleinen Salzstreuer kreisen ließen. »Wie hast du das geschafft?«

»Indem ich auf bestimmt hundert Meetings war«, sagte er.

»Ausschüsse, Gemeinderatssitzungen, Ortsgruppen. Ich habe mich durch Unmengen trockener Kekse und Donuts gegessen und schlechten Kaffee in rauen Mengen getrunken. Wir haben Autowaschaktionen und Buchverkäufe organisiert, um Geld für nötige Instandhaltungsmaßnahmen zusammenzubekommen, für die das County kein Budget hatte. Die Junggesellen-Versteigerung mit einigen unserer besten Baseballspieler dürfte auf Jahre unvergessen bleiben.«

»So was kannte ich bislang bloß aus dem Fernsehen.«

»Unterschätze niemals meine Großmutter.«

»Da wäre ich gern dabei gewesen. Für wen wurde am meisten geboten?«

»Shortstop, netter Kerl. Ging für einen mittleren dreistelligen Betrag weg. Wir hätten das Fünftausendfache gebraucht, aber so hat jeder seinen Beitrag geleistet – auch wenn es sehr, sehr mühselig war.« Er stellte den Salzstreuer zurück auf die Anrichte. »Drei Jahre hat es gedauert, bis die Sache in trockenen Tüchern war.«

»Und jetzt ist die Bücherei gerettet?«

»Wenn ich eines gelernt habe«, erwiderte er, »dann, dass man immer nur bis zur nächsten Bezirksratswahl denken darf.«

»Das haben dir bestimmt deine Eltern mit auf den Weg gegeben.«

»Ich glaube, als ich fünf wurde, war es das Motto meiner Geburtstagsparty.« Er atmete tief durch. »Das war also damals die Situation. Ich konnte nicht weg. Und Becca konnte nicht bleiben, weil sie auf diesen Job schon seit Jahren gewartet hatte.«

»Eine Fernbeziehung ist vermutlich nicht so ideal.«

»Soll ich ehrlich sein? Wir hätten es vermutlich darauf ankommen lassen, wenn sonst alles bestens gewesen wäre. Aber dem war nicht so. Also haben wir es gar nicht erst versucht.«

»Das tut mir leid.«

Er beugte sich vor. »Und?«

»Und was?«

»Warum hast du nicht geheiratet? Und fang jetzt nicht wieder mit dem Waffeleisen an.«

Laurie hatte sich damals, mit sechzehn, von einem Tag auf den anderen in ihn verknallt. Es war einfach so passiert, dabei kannten sie sich, seit sie Kinder waren. Aber dann war er eines Tages in der richtigen Jeans und dem richtigen Shirt aufgetaucht, hatte sie angelächelt, und ihr war der Schweiß ausgebrochen. So hatte sie es June beschrieben: *Junie, es war verrückt, er kam auf diese Party, und ich habe mich gefühlt, als hätte ich plötzlich vierzig Grad Fieber.* June hatte es trotzdem nicht verstanden – sie interessierte sich nur für richtige Männer. Für sie war Nick noch immer der Junge von nebenan, mit dem sie früher auf der Mole beim Angeln gesessen hatten oder mit dem Rad rüber nach Kettle Bay Island gefahren waren. Der Junge aus dem Fußballverein.

»Das hatte viele Gründe«, sagte sie schließlich. »Er war einfach nicht der Richtige.« Und weil er sie noch immer ansah und auf weitere Erklärungen zu warten schien, zuckte sie bloß mit den Schultern.

»Verstehe«, meinte er und nickte. »Neue Liebe, neues Glück.«

»Oder auch nicht«, erwiderte sie. »Vielleicht bin ich einfach nicht dafür gemacht. Seit ich mich von ihm getrennt habe, hatte ich kein einziges erfolgreiches Date mehr. Und diese unausgesprochene Erwartung, ich müsse jetzt unbedingt jemand Neues finden, hängt über mir wie ein Damoklesschwert. Dabei macht es nicht mal Spaß, sich auf die Suche zu begeben, aber wem erzähle ich das, du weißt es ja selbst. Das ist wie bei dir und der Zahnärztin. Und irgendwann hat man den Punkt erreicht, wo andere Dinge wichtiger werden, und plötzlich ist es gefühlt Jahre her, dass du ein Date hattest, das *kein* Reinfall war, und wenn es dann doch mal ernst wird, ist man völlig aus der Übung.«

»Dann lass *uns* doch mal was machen«, schlug er vor.

Sie spürte die Worte am ganzen Körper, genauso wie das betont beiläufige Achselzucken, das er hinterherschickte. »Es wäre aber kein erstes Date, es wäre nicht dasselbe«, wandte sie ein.

»Auf den ersten Blick vielleicht nicht, aber mir wurde aus zuverlässiger Quelle versichert, dass ich jetzt offiziell sexy sei, also wer weiß, was sich noch alles getan hat. Ich könnte ein komplett anderer Typ sein. Und du bleibst doch sowieso nicht, wenn es also ein Reinfall wird, fliegst du einfach wieder nach Hause und kannst so tun, als wäre nichts weiter passiert.«

Sie bezweifelte sehr, dass sie so würde tun können, als sei nichts passiert. Der Gedanke machte sie nervös – und das keineswegs, weil sie glaubte, es könne ein Reinfall werden. »Können wir machen«, erwiderte sie ebenso beiläufig wie er.

»Gut«, sagte er. »Richtung Rockland gibt es ein neues Steakhouse. Ich war seitdem noch nicht da, vorher gab es da deutsche, später thailändische Küche. Zu deiner Zeit müsste noch der Italiener drin gewesen sein. Marino's oder Marini's, Pasta, Rotwein, weiße Tischdecken.« Er klang verunsichert. »Wir müssen das nicht machen, wenn du nicht möchtest.«

Zu ihrem achtzehnten Geburtstag hatte er ihr eine Kette mit Panda-Anhänger geschenkt, die sie noch irgendwo haben musste, auch wenn sie sie seit Jahren nicht mehr getragen hatte. Er hatte gewusst, dass sie Biologie studieren und im Zoo arbeiten wollte. Es war dann doch alles anders gekommen. »Nein, lass uns das ruhig machen«, meinte sie. »Am Wochenende wäre gut, vielleicht am Samstag?«

Er lächelte und schien erleichtert. »Am Samstag, super.«

Da tauchte June wieder auf und räusperte sich. »Ihr seid wie zwei verknallte Teenies.«

Laurie drehte sich um. »Alles klar bei euch zu Hause?«

Junie nickte. »Charlie wollte nur meine Stimme hören.«

»Du bist doch gerade mal ein paar Stunden weg.«

June lächelte. »Eben.«

7

Lauries Freunde in Seattle waren besorgt gewesen, weil sie den weiten Weg nach Maine machen und sich ganz allein um Dots Haus kümmern wollte. Ein paar hatten sogar angeboten mitzukommen, wenigstens für ein paar Tage, so auch Erin, die mit ihrer in zwei Monaten anstehenden Hochzeit allerdings selbst mehr als genug um die Ohren hatte. »Aber das macht nichts«, hatte sie versichert. »Ich bin ja nicht aus der Welt und kann mich mit den Caterern auch von Maine aus besprechen. Viel schlimmer wäre es doch, wenn du allein in diesem alten Haus von einem herabfallenden Karton erschlagen würdest und um deinen Auftritt im ersten *nicht* schrecklichen Brautjungfernkleid der Geschichte gebracht würdest. Wirklich, das könnte ich mir nie verzeihen.« Erin und Laurie trugen beide Größe 48 und tauschten ab und an Klamotten. Tatsächlich war es die erste Hochzeit, in der Laurie von der Braut *nicht* in ein Kleid gesteckt wurde, das eine absolute Zumutung war. Im Gegenteil, es war schön und passte ihr sogar.

Doch als sie jetzt am Freitag miteinander telefonierten, erwischte sie Erin nicht gerade an einem ihrer besten Tage. »Du hattest recht«, verkündete die Freundin, während Laurie in der Küche hantierte und sich etwas zu essen machte. »Man sollte erst gar nicht heiraten.«

»Du siehst hoffentlich, wie ich jetzt ganz gewaltig mit den Augen rolle«, sagte Laurie. »Ich habe kein Problem damit, wenn andere Leute heiraten, wirklich, ich freue mich, ich habe lediglich nicht die Absicht, es selbst zu tun. Und sag bitte nicht, du hast Justin gesagt, ich hätte dir geraten, nicht zu heiraten. Ich bin absolut dafür, dass ihr heiratet. Und blas nicht gleich die ganze Hochzeit ab, bloß weil du Stress mit dem Catering hast.«

»Stress!«, rief Erin mit einem trockenen Lachen. »Du hast ja keine Vorstellung. Ständig kommen sie mit neuen Fragen, dauernd muss ich irgendetwas entscheiden. Aber wofür bezahle ich denn diese Leute? Ich will mir keine Gedanken um Servietten machen müssen, das sollen die entscheiden, sie sind die Profis. Nur weil es meine Hochzeit ist, muss ich nicht bei allem das letzte Wort haben.«

»Damit bist du vermutlich eine eher untypische Braut«, meinte Laurie.

»Wenn sie mich noch mal wegen so einem Kram anrufen, sage ich ihnen, sie sollen eine Münze werfen.«

»Das halte ich für keine gute Idee«, sagte Laurie. »Am Ende läuft es dann nämlich auf Krabbencocktail hinaus.« Erin hasste Krabbencocktail.

Sie stöhnte. »Lass uns bitte von was anderem reden. Wie geht es dir? Was macht das Haus, kommst du voran?«

»Alles gut.« Laurie erzählte von den letzten Tagen und schloss zwangsläufig mit: »Ich habe jetzt also ein Date.«

»Und ausgerechnet mit deinem Jugendfreund«, sagte Erin. »Du lässt bei deiner Reise in die Vergangenheit auch nichts aus. Mir fällt beim besten Willen kein Ex ein, mit dem ich heute noch ein Date haben wollte, vor allem nicht die Typen, mit denen ich auf der Highschool zusammen war.«

»Wir waren auch noch zusammen, als wir aufs College gingen«, stellte Laurie klar. »Wir waren eins dieser Highschoolpärchen, das der festen Überzeugung war, nicht mal die Tatsache, dass er an der Ostküste blieb und ich an die Westküste ging, könnte uns auseinanderbringen. Wir dachten ganz groß. *Bei uns wird es halten, wir sind anders, wir bleiben zusammen, unsere Liebe hält das aus.* Du kennst das.«

»Ehrlich gesagt nicht. Wie lang hat es gehalten?«

»Zwei Jahre. Er überlegte da schon, noch ein Masterstudium dranzuhängen, und mir wurde klar, dass er am Ende zurückgehen würde, dass er sich hier einen Job suchen würde, wo wir herkamen, und ich hatte eben etwas völlig anderes vor, verstehst du? Es gab so vieles, was ich machen wollte, aber wieder dorthin zurückzukehren, wo ich hergekommen war, stand definitiv nicht zur Diskussion, so schön es hier auch ist. Ich wollte etwas Neues, etwas anderes, etwas, das größer war. Ich überlegte, ob ich in den Bergen leben wollte oder in New York, er überlegte derweil, wo genau er im Fünf-Meilen-Radius um sein Elternhaus leben wollte. Es hätte wenig Sinn ergeben, noch zwei Jahre eine Fernbeziehung weiterzuführen, die am Ende dann doch scheitern würde, also habe ich gleich Schluss gemacht.«

»Hoffentlich wenigstens persönlich.«

»Natürlich. Ich habe versucht, es kurz und schmerzlos zu machen. Tränen flossen trotzdem.«

»Oje«, sagte Erin. »Das klingt kompliziert. Du wirst ihm erneut das Herz brechen. Oder er dir.«

»Es ist kein richtiges Date«, sagte Laurie. »Wir treffen uns als Freunde.«

»Haha.« Erin lachte, und es klang halb belustigt, halb mitfühlend. »Er war deine erste große Liebe! Aber klar, *nur als Freunde.*«

»Ich bin fast vierzig, er ist geschieden, wir haben Erfahrungen mit anderen Partnern, das kann man überhaupt nicht mit damals vergleichen.« Sie wartete darauf, dass Erin etwas sagen würde, doch als nichts kam, setzte sie nur nach: »Wir gehen essen, nichts weiter.«

Nachdem sie ihr Gespräch mit Erin beendet hatte, lud Laurie einen Karton mit Brettspielen in ihr Auto, die sie June für die Kinder versprochen hatte. Und da ihr jede Ausrede recht war, um aus dem Haus zu kommen, hatte sie ihr angeboten, die Sachen bei ihr vorbeizubringen.

June belegte für ihren Master in Geschichte Onlinekurse, und Charlie arbeitete für die Kreisverwaltung. Sie hatten ein Haus mit einem Garten, der Platz genug bot für Schaukeln und Klettergerüste und auch für Charlies Hühner. Als Laurie nach dem Abendessen bei den Devons ankam, traf sie die ganze Familie im Garten an. June jätete in den Beeten Unkraut, Tommy hockte im Gras und schien irgendetwas entdeckt zu haben, das seine ganze Aufmerksamkeit verlangte. Bethie flitzte das Klettergerüst hinauf und die Rutsche hinunter, und Charlie mistete den Hühnerstall aus.

»Hallo alle zusammen!«, rief Laurie. »Ich habe euch einen ganzen Karton Spiele mitgebracht.«

Tommy schaute nur kurz hoch, ehe er sich wieder seinen naturkundlichen Studien zuwandte. Aber Bethie kam sofort von der Leiter gesprungen und schaute in den Karton. »Wie gehen die?«, fragte sie nach einem Blick auf die teils schon etwas angejahrten Spiele.

June wischte sich die Hände an einem grünen Lappen ab und kam zu ihnen herüber. »Eigentlich wollte Bethie Danke sagen«, meinte sie und legte ihrer Tochter die Hand auf die Schulter.

»Danke«, sagte Bethie.

»Gern geschehen«, sagte Laurie. »Ich kenne die leider auch nicht alle. Und manche mochte ich auch nicht besonders. Wenn ich dir einen guten Rat geben darf, spiel bloß nicht Careers.«

»Warum?«, wollte Bethie wissen.

»Weil es blöd ist, sich zu fragen, ob man als Astronaut genug Geld verdient. Das ist kein Spiel.« Laurie stellte die Spiele auf den Terrassentisch, wo aus roten Legosteinen ein schuhkartongroßes Rechteck mit fünf Zentimeter hohen Wänden aufgebaut war. »Was ist das?«, fragte sie.

»Ich baue einen Stall«, sagte Bethie und strich mit dem Finger über das rote Plastikgemäuer. »Für die Pferde.«

»Sieht super aus«, fand Laurie.

»Erst wollte ich eine Schule machen«, erklärte Bethie. »Aber jetzt wird es ein Stall.«

»Es ist immer gut, flexibel zu bleiben«, sagte Laurie und sah sich dann im Garten um. »Das wächst und gedeiht ja prächtig bei dir«, meinte sie zu June.

»Danke«, sagte die, während Bethie begann die Spiele auszupacken und sich jedes einzeln anzusehen. »Ich hoffe wirklich, dass die Tomaten dieses Jahr etwas werden. Wie kommst du im Haus voran?«

»Gut. Ich bin nur furchtbar müde.«

»Tut mir leid, dass ich dieses Wochenende nicht kann. Wir haben so viel mit den Kindern um die Ohren. Softball, Geburtstagsfeiern – meine Kleinen sind einfach zu beliebt.«

»Kein Problem«, sagte Laurie. »Ich habe selbst etwas vor.«

Junes Augenbrauen schnellten nach oben. »Was denn?«

»Nick und ich wollen morgen Abend essen gehen.«

Laurie hätte erwartet, dass June etwas irritiert wäre, sich im Prinzip aber doch freuen würde, doch wie sie sie jetzt mit leicht zur Seite geneigtem Kopf fast mitleidig ansah, darauf war sie nicht gefasst gewesen. »Oh, Laurie …«, sagte June.

»Was denn?«

»Was versprichst du dir davon? Warum willst du jetzt wieder damit anfangen, wenn du doch sowieso nicht bleibst?«

»Wir gehen essen, wir fangen nichts miteinander an.«

June lachte. »Für wie dumm hältst du mich? Ich war vor ein paar Tagen dabei, ihr geht nicht einfach nur essen. Ihr geht essen – und dann vielleicht noch weiter«, sagte sie und senkte bei den letzten drei Worten die Stimme, während ihre Tochter zwei Würfel schüttelte, die sie aus einem der Spiele geholt hatte.

»Du wolltest, dass ich mit dem Sensenmann ausgehe, aber mit Nick essen gehen ist jetzt auf einmal ein Problem?«

»Ach, komm«, sagte June. »Ich meinte ein bisschen Spaß haben, eine Affäre. Nick ist keine Affäre.«

Laurie blinzelte. »Wir gehen einfach bloß essen, June«, wiederholte sie.

»Weiß er das auch?«

»Davon gehe ich aus.«

June nickte, legte Laurie kurz die Hand auf die Schulter und ließ sie wieder sinken. »Gut, wie du meinst«, sagte sie. »Dann wünsche ich euch beiden viel Spaß.«

8

Am Samstagnachmittag, Laurie kam vom Einkaufen und packte Cola und Tiefkühlpizza weg, klopfte es. Als sie durch das Türfenster schaute, sah sie draußen den Sensenmann stehen. »Mit Ihnen hätte ich jetzt gar nicht gerechnet«, begrüßte sie ihn, als sie ihm aufmachte.

»Ich hoffe, es stört Sie nicht, dass ich einfach so hier auftauche. Ich hatte einen Termin in der Nähe«, er deutete vage die Straße hinab, »und dachte, ich frage mal, wie es bei Ihnen so läuft. Außerdem bringe ich gute Neuigkeiten.«

»Wenn das so ist, kommen Sie gern herein.« Sie trat zur Seite. Heute trug er ein verwaschenes Ruth-Bader-Ginsberg-T-Shirt. »Gute Neuigkeiten kann ich gerade sehr gebrauchen.«

Er setzte sich in einen der alten Ohrensessel, aber nur vorn auf die Kante, als wolle er gleich wieder los, und zog einen gefalteten Briefumschlag aus der hinteren Hosentasche, den er Laurie reichte. Sie strich ihn glatt und öffnete ihn. Drei Hundert-Dollar-Scheine waren darin und ein Beleg über den Verkauf der Patchworkdecke und von Dots Schmuck. »Es war kein Problem, die Sachen loszuwerden«, sagte Matt. »Wenn Sie noch etwas haben oder wenn ich noch irgendetwas für Sie tun kann, sagen Sie es einfach.«

Er war wirklich sehr groß. Selbst im Sitzen sah man es daran, wie er die Beine anwinkelte, die eckig aufragten wie die eines Grashüpfers. »Danke, aber ich glaube, ich komme zurecht. Es braucht seine Zeit, aber ich arbeite mich langsam durch sämtliche Schränke, Kammern, Kisten und Kartons. Leider gehe ich dabei nicht sonderlich effizient vor, weil ich mir alles immer noch mal ansehe – ihre Fotos, die Bücher. Sie hat alles Mögliche, das gerade zur Hand war, als Lesezeichen benutzt, und ich finde die unglaublichsten Dinge, in einem Roman von Isabel Wilkerson eine Geburtstagskarte meiner Urgroßmutter zum Beispiel. Manchmal hat das Chaos auch Methode, wie die Eintrittskarte zu *Company* in der Biografie über Stephen Sondheim. Sie scheint viele Bücher gar nicht zu Ende gelesen zu haben, dieser Zettelwirtschaft nach zu urteilen.«

Er lächelte. »Man erfährt sehr viel über die Menschen, wenn man ihren Nachlass ordnet. Haben Sie denn genug Unterstützung? Es fällt einem oft leichter, wenn man etwas Hilfe hat.«

»Meine Freunde helfen mir«, sagte sie. »Neulich waren sie einen Abend hier, und wir haben in einer Marathonsitzung über dreißig Kartons mit Polaroidfotos gesichtet. Ich nehme nicht an, dass Sie an alten Sofortbildkameras Interesse haben?«

»Ich kann sie mir bei Gelegenheit gerne mal anschauen. Stellen Sie sie einfach beiseite.« Sein Blick fiel auf die Holzente, die auf dem Kaminsims ein vorübergehendes Habitat gefunden hatte. »Haben Sie über unseren kleinen Freund dort noch etwas herausgefunden?«

»Ja. Ich war in einer Antiquitätenhandlung in Wybeck und habe dort mit Joe Ransom gesprochen. Er meinte, sie habe sehr große Ähnlichkeit mit den Jagdattrappen von Carl Kittery. Ich weiß nicht, ob der Name Ihnen etwas sagt, aber Kittery scheint auf dem Gebiet ein sehr bekannter Name zu sein. Allerdings habe sie das falsche Siegel, weshalb es sich nicht eindeutig sagen lässt. Er empfahl mir, mich an Wesson & Truitt in Hartford zu wenden, die könnten wohl eine genauere Einschätzung abgeben.«

»Ah, das trifft sich gut«, sagte Matt und beugte sich vor, die Hände auf den Knien. »Ich wollte dort ohnehin die Tage den Tennisschläger einer alten Dame vorbeibringen – sie ist der festen Überzeugung, Bobby Riggs habe damit mal auf dem Platz gestanden.«

»Bestimmt das berühmte Match gegen Billie Jean King.«

»So genau wollte sie sich dann doch nicht festlegen. Aber Wesson & Truitt sind auch Spezialisten auf dem Gebiet Sport-Memorabilia, die wissen so etwas. Wenn Sie möchten, kann ich die Ente mitnehmen.« Er deutete auf den Block vor ihr auf dem Couchtisch. »Ich stelle Ihnen natürlich eine Empfangsquittung aus und könnte eine erste Einschätzung vornehmen lassen, dann wissen Sie, ob es sich lohnt, ein ausführliches Gutachten in Auftrag zu geben. Ich wollte am Dienstag nach Hartford, und es dürfte nicht allzu lange dauern, Sie bekämen die Ente also im Laufe der nächsten Woche gleich wieder zurück. Ich kann auch meine guten Beziehungen spielen lassen. Wenn man sich nicht auskennt, wird man in der Branche manchmal ziemlich über den Tisch gezogen.«

Laurie ging zum Kamin, um die Ente zu holen, strich noch mal mit der Hand über den glatten braunen Rücken. Mittlerweile wusste sie genau, wie sich das Holz anfühlte, die Haube des Kopfes, die mit einer leichten Wulst im Nacken auslief, der geschmeidige Schwung der Brust. Schweren Herzens übergab sie sie ihm. »Das ist nett von Ihnen, Matt«, sagte sie. »Ich bin Ihnen wirklich dankbar für Ihre Hilfe.« Dann reichte sie ihm den Block und einen blauen Kugelschreiber.

Lächelnd schrieb er den Beleg aus, dass er eine Entenattrappe aus ihrem Besitz für eine erste Schätzung für ein paar Tage von ihr erhalten habe. »Das Schöne an meinem Beruf ist, für alte Dinge ein neues Zuhause zu finden. Der größte Antrieb ist für mich jedoch, Menschen in schweren Zeiten eine Last abnehmen zu können.« Schwungvoll setzte er das Datum darunter und seine Unterschrift und gab ihr den Block samt Beleg und den Stift zurück. »Wir werden dieses Rätsel gemeinsam lösen.«

Als er weg war, schaute sie aufs Telefon. Es war halb fünf und Nick hatte gesagt, dass er sie gegen halb sieben abholen würde. Laurie hätte die nächsten zwei Stunden damit verbringen können, sich zu überlegen, was sie anziehen, wie sie aussehen wollte, doch stattdessen schaute sie erst mal drei Folgen *Veep – Die Vizepräsidentin*, sprang dann unter die Dusche und zog eine schmal geschnittene schwarze Hose, ein locker fallendes graues Oberteil mit tiefem

V-Ausschnitt und schwarze Booties an. Dazu etwas rosa Lippenstift, getönte Feuchtigkeitscreme, um die Pigmentflecken auf den Wangen auszugleichen, die sie ihrem inkonsequenten Gebrauch von Sunblockern zuschrieb, die Wimpern ein bisschen getuscht, und schon war sie fertig. In dem Moment klopfte es auch schon, und bevor sie aufmachen ging, nahm sie noch eine von Dots Halsketten von der Kommode, schlichter Silberschmuck mit einer blau emaillierten Erdkugel als Anhänger, die sie zu den Stücken gelegt hatte, die sie behalten wollte.

Als sie die Tür aufmachte, stand Nick mit drei gelben Blumen vor ihr. »Erst hatte ich überlegt, ob ich Rosen nehmen soll«, sagte er, »aber ich fand, das passt nicht zu dir. Dann dachte ich an Lilien, fand das aber erst recht nicht stimmig. Auf dem Weg aus dem Haus bin ich dann meiner Nachbarin begegnet, die wissen wollte, was ich noch Schönes vorhätte. Von ihr habe ich die hier bekommen – frisch aus ihrem Garten.« Er reichte Laurie die Blumen. »Mädchenauge. Lanzettblättriges, wenn ich mir das richtig gemerkt habe.«

Laurie lächelte. »Danke. Das ist sehr nett von deiner Nachbarin. Und sie sind wirklich schön.« Sie ging ihm voraus in die Küche und nahm eines von Dots Kristallgläsern von der Anrichte. Während sie kaltes Wasser einlaufen ließ und die Blumen hineinstellte, drehte sie sich kurz nach ihm um. »Gut siehst du aus.«

»Danke, du auch. Es ist schön, dich zur Abwechslung mal nicht im Haus deiner Eltern abzuholen.«

»Dafür holst du mich jetzt im Haus meiner Tante ab.« Sie trocknete sich die Hände ab, und auf dem Weg nach draußen nahm sie sich noch eine der Blumen und steckte sie in ihre Tasche, sodass die gelbe Blüte herausschaute. »Schick, oder?«, meinte sie.

Die Fahrt zum Restaurant führte sie im warmen Schein der Abendsonne einmal quer durch Calcasset, vorbei an ihrer alten Highschool, dem Baseballstadion und dem Compass Café, in dem zwei ihrer Brüder früher Ferienjobs in der Küche hatten. Nick zeigte auf den Neubau der episkopalen Kirchengemeinde, eine weitere

Best-Buy-Filiale, und dreimal deutete er auf Orte, an denen früher mal etwas war, das es jetzt nicht mehr gab. Am meisten betrübte Laurie das Verschwinden des Friseurs, bei dem sie sich vor dem Abschlussball die Haare hatte machen lassen. Sie erinnerten sich beide lebhaft an ihre Hochsteckfrisur, die sich im Laufe des Abends immer weiter aufgelöst hatte. Sie hatte einfach zu ausgelassen getanzt, vor allem mit ihm, aber auch mit June.

Das Restaurant hieß Tyler – nicht Tyler's oder The Tyler und auch nicht Tyler Irgendwas, sondern einfach bloß Tyler. Als wäre es nicht der Name eines Restaurants, sondern der eines Kleinkindes auf der Warteliste einer teuren und exklusiven Vorschule. Vor dem Eingang plätscherte ein Springbrunnen, neben dem ein beschriftetes Holzschild stand, das aussah, als wäre es innerhalb von fünf Minuten angefertigt worden, aber vermutlich mehr gekostet hatte als der Brunnen samt Wasserverbrauch eines ganzen Jahres.

Die Bedienung nannte Nick »Sir« und Laurie »Ma'am« und führte sie zu einem Tisch am Fenster, von dem man auf eine kleine Grünanlage blickte, die einem Zengarten nachempfunden war, aber irgendwie auch an einen Minigolfparcours erinnerte. Sie bestellten beide erst mal ein Wasser. Die Bedienung reichte ihnen die Speisekarte und pries die Steaks an, die von den glücklichsten Rindern Neuenglands stammten, die wiederum ein absolut idyllisches Leben geführt haben mussten, ehe sie im Tyler auf dem Teller landeten. Dann zog sie sich zurück und überließ sie dem Studium der fast schon aufdringlich schlicht gehaltenen Karte. »Das Essen ist bestimmt sehr gut«, bemerkte Laurie. »Aber mein Gefühl sagt mir, dass der Laden es nicht ganz einfach haben dürfte.«

Er nickte und sah sich um. »An stetem Bemühen mangelt es zumindest nicht.« Jemand brachte das Wasser, jemand anderes nahm ihre Bestellung auf und stellte einen kleinen Korb mit Brot und Butter in einem Edelstahlschälchen auf den Tisch. Im Hintergrund lief Loungemusik, nicht laut, aber auch nicht besonders angenehm. »So«, begann Nick und nahm sich eine Scheibe Brot, die er in der

Mitte brach. »Was gibt es Neues von der Ente? Du wollest sie doch nach Hartford schicken, oder?«

»Wollte ich«, sagte sie und berichtete, wie Matt vorhin vor der Tür gestanden und ihr diese Aufgabe abgenommen hatte, was natürlich praktisch war. »Wenn er sie persönlich dort vorbeibringt, weiß ich sie wenigstens in guten Händen und muss mir keine Sorgen machen, dass sie unterwegs verloren geht.«

»Wie schätzt du die Chancen ein?«

»Dass sie echt ist? Dass sie mir ein Vermögen bringt? Keine Ahnung. Ehrlich gesagt kommt es mir darauf auch gar nicht an. Ich meine, es wäre natürlich toll, aber das Geld würde – genau wie später der Erlös des Hauses – unter uns Verwandten aufgeteilt. Ich würde es nicht einfach für mich behalten.«

»Ihr habt also noch immer vor, das Haus zu verkaufen?«, fragte er, ohne sie dabei anzusehen, und nahm sich von der Butter.

»Natürlich«, erwiderte sie. »Was sollten wir denn sonst damit machen?«

Er zuckte mit den Schultern. »Du könntest es behalten.«

»Ich habe schon ein Haus.«

»Ich weiß.«

Ihre Augenbrauen wanderten in die Höhe. »Nick, um nur mal eins klarzustellen: Ich ziehe nicht wieder zurück.«

Er nickte. »Schon verstanden.«

»Ich werde Dots Haus nicht behalten, und ich werde dort nicht einziehen.«

Jetzt schaute er doch auf. »Wenn du das sagst. Es kam mir nur vorhin in der Küche so vor, als würdest du dich wie zu Hause fühlen.«

»Vielleicht weil ich früher oft bei Dot war? Ich fühle mich auch in meiner eigenen Küche wie zu Hause.«

»Also gut, die Ente. Das Geld interessiert dich nicht, du willst einfach bloß wissen, was es mit ihr auf sich hat.«

Sie lächelte. »Ja. Ich weiß, es klingt seltsam. Und am Ende stellt sich wahrscheinlich heraus, dass es überhaupt nichts damit auf sich hat, dass es kein Geheimnis gibt und sie einfach nur zufällig in dieser Truhe unter den Decken gelegen hat. Andererseits gibt es da diesen Brief und das Foto, das wir gefunden haben. Wenn du mich fragst, verdichten sich die Hinweise, dass doch mehr dahintersteckt. Ich bin einfach neugierig, ich wittere eine Geschichte, auch wenn das vielleicht schwer zu verstehen ist.«

Nick hatte sein Haar immer relativ kurz getragen, weil es sich, wenn er es länger wachsen ließ, wild zu locken begann. So jedoch wellte es sich nur, und eine einzelne Locke fiel ihm wie Superman in die Stirn. Damals auf der Highschool, bevor sie überhaupt zusammen waren, Laurie aber bereits immer zu ihm hatte hinschauen müssen, war von dieser Locke eine endlose Faszination ausgegangen. Sie hatte sich nie entscheiden können, ob es Absicht war oder schieres Glück, ob er jeden Morgen zehn Minuten vor dem Spiegel stand, bis alles perfekt saß, oder ob er sich einfach nur mit den Händen durch die Haare fuhr und mit dem Ergebnis zufrieden war, wie es bei den meisten Jungs der Fall war. Auch jetzt dachte sie darüber nach, als er ihre Gedanken unterbrach mit einem einfachen »Ich finde es nicht schwer zu verstehen, ich finde es toll.«

Sie wurde rot. Hilfe, dachte sie, Themenwechsel. »Welche Pläne hast du denn jetzt, nachdem du praktisch im Alleingang die Bibliothek gerettet hast?«

Er zückte sofort sein Telefon, scrollte einen Moment und zeigte ihr dann das Bild eines himmelblauen, an der Seite bunt beschrifteten Busses. »Rockland hat ein Büchermobil. So eines möchte ich auch.«

»Sieht teuer aus.«

»Ist es auch«, erwiderte er, »aber wir brauchen es. Wir brauchen auch eine vernünftige App, und die Renovierung des Gebäudes ist längst nicht abgeschlossen. Wir überlegen gerade, wie wir die Arbeiten bei laufendem Betrieb machen lassen können, denn jedes Mal, wenn die Bücherei ein paar Wochen zumacht, geht die Debatte von

Neuem los, ob sie danach überhaupt wieder öffnen sollte.« Er legte das Telefon weg und seufzte. »Dieses Gebäude raubt mir den letzten Nerv. Sowie ich die Augen zumache, sehe ich Baupläne und Förderanträge vor mir.«

»Aber du magst es trotzdem, oder?«

»Ich glaube, dieses Gebäude und ich sind mittlerweile unzertrennlich«, sagte er mit einem Lächeln. »Der Ort ist mir so vertraut, dass ich nicht mehr darüber nachdenke, ob ich ihn mag. Es ist, wie es ist, und ich tue, was getan werden muss.« Er zuckte mit den Schultern. »Und bei dir? Magst du deine Arbeit?«

»Sehr«, sagte sie. »Seit ich freiberuflich arbeite, ist es natürlich auch mit einer gewissen Unsicherheit verbunden. Als ich damals in Seattle angefangen habe, war ich als Redakteurin fest angestellt – ich weiß nicht, ob du das noch mitbekommen hast?«

»Ich hatte davon gehört, ja.«

»Den Job hatte ich bis vor fünf, sechs Jahren. Dann ist das alles weggebrochen. Sie haben Stellen reduziert, immer mehr outgesourct. Ich kann froh sein, so viele Aufträge zu bekommen. Außerdem kann ich mir meine Zeit frei einteilen, weshalb ich auch einfach mal so in den Flieger steigen konnte, um wochenlang Dots Haus leer zu räumen.«

»Nach allem, was ich so höre, bist du gut im Geschäft«, sagte er. »Du wirkst zufrieden, auch wenn du deine Hochzeit wegen eines Waffeleisens hast platzen lassen.«

»Nicht wegen des Waffeleisens. Das Waffeleisen gab nur den Ausschlag, es war der Moment der Erkenntnis. Wie schon gesagt, unsere Vorstellungen vom Leben waren einfach zu verschieden. Chris wollte dies, ich wollte das. Außerdem konnte ich mich einfach nicht ans Zusammenleben gewöhnen«, setzte sie etwas leiser nach und strich gedankenverloren über den Rand ihres Tellers.

»Warum, was war das Problem?«

»Dass ich wirklich gern allein lebe«, sagte sie schlicht und wusste nicht, wie oft in ihrem Leben sie es schon hatte erklären müssen.

»Ich kann mittags frühstücken, ich kann morgens Pizza essen, ich kann mich am Mittwochnachmittag eine Stunde in die Badewanne legen. Und du ahnst ja gar nicht, wie gut ich schlafe, seit ich mein Bett wieder für mich habe. Ich spreche nicht oft darüber, aber seit ich denken kann, habe ich immer unter Schlafstörungen gelitten.«

»Wirklich? Auch früher schon?«

»Ja. So richtig mit zerwühlten Laken und schlimmen Alpträumen. Manchmal bin ich morgens aufgewacht und hatte das Gefühl, die ganze Nacht kein Auge zugetan zu haben. Beim Frühstück bin ich oft kurz eingenickt oder wenn ich später an einem Text saß. Und dann bin ich in dieses Haus gezogen, *mein* Haus, habe mir ein neues Bett gekauft, nachdem ich bestimmt hundert Matratzen getestet hatte. Und ich habe mir Laken aus reinem Leinen gegönnt, die sind im Sommer angenehm kühl und zugleich schön kuschelig im Winter. Es ist das erste Bett, in dem ich gut schlafen kann. Ich brauche mich nur hinzulegen, und schon bin ich weg. Es ist eine komplett neue Erfahrung für mich, einfach nur durchzuschlafen und morgens erholt zu sein. Ich habe das Gefühl, über Nacht meine Batterien komplett wieder aufzuladen, es ist fantastisch.«

»Und als du mit ihm zusammengelebt hast, da war das nicht so?«

»Es war, als hätte ich jede Nacht eine Wärmflasche mit im Bett. Ich warf die Decke von mir, traute mich aber nicht, mich zu bewegen, weil ich ihn nicht aufwecken wollte. Wenn mir zu warm war, konnte ich nicht einfach die Arme von mir strecken, weil einer direkt auf seiner Brust gelandet wäre. Ich bin jede Nacht um zwei aufgewacht, ungelogen, jede Nacht, und dann lag ich da und habe den Wecker ticken hören, den er mitgebracht hatte, weil er ohne diesen Wecker nicht schlafen konnte, und ich hatte das Gefühl, mit jedem Ticken dem Verrinnen meiner Jugend zu lauschen.«

»War das nur bei ihm so oder auch mit anderen, früher?«

»Mit dem Mann vor Chris habe ich nie zusammengelebt. Wir waren meistens bei ihm, er nur selten bei mir. Mir war es ehrlich gesagt auch lieber so. Und dass ich nie gut schlief, kam ihm nicht seltsam vor, weil es einem woanders ja oft so geht die erste Zeit.«

»Darf ich dich fragen, was aus ihm geworden ist, diesem Mann vor Chris?«

Laurie trank einen Schluck Wasser. »Na ja«, begann sie, »Angus war schon toll, ich war sehr glücklich mit ihm. Wir hatten viel gemeinsam, interessierten uns für die gleichen Dinge, er war witzig, nett, entspannt, intelligent.«

»Klingt so weit ganz gut.«

»Ja.« So weit war auch alles gut gewesen mit ihr und Angus, aber eben nur so weit. »Er wollte Kinder und ich nicht. Als wir uns kennenlernten, dachte er noch, *vielleicht* Kinder zu wollen, irgendwann, und ich dachte damals, *wahrscheinlich* eher nicht.«

»Und gibt es dafür einen speziellen Grund?«

»Ich mag Kinder. Ich mag die Kinder meiner Brüder, ich mag die von June. Aber mir ist anderes wichtiger«, sagte sie. »Es gibt Leute, die schon immer wussten, dass sie irgendwann Kinder wollen. Das war bei mir nie so. Ich hatte einfach nie den Wunsch, selbst welche zu haben, Mutter zu werden. Und Angus und ich waren einige Jahre zusammen, auch genau in dem Alter, wo man sich, *wenn* man Kinder möchte, anfängt Gedanken zu machen, ob es nicht irgendwann zu spät ist, auch wenn es das damals noch nicht war. Ich weiß nicht, ob du das kennst.«

»Doch, tue ich.«

»Wir waren auf der Hochzeit seines Cousins, und da habe ich ihn mit der Tochter eines Freundes beobachtet, die Kleine war drei oder vier. Und er war so toll mit ihr, vor allem war er *glücklich*. Da wurde mir klar, wie sehr er Kinder mag und dass er ein toller Vater wäre.« Sie seufzte. »Wir kamen nach Hause, haben geredet und beschlossen, uns zu trennen. Das ist nun schon ein paar Jahre her. Er ist mittlerweile verheiratet und hat eine Tochter.«

»Das klingt, als wäre es die einzig mögliche Konsequenz gewesen.«

»Das war es«, sagte sie. »Ich hätte mir nur viel früher darüber klar werden sollen, dass das Problem nicht von selbst verschwindet, dass man es nicht aussitzen kann. Und ein Jahr danach habe ich Chris kennengelernt. Wie haben uns auf Anhieb verstanden, er wollte auch keine Kinder, und dass ich etwas zu viel auf den Rippen habe, wie Angus es genannt hat, hat ihm auch nichts ausgemacht. Ich war schon achtunddreißig, er war in meinem Alter und suchte jemanden in seinem Alter. Und ich dachte mir, passt doch alles und dass ich wirklich Glück habe …«

»Aber«, sagte Nick mit einem wissenden Nicken.

Laurie lächelte. »Aber mit ihm zusammenzuziehen war ein Fehler. Es verdarb mir alles, was ich zuvor an ihm gemocht hatte. Ich fing an, mich wegen Kleinigkeiten zu ärgern. Und irgendwann dachte ich … so kann es nicht weitergehen. Dass sich dann alles an diesem albernen Waffeleisen entlud, war eher Zufall. Es hätte auch etwas anderes sein können. Aber der Gedanke, dass er noch mehr Kram in meine Küche stellen wollte, und du merkst, ich habe es nicht mal geschafft, von *meiner K*üche als *unserer K*üche zu denken … Na ja, den Rest der Geschichte kennst du.«

Nick dachte einen Moment darüber nach, nahm sich noch vom Brot, trank einen Schluck. »Vielleicht«, sagte er dann, »hätte ein größeres Bett ja geholfen.«

Sie lachte. »Ich mag mein Bett aber. Es ist auch nicht das Problem. Im Urlaub hatten wir mal ein Kingsize-Bett, und rate, wann ich jede Nacht aufgewacht bin und auf den blöden Radiowecker gestarrt habe?«

»Um zwei Uhr?«

»Gut aufgepasst.« Sie seufzte. »Es lag nicht am Bett. Es hat sich einfach nicht richtig angefühlt. Etwas in mir schrie: *›Tu es nicht, tu es nicht, binde dich nicht an ihn, nur weil er ganz in Ordnung und bereit ist, dich zu heiraten‹*. Und da kam ich dann ins Grübeln. Wenn es mit ihm nicht funktioniert, habe ich mir gesagt, funktioniert es womöglich mit niemandem. Vielleicht bin ich einfach keine June, vielleicht bin ich eine Dot. Vielleicht hinterlasse ich mal einen Karton mit einer Handvoll Liebesbriefen und Berge von Fotos, und eine meiner Großnichten ordnet meinen Nachlass und findet etwas über mich heraus, etwas Besonderes, das niemand wusste. Weil vielleicht niemand mich je danach gefragt hat.«

»Für mich bist du weder eine June noch eine Dot«, sagte er. »Du bist einfach du selbst. Und das sollte jedem genügen, auch dir.«

Laurie spürte eine Wärme, die in ihrem Bauch begann und sich bis in die Finger- und Zehenspitzen ausbreitete, und sie merkte, wie sie ihn ansah, aber sie würde *nicht* in Dots Haus ziehen, sie würde nach Seattle zurückkehren, wo sie zu Hause war. »Du hast mir gefehlt, Cooper«, sagte sie schließlich.

Er trank einen Schluck von seinem Wasser, stellte es wieder ab, und sie bereute ihre Worte fast schon, da er so viel nüchterner mit der Situation umzugehen schien als sie. »Ich glaube, ich habe einen Fehler gemacht«, sagte er denn auch, und sie fand ihre Befürchtung bestätigt.

»Was für einen Fehler?«, fragte sie dennoch.

Er legte seine Serviette auf den Tisch, dazu den Betrag für ihr Essen plus Trinkgeld und schob die Scheine unter den Teller fürs Brot. »Vertraust du mir, Sass?«

Sie blinzelte. »Ja …? Natürlich tue ich das.«

»Gut, dann würde ich die Pläne für den Abend gerne noch mal ändern. Ich habe dich zum falschen Date eingeladen.«

Laurie nahm ihre Tasche und sah ihn etwas auf seine Serviette kritzeln. »Was ist los, Nick? Ich fand es bislang ein ziemlich gutes Date.«

»Ich auch«, sagte er und fasste sie beim Ellbogen, »aber es ist ein Date für Leute, die sich noch nicht kennen. Womit ich uns beide, die wir um unsere Spezialinteressen wie zum Beispiel Holzenten wissen, um die Möglichkeit der einzig adäquaten Abendgestaltung gebracht habe.«

»Jetzt machst du es aber spannend. Wo wollen wir hin?«

»Das fragst du noch? Komm, lass uns gehen.«

Bevor sie gingen, warf sie noch einen Blick auf den Tisch und las, was auf der Serviette stand. *Kurzfristige Planänderung,* hatte er geschrieben. *Danke und Sorry.*

9

Samstags hatte die Bibliothek nur bis neunzehn Uhr geöffnet, es war also bereits geschlossen und keine Menschenseele mehr zu sehen. Nick zog seinen Ausweis durch das Erkennungsgerät am Eingang, es piepte kurz und blinkte grün, dann öffnete sich die Tür mit einem leisen Klicken, und er hielt sie ihr weit auf. »Hereinspaziert.«

So leer und verlassen wirkte die Bibliothek ganz anders. Auch die Stille war eine andere als bei Tag. Nick machte nur das Licht über der Ausleihe an. »Bitte folge mir in mein Büro«, sagte er und trat hinter die Theke.

»Ich habe dich noch nie an diesem Platz sitzen sehen«, sagte sie. »Muss ich mich hier einloggen, um meine ganzen aufgelaufenen Versäumnisgebühren zu löschen? Du hast recht, dieses Date ist wirklich aufregender, es ist wie nachts im Museum.«

Nick schob zwei Stühle vor den großen Monitor. »Sei mein Gast.«

»Ist das dieser neue bibliothekarische Servicegedanke?«

»Aber sicher.«

»Zu meiner Zeit hieß das einfach Kunde. Oder Nutzer.«

»Mein Vater sagt, wir sind weder FedEx noch Facebook, und da muss ich ihm wirklich recht geben.« Nick ließ sich auf den Stuhl neben sie fallen und meldete sich im System an. »Bitte nicht auf mein Passwort schauen, Sass. Ich möchte nicht, dass du künftig lauter Fernleihen von hier orderst.«

»Gönn mir doch den Spaß, Coop.«

»Wie hieß noch gleich dieser Entenschnitzer?«, wollte er wissen. »Carl und wie weiter?«

Sie lächelte, ohne ihn anzusehen. »Carl Kittery. Ich habe ihn auch schon gegoogelt, aber nicht wirklich viel gefunden.«

Er drehte den Monitor von ihr weg. »Gut, dann wollen wir das gleich mal überprüfen. Geboren?«

»Puh. 1915, glaube ich.«

»Das sieht Wikipedia genauso.«

»Du bist Bibliothekar und nutzt Wikipedia? Wofür bezahle ich dich eigentlich?«

»Da du nicht in Whipwell County steuerpflichtig bist, bezahlst du mich vermutlich gar nicht. Außerdem ist Wikipedia ein guter Einstieg, solange die Quellen verlässlich sind. Du versuchst abzulenken, weiter.«

»Geboren und aufgewachsen im Staat New York«, leierte sie herunter und ging dann zum eher Anekdotischen über und erzählte ihm, wie Kittery schon als Kind am Niagara River mit der Entenjagd anfing und mit seinem Vater erste Jagdattrappen anzufertigen begann, die Arbeiten aber erst ab circa 1940 verkaufte. »Und jetzt spann mich nicht länger auf die Folter, Coop, und zeig mal, was du draufhast.«

Er drehte den Bildschirm wieder zu ihr. »Na gut, schauen wir uns mal ein paar Sachen an. Diese Datenbank ist immer meine erste Anlaufstelle, wenn ich Artikel aus Zeitungen und Zeitschriften suche.« Während seine Finger über die Tastatur flogen, fiel Lauries Blick auf die gespeicherten Suchen, und eine davon sprang ihr besonders ins Auge: »Laurie Sassalyn Natur«. Sie legte die Hand auf seinen Arm.

»Moment mal, was soll das bedeuten? Hast du mich etwa gegoogelt?«

Er hielt inne und sah sie an. »Ich lese deine Artikel. Ich habe die Reportage über die Alligatoren gelesen, die über die Bienen und sogar diese Geschichte über die Spinnenkolonie am Amazonas, wobei ich Letzteres am Ende ein bisschen bereut habe.«

Ohne den Blick von ihm zu wenden, schob sie ihren Stuhl näher an den seinen heran. »Okay, weiter.«

»Gut«, meinte er und tippte weiter. Trotz der zahllosen Interviews, die sie in ihrem Leben schon transkribiert hatte, schrieb er deutlich schneller als sie. Sie betrachtete seine Hände, entdeckte auf dem Handrücken ähnliche Pigmentflecken wie auf ihren Wangen, und es war vielleicht das erste Mal, dass es sie anmachte, einem Mann beim Schreiben zuzuschauen. »Du sollst mich nicht von der Arbeit ablenken«, sagte er. »Womit ich nicht sagen möchte, dass ich etwas dagegen hätte, wie du dich an mich heranpirschst und mir heiß in den Nacken atmest.«

»Ich pirsche mich nicht an. Ich sondiere nur die Lage.«

»Wenn du das sagst. Aber denk dran, Bibliothekare haben auch hinten Augen.« Er deutete auf den Bildschirm. »Hier ist ein Artikel über ihn ihm *Niagara Nature Monthly* von 1968.«

»Oh Gott, ja.«

»Was?«

Sie stützte die Ellbogen auf den Tisch und den Kopf in die Hände. »Ich musste nur gerade daran denken, dass selbst der *Rolling Stone* sich kaum noch über Wasser halten kann und dass es mal ein Magazin namens *Niagara Nature Monthly* gab. Kannst du dir vorstellen, wie viele Aufträge ich vom *Niagara Nature Monthly* bekommen hätte? Ich würde von einem Projekt zum nächsten hechten, würde pausenlos den Fluss hinauf- und hinunterexpedieren und hätte mich wahrscheinlich auf Frösche und Amphibien spezialisiert.« Sie schüttelte den Kopf und richtete sich wieder auf. »Alles gut, geht schon wieder.«

»Dann lass uns weitermachen, bevor es zu deprimierend wird«, meinte er und pfiff gleich darauf leise durch die Zähne. »Hast du die Seite von dem Auktionshaus gesehen? Hier steht, eine seiner Enten wäre letztes Jahr für 78.000 Dollar unter den Hammer gekommen.«

»Ich weiß. Das hat mir der Antiquitätenhändler in Wybeck auch erzählt.« In dem Moment vibrierte ihr Handy. Sie sah eine neue Nachricht von June.

Wie läuft das Date?

Sie musste lächeln und schüttelte den Kopf. *Da kommst du nie drauf. Ich rufe dich morgen an.* June schickte das Augenroll-Emoji zurück.

Als Laurie wieder aufschaute, hatte Nick den Artikel im *Niagara Nature Monthly* bereits aufgerufen und scrollte durch den Scan. Als er zu einem schlecht aufgelösten Schwarz-Weiß-Foto kam, legte Laurie wieder die Hand auf seinen Arm. »Warte mal, das würde ich mir gern ansehen.« Das Bild war von 1964 und zeigte Kittery in seinem Atelier. Von halb fertigen Jagdattrappen umgeben, beugte er sich über ein Holzstück, das die Gestalt eines Vogels erkennen ließ. Kitterys Gesicht war im Profil zu sehen und wirkte konzentriert. Ein Mann von etwa fünfzig Jahren, dessen grau gewelltes Haar unten an den Hemdkragen stieß. »Hier steht, dass zu dieser Zeit seine Arbeiten immer stärker nachgefragt wurden, zunächst wohl noch überwiegend von Jägern. Es findet sich nur ein einziger Satz darüber, dass seine Werke als Kunst gesammelt wurden. Er selbst, wird er zitiert, könne das allerdings nicht so recht nachvollziehen. Er finde es eine seltsame Mode.«

Nick strich über sein Kinn. »Hätte ich an seiner Stelle wahrscheinlich ähnlich gesehen.«

Das Foto, durch den Scan noch zusätzlich verfremdet, war schwarz-weiß und überbelichtet. Es wirkte geisterhaft, und doch kam es Laurie seltsam bekannt vor. Sie hatte diesen Mann schon einmal gesehen. Und auch das Atelier mit dem Fenster im Hintergrund und der holzverkleideten Wand kam ihr bekannt vor. »Nick, was meinst du, könnte das nicht der Raum auf dem Polaroidfoto sein? Du weißt schon, die Aufnahme mit der halb fertigen Ente?« Sie deutete auf das Foto im Artikel.

Nick neigte nachdenklich den Kopf. »Könnte sein. Es ist kein besonders gutes Bild, aber soweit man überhaupt etwas erkennen kann, drängt sich der Vergleich doch quasi auf.«

Sie rutschte noch etwas näher heran, so nah, dass sie fast die Wärme seiner Wange spürte. »In der Bildunterschrift steht, die Aufnahme wurde in seinem Atelier in Bar Harbor gemacht. Ich bin mir fast sicher, dass es derselbe Raum ist wie auf dem anderen Foto. Und dann wäre der Mann mit dem Rücken zur Kamera mit sehr großer Wahrscheinlichkeit … Carl Kittery.« Sie lehnte sich zurück. »Das war wirklich eine Spitzenidee mit dem Date, Cooper.«

Er lächelte etwas schief. »Das freut mich.«

Noch immer war er so nah, dass sie seine Wärme spürte, sein Shampoo roch, vielleicht auch sein frisch gewaschenes Hemd. Mit sechzehn hatte er ein Deodorant benutzt, dessen herben Duft sie manchmal noch an der Schulter ihres Shirts wahrgenommen hatte, wenn sie nach Hause gekommen war. Oft hatte sie sich dann im Bett auf der Seite zusammengerollt und war mit diesem Duft in der Nase eingeschlafen. Als sie in der Elften waren, hatte er nach einer Strandparty seinen Hoodie in ihrem Auto vergessen, und sie hatte ihn dann zwei Wochen jeden Morgen zum Frühstück getragen. Ihren Eltern hatte sie nur gesagt, dass er von Nick wäre, nicht aber, wie sie sich jeden Morgen darauf freute, sich den Hoodie über den Kopf zu ziehen und einen Moment das Gefühl zu haben, ihm ganz nah zu sein.

»Ich drucke dir mal ein paar dieser Auktionsberichte aus.« Sie saßen in dem kleinen Lichtkreis vor dem Monitor, suchten sich stückweise Informationen zusammen, machten sich Notizen, füllten ihre Wissenslücken über Kittery, seine Frau, seine Kinder und Kindeskinder, den steigenden Wert seiner Arbeiten in den achtziger und neunziger Jahren.

»Was haben wir sonst noch?«, sagte Laurie.

»Ein paar kürzere Beiträge der Niagara County Historical Society, die übrigens auch mal eine Zeitschrift herausgegeben hat, nur für den Fall, dass du dich darüber grämen willst, nicht mehr über die lange und ereignisreiche Geschichte der Daredevils schreiben zu können, die sich in Holzfässern die Niagarafälle hinabstürzten.«

»Ich habe davon gehört, es aber immer für eine Legende gehalten.«

»Das werden wir gleich wissen«, sagte er, und sie hätte die ganze

Nacht hier sitzen und ihm Fragen stellen können, denn sie wusste, dass seine Neugier ebenso groß war wie ihre und es nichts gab, was ihn nicht interessiert hätte. »*Wen interessiert das?*« würde sie von ihm nicht zu hören bekommen, ganz anders als bei Chris, der ständig so reagiert hatte, wenn sie mal wieder in ihren Recherchen versunken war. »Die scheint es wirklich gegeben zu haben. Annie Edson Taylor hat die Fälle 1901 im Fass bezwungen, da war sie schon stolze dreiundsechzig Jahre alt. Sie hatte wohl aufs große Geld gehofft, woraus aber nichts wurde, doch immerhin hat sie überlebt.«

»Moment, habe ich das richtig verstanden – sie hat sich mit dreiundsechzig in einem Holzfass die Niagarafälle hinabgestürzt, weil sie hoffte, reich und berühmt zu werden?«

»Quasi ein Ein-Frau-Statement für die Einführung der gesetzlichen Sozialversicherung«, merkte er an. »Zuletzt hat jemand eine solche Aktion 2019 gewagt und überlebt. Aber wie kamen wir jetzt darauf?«

»Über den Geschichtsverein von Niagara County, dessen eingestellte Zeitschrift, über Carl Kittery und meine Ente.«

»Richtig.« Er beugte sich vor und streifte dabei ganz leicht ihr Haar. »Einen Trick hätte ich noch aufzubieten und das wären die öffentlichen Register. Leider sind sie nicht immer ganz so öffentlich einzusehen, wie man meinen sollte.« Seine Finger flogen über die Tastatur.

»Oh, schau mal«, sagte Laurie und zeigte auf eine Liste der Grundbucheintragungen für Hancock County. »Da müsste Bar Harbor auch dazugehören, oder?«

»Deshalb habe ich es ja aufgerufen«, erwiderte er. »Und bitte keine Fingerabdrücke auf meinen Bildschirm machen.«

Sie zog ihre Hand zurück und rutschte dafür noch etwas näher an ihn heran, bis ihre Schultern sich berührten. »Mach mal auf«, sagte sie. Und als er dann Carl Kittery in die Suche eingab und das Ergebnis angezeigt wurde, schnappte sie nach Luft. Carl Kittery, geboren im Juni 1915, hatte von 1960 bis 1982 ein Haus in Hancock County besessen. »Dann waren seine Sachen auf jeden Fall hier in Calcasset zu bekommen«, überlegte sie laut. »Vielleicht hatte er einen Stand oder hat sie in einem Laden ausgestellt. Wie lange braucht man bis Bar Harbor, zwei Stunden?«

Nick wiegte den Kopf. »Zwei Stunden könnte hinkommen. Soll ich dir das auch noch ausdrucken, damit du etwas in der Hand hast?«

»Ja, klar«, sagte sie, »immer her damit. Und danke noch mal, ich hätte mir wirklich keinen besseren Abend wünschen können.«

»Und er ist noch nicht mal vorbei«, erwiderte er. »Du musst dir unbedingt noch oben im Lesesaal den Ausblick bei Nacht anschauen. Du wirst den Raum nicht wiedererkennen, wir haben die ganzen alten Schwarten, die sowieso niemand mehr liest, rausgeworfen und alles neu eingerichtet. Es ist jetzt richtig schön dort.«

»Ich weiß, ich war schon mal oben, als ich mich bei meinem ersten Besuch hier umgeschaut habe, dich aber nirgends entdecken konnte.«

Er sah sie an. »Du hast nach mir gesucht?«

Sie nickte. »Aber du warst nicht da. Oder ich habe dich nicht gesehen.«

»Pech für mich. Lass uns mal hinaufgehen.« Er holte die Ausdrucke aus dem Drucker und ging ihr voraus die große, mit Teppich ausgelegte Treppe hinauf. Oben machte er Licht ganz hinten in der Ecke, sodass man noch gut hinausschauen konnte. Über den Raum verteilt standen Lesesessel und sechs runde Tische mit Stühlen, an einer Wand lagen die Zeitschriften aus. Auf allen Seiten waren große bodentiefe Fenster, von denen man einen weiten Blick über die Stadt bis zur Küste hatte. Die Sichtblenden waren hochgezogen, weil sie vor allem dazu dienten, an Sommertagen die Hitze abzuhalten.

»Großartig«, sagte sie. »Es ist wirklich toll geworden.«

»Diesen Raum herzurichten war das letzte große Projekt meines Vaters«, sagte Nick. »Es ist sein ganzer Stolz.«

Laurie konnte sich erinnern, wie ihr Vater früher, als sie selbst noch Kind war, extra zum Zeitunglesen herkam, morgens, wenn die

Sonne durch die hohen Fenster hereinfiel. Und obwohl sie erst später verstanden hatte, warum er diese Fluchten von zu Hause brauchte, hatte sie sich nie gefragt, wie man auf die Idee kam, sich in die Bücherei zu setzen, um Zeitung zu lesen. Die Frage war doch eher, warum das nicht alle machten.

Sie setzten sich an einen der Tische. Laurie strich über die matte Oberfläche. »Sehr schön, richtig edel.« Sie beugte sich zu einer kleinen Metallplakette, in die ein Name eingraviert war: POLLY SHAHEEN. »Diese Tische wurden durch Spenden finanziert?«

»Mein Vater kann sehr kreativ sein, wenn es darum geht, Gelder zu beschaffen.« Nick reichte ihr die Ausdrucke und einen gelben Leuchtmarker. »Falls etwas Interessantes dabei ist.«

»Die Farbe passt zu meinen Blumen«, bemerkte sie. Bildete sie sich das bloß ein, oder wurde er jetzt etwa rot?

In dieser neuen, dieser bedeutungsschweren und durchaus vielversprechenden Stille schaute sie hinüber zu den Fenstern an der Ostseite. Von hier oben, dem höchsten Punkt in Calcasset, konnte man nur ein paar Blocks weiter schon das Meer sehen. Fischkutter, die bis in die frühen Morgenstunden dort vor Anker lagen, dümpelten im Hafenbecken, man hörte das leise Bimmeln der Schiffsglocken, die Schreie der Möwen, sah Bojen wie orange Tupfen auf den Wellen tanzen. »Eine schöne Aussicht hast du hier.«

Das erhabene Gefühl, das sie beim Blick aus dem Fenster empfand, stand ihrem Unvermögen, es angemessen in Worte zu fassen, in nichts nach. Über die Aussicht zu sprechen war wie übers Wetter zu sprechen: ein blasser Abklatsch, der schon im selben Moment von der Wirklichkeit übertrumpft wurde. Kein Wunder, dass er nichts sagte, was hätte er auch sagen sollen? Stattdessen griff er nach ihrer Hand und hielt sie einfach bloß fest. Als sie zu ihm hinüberschaute, trafen sich ihre Blicke. Sie rückten ihre Stühle näher, lehnten sich zurück, legten den Kopf in den Nacken. »Wie gut du dich um das alles kümmerst«, sagte Laurie.

»Totgesagte leben länger, musst du wissen.«

»Du musst so stolz auf deine Arbeit sein. Alle lieben dich hier.«

»Das hat nichts mit mir zu tun, es ist die Bücherei. Sie ist einer der wenigen Orte in dieser Stadt, an dem man sich einfach so aufhalten kann. Manchmal kommen Leute auch, ohne etwas auszuleihen, ohne etwas Bestimmtes zu suchen. Wir haben eine ältere Dame, die einmal die Woche kommt, um hier in Ruhe zu lesen, während bei ihr zu Hause geputzt wird. Und in der kalten Jahreszeit kam eine Zeit lang ein Mann, der vermutlich ohne festen Wohnsitz war, um sich aufzuwärmen. Letzten Winter war er nicht da, ich weiß leider nicht, was aus ihm geworden ist. Auch dafür sind wir da, und noch haben wir jede Krise überstanden, haben immer wieder aufgemacht. Und mein Job ist es, dafür zu sorgen, dass das auch so bleibt.«

Sie setzte sich auf und sah ihn an. »Du bist wirklich einer der Guten, Cooper.«

Eine Weile saßen sie so da, sahen einander an, und am Ende war sie es, die den ersten Schritt machte – zumindest glaubte sie das –, die sich vorbeugte und die Hand an seine Wange legte, um ihn zu küssen. Seine Hand umfing ihren Nacken, und sie meinte, sie überall zu spüren, diese eine Berührung. Mehr als zwanzig Jahre nach dem letzten Mal fühlte es sich noch immer genauso an wie damals mit sechzehn und doch ganz anders. Es war fremd und vertraut zugleich, ungefähr so, wie sich Junes alten Honda Civic zu leihen, nachdem sie siebzehn Jahre nicht mehr mit Gangschaltung gefahren war. Im Prinzip hatte sie noch alles drauf, war aber furchtbar aus der Übung.

Nick küsste noch immer sehr gut. Jetzt jedoch fiel es ihr besonders auf, nachdem sie fast anderthalb Jahre mit Chris zusammen gewesen war, für den Küssen bloß dazu da war, um schneller zur Sache zu kommen, und auch wenn er kein schlechter Küsser und der Sex auch in Ordnung gewesen war, stellte Küssen für ihn doch keinen Selbstzweck dar. Küssen war nicht der Grund, ineinander verschlungen im Bett oder auf der Couch zu liegen, und war auch nicht der erste Gedanke am Morgen oder am Ende eines Films. Nick dagegen war ein guter Küsser, sogar schon damals, als sie beide noch jung und unerfahren waren. Man merkte, dass es ihm Spaß machte, und daran hatte sich nichts geändert.

Natürlich hatte er die Jacke von damals nicht mehr, die mit dem Lammfellkragen, also packte sie ihn einfach beim Hemd und zog ihn an sich, hörte ihren Atem stocken, hörte ihn oder sich oder vielleicht auch sie beide kleine kehlige Laute ausstoßen. Jäh hörte sie auf, wich zurück und sah ihn an. Keuchend, außer Atem, und wie aus dem Nichts flog es sie an: *Und nicht mehr lang, dann bin ich vierzig! … Irgendwann!*

Langsam löste sie ihre Hände und strich sie über seine Brust hinab abwärts.

Er lächelte und schob seine Hand von ihrer Hüfte aufwärts, über ihre Taille, strich seitlich über ihre Brust. »Wollen wir woanders hingehen?«

Sie tippte sich mit dem Finger an die Lippen und lächelte. »Ich bin nicht mehr lange da, Cooper.«

Er zuckte mit den Schultern. »Dann machen wir es eben kurz.«

Ja, bitte, nichts lieber als das, am besten gleich hier auf dem Tisch, es würde mir auch nichts ausmachen, wenn ich runterfalle. Aber als sie ihn ansah, hatte sie das Gefühl, zwanzig Jahre zurückversetzt zu werden, und hörte ihn wieder fragen, warum sie jetzt Schluss machen wolle, wo es doch bloß noch zwei Jahre waren, die sie trennten, und sie schon zwei geschafft hätten? Warum sollte es denn nicht funktionieren, wo war das Problem? *Oh verdammt.* Sie schob seine Hand von ihrer Brust und wurde ganz ernst. »Nick, ich weiß nicht. Ich möchte es auch, sehr sogar, das weißt du. Aber ich … Keine Ahnung.«

»Habe ich etwas Falsches gesagt?«

Sie konnte schlecht sagen: *Du bist einfach zu gut.* Oder: *Du machst es nur schlimmer.* Also legte sie einfach ihre Hand auf seine. »Ich reise wirklich wieder ab. Ich werde nicht hierher zurückziehen.«

Er nickte. »Okay.«

»Ich weiß, dass ich gerade angefangen habe. Und ich will dich auch nicht verletzen oder dass es irgendwie seltsam wird zwischen uns, ich möchte nur nichts anfangen, was ich nicht halten kann. Natürlich hätte ich auch Lust, mit dir ein paar schöne Wochen zu verbringen, aber dann würde es wirklich kompliziert, denn mehr kann nicht sein.«

Er nickte und verhakte seine Finger mit ihren. »Gut, dass du so ehrlich bist. Und vielleicht ist es auch besser so. Unsere Abschiede haben mich schon damals immer richtig mitgenommen – ich weiß nicht, ob ich das auf meine alten Tage noch mal verkraften würde. Ich dachte, vielleicht einfach um der alten Zeiten willen, warum nicht, aber du hast recht, ich täte mich vermutlich schwer, es dabei zu belassen.«

Als Laurie damals nach dem zweiten Studienjahr mit ihm Schluss gemacht hatte, hatte sie ihm den Hoodie zurückgegeben und alle seine Bücher, die noch auf ihrem Nachttisch lagen. Sie war ehrlich zu ihm gewesen: Er wollte in Calcasset leben, sein Herz hing an diesem Ort, und sie wollte das eben nicht. Er sah dort seine Zukunft, für sie war es ihre Vergangenheit, ein Ort, den sie immer lieben würde, aber eher so, wie man auch einen alten Film liebte. Er würde nach seinem Abschluss zurückkehren, sie nicht. Und um sich weniger schlecht dabei zu fühlen, hatte sie sich davon zu überzeugen versucht, dass er schon zurechtkäme, weil er eben Nick war, weil er leicht Freunde fand und immer einfach weitermachte.

Ich weiß nicht, ob ich das jetzt noch mal verkraften würde. Sie nickte, zog ihre Hand zurück und strich ihm über die Schulter. »In zehn Minuten wird es mir wahrscheinlich leidtun.«

Schweigend suchten sie ihre Sachen zusammen, er machte das Licht aus, schloss wieder ab und fuhr sie zurück zu Dot. Er brachte sie nicht bis zur Tür. Und wahrscheinlich war es besser so, für sie beide.

10

Das nächste Mal sah Laurie den Sensenmann am Donnerstag. Und als er sich diesmal setzte mit seinen Grashüpferbeinen und die Ente vor sich auf den Tisch stellte, verhieß seine Miene keine freudigen Nachrichten. »Ich habe Ihnen das Gutachten von Wesson & Truitt mitgebracht, Sie können es sich gern mal durchlesen.«

Es war auf einem offiziellen Briefbogen mit dem blauen Logo des Auktionshauses ausgedruckt und fiel recht knapp aus.

Entenattrappe aus Holz, ca. 2008. Massenware im Stil Carl Kitterys, wie sie im Zuge des Folk-Art-Revivals dutzendfach an Museumsshops und den Handel ausgeliefert wurde, einzelne Exemplare auch in Souvenirläden und Duty-free-Shops, z. B. am Logan Airport in Boston. Ursprünglicher Verkaufspreis lag bei 25,99 Dollar, keine nennenswerte Wertsteigerung. Zahlreiche Funde bei Internet-Auktionshäusern und Haushaltsauflösungen, mittlerer Erlös 30 Dollar pro Stück. Von weiteren Gutachten kann abgesehen werden.

Laurie ließ das Schreiben sinken, sie konnte ihre Enttäuschung kaum verbergen. »Oh«, sagte sie, »schade.«

»Ich weiß, dass Sie sich mehr versprochen hatten.«

Sie legte das Gutachten neben sich auf die Couch. »Nein, es schien ja von Anfang an eine recht gewagte Vermutung.« Außerdem fand sie die Ente noch immer schön, ein dekoratives Kunstobjekt, das gewiss noch so manches Geheimnis unter seinem bunten Gefieder barg, auch wenn sie am Ende bloß Massenware vom Flohmarkt oder aus irgendeinem Trödelladen sein sollte. »Vielleicht lag sie deshalb ganz unten in der Truhe«, überlegte Laurie laut. »Dot mochte keinen Ramsch.«

Matt schüttelte den Kopf. »So sollten sie das nicht sehen. Ramsch, was heißt schon Ramsch? Stellen Sie sich ein Gemälde vor, das Sie an der Wand hängen haben. Was macht es da für einen Unterschied, ob es echt ist oder eine Fälschung? Es ist mit bloßem Auge nicht zu erkennen. Ihnen gefällt die Ente? Dann behalten Sie sie, lautet mein Rat, freuen Sie sich daran, erzählen Sie Ihren Freunden die Anekdote, wie Sie dazu gekommen sind …«

»Wussten Sie, dass Kittery in Bar Harbor gelebt hat?«, fragte Laurie ihn. »Er hatte dort ein Haus, vielleicht auch sein Atelier. Die Vermutung war wohl etwas zu verlockend. Meine Fantasie ist mir vorausgeeilt. Wenn ich die Ente behielte, würde ich immerzu daran erinnert und käme mir wahrscheinlich ziemlich dumm vor. Es ist jetzt nicht länger nur eine Ente, es ist eben *kein* echter Kittery.«

»Sie brauchen sich deswegen nicht dumm vorzukommen«, beruhigte er sie. »Mir passiert das andauernd. Ich sehe irgendetwas, einen alten Brief, eine Federzeichnung, eine Vase, und denke unweigerlich, ich wäre auf eine Rarität gestoßen, und steigere mich da regelrecht hinein, muss unbedingt alles darüber in Erfahrung bringen, wo es herkommt, welche Geschichte es hat.« Er atmete tief durch. »Ich mache Ihnen einen Vorschlag. Mir gefällt diese Ente noch immer ausnehmend gut. In meinen Augen ist es ein schönes, gut erhaltenes Dekorationsobjekt, an dem sicher jemand Gefallen finden wird. Wenn Sie sich davon trennen wollen, steht mein Angebot noch – ich biete Ihnen fünfzig Dollar dafür.«

»Aber so viel ist sie nicht wert«, sagte Laurie.

»Der Wert bemisst sich auch nicht am Preis allein«, belehrte er sie. Heute trug er ein Fiona-Apple-T-Shirt. THIS WORLD IS BULLSHIT, las Laurie. Sie mochte ihn, wenn auch nicht mehr ganz so sehr wie bei seinem ersten Besuch. Er war attraktiv, gar keine Frage, aber konnte sie sich vorstellen, nachts allein mit ihm im Lesesaal zu sein?

»Da haben Sie allerdings recht«, meinte sie und reichte ihm die Ente. Er nahm den Beleg, den er ihr letzte Woche ausgestellt hatte, vom Couchtisch und ergänzte ihn um den Hinweis, dass sie ihm das Objekt für fünfzig Dollar verkauft hatte. Dann zählte er das Geld ab und gab es ihr bar auf die Hand. »Machen Sie sich keine Gedanken«, sagte er. »Sie machen hier einen tollen Job, Ihre Tante wäre stolz auf Sie. Meine Arbeit bringt es ja mit sich, dass ich recht oft mit älteren Herrschaften spreche, und eines höre ich immer wieder: Sie wünschen sich alle, dass sich nach ihrem Tod jemand um ihren Nachlass kümmert. Und das tun Sie – Sie kümmern sich. Das kann man mit Geld gar nicht aufwiegen.« Er gab ihr erneut seine Visitenkarte. »Kommen Sie jederzeit im Laden vorbei. Und ansonsten verbleiben wir erst mal so.«

Laurie wollte sich nicht allzu sehr in Selbstmitleid suhlen, dennoch war es vielleicht etwas melodramatisch, wie sie mit einer von Dots Federboas um den Hals bei Wein und Musik von Julie London auf der Couch lag und nicht mehr daran zu denken versuchte. Kein Nick, keine Ente. Nur noch mehr Kartons, viel mehr Kartons. Und Bücher.

Sie hatte gerade den ersten Schluck getrunken, als ihr Blick wieder auf das Gutachten von Wesson & Truitt fiel. Es war unfair, wirklich, und schade, dass sie sich so leicht in die Irre hatte führen lassen, nur weil Kittery in Bar Harbor wahrscheinlich sein Atelier gehabt hatte. Es war Zufall, nichts weiter. Schade auch, dass Dot ihn vermutlich nicht gekannt hatte und der Mann auf dem Polaroid wohl ein anderer war. Und wie schade erst, fand Laurie, dass ihr schönster Abend seit Langem, die nächtliche Recherche in der menschenleeren Bibliothek, in jeder Hinsicht ins Leere gelaufen war.

Wer an Orten wie Calcasset aufwuchs, entwickelte schon früh eine gesunde Abneigung gegen die bei Touristen beliebten Souvenirs. Man schnalzte beim Anblick von Hummer-Kitsch in all seinen Erscheinungsformen despektierlich mit der Zunge, schüttelte den

Kopf über Plätzchenausstecher in Hummerform, Hummer als glitzernden Weihnachtsbaumschmuck, Geschirr und Küchentücher mit bunten Bojen und rot-braunen Krustentieren darauf. Tourismus war ein Geschäft, und als solches galt es dabei pragmatisch zu bleiben. Man verkaufte solchen Ramsch, aber man hängte weder sein Herz daran noch würde man sich so etwas ins Haus stellen. Billigware aus Massenproduktion mit echtem Kunsthandwerk zu verwechseln kam für jene, die den Ausverkauf ihrer kleinen Küstenstädte, das Verschwinden der Fischerboote, die Umwandlung der alten Katen in Ferienhäuser und Wellnessoasen, die jeden Sommer einfallenden Horden Hummer-Selfies machender Touristen miterlebt hatten, einem Sakrileg gleich.

Es fühlte sich wie ein persönliches Scheitern an. Laurie konnte es nicht einfach so auf sich beruhen lassen. Wie kam dieses vermeintliche Touristenschnäppchen in den Besitz einer Frau, die über neunzig Jahre an dieser Küste gelebt hatte, die das wechselvolle Schicksal dieses Orts, das zyklische Kommen und Gehen von Heilbutt, Hummer und Kabeljau und wilde Blaubeeren pflückenden New Yorkern erlebt hatte? Laurie griff zum Telefon, suchte die Nummer von Wesson & Truitt heraus und rief an.

»Wesson & Truitt.«

»Hallo, hier ist Laurie Sassalyn. Ich rufe wegen des Gutachtens an, das Sie über eine Entenattrappe aus dem Besitz meiner Tante abgegeben haben. Meine Großtante, sollte ich sagen, und die Ente scheint leider auch nur sentimentalen Wert zu haben, aber ich versuche nach wie vor herauszufinden, wie das Stück in den Besitz meiner Tante kam, pardon, meiner Großtante. Könnten Sie mich bitte mit dem Kollegen verbinden, der das Gutachten erstellt hat?«

»Natürlich«, sagte die muntere Frauenstimme am Telefon. »Wenn Sie mir bitte einmal die Auftragsnummer geben würden?«

Laurie beugte sich vor und angelte sich das Blatt. »Einen Moment.« Sie schob sich die Federboa aus dem Gesicht. »Das müsste die 283491 sein.«

»Ah«, sagte die Frau. »Steht da kein Buchstabe am Anfang? Bei einer Entenattrappe müsste ein S stehen, S für Sport. Ich meine die Nummer, die ganz links oben steht.«

»Ja, hier steht aber bloß 283491.«

Am anderen Ende wurde es ganz still, dann hörte Laurie, wie die Frau die Hand über den Hörer hielt und gedämpfte Stimmen im Hintergrund. Schließlich meldete sie sich wieder. »Hallo, hören Sie? Ich verbinde Sie mit unserem Jagdattrappen-Experten.«

»Okay, danke.«

Ein Mann meldete sich. »Hier Jim Baines. Wie kann ich Ihnen weiterhelfen?«

Laurie wedelte ein wenig mit der Federboa. »Ich habe hier ein Erstgutachten mit der Auftragsnummer 283491 zu einer Kopie einer Carl-Kittery-Ente. Sie haben sie sich diese Woche angesehen, und ich wollte fragen, ob Sie mir noch etwas mehr darüber sagen können. Die Ente gehörte meiner Tante, meiner Großtante, meine ich, und ich versuche herauszufinden, woher sie sie hatte.«

Wieder war es einen Moment still. »Da bin ich ehrlich gesagt überfragt. Bei der Auftragsnummer, die Sie genannt haben, handelt es sich nicht um eine von uns, und ich habe in den letzten Wochen auch nichts zur Begutachtung vorgelegt bekommen, das irgendwie mit Kittery zu tun gehabt hätte.«

Ein höchst unerfreuliches Gefühl breitete sich in Laurie aus, eine dunkle Ahnung in der Magengrube. »Die Sache ist nur die, dass mein … ein Bekannter die Ente für mich bei Ihnen vorbeigebracht hat. Ich habe das Gutachten vor mir liegen. Es trägt den offiziellen Briefkopf Ihres Hauses und das Datum von gestern.«

»Steht wirklich Wesson & Truitt darauf? Ist es ein blauer Schriftzug?«

Dachte er, sie könne nicht lesen? »Ja, exakt so sieht es aus.«

»Dann bin ehrlich gesagt auch überfragt. Setzen Sie sich am besten noch einmal mit Ihrem Bekannten in Verbindung und fragen Sie ihn, was es mit dem Gutachten auf sich hat. Lassen Sie sich am besten das Original zeigen. Vielleicht bezog er sich in seinem Bericht lediglich auf uns? Anders kann ich mir das nicht erklären.«

»Ich bin mir ziemlich sicher, das Original zu haben.« Aber war sie das wirklich? Es war einfach ein Ausdruck. Jeder hätte das ausdrucken können. Sie räusperte sich. »Ich werde das mal klären und melde mich dann noch mal.«

Nachdem sie das Gespräch beendet hatte, saß Laurie einen Moment wie benommen auf der Couch, dann nahm sie das Gutachten genau unter die Lupe. Der Briefkopf sah echt aus, er war identisch mit dem Logo auf der Internetseite. Die Telefonnummer allerdings war eine andere als die, die sie gerade angerufen hatte. Das musste nichts weiter bedeuten, sagte sie sich, Unternehmen hatten oft mehrere Anschlüsse. Sie wählte die angegebene Nummer und ließ es eine Weile klingeln, aber niemand ging dran.

Irgendetwas stimmt nicht, dachte sie, aber ich komme nicht drauf, was. Wo ist der Haken? Bilde ich mir das alles bloß ein? Es fühlte sich ein bisschen an, als würde man auf einem großen Parkplatz sein Auto suchen und gerade, wenn man sicher war, es wäre einem gestohlen worden, drehte man sich um, und da stand es, direkt vor einem. Und so würde es auch hier sein, sagte sie sich, auch wenn sie im Augenblick noch im Dunkeln tappte. Was hatte sie übersehen, wo steckte der Fehler? Sie hatte sich das Schreiben bestimmt eine Minute noch mal ganz genau angesehen, als ihr Blick auf die Fußzeile fiel, deren Schrift so klein war, dass man sie kaum entziffern konnte. Die Adresse wurde als 1234 Bluebird Way angegeben, darunter eine Leerzeile, üblicherweise der Platz für ein Firmenmotto wie »Gegründet 1905« oder »Beste Ware für Ihr Geld«.

Auf ihrem Gutachten stand allerdings unter der ohnehin schon etwas fantastisch klingenden Anschrift bloß Blindtext: »Lorem ipsum dolor sit amet.«

Oh nein, dachte Laurie, das durfte nicht wahr sein.

Normalerweise fuhr Laurie gern nach Camden. Es war zwar etwas touristisch, aber die Häuser außerhalb der Stadt hatten es ihr schon als Kind angetan. Große Grundstücke, die viel Ruhe und Gediegenheit ausstrahlten. In einem dieser Häuser hatte sie später immer leben wollen. Etwas weiter die Straße hinab fand sie den Laden. MEERESBRISE ANTIQUITÄTEN stand auf dem linken Schaufenster, DAS BESTE BEWAHREN auf dem rechten. Dazwischen befand sich der Eingang. Laurie parkte vor dem Laden und ging die drei Stufen zur Tür hinauf, um einen Blick ins Innere zu werfen. Sie sah das übliche Angebot alter Uhren, Lampen, Vasen, zudem Geschirr, auf langen Regalen entlang der Wände, dazwischen einige Möbel, aber alles sehr ansprechend arrangiert. Als sie eintrat, läutete eine kleine Glocke über der Tür.

Matt war nirgends zu sehen, dafür saß eine junge Frau mit kurzen dunklen Haaren und einem *Captain-America*-T-Shirt im hinteren Teil des Ladens hinter der Theke. Sie rief ihr ein munteres Hallo entgegen. Laurie lächelte freundlich zurück. Sie schlenderte an den Uhren vorbei, strich leicht über die alten Gehäuse, obwohl überall BITTE NICHT BERÜHREN stand, und stellte fest, dass sie nach Größe geordnet waren, von kleinen Reiseweckern bis zu mannshohen Standuhren, die vermutlich aufwendig von Hand aufgezogen werden mussten. Am Ende der Uhrenreihe sah sie einen Schreibtisch in der Ecke stehen mit zwei Stühlen davor und einem dahinter, eine Art Büro vermutlich, das allerdings nicht besetzt war. Auf dem Tisch standen ein Computer, ein altmodisches gelbes Telefon mit Wählscheibe, und Visitenkarten lagen aus, von denen Laurie sich gleich eine nahm. Es war dieselbe, die Matt ihr erst vor ein paar Tagen gegeben hatte. Zwei Telefonnummern standen darauf. Neben einer waren die Geschäftszeiten angegeben, und die andere – es war die Mobilnummer, von der er sie jedes Mal angerufen hatte – war rund um die Uhr zu erreichen.

Laurie zog sich hinter eine Vitrine mit Porzellanfiguren zurück, nahm ihr Telefon und wählte die erste Nummer, die mit den Geschäftszeiten. Es klingelte hinter der Ladentheke, doch Laurie legte wieder auf, ehe die junge Frau drangehen konnte. Dann kramte Laurie das gefälschte Gutachten von Wesson & Truitt aus ihrer Tasche und wählte die Nummer, die oben angegeben war und von der sie bereits wusste, dass sie nicht die des Auktionshauses war.

Prompt schrillte das gelbe Telefon.

Es klingelte sehr lange, aber Captain America schenkte ihm keinerlei Beachtung. Laurie wartete bestimmt eine Minute, bevor sie auflegte und weiter durch den Laden schlenderte. »Da schien jemand aber ziemliche Ausdauer zu haben«, bemerkte sie im Plauderton.

»Oh ja«, sagte die junge Frau mit einem Augenrollen. »Ich höre es schon gar nicht mehr. Das steht da bloß als Deko und um nervige Werbeanrufe ins Leere laufen zu lassen. War eine Idee vom Chef.«

Laurie stockte der Atem. Eine falsche Telefonnummer, der Blindtext auf dem Gutachten, das er ihr gegeben hatte und das eindeutig nicht von Wesson & Truitt stammte. Das alles konnte nur eines bedeuten.

Sie verschwand wieder hinter einer der Vitrinen und schrieb June eine Nachricht. *Der Sensenmann hat sich meine Ente unter den Nagel gerissen.*

June schickte drei Fragezeichen zurück und dann: *Ist das zweideutig, habt ihr …?*

Nein, ist genauso gemeint. Er ist ein Betrüger und hat mir ein gefälschtes Gutachten angedreht. Dann hat er die Ente mitgenommen. Dots Ente ist jetzt weg.

11

Laurie ließ sich auf eine Polsterbank mit dem Hinweis BITTE NICHT SETZEN fallen und stützte den Kopf in die Hände. Was sollte sie jetzt tun? Sie hatte die Empfangsbestätigung nicht mehr, dass er die Enten-Attrappe zur Begutachtung mit nach Hartford nehmen wollte. Er hatte den Beleg einfach als Quittung für die fünfzig Dollar umgeschrieben, für die sie ihm die Ente verkauft hatte. Er brauchte den oberen Teil bloß abzutrennen und könnte den unteren als Beweis anführen, dass sie ihm die Ente aus freien Stücken überlassen hatte. Was ja auch stimmte, im Prinzip.

Sie hatte ein Gutachten, das gefälscht war, was sich auch leicht beweisen ließ, aber wie sollte sie nachweisen, dass der Betrug auf seine Kappe ging? *Wir reden später, muss nachdenken,* hatte sie June geschrieben, aber was gab es da groß nachzudenken?

Als sie erneut das Telefon hinterm Ladentisch klingeln hörte, stand sie auf und ging nach vorn. »*Meeresbrise,* hier spricht Daisy«, meldete sich Captain America, dann Pause. »Hi, Matt.« *Matt.* »Nein, ist nicht viel los heute. Bisschen Laufkundschaft. Aber ich habe die Pierrot-Lampe verkauft.« Pause. »Klar, kann ich machen. Doch, ich erinnere mich. Ja. Nein, kein Problem. Okay, bis dann.« Daisy legte auf und setzte ein halblautes »Du mich auch, Blödmann« hinterher, als Laurie am Ende des Uhrengangs auftauchte. Erschrocken schaute Daisy hoch. »Oh … Ich wusste nicht, dass Sie noch da sind.« Daisy strich sich die Haare hinter die Ohren.

»Kein Problem«, sagte Laurie lächelnd. »Ich hatte auch schon schwierige Chefs.« Sie tat, als versiegele sie ihre Lippen. »Von mir erfährt niemand etwas.«

Daisy grinste. »Danke. War einfach ein langer Tag heute, geht schon wieder.«

Laurie nickte freundlich und blieb nur ein paar Schritte von der Verkaufstheke entfernt stehen, um sich ein Regal mit gebrauchten Büchern anzusehen. Allerdings nahm sie keinen der Titel bewusst wahr. Ihre grauen Zellen liefen anderweitig auf Hochtouren. »Arbeiten Sie schon lange hier?«, fragte sie im Plauderton.

»Fast sieben Jahre. Ich habe gleich nach der Schule hier angefangen.« Daisy knibbelte an ihren dunkelblau lackierten Fingernägeln.

»Und wie ich sehe, mögen Sie Captain America«, stellte Laurie fest.

Daisy sah an ihrem Shirt hinab. »Yeah, stimmt.«

»Wie fanden Sie ihn im dritten Teil?«

Daisy zuckte mit den Schultern. »Immer noch besser als Iron Man, der im Superheldenkosmos nichts verloren hat, wenn Sie mich fragen. Mit Plasmastrahlen und kugelsicherem AI-Exoskelett könnten wir alle Helden sein.« Ihr Blick fiel auf Lauries Claws-Shirt. »Sind Sie aus Calcasset?«

»Ich bin dort aufgewachsen.«

»Ich war da mal im Sommercamp. Camp Smithson.«

»Das Kunst-Camp? Da hat einer meiner Brüder während seines Studiums als Betreuer gearbeitet. Ryan Sassalyn, irgendwann zwischen 2004 und 2008 muss das gewesen sein.«

Daisy grinste. »Der mit *Bye Bye Birdie* und der schönen Stimme?«

»Ja, genau!«

»Dann ist *der süße Ryan* also Ihr Bruder.« Daisy sah sie voller Ehrfurcht an, als habe Laurie gerade olympisches Gold gewonnen. »Ich wusste schon mit zwölf, dass ich nicht auf Männer stehe, aber die anderen Mädels waren alle in ihn verknallt. Ich fand ihn einfach nur nett. Sagen Sie ihm schöne Grüße von Daisy Sun. Ich habe vor allem Malkurse belegt, hatte also gar nicht viel mit ihm zu tun, aber eine aus meiner Hütte hat sich mal böse hingelegt, als sie versucht hat, beim Essen noch einen Platz neben ihm zu ergattern.«

»Oh ja«, sagte Laurie. »Kann ich mir bei Ryan lebhaft vorstellen. Malen Sie noch immer?« Sie gab es auf, Interesse an den Büchern vorzuschützen, und wandte Daisy nun ihre volle Aufmerksamkeit zu.

»Wenn ich dazu komme. Meine Freundin ist Musikerin, sie spielt in einer der Bars unten am Strand. Manchmal übt sie oder komponiert, und ich male, und wir trinken grüne Smoothies mit Chiasamen und kommen uns ziemlich großartig vor. Es ist das perfekte Kontrastprogram zu diesem Job hier.« Sie holte einen Apfel unter der Theke hervor und biss hinein. Während sie kaute, musterte sie Laurie, die sich erneut den Büchern widmete, in Gedanken aber sichtlich anderswo war. »Suchen Sie etwas Bestimmtes? Wie gesagt, tut mir leid wegen vorhin, ich hätte das nicht sagen sollen.«

»Oh, von mir aus können Sie das ruhig sagen. Das Witzige ist ja«, Laurie lachte trocken, »dass ich tatsächlich etwas suche, und zwar Ihren nervigen Chef. Ich müsste etwas mit ihm besprechen.«

»Sie wollen Matt Pell sprechen?« Daisy wirkte plötzlich etwas nervös. »Kennen Sie ihn?«

Laurie schüttelte den Kopf. »Nein. Oder sagen wir … ich *dachte*, ich würde ihn kennen.«

Daisys Augenbrauen schossen in die Höhe. »Oh, oh.«

»Er war … Ich hatte ihn beauftragt, den Nachlass meiner Tante durchzusehen, sie ist letztes Jahr gestorben. Er hat ein paar Dinge in Zahlung genommen und …« Sie deutete vage auf das gelbe Telefon. »Beschweren Leute sich oft über ihn?«

»Kommt schon mal vor«, erwiderte Daisy zögernd. »Aber er hat den Laden auch erst vor drei Jahren übernommen.«

Drei Jahre. Und nicht fünfzehn, wie er behauptet hatte. »Ach ja? Wem hat er denn davor gehört?«

Daisys Miene hellte sich auf. »Den Brewsters, Mary und Emile. Sie haben das Geschäft 1965 eröffnet.«

»Und vor drei Jahren haben sie an ihn verkauft?«

Sie nickte. »Als Mary vor fünf Jahren starb, ist Matt mit eingestiegen. Unter den Brewsters war das hier auch ein reiner Antiquitätenhandel, nicht diese … Nachlassgeschichte. Das hat er erst aufgezogen.«

Laurie trat direkt an den Ladentisch. Daisy trug einen Ohrring im einen und vier im anderen Ohr und auf der Innenseite des Unterarms prangte ein einfarbiges Tattoo, eine Sonne mit wellenförmigen Strahlen. Es war ein Risiko, aber sie beschloss, es darauf ankommen zu lassen. »Ist er wirklich so schlimm?«, wollte sie wissen. »Ihr Chef? Kommt so etwas bei ihm öfter vor?«

Daisy erstarrte. Dann hob sie den Blick und sah Laurie an. »Ob er schlimm ist, fragen Sie mich?« Als Laurie nickte, kniff Daisy ganz leicht die Augen zusammen. »Na ja, empfehlen würde ich ihn nicht gerade.«

In dem Moment betrat ein Pärchen den Laden, das sich so unbekümmert darüber ausließ, wie hübsch und bezaubernd alles sei, wie man es nur machte, wenn man sich allein glaubte oder seine Umgebung als Teil einer pittoresken Staffage wahrnahm. Ihrer Mutter müssten sie unbedingt etwas mitbringen, meinte die Frau, ihr würde es hier bestimmt gefallen, so hübsch und authentisch, wie das alles sei, das finde man ja kaum noch. Dann wandte sie sich einer Auslage mit schlimmstem Andenkenkitsch zu.

»Mehr kann ich im Moment leider nicht sagen«, nahm Daisy den Faden wieder auf und warf einen Blick auf das Pärchen. »Aber wir könnten bei Gelegenheit gern ausführlicher darüber sprechen.«

»Sehr gern. Mein Name ist Laurie Sassalyn. Ich werde die nächsten Wochen noch in Calcasset sein, im Haus meiner Tante, die gestorben ist. Ich weiß nicht, ob es zu kurzfristig ist, aber wie wäre es, wenn Sie heute Abend vorbeikämen, ein paar Freunde von mir sind vermutlich auch da. Der eine ist Bibliothekar und ein alter Freund von mir, die andere meine Schulfreundin. Vielleicht gegen acht, wenn das bei Ihnen passt? Sie können auch gern Ihre Freundin mitbringen.«

»Klingt gut.« Daisy nahm sich eine Visitenkarte und schrieb etwas auf die Rückseite. »Schicken Sie mir am besten einfach Ihre Adresse.« Auf der Karte stand *Daisy Sun* und ihre Telefonnummer, auf der Rückseite mit schwarzem Filzschreiber *Schlimm ist gar kein Ausdruck*. Laurie schaute wieder auf, und als ihre Blicke sich trafen, formte sie ein stummes *Ich weiß*.

Zu behaupten Laurie wäre nervös gewesen, weil ihr Abend mit Nick in der Bibliothek womöglich irgendetwas zwischen ihnen verändert hatte, könnte man ebenfalls getrost als Untertreibung bezeichnen. Ihre Befürchtung war eher, dass sie alles kaputt gemacht hatte. Sie waren sich beide einig, dass es wenig Sinn hatte, etwas miteinander anzufangen, weil sie sowieso nicht bleiben würde – und sie würde nicht bleiben, so viel stand ja fest –, und in dieser Situation, da musste sie ihm recht geben, wären Komplikationen vorprogrammiert, selbst wenn alles ganz unkompliziert gedacht war.

Warum konnte er kein hübscher Langweiler sein? Wäre er hübsch und langweilig, würde sie sich einfach eine kleine Affäre mit ihm gönnen, einen Ausflug in die Vergangenheit, ein bisschen Schwelgen in alten Sentimentalitäten. Sie würde nach Seattle zurückkehren, und es wäre nichts weiter dabei. Aber für ein paar Wochen in die alte Heimat zu kommen und sich mit einem alten Freund zu entzweien, über den man doch eigentlich längst hinweg war und auf den man es überhaupt nicht abgesehen hatte, und sich obendrein noch von einem Typen reinlegen zu lassen, der feministische Motto-Shirts trug und allem Anschein nach ein Betrüger war, das verhieß nun wirklich nichts Gutes für den Neustart ihres Liebeslebens nach der geplatzten Hochzeit.

Das mit den T-Shirts hätte ihr gleich zu denken geben sollen. Wie hatte sie diese einfache Regel vergessen können? Eigentlich wusste sie es doch seit dem Typen mit dem Sleater-Kinney-Shirt, der, wie sich dann herausgestellt hatte, verheiratet gewesen war.

Aber weil Angriff die beste Verteidigung ist, schickte sie Nick noch vor June eine Nachricht, um ihn zur spontanen Krisensitzung am Abend einzuladen. *Die Entengeschichte läuft völlig aus dem Ruder. Es gibt sehr viel zu erzählen. Hast du heute Abend Zeit? 20 Uhr im Garten, es gibt Drinks, June und meine Informantin kommen auch.*

Seine Antwort ließ keine zwei Minuten auf sich warten. *Wie könnte ich da Nein sagen?*

Gleich darauf klingelte ihr Telefon. Es war June, die wissen wollte, was es mit den seltsamen Nachrichten auf sich hatte, die Laurie ihr vorhin aus der *Meeresbrise* geschickt hatte. Mit den Kindern war sie zwar nicht ganz so flexibel wie Nick, aber sie meinte, die beiden wären gerade bei ihrer Mutter, und Charlie müsse heute länger arbeiten, da könne sie genauso gut auch kommen.

»Junie«, sagte Laurie mit allem dem Anlass gebührenden Ernst, »ich verspreche dir, du wirst es nicht bereuen.«

Es war ein perfekter Sommerabend. Vielleicht hatte auch Dot die Veranda für Abende mit Freunden genutzt. Oder für ihre romantischen Verabredungen, zum Lesen, für mehr oder minder intime Begegnungen mit dem Chemiker, dem Journalisten und den sonstigen Absendern jener Briefe, die Laurie bislang nicht zu öffnen gewagt hatte. Vielleicht hatte sie hier mit dem Mann gesessen, der Entenattrappen schnitzte aus einem Block Zedernholz, aus Treibgut oder einem alten Telefonmasten. Wilde Partys konnten hier gefeiert worden sein, Freunde hatten sich betrunken, es war geküsst und gefummelt und geliebt worden, oder sie saßen einfach nur beieinander, redeten vom Fischen, dem Leben, der leichten Brise, die vom Wasser herüberwehte, oder wer wohl das Rennen bei der Bürgermeisterwahl machen würde. Als Kind hatte Laurie die Veranda kaum zur Kenntnis genommen. Es war der Ort der Erwachsenen, die zu viel redeten und lachten und sich stundenlang über Dinge unterhalten konnten, die sie überhaupt nicht interessierten. Viel spannender hatte sie den Garten gefunden, dort hatte sie stundenlang nach Würmern und Käfern, nach Eichhörnchen und Schmetterlingen Ausschau halten können, nach allem, was kreuchte und fleuchte. Und daran, dachte sie, hatte sich bis heute wenig geändert, sie hatte noch immer ein Faible für andere Lebensformen. Sie konnte sich verlieren in diesen Welten.

Eine Stunde bevor Daisy kam, hatte Laurie es sich schon mit Nick und June auf der Veranda gemütlich gemacht. Als alle mit Getränken versorgt waren, die Sonne langsam ums Haus wanderte und den Tag in ein letztes goldenes Licht tauchte, begann sie den beiden die Sachlage zu erklären. Warum sie zu dem Schluss gelangt war, Dot könne Kittery gekannt haben, was dann allerdings erst mal durch Matts Gutachten zunichtegemacht worden war, das die Ente zu billiger Massenware deklarierte, zu Ramsch, der in Souvenirläden an Flughäfen verkauft wurde.

Dann berichtete sie von ihrem Anruf im Auktionshaus, wie sich herausgestellt hatte, dass dieses Gutachten gefälscht war und der Schluss nahelag, dass die Ente dann wohl eher kein Ramsch war und Matt sie sich unter den Nagel reißen wollte, und da er wusste, dass ihr Herz daran hing, musste er sie so lange schlechtreden, bis sie sich dumm vorgekommen wäre, so viel Aufheben von etwas zu machen, das nun wirklich keinen Wert und keine Bedeutung hatte. »Er hat alle Register gezogen, und ich habe so reagiert, wie er es wollte, ich habe ihm die Ente einfach für fünfzig Dollar überlassen und vielleicht sogar geglaubt, ein gutes Geschäft zu machen.« Noch immer trieb es ihr das Blut in die Wangen, wenn sie daran dachte.

Nick atmete mit einem leisen Seufzen aus, ein Laut, den sie unglaublich sexy fand und der sie einen Moment ablenkte. Andererseits erschien ihr alles an ihm sexy, was dann nicht unbedingt an ihm lag, aber merkte er wirklich nicht, was er da tat? Ihm musste doch klar sein, wie es bei ihr ankäme, so etwas passierte doch nicht einfach so.

Dann fragte sie sich, ob sie das womöglich auch machte, kleine Gesten, leise Laute in seiner Gegenwart, die ihn um den Verstand brachten. Aber vielleicht war jetzt nicht der passende Moment, sich darüber Gedanken zu machen, denn sie hatten erst mal andere Probleme. »Du glaubst also, die Ente sei doch etwas wert, und er wusste das und deshalb diese ganze Aktion?«

»Das ist die Frage«, sagte Laurie. »Warum sonst hätte er diesen Aufwand betreiben sollen, wenn er sich nicht sicher wäre, die Ente für deutlich mehr als fünfzig Dollar wieder verkaufen zu können? Er weiß etwas darüber. Oder glaubt, etwas zu wissen.« In dem Moment bekam sie eine Nachricht von Daisy, dass sie vor dem Haus stehe.

Laurie ging aufmachen, und da stand Daisy, noch immer in ihrem *Captain-America*-T-Shirt, nur jetzt in Begleitung einer jungen Frau mit raspelkurzen blonden Haaren, weißem T-Shirt, Camouflagehose und schwarzen Sneakers. »Hallo Daisy«, sagte Laurie. »Ich bin so froh, dass du kommen konntest.«

Daisy zeigte auf ihre Freundin. »Das ist Melody. Danke, dass ich sie mitbringen durfte und mich nicht allein in die Höhle des Löwen wagen musste.«

Laurie lächelte. »Ich freue mich, dich kennenzulernen, Melody. Kommt rein, wir sitzen hinten auf der Veranda, und ich hoffe, es wird nicht allzu enttäuschend, denn wir sind alle ganz zahm hier.« Auf dem Weg durch die Küche nahm Laurie noch einen weiteren Stuhl mit nach draußen, und diese kleine Geste erfüllte sie mit einer unerwarteten Freude. Es fühlte sich gut an, Raum zu schaffen, ihn *für jemanden* zu schaffen. Auf einmal hatte sie das Gefühl, eine Gastgeberin zu sein, und es war noch einmal etwas anderes als einfach bloß ein Besuch von alten Freunden. Es hatte ein anderes Gewicht, und auch das Haus schien auf einmal von etwas Neuem erfüllt.

Als sie dann alle beisammen saßen – Daisy mit Wein und Melody mit einem Wasser –, atmete Laurie tief durch und kam zur Sache. »Daisy, ich würde gern über deinen Chef sprechen.« Sie schilderte erneut, was sie schon Nick und June erzählt hatte, allerdings mit dem Unterschied, dass Daisy davon nicht überrascht schien, gar ein paarmal zustimmend nickte, als erzähle jemand von einem Film, den sie bereits kannte. Und vielleicht tat Laurie ja genau das.

Nachdem sie mit ihrem Bericht fertig war, wechselten Daisy und

Melody einen Blick. »Nach allem, was ich so weiß«, begann Daisy, »passt das ins Bild. Matt ist jemand, bei dem einem oft Fragen kommen, die er dann nur selten beantworten kann. Wohin ist das jetzt verschwunden, gestern war es doch noch da, warum ruft diese aufgebrachte alte Dame uns ständig an, warum behaupten Kunden, sie hätten einen Termin mit ihm, und er behauptet das Gegenteil?« Daisy goss sich noch mal Wein aus der Flasche auf dem Tisch nach. »Wir haben ziemlich oft Stress mit Kunden, das gab es früher nicht. Natürlich gibt es immer Reklamationen oder Leute, die einfach nur auf Zoff aus sind, aber seit Matt den Laden übernommen hat, ist es mehr die Regel als die Ausnahme. Es ist der krasseste Job, den ich je hatte.«

»Wahrscheinlich gelangt auch nicht alles in den Laden, oder?«, fragte June. »Ich könnte mir vorstellen, dass er für die richtig teuren Stücke auf anderem Wege Abnehmer findet.«

»Genau«, sagte Daisy. »Vieles geht unter der Hand weg. Deine Ente zum Beispiel würde er natürlich nicht mit einem Preisschild über achtzigtausend Dollar ins Regal stellen. So etwas würde er über Wesson & Truitt zur Versteigerung anbieten. Aber wenn er sich die Ware auf dubiosem Weg beschafft hat, sucht er sich vermutlich eher einen privaten Abnehmer.«

»Ich komme mir wirklich verarscht vor«, sagte Laurie. »Wie er hier immer angetanzt ist, mit seinen albernen Bandshirts …«

Daisy und Melody lachten. »Deshalb nenne ich ihn bloß noch Captain Lilith Fair«, sagte Melody. »Wahrscheinlich hat er jedes Mal ein anderes Shirt mit feministischer Botschaft getragen, oder?«

»Ja«, musste Laurie ihr recht geben, »mit Ausnahme der *Decemberists*, das er bei unserem ersten Termin anhatte.«

Daisy nickte. »Wahrscheinlich hast du ihm den Eindruck vermittelt, dass er mit solchen Botschaften bei dir punkten kann.«

»Dabei fand ich ihn zuerst richtig nett«, sagte Laurie und wandte sich an June. »Du meintest doch noch, ich solle ihn um ein Date bitten!«

»Hey, wer konnte das denn ahnen«, sagte June. »Ich fand ihn süß.«

»Sei froh, dass du die Finger von ihm gelassen hast, er ist ein Spinner.« Daisy lehnte sich zurück und legte los. »Weißt du, was er mir als Erstes über sich erzählt hat? Dass er sechsunddreißig ist und mit vierzig seine erste Million gemacht haben will. Und ich dachte bloß ›Und dann kauft er sich ausgerechnet einen Antiquitätenladen?‹«

»Das scheint mir auch nicht gerade der vielversprechendste Weg«, fand Nick.

»Anscheinend hat er mal in irgendeinem Managermagazin gelesen, dass Maine ein touristischer Hotspot sei und noch viel Potenzial habe.« Sie setzte »viel Potenzial« mit zwei Fingern in Anführungszeichen, um ihrer Verachtung angemessen Ausdruck zu verleihen. »Er hatte auch einen Newsletter von so einem selbst ernannten Businessguru abonniert, der dazu riet, in ›strukturschwache Regionen‹ zu investieren, da könne man sich billig einkaufen und dann die Alteingesessenen und die Touristen gleichermaßen ausnehmen, will sagen, den Alteingesessenen kaufst du ihren Trödel zu Schnäppchenpreisen ab und verticskt ihn dann teuer an Touristen.«

»Das kommt mir irgendwie bekannt vor«, sagte Laurie.

Daisy nickte düster. »Bei Antiquitäten gibt es einfach sehr viel Ermessensspielraum. Und die Rechtslage ist eine einzige Grauzone. Du hast wenig Handhabe, wenn du jemandem etwas verkaufst, von dem er mehr Ahnung hat als du. Solange der andere einfach bloß einen Wissensvorsprung hat, ist das okay. Wenn du nicht weißt, dass etwas wertvoll ist, er aber schon, muss er dir das nicht sagen und darf es dir zu jedem Preis abkaufen, der für dich in Ordnung geht. Wenn er dann einen Riesenprofit daraus schlägt, gut für ihn, das ist der Deal, so funktioniert die Branche. Aber er kann dir natürlich kein Gutachten in Aussicht stellen, das er dann erstens nicht besorgt und dir zweitens ein gefälschtes unterjubeln. Das ist Betrug. Selbst im Antiquitätenhandel gibt es ein paar Regeln, an die man sich zu halten hat.«

»Ein Glück«, meinte Nick.

»Du solltest ihn einfach zur Rede stellen«, sagte June. »Geh hin und sag ihm, du wüsstest, dass er dich übers Ohr gehauen hat. Du wüsstest über alles Bescheid. Jag ihm ein bisschen Angst ein.«

Daisy schüttelte den Kopf. »Keine gute Idee, er würde Panik kriegen oder ausrasten, vielleicht auch beides. Einmal war jemand da und hat ziemlichen Stunk gemacht wegen eines Baseballtrikots, das Matt ihm abgekauft hatte. Er hätte es sich anders überlegt, hat er gesagt, er wolle es zurück. Man konnte gar nicht so schnell gucken, wie Matt das Ding dann vertickt hat. Er wird es immer so hinstellen, dass er dir die Ware zu fairen Konditionen abgekauft hat, und wenn er das Gefühl hat, du bist ihm auf die Schliche gekommen, sieht er zu, dass er den Kram ganz schnell loswird. Du könntest versuchen, ihm juristisch beizukommen, aber wenn du deine Ente zurückhaben willst, würde ich anders vorgehen. Wenn er sich in die Ecke gedrängt fühlt, siehst du die Sachen nie wieder.«

»Man muss ja nicht gleich drohen«, meinte Nick. »Ich möchte hier nicht das Klischee des Bibliothekars bedienen, aber man kann doch über alles reden und freundlich fragen. Bezichtige ihn nicht des Betrugs, sondern sag einfach, du hättest noch mal drüber geschlafen und möchtest Dots Ente doch lieber wiederhaben.«

»Ich möchte ja kein Spielverderber sein«, sagte Daisy, »aber wenn er denkt, dass damit Geld zu machen ist – viel Geld –, wird er es, solange er sich auf der sicheren Seite glaubt, nicht einfach zurückgeben. Einmal hatte er einen Ring angekauft. Es handelte sich um ein Familienerbstück, der Mann hatte es irrtümlich verkauft. Als seine Frau in den Laden kam und den Sachverhalt erklärte, meinte Matt, wenn so was einreißen würde, käme bald jeder und verlange seine Sachen zurück. Dann könne er den Laden dichtmachen. Er wird dir die Ente also nicht einfach so zurückgeben.«

»Aber du hast doch selbst von Betrug gesprochen«, sagte Laurie. »Sein Vorgehen ist kriminell. Theoretisch könnte ich ihn auch einfach anzeigen.«

»Natürlich. Es ist kriminell. Aber beweis ihm das doch mal. Du hast nichts gegen ihn in der Hand. Und wenn er diese Ente erst verkauft hat, ist sie weg. Dann siehst du sie nie wieder.«

»Deshalb hat er auch die Empfangsbestätigung wieder an sich genommen, die er mir ausgestellt hatte, als er die Ente für das vermeintliche Gutachten mit nach Hartford genommen hat«, überlegte Laurie laut. »Meine Güte, wie blöd von mir, da nicht gleich etwas gesagt zu haben. Aber wer denkt auch schon an so was …«

Daisy nickte mitfühlend. »Das gefälschte Gutachten ist als Betrug zu ahnden, aber wie willst du nachweisen, dass er das erstellt hat? Er kann genauso gut behaupten, das hättest du geschrieben, um ihn unter Druck zu setzen, dir die Ente zurückzugeben.«

»Wie kann ich bloß so blöd gewesen sein«, wiederholte Laurie kopfschüttelnd.

»Mach dir keine Vorwürfe«, sagte Daisy. »Er ist einfach ein Scheißkerl, der andere sehr gut manipulieren kann. Sein Trick ist es, den Kunden erst Schuldgefühle einzureden. Dann hat er leichtes Spiel.«

»Warum arbeitest du noch da?«, wollte June wissen.

Melody lachte. »Das frage ich sie auch immer.«

Daisy verdrehte die Augen. »Weil mir zwar manches komisch vorkam, ich mir aber bislang nicht sicher war?«

»Ich muss also versuchen, die Ente zurückzubekommen«, überlegte Laurie. »Aber er wird sie mir nicht aus freien Stücken geben.«

»Du könntest sie einfach stehlen«, schlug Melody vor.

Laurie schüttelte den Kopf. »Dazu müsste ich wissen, wo sie ist.«

»Und selbst wenn«, wandte Daisy ein, »du willst dich nicht noch mehr in die Defensive manövrieren. Am Ende sieht es so aus, als würdest du ein falsches Spiel spielen, nicht er.«

June nickte. »Am besten wäre es, du schlägst ihn mit seinen eigenen Waffen.«

Nick runzelte die Stirn. »Und wie soll das aussehen?«

»Indem wir seinen Hang zu unlauteren Methoden ausnutzen. Wir müssen das nur so gegen ihn ausspielen, dass er die Ente am Ende freiwillig zurückgibt«, meinte June und grinste.

Laurie trommelte mit den Fingern auf die Armlehne ihres Stuhls. »Wir sollten es so anstellen, dass er nicht dagegen vorgehen kann, weil er sich selbst entlarven würde, wenn er es zur Anzeige brächte.«

»Das dürfte nach allem, was ich so von ihm höre, nicht allzu schwer sein«, bemerkte June trocken.

Daisy nickte. »Das sehe ich auch so. Ich hab mal erlebt, wie er bei Taco Bell angerufen und ihnen einen Gratis-Lunch aus den Rippen geleiert hat, nachdem er angeblich ein Stück Fingernagel in seiner Käsetortilla gefunden hätte.«

»Er ist völlig schamlos«, sagte Melody.

»Aber gut zu wissen«, meinte Laurie. »Ich werde da mal in Ruhe drüber nachdenken, mir überlegen, wie ich vorgehen soll. Außerdem wüsste ich gern, ob Dot Kittery tatsächlich kannte und ob die Ente von ihm ist. Es wäre schon ärgerlich, wenn wir jetzt so einen Aufstand machen, und am Ende stellt sich heraus, dass sie das Ding tatsächlich aus irgendeinem Touriladen am Flughafen hat. Ich sollte mir auch überlegen, was Matt wohl damit vorhat. Dass er es verkaufen will, ist klar, aber wie und an wen?«

»Du kennst sicher das iPad, mit dem er immer rumläuft? Da sind alle Nachrichten drauf«, sagte Daisy. »Wenn wir da einen Blick hineinwerfen könnten, wüssten wir mehr. Er hat sehr viele zwielichtige Kontakte, aber ich könnte jetzt nicht sagen, an wen er sich in dieser Sache wenden würde. Solche Enten sind doch eher eine Randerscheinung im Tagesgeschäft.« Sie streckte ihr Bein, und Laurie sah, dass sie am Knöchel ein weiteres Tattoo hatte, eine einfache Umrisszeichnung, genau wie die strahlende Sonne auf ihrem Arm.

»Ist das ein … Gänseblümchen?«, fragte Laurie und deutete darauf. »Das ist hübsch.«

»Daisy Sun, ich habe mir meinen Namen stechen lassen. Es gibt

Leute, die finden das etwas schlicht, aber ich sag jetzt nicht, wer.« Daisy verdrehte die Augen, und damit war es schon gesagt.

»Ich finde es süß«, befand Melody. »Schlicht, aber gut.«

»Eigentlich bin ich ganz gut darin, solche Leute einfach zu ignorieren«, sagte Daisy. »Menschen, die zu allem eine Meinung haben müssen. Vor allem dazu, wie ich auszusehen und zu sein hätte.«

»Das mache ich auch so«, sagte Laurie. »Wenn man in ein Sportgeschäft geht und sagt, man suche Fitnessklamotten für Frauen in Kleidergröße 48, wird man angeschaut, als habe man nach einem Tauchanzug für Pferde gefragt.«

June schaute Laurie an. »Wie können wir einen Blick auf sein iPad werfen, ohne dass er es mitbekommt?«

»Weiß ich noch nicht«, sagte sie und nahm ihr Telefon. »Aber ich starte gleich mal einen Versuch.«

Hi Matt! schrieb sie. *Hier ist Laurie Sassalyn. Könnten Sie wohl in den nächsten Tagen noch mal vorbeikommen und mir mit ein paar Sachen aus Dots Nachlass behilflich sein?*

»Jetzt bin ich eine Frau auf einer Mission«, sagte sie und legte das Telefon vor sich auf den Tisch.

»Unterwegs in geheimer Mission«, lachte June. »Das ist richtig aufregend. Ich habe kleine Kinder«, setzte sie entschuldigend nach, »und finde mittlerweile alles aufregend, was über die *Sesamstraße* hinausgeht.«

»Ich finde die *Sesamstraße* super«, sagte Daisy, »wir schauen das heute noch. Und die Vorstellung, den ollen Betrüger um eine ganze Stange Geld zu bringen, finde ich ehrlich gesagt auch aufregend.«

Lauries Telefon machte *pling.* »Ach, das ging ja flott«, sagte sie und las Matts Nachricht vor. »Natürlich, jederzeit gern. Wie wäre es mit Montag fünfzehn Uhr?«

Perfekt, schrieb sie zurück und wandte sich an ihr Team. »Es kann losgehen.«

Sie saßen noch bis kurz vor Mitternacht beisammen. Daisy ließ nicht locker, bis Melody ihnen einen ihrer Songs vorsang – es erinnerte ein bisschen an Joni Mitchell. Daisy kannte den Text auswendig und formte jedes Wort stumm mit den Lippen. Nick gab Anekdoten von Bibliotheksnutzern zum Besten, die er beim heimlichen Sex überrascht hatte, sei es allein oder zu zweit, oder die einschlägige Themen an den wenigen Computerarbeitsplätzen recherchierten. (»Kids schauen bei uns Pornos und glauben, das würde uns noch schockieren.«) June und Laurie erzählten noch einmal vor neuem Publikum die Story mit dem Katzenskelett. Und als June einen Blick aufs Handy warf und feststellte, dass es schon zwanzig vor zwölf war, beschloss man, aufzubrechen, sich über das weitere Vorgehen abzusprechen und dankte Laurie für den schönen Abend. Nachdem alle gegangen waren, setzte sie sich wieder auf die verwaiste Veranda, schaute hinauf zu den Sternen und gönnte sich noch ein halbes Glas Wein. »So weit«, sagte sie in den nachtblauen Himmel. »So weit, so gut.«

12

Ginger Buckley, Nicks Großmutter, war sechsundachtzig. Sie war im Westen Massachusetts aufgewachsen, hatte dann aber einen Whiskeybaron aus Lexington, Kentucky geheiratet, der mit seinem Smokewater Special Dry ein kleines Vermögen verdient hatte. Nach seinem Tod war Ginger einer ihrer Töchter nach Maine gefolgt, die sich dort mit ihrem Mann niedergelassen hatte, um eine Familie zu gründen – aus der der künftige Bibliothekar Nick Cooper hervorgehen sollte. Ginger war in den alten Leuchtturm gezogen, hatte einige Greyhounds adoptiert und das lokale Baseballteam gekauft. Ihre neunzehn Enkelkinder, von denen Nick das älteste war, wurden oft und gern in Gingers Haus gesehen, sie liebten ihre Großmutter, brachten ihr kleine Geschenke mit und führten sie zum Essen aus. Ginger half mit den Collegegebühren, schoss Anzahlungen fürs erste Eigenheim vor, und manchmal sprang auch eine Reise heraus. Glaubte man June, so hatte sie Nick und Becca die Flitterwochen in Australien spendiert.

Ginger gewährte ihre Gunst allen gleichermaßen, sie hatte keine Favoriten, aber als erster und ältester Enkelsohn hatte Nick durchaus einen Stein im Brett bei ihr, und als er damals auf der Highschool mit Laurie zusammen gewesen war, hatte er sie auch ein paarmal mit zu seiner Gran genommen. Als Ginger sie nun beide zum Brunch einlud, verstand es sich von selbst, dass sie hingehen würden.

Der Leuchtturm stand draußen auf der Mole, und am Sonntagvormittag blies ein recht kräftiger Wind von der See her. Kräftig genug, um Jacken zu blähen, aber doch nicht so, dann man sich mit seinem ganzen Körpergewicht dagegen hätte stemmen müssen.

»Sie wird sich freuen, dich zu sehen«, sagte Nick und stieß Laurie leicht mit der Schulter an, wie er es früher auch immer getan hatte.

»Ich war lange nicht mehr hier. Es ist beachtlich, dass sie in ihrem Alter immer noch in diesem Turm lebt, wenn man allein die vielen Stufen bedenkt.«

Nick lachte. »Ich warne dich schon mal vor, denn obwohl sie bald fünfundzwanzig Jahre hier lebt, erzählt sie noch immer gern, welches Schnäppchen es damals war und wie viel Arbeit sie in die Renovierung gesteckt hat. Sie wird es einfach nicht müde, davon zu erzählen. Sie liebt diesen Ort.«

»Überlegt sie eigentlich, mal von hier wegzuziehen? Die Treppe im Turm ist ja nicht ganz ohne.«

Nick deutete auf das an den Turm anschließende Leuchtturmwärterhäuschen. »Wenn es sein muss, kann sie auch dort leben, da ist alles ebenerdig. Das hat sie schon mal gemacht, als sie sich vor ein paar Jahren den Fuß gebrochen hat. Ihr Schlafzimmer ist sowieso dort unten, die Küche auch. Ich wollte, dass sie in der Zeit zu mir zieht, aber du weißt ja, wie sie ist. Mit den Hunden wäre es natürlich auch ein Problem gewesen, ich hätte keinen Platz für sie gehabt, und damit war die Sache für sie erledigt.« Er deutete auf den Zwinger, der, von einem hohen Holzzaun umgeben, seitlich an das Haus grenzte.

»So wie ich dich kenne, bist du nicht gut damit klargekommen, dass sie sich nicht helfen lassen wollte.«

»Immerhin hat sie sich von mir zu den Spielen der Claws fahren lassen. Die ersten Wochen hatte sie zudem noch eine Haushaltshilfe. Für sie war es wohl das Wichtigste, sich eine Stützhilfe mit rosa Strasssteinen anfertigen zu lassen, um im Stadion eine gute Figur zu machen. Die Krücken mussten natürlich auch pink sein.«

»Es ist beruhigend, dass manches sich nie verändert, dass Ginger noch immer die Ginger ist, wie ich sie kenne«, meinte Laurie, während das Wasser ans Felsgestein der Mole schlug und draußen in der Bucht zwei Fischerboote kreuzten. »Ich mag es hier, daran hat sich auch nichts geändert«, sagte sie und schmeckte die salzige Luft auf ihren Lippen. »Ich mag es sogar sehr.«

»Du kannst jederzeit zurückkommen«, sagte Nick, beide Hände in den Hosentaschen vergraben und ohne sie anzusehen.

Das letzte Stück zum Turm gingen sie schweigend. Als Nick anklopfen wollte, flog die Tür auch schon auf, als habe Ginger sie kommen sehen. Die alte Dame sah längst nicht so klein und gebrechlich aus, wie Laurie es nach all den Jahren erwartet hätte. Mit dem dunkelblauen Oberteil zur weißen Hose war sie gekleidet wie eine rüstige Seniorin aus einer Werbung für exklusive Altersresidenzen. Genau wie früher war ihr Haar tadellos gelegt, gelockt und zeigte keine einzige graue Strähne. Bislang hatte Ginger ein Faible für Rottöne gehabt, jetzt aber leuchtete ihr Haar in zartem Himmelblau, wie ein fluffiges kleines Wattewölkchen.

»Wie schön, dich zu sehen, Laurie Sassalyn – lass dich drücken.« Gingers Arme waren dünn und knochig, ihre kräftige Umarmung hatte indes nichts an Herzlichkeit eingebüßt. Laurie roch einen Hauch Lavendel und Vanille, der von ihrem Haar und ihren schmalen Schultern aufstieg. »Hübsch siehst du aus«, sagte Ginger, als sie Laurie wieder aus ihren Armen ließ.

»Du auch, Ginger. Und ich freue mich so, dich zu sehen«, sagte Laurie, bevor sie und Nick ihr ins Haus folgten.

»Meine kleinen Lieblinge spielen heute außer Haus, aber sie hätten euch sicher auch gern begrüßt.«

»Du meinst … die Hunde?«, fragte Nick sicherheitshalber nach.

»Natürlich die Hunde, was dachtest du denn?«, gab Ginger zurück. »Sie verstehen sich prächtig mit den beiden Möpsen von Mr Waltham. So ganz ohne Spielgefährten wird es ihnen doch etwas langweilig hier draußen, vor allem Chrissy.«

»Erzähl Laurie doch mal das mit den Namen. Sie kennt die drei ja noch gar nicht.« Nick sah sie vielsagend an. »Es wird dir gefallen, versprochen.«

»Sie heißen Jack, Janet und Chrissy«, sagte Ginger. »Wie die drei in *Herzbube mit zwei Damen.* Nur dass mein Jack nicht schwul ist.«

»Der Jack in der Serie war auch nicht schwul«, sagte Nick.

»Ich weiß«, sagte Ginger. »Aber alle dachten, dass er es sei. Und er hätte es ja auch sein können.«

»Mir gefällt es, wie lässig du ›Das ist Jack, aber er ist nicht schwul‹ sagst, wenn du jemandem deine vierbeinigen Freunde vorstellst.«

»Ich muss schon bitten«, sagte Ginger. »Sich von einer alten Dame zum Brunch einladen lassen und sie dann mit ihrem langweilig heterosexuellen Hund aufziehen, was ist denn das für eine Art?«

Als Teenager hatte Laurie es geliebt, mit Nick zusammen Ginger zu besuchen. Die meisten Leute dachten, alles wäre so modernisiert und hergerichtet worden, dass man, von ein paar dekorativen Versatzstücken abgesehen, die einstige Funktion von Turm und Wärterhaus kaum noch erkenne, zumal Ginger sich einen solchen Umbau ja leisten konnte. Aber weit gefehlt, es war das genaue Gegenteil.

Im Sockel des Turms war der offene Wohnbereich, von dort gelangte man über eine Wendeltreppe zu weiteren Turmzimmern: einem Schlafraum, dem Esszimmer, einer Bibliothek mit großen Fenstern, die aufs Meer hinausgingen. (Im Übrigen auch die erste Bibliothek, in der Nick und Laurie geknutscht hatten, während am Horizont die Sonne unterging.) In dem kleinen, geduckten Anbau, der wie eine der alten Fischerkaten unten am Hafen aussah, war Gingers in leuchtendem Gelb gehaltene Küche untergebracht, ihr Schlafzimmer, ein kleines Bad und eine Art Wohnzimmer, das allerdings fast ausschließlich von den Hunden belegt war.

Seit Laurie denken konnte, hatte sie in Gingers Haus nie auch nur ein Staubkörnchen entdecken können. Nachdem sie sich wochenlang durch Dots Habseligkeiten, durch halb leere Kartons und Berge von Fotos gearbeitet hatte, hätte man diese hell strahlende Oase des Minimalismus schnell etwas einschüchternd finden können. Doch Ginger deutete einladend auf das cremeweiße Sofa – ein makellos cremeweißes Sofa in einem Haushalt mit drei Hunden – und Laurie und Nick setzten sich, wie sie es auch damals mit siebzehn getan hätten. Auf dem Couchtisch stand Orangensaft in einer Glaskaraffe, und eine Flasche Champagner lag auf Eis. »Fühlt euch einfach wie zu Hause«, sagte Ginger über die Schulter und verschwand in die Küche. »Die Gläser stehen da, bedient euch und lasst es euch gutgehen.«

»Lasst es euch gutgehen«, murmelte Nick, während er Saft in zwei der hohen Gläser goss und je einen Schuss Champagner dazugab. »Was machst du da, Gran?«, rief er hinüber in die Küche.

»Es gibt noch Obst, Gebäck und Kaffee«, rief sie zurück. »Eier vom Markt habe ich diese Woche leider nicht bekommen, irgendwie sind die Touristen immer schneller. Ich gehe extra früh los, aber jedes Mal sind die guten immer schon weg. Ich weiß überhaupt nicht, was die damit wollen, wer isst denn im Urlaub so viele Eier?« Sie tauchte mit einem schwer beladenen Tablett wieder auf, darauf ein Korb mit Croissants und süßen Teilchen, eine Kanne Kaffee und zwei weiße Henkelbecher mit Fotodruck. »Hast du meine beiden Schätzchen schon gesehen?«, fragte sie, als sie das Tablett abstellte und die Becher so drehte, dass Nick die Gesichter der zwei Jungen mit breitem Zahnlückengrinsen sehen konnte.

Er nahm sich einen der Becher. »Ich tippe mal auf die Kinder von … einem meiner Cousins?«

Ginger schnalzte mit der Zunge. »Einer deiner Cousins, also wirklich. Das sind Betsys Jungs. Der mit dem Baseballschläger auf der Schulter ist Clayton, und der mit der Katze im Schoß ist Calvin.«

Laurie goss sich Kaffee in die Calvin-Tasse. »Betsy ist Johns Tochter, oder?«

»Streberin«, murmelte Nick, als er sich die andere nahm.

»Genau«, sagte Ginger. »John hat drei Kinder. Betsy ist Krankenschwester, Brian arbeitet als Hundetrainer und Tracy kellnert in einem Café in Bangor. Wegen ihr war ich bei der Pride-Parade.« Ginger stand wieder auf und holte ein kleines gerahmtes Foto vom Kaminsims, darauf Ginger mit regenbogenbunten Haaren und einem T-Shirt, auf dem BI LOVE stand, neben ihr Tracy mit kinnlangem dunklem Haar, die ihr strahlend einen Kuss auf die Wange drückte.

»Das ist ein schönes Bild«, fand Laurie und reichte es an Nick weiter. »Wie geht es dem Team, Ginger?«

»Bislang können wir nicht klagen«, sagte sie. »Letztes Wochenende haben sie gegen Freeport verloren, aber auch nur, weil die mit mehr Glück als Verstand einen Bodenball an David vorbeibekommen haben. Das war wirklich Pech, also für uns. Du musst unbedingt mal zu einem der Spiele kommen, Laurie. Es ist immer ein riesiger Spaß.«

»Gibst es noch die Knusperflockenrennen in den Pausen?«

»Aber ja, natürlich«, sagte Ginger und setzte sich in einen grünen Ohrensessel. »Sie rennen jetzt sogar zu viert, wir haben eine Schachtel Raisin Bran dazubekommen – Raisin Bran hat zwar bislang noch keinen Lauf gewonnen, aber alle werden komplett ausflippen, wenn es das erste Mal passiert, das kann ich euch versprechen. Nächstes Wochenende stecken wir Lily in die Raisin-Bran-Box, die Kleine schnurt ab wie eine Rakete, wir dürfen also gespannt sein. Und wie geht es so bei Dot voran?«

Laurie war selbst überrascht, aber diese kleine Frage trieb ihr beinah die Tränen in die Augen. Wie ging es denn bei Dot voran? Sie wusste es selbst nicht. Ein Drittel der Schränke hatte sie ausgemistet, etliche Kisten gepackt und umgepackt, stapelweise Bücher sortiert und gesichtet und eventuell das wertvollste Stück von allen, eine kostbare Rarität, einen echten Kittery, einfach so weggegeben, weil sie einem Typ auf den Leim gegangen war, der genau wusste, welche Knöpfe er bei ihr zu drücken hatte, wie empfänglich sie war für ein wenig Aufmerksamkeit. »Ich gebe mir Mühe«, sagte sie und strich versonnen über den Rand ihres Bechers. »Ob das reicht, weiß ich nicht. Ich habe Angst, etwas zu übersehen, das meine Mutter oder meine Tante gern behalten würden, aber ich tue, was ich kann.«

»Und das nicht zu knapp«, sprang Nick ihr bei. »Gran, du solltest das sehen, wie sie sich wirklich jedes Stück einzeln ganz genau ansieht. Sag ihr, dass es irgendwann auch mal gut ist.«

Ginger runzelte die Stirn. »Ich glaube, das weiß sie selbst. Aber vielleicht fragt Laurie sich, ob *mir* das bewusst ist, denn ich bin schließlich auch nicht mehr die Jüngste. Eines Tages werden du und deine Cousins und Cousinen, oder wer immer sich dann darum kümmert, dasselbe mit meinen Sachen machen müssen.« Sie beugte sich vor zu Nick. »Und deshalb lass dir eins gesagt sein. Es ist mir egal, was nach meinem Tod mit meinem Geschirr und meinen Kleidern passiert. Das Team ist dagegen schon etwas anderes, das ist mir wichtig. Du wirst dafür sorgen, dass es in gute Hände kommt, ja? Dass jemand die Claws übernimmt, dem sie genauso viel bedeuten wie mir.« Nick versprach es mit einem feierlichen Nicken. »Aber der Rest? Damit könnt ihr machen, was ihr wollt.«

»Du solltest Dots Fotos sehen«, sagte Nick. »Stapelweise Kartons mit Polaroidaufnahmen.«

»Oh ja, das kann ich mir vorstellen«, sagte Ginger. »Dot hatte immer eine ihrer Kameras dabei – klick, klick, klick, so ging das die ganze Zeit. Ich kann mich nicht erinnern, sie jemals ohne Kamera gesehen zu haben. Am Kühlschrank müsste noch eines der Polaroids hängen, das sie bei der Hochzeit der Tochter einer Freundin geschossen hat. Ich glaube, sie hat viele der Bilder auch verschenkt. Was ihr in ihrem Haus findet, wäre so gesehen nur die Spitze des Eisbergs.«

»Wart ihr denn befreundet?«, fragte Laurie. »Ich könnte mir vorstellen, dass ihr euch gut verstanden habt.«

»Wir kannten und mochten uns, sind uns aber nie richtig nähergekommen. Als ich hierherzog, stand sie schon kurz vor der Rente, und danach war sie eigentlich immer auf Achse. Wir waren alle ein bisschen neidisch auf sie, wenn ich ehrlich bin. Ich wüsste auf die Schnelle keine Frau in meinem Alter, die sich so viele Freiheiten genommen hat wie Dot. Nicht mal ich habe das getan, und das will was heißen, wie ihr wisst. Die vielen Reisen natürlich, aber auch ihre Affären. Da wurde nicht viel drüber gesprochen, aber sie hatte eigentlich immer jemanden. Ging mit Männern essen, die sie im Theater oder bei irgendeiner Lesung getroffen hatte. Einmal habe ich versucht, sie mit unserem Coach zu verkuppeln. Sie war wirklich eine Schönheit und hat sich ihre tolle Figur bis ins Alter bewahrt. Und so witzig, mit ihr wurde es nie langweilig.«

»Erzähl doch mal ein bisschen von den Affären«, forderte Nick sie auf. »Vielleicht haben wir den einen oder anderen ja auf den Fotos gesehen.«

»Ach, was soll ich da sagen? Eine Zeit lang hatte sie was mit Frosty, du erinnerst dich an ihn?«

Nicks Augen weiteten sich. »Der vom Hockeyclub?«, fragte er und wandte sich erklärend an Laurie. »Frosty hat die Eismaschine gefahren.«

»Eigentlich hieß er Felix«, sagte Ginger. »Sie haben ihn Frosty genannt, weil er schon mit dreißig ergraut war.«

»Was? Ich dachte, sie hätten ihn Frosty genannt, weil er für die Eismaschine im Hockeystadion zuständig war«, warf Nick ein.

»Nein, das war purer Zufall. Oh, und eine Zeit lang war sie mit dem Barkeeper aus diesem Strandclub zusammen, dieser Touristenfalle am Hafen mit den bunten Bojen, wo sie damals auch Betsys Mann verhaftet haben.« Sie wandte sich an Laurie. »Er hat einem jungen Mann eine reingehauen, und ich wette, er hatte allen Grund dazu.« Sie zögerte, als überlege sie ihre nächsten Worte sehr genau. »Aber das waren alles nur Affären. Es gab da allerdings noch einen anderen Mann in Dots Leben. Ich weiß bloß nicht, ob ich das überhaupt erzählen sollte.«

Nick verdrehte die Augen. »Wenn man etwas nicht erzählen will, sollte man erst gar nicht davon anfangen. Wir sind ganz Ohr, Gran.«

»Na schön«, sagte Ginger und strich sich ihre Hose über den Knien glatt. »Es gab mal Gerüchte, dass sie etwas mit einem verheirateten Mann gehabt haben sollte. Wobei ich sagen muss, das hätte

Dot überhaupt nicht ähnlich gesehen, so etwas anzufangen. Ich glaube, es war nur Gerede. Ihr könnt euch ja vorstellen, wie sie sich in so einer kleinen Stadt das Maul zerrissen haben. Eine alleinstehende Frau, die allein um die halbe Welt reist, sorgt natürlich für einiges Aufsehen, gerade bei jenen, die immerzu daheimsitzen und darauf warten, dass ihnen jemand die Welt zu Füßen legt. Dot hat die Gemüter durchaus erhitzt.«

Laurie beugte sich vor. »Weißt du Genaueres über diesen Mann? War er hier aus der Stadt oder kam er von außerhalb?«

»Falls an dieser Geschichte überhaupt etwas dran ist, muss es vor meiner Zeit gewesen sein. Und ich gebe sowieso nicht viel auf solche alten Geschichten. Wenn jeder, der mal eine Affäre hatte, sie seinen Enkelkindern beichten müsste«, Ginger lachte hell auf, »dann wäre hier aber was los, das kann ich euch sagen.«

»Du meinst, es wäre den Leuten selbst nach so langer Zeit noch unangenehm?«, hakte Nick nach.

»Nein, aber den Enkeln wäre es unangenehm. Du brauchst dir nur mal Lauries Gesicht anzuschauen, dann weißt du, was ich meine.«

Laurie hatte keinen von Dots Liebesbriefen gelesen und keinen blassen Schimmer, was Ginger meinte.

»Dot gehörte nicht zu den Frauen, die dreißig Jahre herumsitzen und auf einen Mann warten«, fuhr Ginger fort. »Und es mag euch schockieren, aber wenn man jenseits der sechzig ist, reißt sich keiner mehr um einen – da nimmt man, was man kriegen kann. Meinen letzten Verehrer hatte ich mit achtundsiebzig, einen Mann aus meiner Kirchengemeinde. Nick kennt die Geschichte schon.«

»Aber ihr seid nicht mehr zusammen?«, fragte Laurie zaghaft nach.

»Ach, Schätzchen, wie stellst du dir das vor? Er trank Bier, und ich kann Bier nicht ausstehen. Wenn er wenigstens Whiskey getrunken hätte oder meinetwegen auch Wein, damit hätte ich leben können. Aber einen Biertrinker küssen? Unmöglich.«

»Gran, dir gehört das Baseballteam. Du verbringst im Sommer jedes zweite Wochenende im Stadion.«

»Ja, und? Glaubst du, ich küsse da Biertrinker?«

»Natürlich nicht«, sagte Laurie. »Darf ich noch etwas anderes fragen? Es geht um Dot, um das Haus.« Ginger nickte, worauf Laurie so knapp wie möglich zusammenfasste, was sie umtrieb: wie sie eine Ente gefunden und wieder verloren hatte und sich jetzt fragte, wie sie sie zurückbekommen sollte und ob sie überhaupt etwas wert war. »Klingelt da irgendetwas bei dir? Holzenten, Jagdattrappen?«, fragte sie am Schluss.

Ginger schüttelte den Kopf. »Tut mir leid, Liebes, aber das sagt mir überhaupt nichts. Ich kann dir allerdings sagen, woran ich eben denken musste. In meiner Kirchengruppe ist eine alte Dame, die mir erzählte, dass sie, als sie ihren Hausstand verkleinert hat, einen jungen Mann beauftragt hat, der einen Service anbot, wie du ihn gerade beschrieben hast. Und dieser Mann habe sie bestohlen. Wir dachten damals alle, dass es sich nur um ein Missverständnis handeln könne. Es geht ja bei jedem Umzug irgendetwas verloren, davon können wir doch alle ein Lied singen. Aber jetzt frage ich mich, ob es wohl derselbe Mann war, mit dem du diesen Ärger hast.« Ginger schrieb den Namen der Frau auf ein Stück Papier und reichte es Laurie. »Betty Donnelly, eine sehr nette Frau. Eine Uhr sei ihr abhandengekommen, ein auffälliges Stück in der Form eines Tigers. Und natürlich sehr kostbar. Ich habe so ein Gefühl, dass ihr beide an denselben Halunken geraten seid.«

Laurie steckte den Zettel ein. »Das kann sehr gut sein.«

Als sie von Ginger zurückkam, fand sie eine E-Mail von Erin vor, deren Hochzeitsvorbereitungen weiterhin unter keinem guten Stern standen. Die nächste Katastrophe betraf das Kleid. Ihre Katze hatte sich, während Erin bei der Arbeit war, in den Schrank geschlichen und den unteren Teil des Kleides zerfetzt. *Laurie, ein Fluch scheint über meiner Hochzeit zu liegen. Du weißt, ich bin nicht abergläubisch, aber allmählich denke ich, soll ich es einfach lassen?!!,* schrieb Erin, gefolgt von zehn Totenkopf-Emojis, drei Messern und einer schwarzen Katze.

Bevor du jetzt etwas überstürzt, schrieb Laurie umgehend zurück, *dein Kleid hat doch Größe 48, oder?*

13

Du mieses kleines Stück Scheiße, dachte Laurie, als sie Matt am nächsten Tag in einem Indigo-Girls-Bandshirt vor ihrer Tür stehen sah. »Hi«, sagte sie eine Spur zu aufgekratzt. »Schön, dass Sie so schnell Zeit hatten, kommen Sie doch herein.«

Er lächelte sie an. »Ich habe mich gefreut, von Ihnen zu hören. Man braucht immer eine Weile, bis man mit allem durch ist, aber ich wusste, wenn sich noch etwas Wertvolles findet, hätten Sie genau den richtigen Blick dafür und würden sich bei mir melden.«

Du alter Schleimer, dachte Laurie. Als er vor ihr her ins Wohnzimmer schlenderte, fiel Lauries Blick auf die Kuriertasche, die er über der Schulter trug. Sie nahm an, dass sein iPad darin war, zusammen mit einem Buch, das er nur des Titels wegen las, einer Geldbörse aus echtem Leder, einem Lippenpflegestift und vielleicht irgendwelchem Diebesgut, handlichem Beifang. Ob das pathologisch bei ihm war? Ob er überall etwas mitgehen ließ? Wie dem auch sei, die Antwort auf die brennendste ihrer Fragen steckte in dieser Tasche. Jetzt musste sie nur noch irgendwie drankommen. »Möchten Sie etwas trinken? Ich versuche mich gerade an alkoholfreien Cocktails, vielleicht möchten Sie ja davon einen probieren. Es ist Cranberry-Limette, ich habe ihn Lilith Fair genannt.« *Zu dick aufgetragen?*

»Klingt super.« Er grinste.

Natürlich nicht zu dick aufgetragen. Sie hätte ihm auch irgendwelche feministischen Slogans unterjubeln können, er hätte noch immer da gesessen und gegrinst und sich im sicheren Glauben gewähnt, ihren Nerv noch besser als erhofft getroffen zu haben. Sie ging in die Küche und nahm zwei von Dots hohen Kristallgläsern von der

Anrichte, mixte Sodawasser mit Cranberrysaft, einem Schuss Limette und gab einen Zweig Minze hinein. Ob das schmeckte? Darauf kam es nicht an. Sie spuckte auch nicht in seinen Drink, so tief würde sie nicht sinken.

»Hier, bitte. Ich bin gespannt, wie Sie ihn finden«, sagte sie und setzte sich in den Sessel ihm gegenüber.

Er probierte einen Schluck. »Mmh, köstlich. Sie sind ein Naturtalent.« Wieder dieses Grinsen mit gebleckten Zähnen. »Was kann ich heute für Sie tun?«, kam er dann gleich zur Sache, denn natürlich wollte er wissen, was hier zu holen war, so denn noch etwas zu holen wäre.

Jetzt war der Moment gekommen, in dem sie so gut würde lügen müssen wie vielleicht noch nie in ihrem Leben. Und sie wusste nicht, ob sie der Herausforderung gewachsen war. Aber es half ja nichts. »Nun ja«, begann sie, »ich habe da einen Brief gefunden.«

Er nickte. »Ah, einen Brief.«

»Und ich bin mir ehrlich gesagt nicht sicher, ob es sich dabei wirklich um das handelt, wonach es den Anschein hat. Aber ich dachte mir, bevor ich irgendetwas entscheide, sollte ich erst einmal mit Ihnen sprechen.«

»Eine sehr gute Entscheidung, ich fühle mich geehrt«, sagte er. Was hatte sie an diesem Kerl eigentlich sympathisch gefunden? Aber ihre Strategie schien aufzugehen. Sie brauchte ihm bloß einen Köder vor die Nase zu halten, und schon kam er angesprungen mit seinem blöden Grinsen, seiner blöden Tasche, seinen blöden Bandshirts und seinem blöden iPad – an das sie jetzt irgendwie drankommen musste –, und sie konnte gar nicht sagen, wie blöd *sie* sich vorkam. Aber da musste sie jetzt durch. Sie holte einmal tief Luft und legte sich so richtig ins Zeug.

»Ich habe den Brief auf Dots Schreibtisch gefunden, in ihrem Adressbuch. Mein erster Eindruck war, aber ich kann mich natürlich auch täuschen, dass er von … einem bekannten Künstler war.«

Sofort trat in Matts Augen dieser gierige Glanz. »Aha!«

Sie deutete ein verlegenes Lächeln an und nickte. »Von Andrew Wyeth, um genau zu sein.« Vorhin hatte sie noch schnell »bekannte Persönlichkeiten aus Maine« gegoogelt, um zu schauen, von wem der vermeintliche Brief sein könnte, und sich dann für den Maler entschieden, der 1985 gestorben war und Dot zu Lebzeiten theoretisch hätte kennen können. Laurie hatte ein bisschen recherchiert und herausgefunden, dass es nicht viele Briefe von Wyeth gab und sie entsprechend hoch gehandelt wurden, vor allem wenn es darin um seine Malerei ging. »Er schreibt darin von den Zweifeln, die er an seinem Talent hatte, dass er sich oft fragte, ob seine Landschaften überhaupt künstlerischen Wert besäßen.«

Matt nickte. »Interessant.«

Interessant, dachte sie. Ein Brief schien ihm nicht zu genügen, er brauchte mehr. »Ich habe also weitergesucht und in einem Karton noch mehr Briefe von ihm gefunden. Sie standen in regelmäßigem Austausch, er scheint ihr ein guter Freund und Vertrauter gewesen zu sein.«

»Hm«, machte er. Und sie wartete. Er beugte sich vor, öffnete seine Tasche. *Ja!* Er holte das iPad heraus. *Noch mal Ja!* Er berührte den Bildschirm und gab dann das Passwort so schnell ein, dass sie es nicht mitbekam. *Mist.* Selbst wenn er jetzt aufstand und es auf dem Tisch liegen ließ, wäre sie aufgeschmissen, sobald der Bildschirm wieder gesperrt war.

»Was machen Sie denn da?«, fragte sie ihn.

»Ich wollte nur eben etwas nachsehen, einen Moment«, sagte er und tippte auf dem Tablet herum.

»Darf ich mal gucken?«

»Natürlich.«

Sie ging zur Couch und setzte sich neben ihn. Ihren Drink stellte sie umständlich vor sich auf dem Tisch ab. Er hatte die Seite des Auktionshauses aufgerufen, auf der sie sich heute Morgen ebenfalls schlaugemacht hatte, woher sie auch wusste, dass Briefe von Wyeth eine Rarität waren. »Wie haben Sie das denn gefunden?«, fragte sie und lehnte sich zu ihm hinüber. »Ich bin da immer komplett überfordert und weiß nie, wonach genau ich suchen soll.« Das war natürlich Unsinn, sie war Journalistin, und das wusste er auch, hatten sie doch kürzlich erst darüber gesprochen. Sehr unwahrscheinlich also, dass er ihr diese mediale Inkompetenz abkaufte, doch er tat es. Anscheinend hatte sie seine Schwachstelle gefunden, sein Faible für naive und lebensuntüchtige Frauen, die leicht von ihm zu beeindrucken waren.

»Da braucht man nur ein bisschen Erfahrung«, erklärte er ihr gönnerhaft. Sie schätzte ihn als jemanden ein, der auch ein »Netflix für Bücher« befürworten würde. Er war ein Banause, der sich nur deshalb für alte Briefe, Bücher und Kunst interessierte, weil er diesen Artikel gelesen hatte von den strukturschwachen Regionen und dem riesigen Potenzial, das im Geschäft mit Touristen und Hinterbliebenen lauerte, so man keine Skrupel hatte. »Hier, sehen Sie? Die Briefe könnten unter Umständen sehr viel wert sein. Dürfte ich sie mir mal ansehen?«

»Ah, wie dumm von mir«, sagte sie und verzog das Gesicht, wie es vermutlich auch all die Frauen getan hatten, die er zu küssen versucht hatte. Zumindest stellte Laurie es sich so vor. »Die habe ich jetzt nicht im Haus, ich bewahre sie in einem Bankschließfach auf aus Angst, dass sie wegkommen oder ich hier aus Versehen etwas in Brand setze.«

»Das ist sehr vernünftig«, sagte er und nickte. Dann wandte er sich ihr zu, und sie blinzelte, als mache es sie nervös, seine ungeteilte Aufmerksamkeit auf sich zu spüren, auch wenn sie nichts als Abscheu für ihn empfand. Auch das passte zu ihm, diese Übergriffigkeit und die Freude daran, Frauen aus der Fassung zu bringen. Ein richtiges Ekelpaket. Laurie griff nach ihrem Glas und verschüttete ein bisschen Cranberry-Limetten-Cocktail auf seiner Jeans.

»Oh nein!«, rief sie in gespielter Bestürzung. »Bitte verzeihen Sie, wie ungeschickt von mir.«

»Ach, nicht so schlimm«, stieß er zwischen den Zähnen hervor und begann an den Flecken zu reiben.

»Wenn Sie es gleich auswaschen wollen, das Bad ist am Ende des Flurs.« Sie zeigte ihm den Weg und hoffte inbrünstig, dass die Flecken nicht herausgingen und es seine Lieblingsjeans oder doch wenigstens dreihundert Dollar teure Designerjeans waren. Sie hätte noch mehr Cranberrysaft und weniger Sodawasser nehmen sollen.

»Bin gleich zurück«, sagte er mit einem bemühten Lächeln und strich über sein rotfleckiges Hosenbein. Aber statt sein iPad auf den Tisch zu legen, wie jeder halbwegs normale oder auch nur nicht kriminelle Mensch es getan hätte, wenn man seine mit Lilith Fair besudelte Hose retten wollte, klemmte er es sich unter den Arm und nahm es mit ins Bad! Verdammt.

Im Laufe des Vormittags war sie verschiedene Szenarien durchgegangen und hatte sie nach Präferenz geordnet: *1. Er lässt es auf dem Tisch liegen, und ich brauche bloß den Code einzugeben, um an seine Nachrichten zu kommen. 2. Er lässt es auf dem Tisch liegen, und ich brauche das Passwort nicht mal, weil er es in der Eile des Aufbruchs nicht gesperrt hat.* Am besten wäre natürlich: *3. Er gibt es mir und lässt mich selber etwas schauen.* Aber warum sollte er das tun? Was konnte so wichtig sein, dass er sein wichtigstes Arbeitsgerät, den digitalen Hort persönlicher und professioneller Tricks und Geheimnisse, in ihre Hände geben würde? Wie konnte sie ihn drankriegen?

Sie musste daran denken, wie einer ihrer Chefs mal meinte, die E-Mail-Signatur sei das Fenster zur Seele eines Menschen. Sie nahm ihr Telefon und rief die E-Mail auf, die Matt ihr geschickt hatte, kurz bevor sie ihm auf die Schliche gekommen war. Und tatsächlich, unter seinem Namen und seinen Kontaktdaten stand folgendes Motto: »Eine ganze Generation zapft Benzin, räumt Tische ab oder sie sind Bürosklaven in Anzügen.« – Tyler Durden. Ein Zitat aus *Fight Club?* Für die geschäftliche Kommunikation einen gewalttätigen, auf Rache sinnenden Spinner zum Vorbild nehmen? So ein armes kleines Würstchen, dachte Laurie und steckte ihr Telefon wieder weg.

Es dauerte dann noch ein paar Minuten, bis Matt wieder aus dem

Bad auftauchte. Er hatte einen großen feuchten Fleck am Knie seiner Jeans, aber der rosige Schimmer war kaum noch zu sehen. »Hose gerettet?«, fragte sie mitfühlend, wobei sie hoffte, dass die Antwort Nein wäre.

»Aber ja, wenn man das gleich rauswäscht, ist es nicht weiter schlimm.«

»Puh, da habe ich ja noch mal Glück gehabt. Ich bin nur froh, dass ich nicht so an meinen Sachen hänge ... Denn seien wir ehrlich, es sind einfach nur *Dinge*. Alles ist ersetzbar. Ich will jetzt nicht damit anfangen, dass wir im Grunde alle im Kapitalismus gefangen sind, aber darauf läuft es hinaus.« Laurie setzte sich wieder ans Ende der Couch, und Matt nahm seinen Platz von vorhin ein. Sie ließ sich seitlich an die Rückenlehne sinken und zog die Knie hoch wie ein grübelnder Teenie in *Willkommen im Leben*. »Haben Sie auch *Fight Club* gesehen?«, fragte sie.

Mit etwas mehr Denkvermögen hätte ihm auffallen können, dass sie ihn gerade fragte, ob er den Film kannte, den er in der Signatur seiner E-Mails zitierte. Jemand, der nicht ganz so sehr von sich eingenommen wäre, hätte jetzt kurz aufgehorcht. Nicht so Matt. Er kam nicht mal auf die Idee, man könne ihm auf die Schliche gekommen sein, ihn in eine Falle locken wollen. Matt hielt sich für einen tollen Hecht, für clever und unschlagbar. Vielleicht hatte er auch längst vergessen, was in seiner E-Mail-Signatur stand. Oder er wechselte die Zitate regelmäßig. Eine Woche *Fight Club*, dann Jonathan Franzen, vielleicht noch Walter White. Alles natürlich ironisch gemeint.

»Ich liebe *Fight Club*«, sagte er, ganz unironisch. Er meinte es wirklich so.

»Ich auch«, sagte sie und sah ihn mit großen Augen an. »Kennen Sie die Szene, wo er mit Matthew McConaughey essen geht und McConaughey sich plötzlich auf die Brust trommelt? Da habe ich richtig Gänsehaut bekommen.«

Matt runzelte die Stirn. »Ich glaube aber, das war *Wolf of Wall Street*.«

»Nein!«, rief sie und gab sich so fassungslos ungläubig wie Schauspielerinnen bei Preisverleihungen. »Das war *Fight Club.*«

»Ich glaube nicht, nein.«

»Doch, war es«, schmollte sie. »Geben Sie mal kurz her, dann zeige ich es Ihnen.«

Sie streckte die Hand nach seinem iPad aus, und obwohl sie nicht zur Selbstbeweihräucherung neigte, hörte sie doch jetzt wie in *Stirb langsam* die »Ode an die Freude« in ihrem Kopf spielen, als er ihr das Gerät tatsächlich reichte. »Bitte«, sagte er mit einem schmalen Lächeln. »Sie werden sehen, dass ich recht habe.«

»Abwarten«, sagte sie, hielt das Tablet so, dass er nicht draufschauen konnte, und ging direkt in seine Nachrichten. Sie scrollte nach unten, bis sie eine fand, die sehr vielversprechend mit »Sieht echt aus, Mann« anfing, klickte darauf und trug dabei eine Miene aus siegesgewissem Lächeln und Technikverwirrtheit zur Schau. »Frauen und Technik«, sagte sie und kicherte ein bisschen.

»Wenn ich recht habe, sind Sie mir ein Essen schuldig«, sagte er.

»Wird nicht nötig sein, weil *Sie mich* einladen müssen«, erwiderte sie und überflog den Chat mit jemandem, der in Matts Kontakten als »Rocky« gelistet war. Alles konnte sie nicht durchlesen, die Zeit reichte nicht, aber einmal schrieb Matt von »der Vogel, von dem wir gesprochen hatten«, und dann sah sie, dass er sich mit Rocky am Samstag um achtzehn Uhr dreißig im Laden treffen wollte. *Rocky, Samstag, achtzehn Uhr dreißig* sang sie im Stillen vor sich hin. Dann suchte sie noch schnell bei YouTube nach »Matthew McConaughey schlägt sich auf die Brust« und ließ ihr siegessicheres Lächeln erlöschen, klappte gar die Kinnlade etwas herunter, als könne sie es kaum fassen. Sie klickte eins der Videos an und schaute ernüchtert zu Matt hinüber.

»*Wolf of Wall Street?*«, fragte er mit der Genugtuung eines Mannes, der es gewohnt war, nicht nur bei *Fight-Club*-Zitaten recht zu haben.

Sie nickte und gab ihm das iPad zurück. »Das ist mir jetzt peinlich«, sagte sie und schlug die Hände vors Gesicht.

»Muss es nicht«, gab er sich gönnerhaft. »Niemand kann alles wissen.«

Niemand außer mir, stellte sie sich seinen Nachsatz vor. Wie einen jubelnden Refrain, der in seinem Kopf lief, jeden Tag in Endlosschleife.

Matt trug das unerschütterliche Selbstbewusstsein eines Menschen zur Schau, der sich meisterlich darauf verstand, andere über seinen wahren Charakter zu täuschen. Das war seine geheime Superkraft, sein wahres Talent. Vielleicht war er nicht immer so gewesen. Möglich, dass das, was er jetzt vorspielte, früher echt gewesen war. Vielleicht war er auf dem College mit Feministinnen ins Bett gegangen, hatte mit ihnen über ihre Lieblingsbands gesprochen und irgendwann gemerkt, dass er sie alle rumkriegte, wenn er einfach bloß ein Ani-Di-Franco-T-Shirt anzog und seine Begeisterung ein kleines bisschen übertrieb.

Und vielleicht gefiel ihm die Vorstellung ja wirklich, einen kleinen Antiquitätenladen zu betreiben, und die Sache mit den Haushaltsauflösungen hatte sich daraus ergeben, war ein Synergieeffekt. Und eines Tages stieß er dabei auf etwas, das deutlich mehr Wert besaß, als dem Verkäufer bewusst war, und konnte man es ihm da verdenken, wenn er Profit daraus schlug? Vielleicht war er zu dem Zeitpunkt zu dem Schluss gelangt, dass Leute, die den Wert der Dinge nicht kannten, ihrer nicht würdig waren und das Geld sicher verschmerzen konnten. Möglich, dass sich das mit der Betrugsmasche ebenso ergeben hatte wie sein Faible für feministische Statement-Shirts, und der Erfolg gab ihm recht. Mit diesen Shirts konnte er bei Frauen wie Laurie, bei Frauen in mittleren Jahren, punkten. Sie waren es, die die Häuser ihrer Eltern oder ihrer Großeltern ausräumten, Häuser, die alleinstehenden Großtanten gehörten, die um die halbe Welt gereist waren und auch den ein oder anderen Künstler zum Freund oder Geliebten gehabt haben mochten, wenn auch nicht unbedingt Andrew Wyeth.

»Nachdem ich mich gerade bis auf die Knochen blamiert habe«, sagte sie und ließ die Hände wieder sinken, wollte sie ihn doch jetzt so schnell wie möglich loswerden, »bleibt noch die Frage, wie wir mit den Briefen verfahren wollen.«

»Ich ziehe noch mal ein paar Erkundigungen ein«, sagte er, »höre mich ein bisschen um. Könnten Sie sie wohl die Tage aus dem Bankfach holen, damit ich einen Blick darauf werfen kann? Ich würde gerne Fotos davon machen und sie einem Experten schicken, der uns dann sicher mehr sagen kann.«

»Das kann ich natürlich machen.« Sie strahlte ihn an. »Haben Sie vielen Dank. Ohne Ihre Hilfe wäre ich wirklich aufgeschmissen.« Und wie sie einander so gegenübersaßen, musste sie an zwei auf einer einsamen Insel gestrandete Comicfiguren denken, in deren Köpfen der jeweils andere früher oder später zum Schinken oder gebratenen Truthahn mutierte. So wie Matt sie jetzt ansah, meinte sie schon die kleinen Papierkrönchen an den Fingern zu spüren, die sonst die knusprig gebratenen Hühnerschlegel zierten. Was seiner Aufmerksamkeit dabei entging, war die Tatsache, dass er der Schinken war, und ein sehr saftiger noch dazu.

Rocky, Samstag, achtzehn Uhr dreißig

»Ah, Rocky – den kenne ich«, sagte Daisy tags darauf beim Frühstück im Compass Café, von jeher bekannt und beliebt als Gerüchteküche und für seine fluffigen Pfannkuchen. »Rocky ist einer seiner zwielichtigen Freunde. Er sieht aus wie der Typ, der den grünen Kobold in *Spiderman* gespielt hat.«

»Willem Dafoe?«

»Ja, genau der. Rocky sieht genauso aus, und er hat auch so eine Lücke zwischen den Schneidezähnen. Auf mich macht er den Eindruck von jemandem, der was mit Kryptowährung und NFTs macht, immer hart an der Grenze des Illegalen, aber genau weiß ich's nicht. Sehr dubiose Figur. Matt wird versuchen, die Ente so schnell wie möglich loszuwerden, bevor er mit dem Gutachten auffliegt. Und wahrscheinlich verkauft er sie an jemanden, den er kennt, der nicht viele Fragen stellt. Falls das Ding nicht echt ist, fälschen sie auch noch Papiere, die seinen Wert bezeugen. Ich meine, dein Gutachten hat er ja auch schon gefälscht.«

»Und wie sollen wir vorgehen?« Laurie konnte noch immer das glatte Holz der Ente unter den Fingerspitzen spüren, die spitz zulaufenden Schwanzfedern, die sanft geschwungene grüne Haube des Kopfes. »Immerhin scheint er sie noch zu haben. Sie ist noch nicht weg.«

»Das denke ich auch«, sagte Daisy und lächelte Marnie zu, die mit Gemüse-Omeletts und Blaubeerpfannkuchen an ihrem Tisch vorbeirauschte und ihnen bedeutete, dass sie gleich bei ihnen wäre. »Eigentlich wollte ich ja das vegane Rührei bestellen, aber jetzt komme ich doch schwer in Versuchung«, sagte Daisy mit Blick auf die sirupgetränkten Pfannkuchen. Dann wurde sie wieder ernst und stellte ihre Kohlenhydrat-Gelüste erst mal hintan. »Wenn sie sich im Laden treffen, dann vermutlich in Matts Büro. Das ist dieses kleine Kabuff, wenn du durch die Tür hinter der Ladentheke gehst.«

»Ich wüsste gern, was die beiden zu besprechen haben.«

Daisy trommelte mit den Fingern auf den Tisch. »Lass mich überlegen. Es gibt hinten im Büro eine Abstellkammer. Sie ist winzig und voller Spinnweben, aber da könntest du dich verstecken. Du musst dich schmal machen, dann passt das schon. Und selbst bei geschlossener Tür müsste man verstehen können, was im Büro geredet wird.«

»Das klingt gut. Und wie komme ich unbemerkt hinein?«

»Es gibt einen Seiteneingang«, sagte Daisy. »Der führt direkt zu den beiden Parkplätzen hinterm Haus. Die Frage ist nur, wie wir es anstellen, ohne dass Matt etwas mitbekommt. Keine Ahnung.« Sie griff nach ihrem Kaffee. »Warum musst du dich eigentlich um das alles kümmern? Hattest du nicht vier Brüder? Hatte Dot keine Freunde?«

Laurie lächelte. »Jeder tut, was er kann.«

Daisy nickte. »Es ist so, als wärst du auf dem Boden einer Eieruhr. Alles rieselt runter, runter, runter, und am Ende bleibt alles an dir hängen. Ich meine, es ist okay, irgendwer muss es ja machen. Ich glaube, in jeder Familie gibt es diese eine Person, die sich um alles kümmert. In meiner Familie bin ich das, ich weiß also, wovon ich spreche. Aber ich finde, dass man dafür wenigstens Anerkennung erhalten sollte. Wie du dich für diese verdammte Ente einsetzt, ist ja jetzt auch keine Selbstverständlichkeit.«

Laurie lachte. »Wahrscheinlich kann man das auch nicht vergleichen. Ginge es um unsere Mutter, würden meine Brüder mich nicht alles allein machen lassen – zumindest gehe ich davon aus. Wir wären zu fünft, würden uns die Arbeit teilen. Es wäre in unser aller Sinne, ihren Nachlass ordentlich zu regeln. Ich finde, Dot hat es genauso verdient, dass jemand sich mit der nötigen Umsicht und Sorgfalt um diese letzten Dinge kümmert.«

Daisy nickte. »Meine Tante meinte zu mir, dass ich es noch bereuen würde, keine eigenen Kinder zu bekommen, denn wenn ich alt wäre, hätte ich dann niemanden, der sich um mich kümmert. Mal davon abgesehen, dass man ja auch als lesbisches Paar Kinder haben kann, fand ich das ziemlich verquer. Als ob Kinder dafür da wären, später für einen zu sorgen. Und wenn ich mir meine Cousins anschaue, würde sich keiner von denen wegen einer Holzente ein Bein ausreißen, so wie du es für Dot tust. Meine Tante kann froh sein, wenn sie von ihren Söhnen am Geburtstag zum Essen ausgeführt wird.«

»Das ist ja wohl das Mindeste«, fand Laurie.

»Du würdest dich wundern. Und sie wird es auch noch. Ich fand diese Vorstellung von Kleinfamilie, dass man nur für die alten Herrschaften sorgt, wenn es die eigenen Eltern sind, schon immer ziemlich kaputt. Eins dieser kapitalistischen Boomer-Konzepte. Als Mary Brewster krank wurde, habe ich mich um sie gekümmert, das war für mich selbstverständlich, ich habe sogar eine Weile bei ihr gewohnt. Man muss nicht verwandt sein mit Leuten, um sich ihnen verwandt zu fühlen.«

»Darf ich fragen, wann das war? Als du bei ihr gewohnt hast.«

Daisy grinste. »Wahrscheinlich denkst du, es hatte mit meinem Coming-out zu tun und dass meine Eltern mich vor die Tür gesetzt haben. Aber so war es nicht. Sie haben da sogar ziemlich entspannt reagiert. Ich war siebzehn und habe nur Mist gebaut, das war der eigentliche Grund. Mary hat meine Eltern angerufen und gesagt, ein Tapetenwechsel könnte mir mal ganz guttun. Eigentlich sollte ich nur ein, zwei Wochen bei ihr bleiben. Am Ende wurde ein halbes Jahr daraus. Und Mary hatte recht, denn mittlerweile kommen wir wieder gut miteinander aus, meine Eltern und ich. Und wenn sie alt sind, werde ich mich natürlich um sie kümmern, aber ich weiß, dass sie mich nicht aus diesem Grund in die Welt gesetzt haben. Macht das überhaupt jemand? ›Hallo, willkommen auf dieser Welt, mein kleiner Sonnenschein, jetzt habe ich auch endlich jemanden, der meine Garage ausräumt, wenn ich mal nicht mehr bin!‹ Ich glaube, die meisten Leute bekommen Kinder, weil sie einfach welche wollen, und nicht aus irgendwelchen praktischen Erwägungen. Und wer sagt einem denn überhaupt, dass deine Kinder sich später um dich kümmern? Wer sagt dir, dass du dich nicht um sie kümmern musst?«

»Ich habe den Eindruck, du hast dir darüber schon deutlich mehr Gedanken gemacht als ich in deinem Alter.«

»So ist einfach mein Blick aufs Leben. Ich glaube, jeder muss da seine eigene Balance finden. Deshalb habe ich heute Morgen auch einen von Melodys Smoothies getrunken, aber weißt du, worauf ich gerade wirklich Bock habe? Vielleicht sollte ich doch die Pfannkuchen nehmen.«

14

Laurie und Nick warteten ein paar Häuser von der *Meeresbrise* entfernt in seinem Wagen. Die Luft war warm und salzig, und sie hatten die Fenster offen. »Wie spät ist es?«, fragte Laurie, als sie ihn zum dritten Mal auf sein Telefon schauen sah.

»Viertel nach«, sagte er. »Gleich geht's los.« Er rieb sich die Hand am Hosenbein.

»Du muss nicht mit reinkommen, wenn du nicht willst«, sagte sie. »Das schaffe ich schon allein.«

»Wir hatten es so abgesprochen«, erwiderte er lapidar.

Mit siebzehn war Laurie, als sie zum ersten Mal mit dem Toyota ihrer Mutter zu June gefahren war, gleich geblitzt worden, weil sie zu schnell unterwegs gewesen war. In heller Panik, dass sie den Wagen nie mehr bekommen würde und ihre Eltern maßlos enttäuscht von ihr wären, hatte sie ihnen erst zwei Tage später davon erzählt. Nick hatte währenddessen vor dem Haus im Auto gewartet. Einfach nur zu wissen, dass er da war, hatte ihr geholfen. Die Aussprache war weit weniger schlimm ausgefallen als befürchtet, sie war ermahnt worden, künftig besser aufzupassen und hatte sich selbstverständlich bereit erklärt, das Bußgeld selbst zu zahlen. Anschließend war sie nach oben auf ihr Zimmer geeilt, wo sie Nick vom Fenster aus Entwarnung gegeben hatte. Und erst dann war er nach Hause gefahren.

Jetzt saß Laurie ganz still und wartete, lauschte den Schreien der Möwen, der See. Ab und an hörte man ein Auto vorbeifahren, aber über alles legte sich das Rauschen des Bluts in ihren Ohren. »Ich bin doch ziemlich nervös«, gestand sie schließlich.

»Bist du sicher, dass du das machen willst?«, fragte er.

»Ich bin fast vierzig«, erwiderte sie, »und bislang war mein Leben doch recht skandalfrei. Vielleicht ist es einfach mal an der Zeit, sich etwas zu trauen.«

Nick schaute wieder auf sein Telefon. »Na gut«, sagte er. »Zwanzig nach sechs.« Gleich darauf machte es *pling,* und sowohl er als auch Laurie bekamen eine Nachricht von Daisy, die an sie beide und an June adressiert war.

Ich bin so weit, schrieb sie.

Ein Stück weiter die Straße hinunter schob sich Junes Hand, leicht zu erkennen am signalroten Nagellack, mit erhobenem Daumen aus dem Beifahrerfenster eines weißen Cadillacs. Der Cadillac setzte sich darauf in Bewegung und rollte langsam die Straße hinab bis vor den Antiquitätenladen. Nachdem er dort zum Stehen gekommen war, öffnete sich die Fahrertür, und eine kleine, zierliche Frau weit über achtzig stieg aus. Sie trug ein blaues Kleid und eine Handtasche in der Form einer Wassermelonenscheibe. Ihre Haare schimmerten himmelblau. Erstaunlich energisch ging sie die Stufen zur Tür hinauf und verschwand im Laden.

»Meinst du, das klappt?«, fragte Laurie.

»Natürlich. Du kennst sie doch, sie kann dir Löcher in den Bauch fragen.«

»Wahrscheinlich kennst du sie besser als ich. Immerhin ist sie deine Großmutter.«

Er grinste. »Du brauchst dir keine Sorgen zu machen. Auf so eine Gelegenheit hat Ginger ihr ganzes Leben gewartet. Sie wird es voll auskosten und noch bis ans Ende ihrer Tage davon erzählen.«

Weitere zwei Minuten vergingen, dann kam von Daisy die nächste Nachricht. Sie fiel ähnlich knapp aus wie die erste: *Er ist gesichert. Kann losgehen.*

»Gut«, sagte Laurie. »Dann mal los.« Sie stiegen aus und schlossen die Autotüren so leise wie möglich. In einem weiten Bogen näherten sie sich der Rückseite des Hauses und dem Seiteneingang, der von Daisy mit einem Ziegelstein einen Spaltbreit offen gehalten worden war. Nick schob den Ziegel geräuschlos beiseite, und sie traten nacheinander in einen schmalen dunklen Flur. Eine Tür führte zum WC, an den Wänden stapelten sich verstaubte Kartons und Altpapier. »Oh Gott«, flüsterte Laurie und packte Nick beim Arm.

»Was?«

Sie hielt sich die Nase zu, legte den Kopf in den Nacken und versuchte mit aller Macht, ihre Körperfunktionen unter Kontrolle zu behalten. »Ich dachte, ich muss niesen.«

»Keine gute Idee«, flüsterte er zurück. Eine weitere Tür zu ihrer Linken führte in das wirklich winzige Büro, in das ein schmaler Schreibtisch aus Metall, ein paar Aktenschränke, ein Minikühlschrank sowie ein überlebensgroßer Pappaufsteller von James Gandolfini gezwängt waren.

»Das passt zu ihm«, murmelte Laurie. In der einzigen nicht zugestellten Ecke entdeckten sie eine schmale Tür. Sie zeigte darauf und formte mit den Lippen stumm »Abstellkammer«. Sie schlichen auf Zehenspitzen durch den Raum und versuchten, nirgends anzustoßen. Leise öffnete Laurie die Tür zur Kammer. Gut war, dass nicht allzu viel darin stand, schlecht, dass für mehr auch kein Platz gewesen wäre. Es war wirklich nur eine Besenkammer. An der Seite, wo die Vorrichtung war, um Eimer oder Schrubber unterzubringen, lehnten nur Ersatzfilter für die Klimaanlage. »Nach dir«, flüsterte sie und ließ Nick den Vortritt. Dann zwängte auch sie sich in die Kammer und zog die Tür hinter sich zu. Ganz unten waren Ventilationsschlitze, aber die Luft war dennoch so abgestanden, als zirkulierten dort seit zig Jahren ein- und dieselben Sauerstoffmoleküle.

»Riecht nach feuchter Pappe«, murmelte Nick. Er war ihr so nah, dass sie seinen Atem warm an ihrem Ohr spürte. Wenn das Licht anginge, könnte sie das Muttermal auf seiner Wange sehen, das sie bis zu jenem Abend in der Bibliothek ganz vergessen hatte. Die Fältchen um die Augen, die sie beim Blick in den Spiegel langsam auch bei sich selbst entdeckte.

Völlige Dunkelheit hatte etwas Beängstigendes. Instinktiv legte sie die Hand auf seinen Arm. »Es riecht so, als hätten hier Generationen von Spinnen ihr Leben ausgehaucht.«

»Pst«, flüsterte er aus dem Dunkel. »Nicht Spinne sagen. Das lockt sie nur aus ihrem Versteck.«

Sie spürte seine Hand an ihrer Taille. Ihre Hand schloss sich fester um seinen Arm. Ein Finger schob sich unter ihr Shirt und strich oberhalb der Hüfte leicht über ihre Haut. Ganz kurz nur, flüchtig, eine Geste der Vergewisserung. *Ich bin bei dir, es passiert dir nichts.* Dann standen sie beide ganz still und rührten sich nicht. Sie hörte ihren Atem. Atmete sie zu laut? Warum hatte sie auf einmal das Gefühl, keine Luft mehr zu bekommen? Hört er das auch? Und als sie auf einmal seine Stimme an ihrem Ohr vernahm, ein kaum hörbares Flüstern, zuckte sie kurz zusammen. »Alles wird gut.«

Dann war es so still, dass sie das Gespräch im Laden hören konnten. Eine der Stimmen unverkennbar Ginger, die andere Matt. Ginger freundlich und aufgeschlossen, unterschwellig jedoch knallhart. Matt routiniert und höflich, doch eine leichte Nervosität schwang mit. Aber vielleicht bildete sie sich das auch bloß ein. »Bist du so weit?«, fragte sie Nick. Er gab ihr zur Antwort einen kleinen Klaps auf den Arm. Sie nahm ihr Telefon und flutete die Kammer kurz mit Licht, um Daisy Bescheid zu geben. *Wir sind bereit,* schrieb sie ihr. Dann stellte sie es lautlos und steckte es wieder weg.

Während sie warteten, blieb Nicks Hand auf ihrer Taille, und irgendwann hakte er den Daumen in ihre Gürtelschlaufe. Das hatte er früher immer gemacht, wenn sie tanzten oder an seinem Auto lehnten oder sich vor ihrem Haus noch küssten, während ihre Mutter so tat, als würde sie nicht oben aus dem Fenster schauen. Sie strich mit der Hand seinen Arm hinauf, er beugte sich über sie, bis seine Wange ihr Haar streifte und ganz leicht ihr Ohr, was sie erneut zusammenzucken ließ, worauf er meinte, und er sagte es so leise, dass es gerade noch so zu verstehen war: »Ich halte mich an dir fest, weil ich Angst habe, hier irgendetwas anderes zu berühren.«

Hätte jetzt jemand Licht in der kleinen Kammer gemacht, wusste sie genau, wie es aussehen würde. Sie beide lächelnd zu Boden blickend, einander leicht zugeneigt wie beim Engtanz und die Augen geschlossen, aber alle anderen Sinne hellwach.

Dann waren Stimmen zu vernehmen, lauter jetzt und viel näher. Matt. Und irgendein Typ, vermutlich Rocky. Die ersten Worte, die Laurie verstehen konnte, waren: »… dachte, die hört nie mehr auf zu schwafeln.« Dann ging die Tür zum Büro auf, und Laurie versuchte noch flacher zu atmen als zuvor – eigentlich gar nicht mehr zu atmen. Es fühlte sich alles sehr surreal an, sie versteckt in dieser Kammer, mit ihrem Jugendfreund, um eine Übergabe von Diebesgut zu belauschen.

»Dann schieß mal los«, sagte Rocky. »Warum hast du mich heute hergebeten?«

»Genau wie ich dir schon am Telefon gesagt habe«, sagte Nick, »es ist ein echter Kittery. Da bin ich mir sicher. Und ich weiß, dass du Leute kennst, die diesen Markt bespielen. Ich brauche einen Käufer, einen Sammler.« Matt klang genauso, wie Laurie ihn kannte, vielleicht ein bisschen entspannter als sonst. Authentischer.

»Du bist doch auch in der Branche, warum verkaufst du das nicht selbst? Oder über eine Auktion. Wo ist der Haken?«, wollte Rocky wissen.

»Ich will den Verkauf diskret abwickeln«, sagte Matt. »Am besten wäre, wenn ich gar nicht in Erscheinung treten müsste.«

»Ah ja. Und warum?« *Gute Frage, Rocky!*

»Ich habe es einer Kundin abgekauft, die keinen blassen Schimmer hatte, was das Teil wert ist. Ich habe ihr angeboten, ein Gutachten für sie einzuholen, aber das wollte sie nicht. Ich habe ihr gesagt, worum es sich meiner Meinung nach handelt, aber das hat sie nicht groß interessiert. Sie wollte den ganzen Kram nur loswerden. Ich will nicht, dass sie erfährt, wie viel am Ende dabei für mich rausgesprungen ist. Keine Lust, dass sie mir hier auf der Matte steht und eine Szene macht, wenn du verstehst, was ich meine.«

Laurie schloss die Hand fester um Nicks Arm. *Hörst du das?*, wollte sie damit sagen. *Diese miese kleine Ratte lügt sogar seine Komplizen an!*

»Warum nehme ich dir das nicht ab?«, fragte Rocky, der seine Pappenheimer anscheinend kannte.

Matt seufzte. »Wenn du Fragen hast, dann stell sie. Aber wir haben nicht den ganzen Abend Zeit.«

Einen Moment herrschte Stille. Wahrscheinlich überlegte Rocky, wie weit er sich einlassen wollte. »Was macht dich so sicher, dass es echt ist? Hast du Nachweise zur Provenienz?« Das, so wusste Laurie mittlerweile, meinte die Herkunft einer Sache, in diesem Falle ihrer Ente. Auf diese Weise ließe sich zum Beispiel belegen, dass sie aus Kitterys Atelier kam und nicht aus einem Souvenirshop am Flughafen.

Aber er hat nichts, was das beweisen könnte, dachte Laurie. Er hat keinen einzigen Beleg und zieht es trotzdem durch. Dann hörte sie Papiere rascheln und Matts Stimme: »Hier, schau.« Ihre Hand schloss sich noch fester um Nicks Arm.

Danach war es so still, dass sie förmlich zu hören meinte, wie Rocky sich durch mindestens zwei Seiten las. Was zum …?, dachte sie, dann hörte sie Rocky ein zögerliches »Hm« von sich geben. »Okay.«

»Überzeugt?« Matt schien recht angetan von sich und der Dokumentation, die er sich auf welch zwielichtigem Wege auch immer verschafft hatte. Laurie musste sich sehr beherrschen, nicht einfach die Tür aufzustoßen und die Papiere an sich zu reißen.

»Mal angenommen, das hätte alles seine Richtigkeit, und ich finde einen Käufer – was spränge dabei für mich raus?«

»Zehn Prozent?«

»Ach komm, Mann. Unter fünfundzwanzig brauchen wir gar nicht anzufangen. Du kennst dich auf diesem Markt nicht aus, und du willst, dass die Transaktion verdeckt abläuft. Es wird mich mindestens ein paar Tage kosten, einen Käufer zu finden. Du willst, dass ich keine Fragen stelle, du willst, dass niemand Fragen stellt. Ich nehme dieses Risiko auf mich, aber das hat seinen Preis.«

»Ohne mich gäbe es den Deal überhaupt nicht«, schnaubte Matt im gereizten Ton des Betrügers, der nun sich übers Ohr gehauen glaubt. Seine Selbstgerechtigkeit war vielleicht das Beunruhigendste. Er schien überzeugt, die Welt sei ihm etwas schuldig.

»Wenn du dich auskennen würdest, bräuchtest du meine Hilfe nicht«, sagte Rocky. »Wenn du Ahnung hättest, könntest du den Deal ganz allein abwickeln. Hast du aber nicht und tust du nicht, dir fehlt die Erfahrung, und, ich sage es dir nicht zum ersten Mal, der Enthusiasmus für die Sache. Dir geht es immer bloß ums Geschäft, aber ohne Leute wie mich kämst du nicht weit. Versuch mal selbst, das an den Mann zu bringen. Du wirst es nicht schaffen. Mit fünfundsiebzig Prozent bist du sehr gut bedient. Gib mir fünfundzwanzig, und ich kümmere mich um alles.«

»Wie wäre es mit fünfzehn? Fünfzehn wären drin.«

»Ich kann auch auf dreißig erhöhen.«

»Das ist Abzocke.«

»Niemand zwingt dich.« Rocky mochte ein Betrüger sein, aber es verschaffte Laurie eine gewisse Genugtuung, dass er ein besserer Betrüger war als Matt. Er war dabei, das Match ganz klar für sich zu entscheiden.

»Gut, dann sagen wir zwanzig.«

»Es bleibt bei fünfundzwanzig, Matt. Du gibst mir das Teil, ich handle den Preis aus und regle den Rest, du gibst mir fünfundzwanzig Prozent. Das rechnet sich für uns beide, also sei kein Idiot.«

Wieder eine längere Pause, und Laurie stellte sich Matts Miene vor, wie er sich seine Niederlage eingestehen musste. Da hatte er solchen Aufwand betrieben, die Ente an sich zu bringen, und jetzt musste er fünfundzwanzig Prozent vom Erlös abgeben, weil er zu blöd war, sie selbst zu Geld zu machen. Sie stellte ihn sich vor wie Rumpelstilzchen, nur still vor sich hin grollend, statt auf den Boden zu stampfen. Ernüchtert von seiner eigenen Unfähigkeit. Schade, dass sie ihn jetzt nicht sehen konnte. Aber vielleicht ging auch die Fantasie mit ihr durch.

»Also gut«, sagte er. »Fünfundzwanzig Prozent. Aber mich hältst du da raus.« Sie hörte, wie ein Schlüssel im Schloss gedreht wurde, dann wurde eine Schublade aufgezogen. Laurie sah es vor sich, wie er die Ente – ihre Ente! – herausnahm, sie antatschte mit seinen schmierigen Pfoten und seinem Hehler aushändigte.

»Schönes Stück«, fand Rocky. »Könnte aber mal gereinigt werden.«

»Moment, das haben wir gleich.« Matts Stimme klang auf einmal so nah, dass Laurie sie durch die Lüftungsschlitze in der Tür zu hören meinte. Sie grub die Finger in Nicks Arm. Das Herz schlug ihr bis zum Hals. Sie versuchte, es zu beruhigen, da sie Angst hatte, man könne es bis nach draußen hören, bis in den Laden, bis ans andere Ende der Welt. Sie hörte, wie Matts Hand sich auf den Knauf legte, wie dieser sich drehte.

»So was kannst du nicht mit normalem Putzmittel machen«, unterbrach ihn Rocky. »Ich habe zu Hause was. Die Reinigung erledige ich. Da muss ein Profi ran, dann sieht das wieder richtig wertig aus.«

»Hab ich doch gesagt«, meinte Matt und entfernte sich wieder von der Tür. Laurie atmete vorsichtig auf. »Mir war das vom ersten Moment an klar. Hat dann nur etwas Zeit und Mühe gekostet, das Schätzchen von der Alten loszueisen.«

Auf der anderen Seite war es einen Moment still. »Ich dachte, sie wollte den ganzen Kram einfach nur loszuwerden.«

Matt konnte einem fast schon leidtun, wie er sich um Kopf und Kragen redete. »Ja, klar. Ich musste sie nur ein bisschen bearbeiten, sentimentale Werte und so, du kennst das. Aber es schien ihr zu gefallen, wahrscheinlich ist sie so viel Aufmerksamkeit nicht gewohnt. Jede Wette, dass sie auch mal ganz allein in diesem Haus stirbt, genau wie ihre Tante.«

Und obwohl sie wusste, dass er ein Lügner war und ein Betrüger, dass er keine Ahnung von Antiquitäten hatte oder von seinem Job, was man auch sehr schön daran sah, in welchem Zustand sich dieses sogenannte Büro befand, versetzten seine Worte ihr doch einen Stich. Sie spürte, wie Nicks Hand sich fester um ihre Taille schloss. Ihre eigene fiel schlaff von seinem Arm, doch er nahm sie und hielt sie fest, drückte sie zum Zeichen, dass alles in Ordnung war.

»Alles klar, Mann.« Laurie hörte, wie der Reißverschluss einer Tasche zugezogen wurde. Wahrscheinlich hatte Rocky die Ente – ihre Ente! – eingepackt. Es klang nah und doch sehr fern. »Ich melde mich dann in ungefähr einer Woche bei dir. Mir ist schon was eingefallen, aber ich habe jetzt die ganze Woche Termine, werde mich also nicht gleich darum kümmern können. In ein paar Tagen fahre ich raus nach Damariscotta, da kenne ich jemanden.«

»Melde dich einfach, wenn du dort warst. Ich bringe dich hinaus.« Die Tür wurde geöffnet und schloss sich wieder. Laurie nahm ihr Telefon aus der Tasche. Sie brauchte nicht lang zu warten, dann kam eine Nachricht von Daisy. *Sie stehen noch vorn am Eingang. Ihr könnt jetzt verschwinden.*

»Die Luft ist rein«, flüsterte Laurie. Sie schlüpfte mit Nick aus der Kammer und blinzelte im grellen Neonlicht. Durch den Seiteneingang gelangten sie unbemerkt hinaus und standen in der Abendsonne, als wäre nichts gewesen. Sie schlenderten um das Haus herum zur Straße und stiegen in Lauries Wagen, wo sie June und Daisy Bescheid gab. *Wir sind draußen. Alles okay bei euch?*

June: *Ginger und ich sind schon auf dem Heimweg.*

Daisy: *Rocky ist weg, Matt hinten im Büro.*

Laurie schrieb beiden zurück: *Ihr seid meine Helden. Wir treffen uns um 20 Uhr bei mir. Es gibt viel zu berichten.*

Am Abend bestellte Laurie Thai Food und setzte sich mit Nick, Daisy und Melody um Dots Esstisch. June war daheim bei Mann und Kindern, schaltete sich aber per Videoanruf zu, als sie die jüngsten Ereignisse durchgingen. Nick gab die Geschichte ihrer Beinahe-

Entdeckung zum Besten, erzählte von Matts Hand auf dem Türknauf und wie dieser sich gedreht hatte, fast wie im Krimi, fand er, und welch banale Ironie darin gelegen hätte aufzufliegen, weil Matt nicht wusste, wie man eine handbemalte Holzente fachgerecht reinigte. Er ahmte Rockys Stimme nach, *»Die Reinigung erledige ich, da muss ein Profi ran«,* Nick bellte das *Profi* geradezu heraus und ließ es noch vernichtender klingen, als es gewesen oder auch nur gemeint war, auch wenn Rocky sich vermutlich noch ganz andere Dinge gedacht hatte.

June und Daisy berichteten, wie Ginger mit June in den Laden spaziert war und Matt sofort in ein Gespräch über Basketball-Sammelkarten verwickelt hatte, die einer ihrer Enkel angeblich besitze. Sie sei sich ganz sicher, dass darunter auch eine Karte mit dem Autogramm von LeBob James sei. Matt fragte nach, ob sie LeBron James meine, aber sie beharrte, dass es LeBob James sei. Sie klärte Matt darüber auf, dass LeBob direkt von der Highschool in den Profisport gewechselt sei. Worauf Matt erwiderte, ja, genau, dann meine sie LeBron James. Und Ginger so, nein, sie meine LeBob, das sei der, der nach Florida gegangen war. Matt holte tief Luft und sagte: »Ja, genau, Florida, LeBron James.«

Laut Daisy war Ginger dann nahtlos zu Fragen bezüglich Souvenirs aus dem Sonnenscheinstaat übergegangen, darunter einige alte Postkarten vom Freizeitpark Marineland, sie wisse nicht, ob Matt das etwas sage. Doch, sagte Matt, den kenne er natürlich. Ginger war erfreut und wollte wissen, ob er schon mal mit Delfinen geschwommen sei. Das müsse er unbedingt mal selbst erleben. Delfine sollten ja so intelligent sein, viel intelligenter als Menschen. Wenn man ihnen ein Buch vorlas, könnten sie sogar der Geschichte folgen. Das sei ja spannend, sagte Matt, leider habe er bislang noch nicht das Vergnügen gehabt.

Irgendwann versuchte er, sie unter dem Vorwand, dass er gleich einen Termin habe, an Daisy abzuschieben, aber da kam Ginger schon mit weiteren Fragen um die Ecke, diesmal ging es um alte *Star-*

Wars-Figuren, die noch originalverpackt seien und einem ihrer Söhne gehörten. Sie selbst habe einen Darth Vader mit Fahrrad – der sei, glaube sie, sehr selten. Matt lachte kurz auf und erwiderte, Darth Vader fahre überhaupt nicht Fahrrad. Aber, beharrte Ginger, wie könne es dann sein, dass in der Originalverpackung ihres Darth Vaders ein Fahrrad mit dabei sei?

»So gutes Improvisationstheater habe ich wirklich noch nie gesehen«, schloss Daisy, »und ich war mal mit einer Frau zusammen, die regelmäßig auf freien Bühnen gespielt und dabei beachtliches komödiantisches Talent gezeigt hat.«

»Hast du sie vorher gebrieft?«, wollte Nick von June wissen. »Hattet ihr das so im Auto abgesprochen?«

»Brauchte ich überhaupt nicht«, sagte June über Video und winkte lachend ab. »Ich habe ihr bloß gesagt, dass wir Matt ablenken müssen, bis sein Komplize auftaucht und er mit ihm im Büro verschwindet. Den Rest hat Ginger mit Bravour im Alleingang erledigt.«

»Die Frage ist ja«, kam Laurie nun auf ihr eigentliches Anliegen zurück, »was Matt ihm gezeigt hat, um ihn von der Echtheit der Ente zu überzeugen. Vielleicht hat er ja etwas gefunden, das mir entgangen ist. Irgendein Dokument, einen Beleg vielleicht.«

»Oder er hat irgendwas gefaked«, sagte Nick. »Dein Gutachten hat er auch gefälscht, warum dann nicht auch diese neu aufgetauchten Unterlagen? Ihm wäre auch zuzutrauen, dass er einen Brief von Richard Nixon fälscht, in dem Nixon die Echtheit der Kittery-Ente bezeugt, nur dass Matt das Dokument in Microsoft Paint erstellt und *Richard Nixon* falsch geschrieben hätte.«

»Aber irgendetwas hat er ihm gegeben«, beharrte Laurie. »Und ich wüsste zu gern, was.«

Am Ende ihrer Nachbesprechung wandte Nick sich fragend an Laurie. »Und wie geht es jetzt weiter?«

Laurie ließ den Rest Rotwein in ihrem Glas kreisen und tippte mit dem Finger an den Rand. »Ich setze gerade ein paar Puzzleteile zusammen. Aber ich bin erst am Anfang, etwas fehlt noch. Und so sehr ihr alle mir auch schon geholfen habt, werde ich mir doch noch weitere Unterstützung organisieren müssen.«

»Wer soll dich unterstützen?«, wollte Daisy wissen.

»Jemand aus meiner Familie.«

15

Laurie war die einzige Schwester von vier Brüdern. Sie fand, dass sie damit das schlechteste Los von ihnen fünf erwischt hatte. Ryan dagegen war der Ansicht, am wenigsten zu beneiden sei der Jüngste. Sie war wenigstens genau in der Mitte, hatte zwei unter und zwei über sich oder zwei vor und zwei hinter sich, wie man wollte. »Ich war immer das Schlusslicht«, hatte er mal zu ihr gesagt. »Ich war praktisch schon immer am Ende.« Am Ende wovon, wollte sie wissen. Dem Ende von allem, lautete seine Antwort.

Daheim hatte es nur drei Schlafzimmer gegeben, weshalb sich die Jungs über viele Jahre das größte Zimmer hatten teilen müssen. Zwei Etagenbetten standen darin, während Laurie ein Zimmer ganz für sich allein hatte. Das hatte bei ihren Brüdern nicht geringen Neid geweckt, der sich erst legte, als für Patrick und Scott der Dachboden ausgebaut wurde und Ryan irgendwann in den Keller zog, womit Joey das Zimmer für sich hatte. Sie hingegen konnte sich noch gut erinnern, wie neidisch sie gewesen war, wenn sie abends im Bett lag oder noch etwas las und die vier reden und lachen, Uno oder Gameboy spielen hörte. Sie fühlte sich ausgeschlossen, und zugleich wollte sie den Lärm aussperren, der aus dem Nebenzimmer zu ihr drang. Die Jungs waren ihr zu wild und zu laut, aber insgeheim wäre sie gern bei allem dabei gewesen. Oder zumindest fragte sie sich, wie es wohl wäre, dabei zu sein. Nur selten hatte sie einen der Brüder für sich, meist kamen sie im Doppelpack oder gleich als Rudel, das mit Freunden, Freundinnen oder Hockeyschlägern immer gerade im An- oder Abmarsch war und dabei für gehörigen Lärm und Unruhe sorgte.

Aber alle fünf teilten sie sich ein Bad, saßen zu den Mahlzeiten gemeinsam am Tisch, stritten sich um Reste und ließen sich im Auto der Eltern durch die Gegend kutschieren. Vier Jungen verursachten einen vielstimmigen Geräuschpegel, mit dem ein Mädchen, das vor allem gerne las und seine Ruhe hatte, nur schwer zurechtkam. Scotts Launen, die von ihrer Mutter lange seinem Temperament zugeschrieben wurden, waren zudem unberechenbar. Mittlerweile waren ihm Depressionen und ADHS attestiert worden, dazu gab es noch weitere Diagnosen, die viel zu spät behandelt worden waren. Schaden tat er mit alldem vor allem sich selbst, aber für den Rest der Familie waren seine Wut- und Heulattacken ebenso schwer zu ertragen wie vermutlich für ihre Eltern, dass Scottie ihnen mit seinem ersten zusammenhängenden Satz kundgetan hatte, wie sehr er sie hasse. Patrick gab als Ältester gern den Ton an. Joey kam zwischen Laurie und Ryan, er war der geborene Charmeur und versuchte immer ausgleichend zu wirken. Und Ryan versuchte einfach, nicht zu kurz zu kommen, nicht immer am Ende und das Schlusslicht zu sein.

In der Zehnten war er in ein Mädchen verknallt gewesen und hatte sich ihretwegen für die Schulaufführung von *Bye Bye Birdie* beworben. Es wäre bestimmt cool, dachte er sich, Mitglied der Theatergruppe zu sein, in bunten Kostümen über die Bühne zu tanzen und dabei viel Zeit mit Lorelai Page zu verbringen, die Mezzosopran sang und der Star jeder Schulproduktion war. Ryan hatte schon immer gern gesungen und eine schöne Stimme, wie ihm seit Kindertagen, als er Weihnachtslieder trällernd hinten im Familienauto gesessen hatte, versichert worden war. Als er anfing, hinter der Couch versteckt kleine Stücke mit Sockenpuppen aufzuführen, wurde er für sein komisches Talent gelobt. Es lag also nicht allein daran, dass sich Jungs in einem gewissen Alter an Provinzschulen für gewöhnlich in nur sehr geringer Zahl für Musicals interessieren und es der Besteigung des K2 gleichkommt, überhaupt alle Rollen zu besetzen, dass Ryan sein Debüt gleich als Conrad Birdie geben durfte, diesen Kleinstadt-Elvis, der alle Herzen zum Schmelzen brachte.

Eine der Mütter nähte ihm für die Vorstellung einen einteiligen Hosenanzug aus Goldlamée, der ihm einen sehr knackigen Hintern bescherte und einen üblen Hautausschlag. Aber das nahm er in Kauf für die Kunst und den neuen Ruhm. Seine Haare waren schulterlang und zottelig, wie Haare in den Neunzigern eben waren, und eins der Chormädchen stylte es ihm zu einer turmhohen Tolle. Er übte stundenlang den richtigen Hüftschwung. Die Eltern lachten, die Mädchen kreischten, und Ryan ging völlig in seiner Rolle auf. Am Ende des Songs lagen die anderen Mitglieder des Ensembles völlig geschafft auf der Bühne, wie geplättet von Conrads flirrendem Charisma. Es gab drei Vorstellungen – am Freitagabend und Samstagabend und eine Matinee am Sonntag –, und der Applaus brandete jedes Mal so heftig auf und wollte gar nicht mehr enden, dass es schwer war, danach noch den Rest des Stücks über die Bühne zu bringen. So war es zumindest den Sassalyns in Erinnerung und wurde oft und gern zum Besten gegeben.

Laurie war damals das erste Jahr am College, aber zu dem Zeitpunkt waren gerade Semesterferien, und sie hatte sich alle drei Vorstellungen angesehen. Als sie von der ersten nach Hause kam, klopfte Ryan noch spät abends an ihre Tür, um sich für ihr Kommen zu bedanken. »Ich bin deine Schwester«, hatte sie erwidert. »Natürlich komme ich zu deiner Premiere. Hattest du Spaß?«

Darauf hatte er sie mit so ernster Miene angesehen, dass sie erst fürchtete, etwas stimme nicht. Aber genau das Gegenteil war der Fall. »Laurie«, sagte er, »es war unglaublich. Ich habe das Gekreische noch immer in den Ohren.«

»Ich weiß«, sagte sie. »Ich war dabei.«

»Ich meine nicht auf der Bühne, sondern das Publikum«, sagte er. »Sie haben gebrüllt vor Lachen und *gekreischt.*«

Sie nickte. »Ja, ich weiß.«

Seine Augen wurden ganz groß. »Das ist das Beste, was mir je passiert ist.«

Zu sagen, dass er danach nie mehr zurückblickte, wäre nur die halbe Wahrheit. Er schaute auch nicht nach links oder rechts oder überhaupt irgendwohin, wo keine Bühne war, auf der er stehen und brillieren konnte. Noch bevor er mit der Schule fertig war, spielte er den Tony in *West Side Story* und einen der Geschworenen in *Die zwölf Geschworenen*, auf dem College las er Shakespeare, Pinter und Beckett, spielte Torvald in Ibsens *Nora* und Herod in *Jesus Christ Superstar* (denkwürdig auch wegen des roten Satinpyjamas). Er spielte den Ado Andy in einer von seinem Mitbewohner inszenierten Aufführung von *Oklahoma!*, und irgendwann meinte Lauries Mutter: »Applaus zieht ihn magisch an und er den Applaus.«

In New York lief es die erste Zeit nicht so rund. Ryan war von Geldsorgen geplagt, hatte mehrere Jobs gleichzeitig, von denen keiner mit Schauspielerei zu tun hatte, und wurde schließlich Englischlehrer, ironische Fügung des Schicksals, die vermutlich nur dem Publikum der ersten Stunde, das ihn noch in *Bye Bye Birdie* gesehen hatte, so richtig bewusst war. Dann jedoch wurde er für eine kleine Nebenrolle in *Law & Order* besetzt. Er spielte einen Kellner, der *nicht* der Täter war, ein halbes Jahr später war er wieder in *Law & Order* zu sehen, diesmal als Bartender, der tatsächlich der Mörder war. Danach wurde es leichter. Werbespots für eine Bank brachten Geld aufs Konto und ermöglichten sogar finanzielle Rücklagen. In zwei Folgen von *Halls of Power*, einer turbulenten Polit-Soap-Opera, die mittlerweile in der siebten Staffel lief und bereits die Hälfte ihrer ursprünglichen Besetzung verschlissen hatte, spielte er einen Kongressmitarbeiter.

Als Laurie sich per Videoanruf bei ihm meldete, konnte er von einigen Theaterauftritten berichten und hatte gerade ein kurzes Engagement in einem Off-Broadway-Stück beendet. Derzeit also mal wieder ohne Job, hatte immerhin seine Frau ihre erste Festanstellung als Kostümbildnerin an einem Broadwaytheater ergattert. Als er den Anruf annahm, saß Laurie an Dots Esstisch vor ihrem Laptop, er auf der Couch in seiner Wohnung und schaute aufs Telefon. »Hey«, sagte sie und lächelte, während die Verbindung sich aufbaute.

»Hey Laurie«, erwiderte er. »Wie läuft's in der alten Heimat?«

Sie hob die Schultern. »Man tut, was man kann.«

»Ich habe gehört, dass du dich mit Nick getroffen hast.«

»Wo hast du das schon wieder her? Wer erzählt so etwas?«

»Mom natürlich. Sie hat es von Scott, und der hat eine Nachricht von Nicks Cousine bekommen.«

»Dafür, dass diese Stadt nicht viele Einwohner hat, sind es deutlich zu viele, die immer alles mitbekommen. Wie geht es dir?«

»Ach, ganz gut, ich kann nicht klagen.« In dem Moment sah man Lisa mit einem vollen Müllbeutel hinter ihm vorbei zur Tür gehen. »Soll ich das runterbringen, Babe?«, fragte er.

»Nein, brauchst du nicht«, sagte sie. »Hi Laurie«, rief sie noch, ehe sie wieder aus dem Bild verschwand. »Ich mache eben einen meiner glamourösen Ausflüge zum Müllschlucker, bin gleich zurück.«

»Klingt aufregend«, rief Laurie. »Arbeitest du gerade?«, fragte sie Ryan.

»Im Augenblick nicht, aber in zwei Wochen habe ich einen kleinen Part in einer Fernsehserie, die du nicht schaust. Und über ein paar Sachen verhandle ich noch.«

»Sehr gut«, sagte sie. »Dann hast du die nächsten zwei Wochen also frei?«

Er hob fragend die Brauen. »Brauchst du noch Hilfe?«

Sie fasste kurz zusammen, was geschehen war, und hatte mittlerweile richtig Routine darin: *Holzente in Dots Haus gefunden, Wert und Bedeutung unklar. Windiger Typ hat mich übers Ohr gehauen und Ente entwendet. Ich will sie mir zurückholen.* Sie beschränkte sich aufs Wesentliche, und als sie fertig war, kam auch schon Lisa zurück und setzte sich neben Ryan auf die Couch. »Hey, bin wieder da«, sagte sie und winkte in die Kamera.

»Ich habe meinem Bruder gerade erklärt, dass ich ihn mir gern ein paar Tage ausborgen würde.«

»Weshalb?«

Ente gefunden, Ente weg, will mir Ente zurückholen, spulte Laurie erneut ab. »Ich habe sogar schon einen Plan. Nick hilft mir, June auch. Und Daisy, die in dem Laden von dem Typen arbeitet. Vielleicht finde ich noch jemanden. Aber vor allem brauche ich ein echtes Schauspielgenie.«

»Was soll ich machen?«

»Genau kann ich es dir noch nicht erklären. Es ist eher eine vage Idee. Ich habe mich noch nicht für eine konkrete Vorgehensweise entschieden. Es ist auch alles nicht ganz einfach. Wer hat wann was, wie sollen wir wo und wie …«

»Ein richtiger Kunstraub!«, rief Lisa begeistert und hüpfte im Sitzen auf und ab. »Ganz schön aufregend in Maine.«

»So kann man es natürlich auch sehen.«

»Ein veritabler Kunstraub!«, wiederholte Lisa und klatschte in die Hände. »Dass ich das noch erleben darf.«

»Ich muss schon sagen, Laurie«, schloss Ryan sich an, »das klingt alles etwas dubios. Hätte ich nicht von dir erwartet.«

Laurie nickte düster. »Eigentlich will ich von dir bloß wissen, ob du am Dienstag hier sein kannst. Wir bräuchten so zwei, drei Tage, schätze ich. Also bis Freitag vielleicht.«

»Yeah, mein Mann macht bei einem Kunstraub mit!« Ryan und Laurie mussten lachen, weil Lisa sich so freute und alles so absurd war.

»Du kannst gern mitkommen, Lis«, sagte Laurie. »Ich fände es schön, dich mal wieder zu sehen.«

»Du weißt, dass ich mich niemals freiwillig an Orte begebe, wo ich den schwarzen Bevölkerungsanteil im Alleingang um mehr als zehn Prozent erhöhe«, erwiderte sie. »Aber du musst mich unbedingt auf dem Laufenden halten, das klingt nach einem richtigen Abenteuer. Und wenn du Ryan nicht in ein Kostüm steckst und seinen Auftritt dokumentierst, könnte ich euch das nur schwer verzeihen.«

16

Ryans Flug wurde schon mit Verspätung angekündigt. Als er dann eine weitere Stunde später tatsächlich landete, konnte man kaum mehr damit rechnen, dass das Empfangskomitee so lang ausgeharrt hatte. Doch als Laurie am Dienstabend um halb elf mit ihrem Bruder Dots Haus betrat, saßen Nick und June noch in der Küche und teilten sich eine Packung Girl Scout Cookies. Wie vereinbart, hatten sie sich durch die Hintertür selbst hereingelassen und geduldig gewartet. »Die Schoko-Pfefferminz sind einfach unschlagbar«, fand Laurie und hängte ihre Tasche an den Haken bei der Tür.

»Sie bauen den Stand jedes Jahr vor der Bibliothek auf«, sagte Nick, schob seinen Stuhl zurück und stand auf. »Da ist man machtlos.« Er reichte Ryan die Hand, dann umarmten beide sich wie alte Freunde. »Schön, dich zu sehen.«

»Ich liebe Männerumarmungen!«, schwärmte June, bevor sie ihn selbst in die Arme schloss. Mittlerweile war der kleine Bruder ihrer Freundin sechsunddreißig, ein leidlich erfolgreicher Schauspieler, sehr attraktiv und vor allem verheiratet, kein Vergleich mehr zu dem Ryan von einst, der mit vierzehn heimlich für die vier Jahre ältere Freundin seiner Schwester geschwärmt hatte.

»Junie«, sagte er jetzt und drückte sie kurz an sich.

Dots quadratischer Küchentisch mit seinen vier robusten Stühlen war wie gemacht für diese nächtliche Krisensitzung, dieses nicht ganz freiwillige Zusammentreffen alter Freunde, die sich in dieser Konstellation seit bald zwanzig Jahren nur noch hin und wieder bei Hochzeiten und vergleichbaren Anlässen gesehen hatten, und dann auch eher flüchtig. Laurie saß Nick gegenüber, und wenn man sie gefragt hätte, ob sie sich diesen Platz ausgesucht hatte, um ihn beobachten zu können, während sie ihren Eistee trank, hätte sie vermutlich abgestritten, dass es so war. Ryan hatte eine Packung Kaugummi in der Hand, mit der er die ganze Zeit herumspielte, während er von der Fernsehserie erzählte, für die er gerade vorgesprochen hatte, und dem Theaterstück eines Freundes, in dem er die Hauptrolle zu spielen hoffte. »Und nicht zuletzt arbeiten wir auch an Nachwuchs«, schloss er.

»Wie kommt ihr voran?«, fragte June mitfühlend.

»Im Augenblick ehrlich gesagt gar nicht«, erwiderte er. »Wir überlegen, ob wir es noch mal mit künstlicher Befruchtung versuchen oder es bleiben lassen.«

»Wovon hängt das ab?«, wollte Laurie wissen.

»Davon, ob Lisa sich das noch mal antun und ihre Eltern um eine weitere Finanzspritze bitten möchte«, sagte er. »Es ist verdammt frustrierend. Ich weiß nicht, wie genau ihr euch damit auskennt, aber es ist im Prinzip ein Glücksspiel, bei dem sich eure Chancen stetig verschlechtern. Am Anfang werft ihr zwölf Münzen, drei müssen mit dem Kopf nach oben zeigen, das klingt machbar. Aber nur in der Theorie. In der Praxis bleibt euch von euerm Einsatz mit jeder Runde weniger, das heißt, es wird immer unwahrscheinlicher, und irgendwann heißt es: ›Ihr Guthaben ist aufgebraucht.‹ Lisa bekommt Spritzen und nimmt Medikamente, damit überhaupt etwas passiert. Aber nicht zu viel und nicht zu wenig und nicht alles auf einmal und immer zur richtigen Zeit und in der richtigen Reihenfolge. Und ich mache im Grunde gar nichts, also nichts, was ich nicht seit ich zwölf bin ohnehin jeden Tag mache, aber ihr geht es richtig dreckig dabei, sie weint und ist depressiv, leidet unter Hitzewallungen und Übelkeit. Ich könnte es gut verstehen, wenn sie darauf keine Lust mehr hat.«

June schüttelte den Kopf. »Sie hat mein Mitgefühl. Ich fand die Schwangerschaften schon kein Zuckerschlecken, aber das alles durchzustehen, um überhaupt erst schwanger zu werden? Das muss schrecklich sein.«

Sie saßen einander gegenüber, und Laurie sah auf einmal diese unsichtbare Verbindung zwischen ihnen, auch wenn June schon Mutter war und Ryan nicht wusste, ob er jemals Vater würde. Was sie verband, waren Kinder. Kinder zu haben, der Wunsch nach Kindern, ein Leben mit Kindern. Es war keineswegs so, dass ihr Leben ausschließlich darum kreiste, aber ohne Kinder fehlte ihnen etwas.

Bei June hatte es beide Male schnell geklappt, sie war ohne Probleme schwanger geworden. Aber wenn nicht, so nahm Laurie an, hätte ihre Freundin denselben Weg gewählt. Sie hätte nichts unversucht gelassen und dafür viel auf sich genommen. Seit Laurie denken konnte, wollte June Kinder. Sie war eins dieser Mädchen, die beim Anblick von Babys ganz leuchtende Augen bekamen, die fragten, ob sie es mal halten dürften, die gut mit Kindern konnten und für alle Nachbarn babysitteten. Wenn sie dann später von Charlie sprach, ob sie ihn heiraten würde oder was sie nach ihrem Abschluss machen wollte, ging es immer auch darum, wie sich das alles mit den Kindern vereinbaren ließe, die sie damals noch nicht hatte, aber ganz sicher haben würde. Das Erste, was sie Laurie über Charlie erzählte und das für Laurie ein untrügliches Zeichen war, dass es ihr wirklich ernst mit ihm sein musste, war, wie er sich zu seinem kleinen Neffen herabgebeugt und ihm geholfen hatte, den Reißverschluss seiner Jacke hochzuziehen. Sie hatte das Gefühl, so hatte sie es Laurie gegenüber ausgedrückt, einen Blick in ihre eigene Zukunft getan zu haben.

»Das tut mir leid«, sagte Nick. »Becca und ich hatten ja auch keine Kinder, aber bei uns war es nicht weiter schlimm, sage ich mal. Wenn es sich ergeben hätte, wäre es in Ordnung gewesen, wenn nicht, auch kein Beinbruch. Natürlich war es immer mal wieder Thema, ich glaube, wir gingen beide davon aus, dass wir früher oder später eine Familie gründen würden. Aber irgendwie passte es nie, wir verschoben es ein ums andere Mal, und nachdem wir es zum fünften Mal verschoben hatten, stand auch schon die Scheidung ins Haus.«

»Bist du froh, dass ihr es gelassen habt?«, fragte Ryan.

»Das mit dem Kinderkriegen?«, fragte Nick und überlegte. »Während der Scheidung war ich froh, dass keine Kinder mit im Spiel waren, ja. Dadurch war es doch bedeutend leichter. Oder vielleicht nicht leichter, aber einfacher. Wenn du dich als Paar ohne Kinder scheiden lässt, nimmt jeder seine Sachen und ihr geht auseinander, fertig. Also rein objektiv betrachtet, natürlich ist es eine emotionale Belastung. Aber wenn alles vorbei ist, ist es im Prinzip wie vorher, man ist frei und ungebunden, als wäre man nie verheiratet gewesen. Das macht es leichter, fühlt sich manchmal aber auch etwas surreal an.«

»Ich habe mich manchmal gefragt, was passieren würde, sollten wir uns je trennen«, sagte June. »Es hat mir wirklich Angst gemacht, vor allem weil unsere Kinder so kurz nacheinander kamen. Als Bethie noch klein war und Tommy ein Baby, habe ich mir vorzustellen versucht, wie ich ohne Charlie zurechtkommen sollte mit den beiden und war komplett überfordert. Einmal ist Charlie bei einem Softballturnier mit einem anderen Spieler zusammengestoßen, hatte eine Gehirnerschütterung und musste ins Krankenhaus. Zum Glück war alles halb so wild, aber es gab diesen einen Moment, wo ich dasaß und dachte: ›Ich habe zwei Kinder im Alter von zwei Jahren und drei Monaten. Wenn meinem Mann etwas zustößt, wie soll es mit uns weitergehen?‹ Und als ich den Gedanken einmal zugelassen hatte, ging er mir nicht mehr aus dem Kopf. In den kommenden Wochen und Monaten trieb mich die Frage um, was wäre, wenn wir uns trennten. Es gab überhaupt keinen Anlass, aber diese Angst war plötzlich da, und eine Scheidung erschien mir wahrscheinlicher als ein Unfall, zumal wenn du die ganzen Trennungen in deinem Umfeld mitbekommst.« Sie wandte sich an Laurie. »Sei froh, dass du nicht geheiratet hast.«

Laurie ging im Geiste die kleine Runde am Tisch durch. *Verheiratet, geschieden, verheiratet und ich.* »Das meinst du aber nicht ernst«, sagte sie zu June. »Ich glaube, niemand, der verheiratet ist, meint das so. Zumindest bin ich noch nie jemandem begegnet, der halbwegs glücklich verheiratet ist und anderen ernsthaft davon abgeraten hätte, überhaupt zu heiraten – außer vielleicht Andy Capp. Oder Tim Allen.«

»Andy Capp?«, fragte Ryan entgeistert. »Der Typ auf den Käsechipstüten?«

»Bevor er auf den Käsechips landete, war er ein Comic«, klärte Laurie ihn auf.

»Echt?«

»Ja, aus den Fünfzigern«, sagte sie. »Aber um wieder in die Gegenwart zurückzukehren: Die Einzige, die einen Grund hat, sich über meine geplatzte Hochzeit zu freuen, ist Erin, meine Freundin aus Seattle. Sie heiratet kommenden Monat, und ihre Katze hat ihr Kleid zerfetzt.«

»Jetzt komme ich nicht mehr mit«, sagte Nick. »Was hat das damit zu tun, dass du nicht geheiratet hast?«

»Du erinnerst dich, wie ich dir erzählt habe, dass ich mein Hochzeitskleid notgedrungen behalten habe, weil ich es nicht zurückgeben konnte, da Maßanfertigung? Erin und ich haben dieselbe Kleidergröße, also plus minus ein, zwei Änderungen vielleicht, und auch einen ganz ähnlichen Klamottengeschmack. Wir tauschen öfter mal Sachen. Und da habe ich ihr mein Kleid angeboten, vielleicht probiert sie es gerade an, während wir hier darüber sprechen. Sie darf es auch gern behalten und an ihre Töchter weitergeben, sollen sie darin glücklich werden, bis in alle Ewigkeit, Amen.«

»Du hast dein Hochzeitskleid weggegeben?«, fragte Nick.

»Ja, habe ich. Sie braucht es, ich nicht.«

»Verstehe«, erwiderte er in einem Ton, als fühle er sich dadurch persönlich gekränkt.

»Die Vorstellung, dass ich mich in dem Kleid begraben lassen wollte, schien dir besser zu gefallen«, bemerkte sie.

»Überhaupt nicht«, gab er zurück. »Nein.«

»Na gut. Ich habe mich jedenfalls dagegen entschieden, Chris zu heiraten, womit mir die weibliche Nebenrolle in *Hör mal, wer da hämmert* oder ein Schicksal als Comic-Hausdrachen schon mal erspart bleibt.«

»Oder auf Chipstüten verewigt zu werden«, warf Nick ein.

»Oder das, ja. Mein Haus, meine Regeln.«

»Du ziehst dieses ›Wenn ich später mal in meinen eigenen vier Wänden lebe und alles meins ist‹ wirklich konsequent durch, was?«, fragte Ryan, doch er sagte es mit einem Lächeln in den Augen.

»Wie meinst du das?«

Er lachte. »Als ich davon träumte, Basketballprofi zu werden, hast du schon an deinem Traumhaus getüftelt. Du hast ständig Häuser gezeichnet, weißt du das nicht mehr? Keiner von uns wäre da willkommen gewesen, so viel war mir damals schon klar. Als du aufs College gegangen bist, dachte ich bloß, hoffentlich kommt sie noch mal ab und an nach Hause, denn zu sich einladen wird sie mich ganz sicher nicht.«

»Du wolltest wirklich mal für die NBA spielen?«, fragte June.

»Hey, ich war jung und wir hatten alle unsere Träume«, sagte Ryan. »Ich wäre gern Profi geworden, und Laurie hätte gern ihre ganz persönliche Traumvilla gehabt, in der sie von nervigen Zeitgenossen verschont bleibt.«

»Tja«, meinte Laurie trocken, »letztens, als ich mich mit Nick in die Abstellkammer des Antiquitätenladens gequetscht habe, durfte ich mit anhören, wie Matt seinem Komplizen von mir erzählt hat. Dass ich einsam und vernachlässigt sei und seine Aufmerksamkeit genossen hätte, weil ich wohl nicht viel davon bekäme, und wie ich eines Tages wie Dot ganz allein in diesem Haus sterben würde. Mit etwas Glück befinde ich mich also genau auf dem richtigen Weg.«

Als sie das Treffen in Matts Büro nachbesprochen hatten, war davon nicht die Rede gewesen. Sie hatte es nicht erwähnt, denn es hatte ja nichts mit der Sache zu tun, und Nick tat weiterhin so, als habe er es gar nicht mitbekommen. Nachts hatte Laurie allerdings oft wach gelegen und sich treffliche Erwiderungen überlegt. Auch abends, wenn sie allein auf der Veranda saß und hinauf in den Sternenhimmel blickte, war ihre Schlagfertigkeit unübertroffen. Sie malte sich aus, wie sie Matt antwortete, dass er sie doch überhaupt nicht kenne und nichts, aber wirklich gar nichts, über sie wisse oder darüber, was sie sich wünsche. Und ein Mangel an männlicher Aufmerksamkeit war es ganz sicher nicht, denn wenn sie gewollt hätte, hätte sie jetzt genauso gut verheiratet sein können, und dann wäre jemand wie Matt ihr ganz sicher nicht blöd gekommen. Sie stellte sich vor, wie sie die Tür dieser verdammten Kammer aufstieß und ihm gehörig die Meinung sagte. So oft hatte Laurie sich diesen Moment vorgestellt, ihn mit all seinen Höhen und Tiefen durchgespielt, wie sie sich mit Nicks Mitgefühl – oder schlimmer, seinem Mitleid – in die Kammer hatte zwängen müssen, dass die Erinnerung daran irgendwann völlig abgeschliffen war und kaum noch schmerzte. Jetzt machte dieser Seitenhieb ihr nichts mehr aus, er war Teil einer Geschichte geworden, der Geschichte von Matt Pell, dem miesen kleinen Betrüger. Trotzdem wurde es auf einmal ganz still, als sie davon erzählte, und in dieser Stille spürte sie plötzlich wieder denselben Stich wie Tage zuvor.

»Mach dich nicht verrückt wegen so einem Typen«, sagte Ryan schließlich. »Dem zahlen wir es heim und holen uns die Ente zurück.«

Danach blieben sie noch eine gute halbe Stunde am Tisch sitzen. Es war spät, aber die vertrauten Stimmen und das Lachen waren wie Musik in den Ohren, die sie seit Jahren nicht gehört hatte, und Laurie hätte ewig so sitzen bleiben und ihnen lauschen können. Irgendwann stand June auf und stellte ihr Wasserglas in die Spüle. Nick streckte sich, und Ryan meinte, er sollte auch langsam ins Bett. »Wie gut«, sagte Laurie, »dass Dot fünf Schlafzimmer hat und ich mit zweien schon durch bin und alles aufgeräumt ist.« Sie deutete den Flur hinab zur Treppe. »Deins ist das blaue Zimmer, das mit dem Schaukelstuhl.«

Ryan nickte und gähnte. »Gut, dann will ich mich mal aufs Ohr hauen. Wir sehen uns bestimmt bald wieder.« Er winkte kurz in die

Runde und stiefelte den Flur hinab, einen Merchandise-Rucksack von *King Klon Kong 2: Affengeil* über der Schulter, einem B-Movie, das es nie in die Kinos geschafft hatte.

Nachdem auch June sich verabschiedet hatte, stand bloß noch Nick in der Küche, unschlüssig an der Tür und schon in seiner Jacke, wie früher, wenn er noch nicht gehen wollte und bloß noch die passende Gelegenheit für einen Kuss abwartete. Oder wie zwei Monate vor ihrem Highschoolabschluss, als er sich schließlich ein Herz gefasst und ihr gesagt hatte, dass er sie liebe, worauf sie erwidert hatte, dass sie ihn auch liebe. Und dann war er gegangen, in seinen 1992er Honda Accord gestiegen – damals der fahrbare Untersatz so vieler romantischer Helden – und nach Hause gefahren.

Diesmal sagte er nichts dergleichen. Allerdings ließ er seinen Blick so lange auf ihr ruhen, dass sie schließlich zu ihm ging. Nicht weil sie gewusst hätte, was zu tun wäre, sondern eher so, als würde sie in einen Kreis treten, den er um sich gezogen hatte. Und als sie dann vor ihm stand, brach es aus ihm hervor. »Hör nicht auf diesen Typen. Er könnte verheiratet sein oder der Captain des Rugbyteams, er könnte mitten in einer Parade sein, und er wäre noch immer allein. Du dagegen könntest auf einer Eisscholle am Südpol treiben und wärst es nicht.«

Sie dachte daran, wie sie mit ihm in der Kammer gewesen war, in der Dunkelheit seinem Atem gelauscht hatte, seine Hand an ihrem Ellbogen gespürt hatte. Sie dachte an das erste Mal, als sie sich richtig geküsst hatten. Nicht auf irgendeiner Party verstohlen in der Küche, sondern oben in Gingers Bibliothek, während Nicks Mutter ihren Geburtstag feierte. Es war am Nachmittag gewesen, und das Licht strömte von allen Seiten zu den hohen Fenstern herein. Ihren Kuchen auf Papptellern, hatten sie sich heimlich davongemacht, weil die Gäste ihnen alle unglaublich alt erschienen, auch wenn viele von ihnen damals jünger gewesen waren als sie beide jetzt. Und als sie dann vor einer der Bücherwände auf dem Sofa saßen, hatten sie sich geküsst, die Kuchenteller noch immer im Schoß, und waren wie ertappt auseinandergefahren, als die Stimme von Nicks Vater zu ihnen heraufdrang: »Nick, bist du da oben? Wir wollen Mom unser Geschenk überreichen.«

Jetzt standen sie also hier, an Dots Küchentür, einmal mehr unter dem Dach einer Frau, die zwei Generationen älter war als sie beide, und sich ein eigenes Leben aufgebaut hatte, Herrin in ihrem eigenen Haus war. »Nick«, sagte sie. »Danke.«

Er hob die Hand und strich ihr eine Haarsträhne hinters Ohr. »Das möchte ich jedes Mal tun«, sagte er. »Immer, wenn ich dich sehe.«

»Weil mir ständig die Haare ins Gesicht hängen?«

»Weil ich dein Haar sehr lange nicht berührt habe.«

Sie biss sich auf die Lippe und schloss die Augen. Öffnete sie wieder, und er war noch immer da. Sie sah ihn an und hob eine Braue. »Du solltest jetzt besser gehen. Es sei denn, du willst hierbleiben.«

Er grinste und schaute zu Boden, dann nickte er. »Dein Bruder ist da.«

»Das ist er«, sagte sie.

»Die Ausleihtheke wäre unsere Chance gewesen«, sagte er. »Oder der Lesesaal, sehr stimmungsvoll.«

Sie zuckte mit den Schultern. »Gib die Hoffnung nicht auf, Cooper. Man weiß nie, wann sich die Gelegenheit ergibt.«

Die Antwort lautete natürlich *wann immer du es willst*, aber das sagte sich nur schwer laut.

17

»Ich wäre gerne ... Bob Wanamaker«, sagte Ryan nach reiflicher Überlegung und versuchte am nächsten Morgen auf der Veranda mit einem Kaffee wach zu werden, während Laurie ein frisches Cranberry-Scone aß und weitere Boxen mit Polaroidfotos durchsah.

»Nein«, entgegnete sie.

»Warum nicht?«

»Weil das hier keine Folge von *Mad Men* ist und du nicht der fiktive Firmenchef von Coca-Cola bist. Du bist einfach nur jemand, der jemanden kennt. Du bist wie er, wie Matt. Und er klingt nicht nach Bob Wanamaker oder Bob Wanamaker nach ihm. Bob Wanamaker klingt wie sein Vermieter. Oder der Vermieter seines Vermieters.«

»Wie wäre es dann mit Mutt? Mutt McClain? Mutt McClain klingt doch jetzt wirklich durchschnittlich.«

»Mutt McClain klingt wie der Held eines Videospiels, aber es ist ein Spiel für Kinder, und der Detektiv ist ein Hund, eine richtige Spürnase. *Mutt McClain, Schnüffler auf vier Pfoten,* keine Altersbeschränkung.«

»Und was hältst du von ... Dave?«

Sie schaute von den Fotos auf und runzelte die Stirn. »Dave und wie weiter?«

Er überlegte einen Moment. »Dave ›Hot Rod‹ Davington. Aber alle nennen ihn *Danger Dave.*«

Laurie kaute einen Moment auf ihrem Scone. »Er heißt Dave Davington, wird aber auch Hot Rod oder Danger Dave genannt. Danger Dave ›Hot Rod‹ Davington wäre also dein Deckname, ganz simpel und unauffällig.«

Ryan breitete die Arme aus. »Was willst du hören? Ich finde den Namen gut. Und ich glaube, er funktioniert.«

»Weißt du was? Ich nenne dich einfach John. John ohne Nachnamen.«

Er seufzte. »Du machst es mir nicht gerade leicht, in meine Rolle zu finden.«

»Wir können nur hoffen, dass er dich nicht erkennt. Wenn wir Glück haben, schaut er weder *Law & Order* noch *Halls of Power*.«

»Oder von der Kritik hochgelobtes Off-Broadway-Theater«, setzte Ryan nach. »Ich glaube, da können wir unbesorgt sein. Wenn ich Leuten irgendwie bekannt vorkomme, dann, weil sie glauben, sie wären mit mir auf dem College gewesen, oder ich hätte ihre Schwester gedatet oder so was in der Art. Mein Agent meinte erst kürzlich wieder: ›Du hast so ein Gesicht, von dem jeder glaubt, er hätte es schon mal gesehen.‹ Ich weiß nicht, ob es als Kompliment gemeint war.«

Laurie sah ihn an. »Wie furchtbar.«

Er tat es mit einem Achselzucken ab. »Ich bin sozusagen die Schnittmenge aller weißen Mittdreißiger in New York. Ich habe das perfekte Fernsehgesicht. Wer mich zu erkennen meint, muss meist nicht lange überlegen, um darauf zu kommen, dass er oder sie eigentlich jemand anderen meint. Manchmal werde ich für einen der beiden Typen aus *Suits* gehalten, du weißt schon, die Serie, in der Meghan Markle mitgespielt hat. Das eigentlich Bemerkenswerte ist, dass ich wirklich mit beiden verwechselt werde. Als wären wir austauschbare Klone.«

»Puh.«

»Natürlich werde ich nicht mit den wirklich bekannten Gesichtern verwechselt. Oder mit Paul Rudd. Ich laviere mich einfach so durch. Das Gute ist, dass es beim Casting genauso funktioniert. Denen ist natürlich klar, dass ich eigentlich nicht der bin, an den sie denken, aber irgendwie doch, weil ich dem Gedachten so nahe komme. Ich würde meine Individualität ja gern mehr zur Geltung bringen, aber ich fürchte, ich kann mich besser im Geschäft halten, wenn ich einfach weiter den Typ gebe, von dem alle glauben, sie würden ihn irgendwie aus dem Fernsehen kennen.«

»Hm«, sagte Laurie. »Das Problem ist, dass du jetzt ein unbeschriebenes Blatt sein musst. Der große Unbekannte. Ich möchte nicht, dass plötzlich Leute angerannt kommen, weil du ihnen irgendwie bekannt vorkommst. Pack jetzt für ein paar Tage deine TV-Persönlichkeit ein und versuch, einfach nur John zu sein.«

»Darf ich wenigstens ein Käppi tragen?«

»Warum denn das?«

»Nichts Ausgefallenes, nur ein Basecap. Red Sox. Bitte, bitte.«

»Du willst ein Red-Sox-Cap tragen? Wird dein Kopf da nicht in Flammen aufgehen?« Seit er in New York lebte und sich in Lisa verliebt hatte, war er von den Red Sox zu den Yankees übergelaufen, was ihr Vater ihm ziemlich lange ziemlich übel genommen hatte.

»Nur für die Rolle«, stellte er klar. »Für John. Andere specken vierzig Kilo ab oder lassen sich einen Bart stehen. Da werde ich doch wohl ein Red-Sox-Cap tragen können, oder?«

Sie musterte ihn einen Augenblick. »Gut, wenn du meinst. John ohne Nachnamen kann ein Red-Sox-Cap tragen. Vielleicht hat er es ja irgendwo gefunden. Oder mitgehen lassen, so wie sein dubioser Bekannter auch immer alles …« Laurie wurde von ihrem Telefon unterbrochen. Es war eine Nachricht von Matt Pell.

Ich wollte nur nachfragen, ob Sie schon dazu gekommen sind, die Briefe zu holen. Die würde ich mir nach wie vor gerne ansehen.

Sie stöhnte. »Wenn man vom Teufel spricht.«

»Was denn?«

»Ich hatte dir doch erzählt, dass ich Matt mit ein paar Briefen geködert habe, damit er noch mal vorbeikommt. Weiter habe ich den Plan allerdings nicht durchdacht. Er lässt jetzt nicht locker, will unbedingt diese Briefe sehen. Vermutlich war ich einfach zu überzeugend darin, ihn glauben zu machen, dass ich seine Hilfe bräuchte und er mich gerne wieder übers Ohr hauen dürfte. Das will er sich natürlich nicht entgehen lassen.«

»Du gehst also nicht davon aus, dass er diesen Film mit Melissa McCarthy und den gefälschten Briefen kennt?«

»*Can You Ever Forgive Me?* Nein, ich glaube, Filme, bei denen Frauen Regie führen und die Hauptrolle spielen, sind nicht so sein Ding. Wahrscheinlich bleibt ihm auch kaum Zeit, weil er sich ständig *Fight Club* und das Bonusmaterial anschauen muss.«

»Wo wir gerade von Fälschungen sprechen«, sagte Ryan, »für wie wahrscheinlich hältst du es, dass die Ente echt ist? Hältst du es für möglich, dass Dot etwas von Wert besaß und es nicht in ihrem Testament erwähnt hat? Ich will nur nicht, dass du dir falsche Hoffnungen machst.« Ryan senkte den Blick in seinen Kaffeebecher.

»Ich weiß es nicht«, sagte Laurie. »Aber diese Ente hat eine Geschichte. Und ich glaube, dass Dot ihn kannte, diesen Kittery. Ginger hat da kürzlich etwas erwähnt und … Doch, ich bin mir ziemlich sicher, dass die beiden sich kannten.«

»Und wenn, was beweist das?«

»Dann könnte die Ente ein Geschenk von ihm gewesen sein an sie. Er könnte sie extra für Dot gefertigt haben. Eigentlich ist es mir egal, wie viel sie auf dem Kunstmarkt bringt, aber wenn sie für Dot einen persönlichen Wert hatte, möchte ich die Geschichte dahinter wissen.«

Ryan hatte seine eigene Art, sich etwas zu erschließen, sagte Lisa immer. Er betrachte alles von mehreren Seiten, deshalb sei er auch ein so guter Schauspieler. Wenn zwei Leute an der Tür eines Cafés zusammenstießen, könne er sich in beide zugleich hineinversetzen und die Szene aus beiden Perspektiven durchspielen. »Vielleicht wollte sie nicht, dass wir davon erfahren«, meinte er jetzt. »Sonst hätte sie sicher mal von ihm erzählt.«

Laurie spürte den Wind, der ihre Wange streifte, wärmer werden. »Du willst ein Red-Sox-Cap tragen und Bob Wanamaker sein, ich will herausfinden, was damals passiert ist«, sagte sie. »Es ist quasi wie bei meinem Job: Ich möchte wissen, warum dieser Vogel nicht mehr an diesem See lebt, warum keine Wölfe mehr in diesen Park kommen, weshalb eine bestimmte Pflanze nicht mehr an jenem Ort gedeiht. Ich möchte nicht, dass den Leuten dieses Bild in Erinnerung bleibt, dass Dot nur Beobachterin war, die schon fast manisch alles mit der Kamera festgehalten hat. Ich will wissen, was wirklich dahintersteckt.«

Ryan nickte. »Das kann ich verstehen.« Bisweilen war sie noch immer erstaunt, wie erwachsen er geworden war, wie ruhig und gelassen. Früher war er ein Strich in der Landschaft gewesen, jetzt war das anders, er war in sich, in seinen Körper hineingewachsen. Sie hatte irgendwann zu ihm gesagt, dass er den Alphakörper der Familie bekommen hatte und sie die Betaversion. Früher war er mit seinen spitzen Ellbogen überall angeeckt, sie stachen hervor wie Streichhölzer. Seit ein paar Jahren ging er ins Fitnessstudio, wegen des Jobs, wie er sagte, er könne das von der Steuer absetzen. Seine Haare wurden von einem Profi geschnitten, Lisa sorgte dafür, dass er perfekt gestylt war, Teile seiner Garderobe fertigte sie selbst an oder änderte sie ab. Er sah gut aus, hatte schon immer gut ausgesehen. Das hatten die Leute früher über ihn gesagt: *Sieht gut aus, der Junge.* Jetzt lächelte er sie an auf seine entspannte Art. »Wenn du es wichtig findest, tun wir alles dafür, dass die Ente zu dir zurückkommt. Ich bin dabei.«

»Danke.«

»Darf ich dich noch etwas fragen?« Er zögerte. »Ich habe schon verstanden, worum es dir geht. Aber könnte es eventuell sein, dass du auch diesem Typen eins auswischen willst, der dich übers Ohr gehauen hat? Denn wenn dem so wäre«, er setzte seine Sonnenbrille auf, »wäre das noch mal ein zusätzliches Argument.«

Manchmal schimmerte eben doch noch der Goldlamée-Anzug des Conrad Birdie bei ihm durch.

18

Rockys Nachname war Sapwell.

Es war nicht schwer gewesen, das herauszufinden. Jemanden aufzuspüren, der Rocky hieß und in einer für ihre handgeknüpften Teppiche und das Spielzeugmuseum bekannten Kleinstadt lebte, dürfte eine der leichteren Übungen für jeden Reporter sein. Oder eben Bibliothekar. Nick hatte keine fünf Minuten gebraucht, bis er auf ein lächelndes Profilbild bei Facebook gestoßen war, »Händler von Kuriosa und Sammlerstücken«, wohnhaft in Waldoboro. Als er June und Daisy, die Rocky ja beide gesehen hatten, während Nick und Laurie auf Tuchfühlung in der Kammer eingezwängt waren, einen Link schickte, bestätigten beide, dass er es sei.

Rockys persönliche Seite war leider auf privat gestellt, aber er hatte auch eine Unternehmensseite, die sich *Fine Goods by Rock* nannte. Dort waren Fotos von Vasen, Puppen, Lampen, Quilts und Teekannen eingestellt. Man fand Vorher-Nachher-Aufnahmen einer von ihm restaurierten Kommode und einen drei Tage alten Post: »Donnerstag sind wir auf dem Antiquitätenbasar an der St. Mark's Church in Damariscotta! Einfach vorbeikommen, es gibt Vintage-Schmuck und Kleider, Geschirr, Haushaltswaren und Deko in großer Auswahl und natürlich Sammelkarten!«

»Schon wieder Sammelkarten«, murmelte Laurie, als Nick ihr einen Screenshot schickte.

Aber es war die perfekte Gelegenheit und verstand sich von selbst, dass Laurie und Ryan zusammen hinfahren würden. Laurie würde sich allerdings im Hintergrund halten, konnte sie doch nicht wissen, was Matt Rocky womöglich noch alles über sie erzählt hatte und ob er sie am Ende nicht doch erkennen würde. Es galt, jedes vermeidbare Risiko zu umgehen, und so fand sie sich schweren Herzens damit ab, Ryan die Bühne zu überlassen und sich aus dem unmittelbaren Geschehen herauszuhalten.

»Aber wie bleibe ich dann auf dem Laufenden?«, wollte sie wissen.

»Traust du mir nicht?«

»Doch, natürlich traue ich dir«, sagte sie. »Trotzdem kann ich doch wissen wollen, wie es läuft.«

Es war June, die bei der nächsten Videokonferenz eine simple Lösung dafür finden sollte, indem sie ganz arglos fragte, ob sie noch nie per Kopfhörer telefoniert hätten – das würde doch heutzutage gar nicht auffallen, wenn man so einen Knopf im Ohr hätte, und so könne Laurie live alles verfolgen, was Ryan alias John mit Rocky sprach. Auf die Frage, wie sie darauf gekommen sei, antwortete June, das sei ja nun wirklich kein Geheimwissen – außerdem habe sie es mal bei Jim und Pam in *The Office* gesehen.

»Das ist eine fiktive Serie«, gab Ryan zu bedenken.

»Der Trick basiert aber auf realer Technik«, erwiderte ihm June. »Und Laurie sollte eine große Sonnenbrille tragen.«

»Jetzt übertreibst du aber«, fand Laurie.

»Nein, sie hat recht«, sagte Ryan. »Ich gebe mich als John ohne Nachnamen aus und du gibst die Instagram-Mom mit der großen Sonnenbrille.«

»Darunter kann ich mir nichts vorstellen.«

»Aber ich!«, rief June. Am Nachmittag brachte sie Laurie eine große Umhängetasche aus Bast vorbei, darin eine riesige Sonnenbrille, ein Sonnenhut, ebenfalls aus Stroh und mit ausladender Krempe, eine Wasserflasche mit der handgeletterten, glitzernden Aufschrift *Ich wünschte, es wäre Wein* (»Ein Geschenk meiner Cousine«, sagte June und verdrehte die Augen) und dazu eine passende Handyhülle mit viel Glitzer.

Donnerstagmorgen zog Laurie ein gelbes Sommerkleid an und

packte den Rest ihrer Ausrüstung in die geräumige Basttasche. Als sie aus der Küche kam, wartete Ryan bereits in beiger Freizeithose und weißem T-Shirt auf sie. »Ich muss schon sagen«, sagte sie, »du siehst wirklich aus wie John ohne Nachnamen.«

Er nahm seine Sonnenbrille ab. »Einfach nur John. Keine Interessen, keine Geschichte, keine Verbindungen. Nur ein wenig auf Rache aus.«

»Du hast es perfekt drauf.«

Sie nahmen Lauries gemieteten Honda und brauchten damit eine Dreiviertelstunde bis Damariscotta. Auf der Route 1 ging es vorbei an stillen Seen und noch stilleren Ortschaften, die im Nu passiert waren.

»Fehlt dir das eigentlich, jetzt wo du wieder hier bist? Hast du es vermisst?«, fragte Ryan.

»Ab und an denke ich, ich hätte öfter zu Besuch kommen sollen«, erwiderte sie. »Und dir?«

Er stellte die Klimaanlage so ein, dass das Gebläse auf ihn gerichtet war. »Ich glaube, ich wusste das alles damals gar nicht zu schätzen. Dass man praktisch in fünf Minuten an der Küste ist, aufs Meer hinausfahren kann. Ich war vierzehn und habe Basketball gegen Freeport gespielt, etwas anderes hat mich damals nicht interessiert. Allein die Vorstellung, dass Touristen extra herkommen, dass sie *Urlaub* in Calcasset machen, weil es so schön hier ist, schien mir völlig absurd.«

»Es soll auch Leute geben, die extra deswegen nach New York kommen«, meinte Laurie.

»Den New Yorkern ist das allerdings bewusst, das ist der Unterschied. Aber wenn ich jetzt zurück nach Calcasset komme, ist es auch anders. Als würde ich in ein Sandwich beißen und erstaunt feststellen, wie gut es schmeckt. Wenn du es jeden Tag vorgesetzt bekommst, vergeht dir irgendwann der Appetit darauf.«

»Gefällt dir New York noch?«

»Natürlich, und wie«, sagte er. »Ich habe zum ersten Mal das Gefühl, die Stadt so richtig verstanden zu haben. Sie ist wie ein riesiger Vergnügungspark, und wenn du versuchst, alles mitzunehmen, gehst du kaputt. Du musst dir überlegen, was du machen willst, wie du dahin kommst, wo die Toiletten sind und wie man die Menschenmassen umgeht, die für das anstehen, was einen nicht interessiert. Magst du Seattle noch? Hast du dich an das Wetter gewöhnt?«

Laurie seufzte leise. »Jeder scheint zu glauben, dass es dort ständig regnet. Das stimmt aber überhaupt nicht. Es ist einfach nur die Hälfte des Jahres ziemlich … grau. Dafür habe ich Wälder, die Küste, Schluchten, Wasserfälle praktisch vor der Haustür. Die Natur ist atemberaubend – und trotzdem lebe ich mitten in einer Großstadt mit breitem kulturellem Angebot und mehr als drei Rolltreppen. Und ich laufe nicht jedes Mal Leuten über den Weg, die ich kenne, wenn ich mal eben eine Flasche Wein besorgen will.«

»Es tut mir leid, dass ich dich kaum besucht habe, seit du das Haus gekauft hast.«

Sie tat es mit einem Achselzucken ab. »Mach dir deswegen keine Gedanken. Du führst dein eigenes Leben, musst an deinen Job denken. Ich weiß, dass es nicht leicht ist. Wir haben uns ja auch ein paarmal gesehen die letzten Jahre.«

»Vermisst du es?«

»Was, mein Haus? Ja. Es ist mein Zuhause. Ich habe jetzt die Küche, die ich immer haben wollte. Ich habe den Garten schön, ich habe alles so, wie ich es mir vorgestellt habe. Es ist schon etwas anderes, als inmitten von fünfhundert Kartons mit den Hinterlassenschaften eines anderen Menschen zu hausen.«

»Könntest du dir vorstellen, wieder hier zu leben?« Ryan schaute sie an. »Du scheinst dich ziemlich gut mit Nick zu verstehen.«

Sie schüttelte den Kopf. »Ich habe ihm schon gesagt, dass ich wieder zurückgehe, wenn hier alles erledigt ist. Ich glaube, er wünscht sich etwas anderes … Er sieht mich in Dots Haus. Oder er möchte es sich vorstellen. Hat es sich vorgestellt für einen Moment.« Sie seufzte. »Ich weiß es nicht. Wir mögen uns. Aber wir haben uns schon immer gemocht.«

Sie hatten im Cobble Creek Park im Gras gelegen und über ihre Pläne für die vorlesungsfreie Zeit im Herbst gesprochen, als Laurie beschloss, es nicht länger in Gedanken durchzuspielen, sondern es ihm einfach zu sagen. »Ich glaube, wir sollten uns trennen«, hatte sie gesagt. Danach war alles recht schnell gegangen. Sie hatte eigentlich noch viel mehr sagen wollen, dann aber das Gefühl gehabt, es nur einfach irgendwie hinter sich bringen zu müssen. Sie wollte, dass sie Freunde blieben, hatte sie noch nachgesetzt, eine halbherzige Rückversicherung gegen den erschreckenden Gedanken, jetzt nicht mehr jeden Tag mit ihm sprechen zu können. Mit zwanzig wusste sie noch nicht, dass es unmöglich war, Freunde zu bleiben. Er brachte sie nach Hause. Als sie vor ihrem Haus im Auto saßen, fragte sie ihn, ob er seinen Hoodie und seine Bücher zurückwolle. Er meinte, doch, schon, und zwei Tage später stellte sie ihm dann vormittags, als sie sicher sein konnte, dass er bei der Arbeit war, alles in einem Karton auf die Veranda.

Bevor für beide das neue Semester begann, waren sie sich noch ganze zwei Mal begegnet. Beide Male zufällig und ohne ein Wort miteinander zu wechseln, und beide Male war Laurie, als sie danach nach Hause kam, sofort in ihrem Zimmer verschwunden und ins Bett gegangen, obwohl es beim ersten Mal erst drei Uhr nachmittags war.

»Hier müsste es sein«, sagte sie zu Ryan und zeigte auf eine weiße Holzkirche, vor der die Anschlagtafel verkündete HEUTE ANTIQUITÄTENBASAR und darunter AUF GOTT VERTRAUEN, NICHT NUR SONNTAGS. Zu beiden Seiten der Straße parkten Autos, auf dem Parkplatz waren in einem weiten Kreis die Verkaufsstände aufgebaut, manche mit bunten Zeltdächern gegen die Sonne. Laurie parkte etwas weiter die Straße hinab, und als sie den Motor abstellte, drehte sie sich erst mal zu ihrem Bruder um und sprach ein ernstes Wort. »Bitte denk dran, immer in deiner Rolle zu bleiben, also John zu sein. Versuch nicht zu brillieren und jemanden zu beeindrucken.

Erzähl Rocky nichts, wonach er nicht fragt. Wir haben bloß eine Chance, wenn wir schnell zuschlagen. Und wir wollen das heute über die Bühne bringen.«

»Mach dir keinen Kopf«, sagte er. »Ich weiß schon, was ich zu tun habe.«

»Wir wissen nicht, was für Unterlagen Matt ihm gegeben hat. Du wirst also ein bisschen improvisieren müssen.«

»Eine meiner leichtesten Übungen«, versicherte er ihr. »Und jemanden wie Matt und Konsorten kann ich schon an die Wand spielen.«

»Den Zettel, den ich dir gegeben habe, hast du?«

»Hinten in der Hosentasche«, antwortete er. »Mach dir nicht so viele Gedanken.« Er steckte sich den kabellosen Bluetooth-Kopfhörer ins Ohr und setzte seine Red-Sox-Kappe auf. »Ich rufe dich an. Gib mir zwei Minuten, dann bist du live dabei.«

»Viel Glück«, wünschte sie ihm. »Und danke.«

Er grinste. »Kein Problem. Ich freu mich drauf. So viel Spaß hatten wir schon lange nicht mehr zusammen.«

Laurie schaute ihrem Bruder nach, wie er die Straße hinunterschlenderte und auf den Parkplatz vor der Kirche einbog. An einem der Stände blieb er stehen, sah sich die Auslage an, dann nahm er sein Telefon und machte ein paar Schritte zur Seite, als wolle er nicht im Weg stehen. Kurz darauf kam sein Anruf. »Hallo, hier ist Snoopy an Pop-Tart«, hörte sie ihn sagen. »Snoopy an Pop-Tart«, wiederholte er leise.

»Alles gut, komm wieder runter«, sagte sie. »Ich mache mich auf den Weg.«

Es war ein brütend heißer Sommertag. June hatte ihr versichert, dass ihr luftiges gelbes Kleid absolut Instagram-Mom-tauglich wäre. Laurie setzte sich die große Sonnenbrille auf, aber der Hut würde warten müssen, bis sie aus dem kleinen Honda ausgestiegen war. Mit der Basttasche am linken Arm und der Glitzer-Wasserflasche in der rechten Hand machte sie sich auf den Weg zum Parkplatz.

»Antiquitäten« schien hier ein recht weit gefasster Begriff. Sammelkarten gab es nicht nur an einem, sondern mindestens an zwei Ständen, einer davon ausschließlich NBA-Sammelkarten. Ein älterer Mann verkaufte kartonweise alte Zeitschriften. Als Laurie an seinem Stand vorbeischlenderte, war er gerade fünf Jahrgänge *National Geographic* an einen Typen mit Khakishorts, Metallica-Shirt und Cowboyhut losgeworden. Sie ging weiter und ließ gerade ihren Blick über ein paar alte Schallplatten schweifen, als Ryans Stimme über den Ohrhörer zu ihr drang.

»Hey. Schönen guten Morgen«, sagte er. »Wie läuft's denn so?«

Die Stimme seines Gegenübers klang etwas undeutlich, war aber noch zu verstehen. »Kann nicht klagen, junger Mann. Wenn Sie Fragen haben, wenden Sie sich jederzeit an mich.«

»Nein, das ist er nicht«, sagte Laurie leise. Die Fotos von Rocky, die sie im Internet gefunden hatten, waren alle etwas unscharf oder verwackelt gewesen. Hier trugen die meisten Männer Kopfbedeckungen und Sonnenbrillen, aber Laurie war sich sicher, Rocky an seiner Stimme erkennen zu können. Mit Stimmen kannte sie sich aus, nachdem sie jahrelang Interviews transkribiert hatte. Ryan plauderte noch ein wenig mit dem, der nicht Rocky war. Es schien um Gürtelschnallen zu gehen, Laurie konnte es nicht genau verstehen, wollte aber auch nicht zu ihnen hinüberschauen, obwohl sie ein paar Stände entfernt stand. Ihr Bruder verabschiedete sich und ging weiter.

»Hey«, hörte sie Ryan erneut sagen. »Einen schönen guten Morgen, wie läuft's denn so?«

»Alles bestens, danke der Nachfrage. Schauen Sie sich gerne um.«

»Das ist er«, sagte sie mit gesenktem Blick. »Das ist Rocky.«

Sie wusste, dass sie sich besser im Hintergrund halten sollte, steuerte aber dennoch den Stand direkt neben Rockys an. Allerdings mied sie es, das Gesicht in seine Richtung zu wenden und gab sich auch sonst den Anschein, als wolle sie nicht angesprochen werden.

Im Näherkommen hörte sie erneut Ryans Stimme: »Können wir uns irgendwo ungestört unterhalten? Ich hätte da eine etwas heikle Frage.« Sie hatten sich gesagt, dass Rocky derlei gewohnt war, dass Leute ihm ständig von den Schätzen erzählen wollten, die sie auf dem Dachboden gefunden oder im Kofferraum liegen hatten und die sie so wertvoll wähnten, dass nicht einmal zufällig vorbeischlendernde Kundschaft eines Trödelmarkts davon Wind bekommen sollte.

»Klar«, sagte Rocky. »Angie, halt du mal kurz die Stellung, ich bin gleich wieder da.«

Sieh an, dachte Laurie, auch Kleinkriminelle haben eine Frau, die ihnen den Rücken freihielt.

Aus den Augenwinkeln verfolgte sie, wie er mit Ryan zu einem schwarzen Pritschenwagen ging, an dessen Seite das Firmenlogo prangte. Laurie begutachtete derweil die kitschigen Porzellanfiguren, die am Stand nebenan verkauft wurden.

»Was gibt's, wie kann ich Ihnen weiterhelfen?«, fragte Rocky.

»Mein Name ist John«, sagte Ryan mit seiner John-ohne-Nachnamen-Stimme.

»Freut mich, John.«

»Ich glaube, wir haben einen gemeinsamen Bekannten. Kennen Sie einen Matt Pell?«

»Klar kenne ich den – er hat den Laden drüben in Camden. Wir haben hin und wieder beruflich miteinander zu tun.«

»Ich hatte auch mit ihm zu tun«, sagte Ryan. Laurie hielt den Atem an und strich nacheinander über die Köpfe einer kleinen Kinderfigur, eines singenden Engels, einer blonden Schäferin. Rockys Schweigen zog sich. Es war ein frostiges Schweigen.

»Sind wir uns schon mal irgendwo begegnet?«, wollte er dann wissen. »Sie sind doch hier aus der Gegend, oder?«

Kennen wir uns nicht vom College? Waren Sie mit meiner Schwester zusammen?

»Nein«, sagte Ryan. »Nicht dass ich wüsste.«

»Komisch. Ich hätte schwören können, dass ich Sie schon mal irgendwo gesehen habe.«

»Ich habe ein ziemliches Allerweltsgesicht.«

»Sind Sie ganz sicher, dass wir uns noch nicht begegnet sind?«

»Angeblich sehe ich aus wie dieser eine Typ aus *Suits*.«

Wieder eine Pause, dann: »Ja stimmt. Das wird es sein.«

Laurie versuchte, sich ein Grinsen zu verkneifen und verbarg es hüstelnd hinter einer Hand. Aber vielleicht sollte sie sich nicht zu früh freuen. Der weitaus kompliziertere Teil kam ja erst noch.

»So«, sagte Rocky leicht vernuschelt. »Sie kennen also Matt.«

»Meines Wissens haben Sie kürzlich erst einen Kittery von ihm bekommen. Eine Entenattrappe, aus Holz.«

»Angenommen, dem wäre so«, sagte Rocky.

Laurie warf einen Blick hinüber. Ryan lehnte lässig am Pick-up und sah Rocky an. »Dem Kerl ist nicht zu trauen.«

»Soll es geben.«

»Ich weiß, wovon ich rede. Er und ich, wir haben diese Ente ein bisschen aufgehübscht. Wir dachten erst, es könnte ein Kittery sein, aber es war kein Kittery. Also haben wir etwas nachgeholfen. Wir wollten halbe-halbe machen.«

Rocky stemmte die Hände in die Hüften. »Aber?«

»Mir wurde die Sache zu heiß. Ich meinte zu ihm, das nimmt uns keiner ab, wir sollten sie einfach als schönes Sammelobjekt verkaufen, aber nicht als Kittery. Plötzlich ging es um viel Geld, gefälschte Belege. Damit wollte ich nichts zu tun haben.«

»Verstehe«, murmelte Rocky.

»Matt wollte nichts davon wissen. Wir sind uns ziemlich in die Haare geraten darüber, und er meinte, wir sollten in ein paar Tagen noch mal drüber reden, dann sähe man weiter. Später höre ich plötzlich, dass er jetzt versucht, das Teil über Sie loszuwerden und mich um meinen Anteil zu prellen.«

»Die Belege, die er mir gegeben hat, wirken glaubhaft.«

Lauries Herz schlug schneller. Ihre Haut kribbelte.

»Was genau hat er Ihnen gegeben?«

»Einen Moment.«

Laurie sah Rocky um den Wagen herumgehen und die Beifahrertür öffnen. Er schien etwas aus dem Handschuhfach zu nehmen, kam dann mit einem Umschlag in der Hand zu Ryan zurück. Ryan öffnete den Umschlag. »Wow«, hörte sie ihn sagen.

Er konnte schlecht sagen: *Wow, ein Echtheitszertifikat und ein Foto von Carl Kittery, wie er genau an dieser Ente arbeitet.* Oder: *Oha, ein Schreiben vom Geschichtsverein von Bar Harbor!* Aber konnte er ihr nicht wenigstens einen kleinen Hinweis geben, der über »Wow« hinausging?

»Das ist der Vertrag über die Haushaltsauflösung bei der alten Dame. Und hier, auf diesem Foto, ist sie in jüngeren Jahren mit ihm zu sehen – glaubt man dem Brief.«

Die alte Dame meinte vermutlich Dot, aber welches Foto und welcher Brief?

»Ja, davon hat er mir erzählt. Ich hätte nicht gedacht, dass er es durchzieht. Leider muss ich Sie enttäuschen.« Ryan sagte es mit so trockener Stimme, dass Laurie sie kaum als seine erkannte. »Es gibt keine alte Dame. Ich meine, es gab sie, und er entrümpelt tatsächlich ihr Haus, aber die Ente ist nicht von dort. Wir haben sie ganz woanders her, haben sie wie gesagt gründlich aufpoliert, wir wollten sie verkaufen. Die alte Dame hat nichts damit zu tun.«

Gut, dachte Laurie. Halten wir Dot da raus.

»Ist es also Zufall, dass er gerade ihr Haus entrümpelt?«

»Ja«, sagte Ryan. »Aber es war die perfekte Gelegenheit. Er hat nach jemandem gesucht, der glaubhaft wäre. Der oder vielmehr *die* so etwas jahrelang besessen haben könnte, ohne zu wissen, worum es sich handelte. Eine alleinstehende Dame war perfekt. Völlig arglos. Matt bekam den Job, der Rest ist bekannt.«

»Dieses Foto hat er also dabei gefunden? Und der Brief ist eine Fälschung?«

»Das einzig Echte ist der Vertrag. Das Foto hat er mit Photoshop gemacht, sieht man auch, wenn man genau hinschaut.« Ryan zog ein gefaltetes Blatt Papier aus seiner Hosentasche. Laurie konnte auf die Entfernung zwar nichts erkennen, aber sie wusste, dass auf dem Briefkopf das blaue Wesson & Truitt stand. »Profis haben das gleich richtig eingeschätzt, denen konnten wir nichts vormachen mit unserer Oberflächenpolitur.«

Entenattrappe aus Holz, ca. 2008. Massenware im Stil Carl Kitterys, wie sie im Zuge des Folk-Art-Revivals dutzendfach an Museumsshops und den Handel ausgeliefert wurde, einzelne Exemplare auch in Souvenirläden und Duty-free-Shops, z. B. am Logan Airport in Boston. Ursprünglicher Verkaufspreis lag bei 25,99 Dollar, keine nennenswerte Wertsteigerung. Zahlreiche Funde bei Internet-Auktionshäusern und Haushaltsauflösungen, mittlerer Erlös 30 Dollar pro Stück. Von weiteren Gutachten kann abgesehen werden.

Laurie sah Rocky das Gutachten lesen und den Kopf schütteln. Um den Blindtext ganz unten auf der Seite zu entfernen, hatte Nick einfach eine Karteikarte auf die betreffende Stelle gelegt, bevor er sie durch den Farbkopierer in der Bibliothek gejagt hatte.

»Er hat mich reingelegt, der Hund. Er wusste, dass wir damit auffliegen könnten, und hat mich ins offene Messer laufen lassen.«

»Ein Genie ist er nicht gerade. Er setzt einfach darauf, dass er die Sachen teuer verhökern kann, ohne dass jemand Fragen stellt. Er hat keine Ahnung, das wissen wir beide. Er mogelt sich so durch, und bislang hat er damit Glück gehabt.«

»Warum erzählen Sie das mir? Sie hätten ihn gleich zur Rede stellen können.«

»Weil es nichts bringen würde. Er hätte mir irgendeine Story aufgetischt, warum das Ding verschwunden ist, weitere Lügen. Außerdem kann es sein, dass ich einen Käufer dafür habe.«

Rocky lachte. »Jetzt wollen Sie das Teil also doch verkaufen.«

»Nicht so wie er. Nicht für hundert Riesen. Ehrlich. An den Enkel einer netten alten, nicht ganz unvermögenden Dame, der glaubt, es könne sie an ihren verstorbenen Mann erinnern. Und statt einem mickrigen Anteil, den Sie vielleicht nie zu Gesicht bekommen, plus der Aussicht, in den Knast zu wandern, wenn die Sache auffliegt, biete ich Ihnen fünfzig Prozent von realistischen sechstausend Dollar. Aber der Deal müsste noch heute über die Bühne gehen, mein Kunde drängt darauf.«

»Und das soll ich glauben? Wer versichert mir, dass Sie mir das Ding nicht einfach abjagen wollen?«

»Sie können ihn gern anrufen«, sagte Ryan alias John ohne Nachnamen. »Er heißt, Moment, Nick und ist unter der Nummer der Whipwell County Public Library in Calcasset zu erreichen.«

Fast geschafft.

Rocky zog sein Handy aus der Hosentasche und suchte nach der Nummer. Laurie vertiefte sich in den Anblick einiger Silberringe und spitzte die Ohren. »Hi, spreche ich mit Nick? Hallo Nick, hier ist Rocky. Ich habe mich gerade mit John unterhalten wegen dieser Ente ... Ja, ich habe sie. Wollte bloß die Details klären und ... Doch, ich habe sie dabei, sie ist hier in meinem Wagen.«

Lauries Gedanken sprangen auf einmal herum wie ein hyperaktives Kleinkind. Hallo, hallo, in seinem Wagen?! Oh Gott, war das aufregend! Und wie lässig die beiden sich an den Pick-up lehnten, wo doch die Ente – ihre Ente – zum Greifen nah war! Der sicher sehr freundliche Standbesitzer sah aus, als wollte er Laurie in ein Gespräch über den von ihr so eingehend betrachteten Silberschmuck verwickeln, weshalb sie sich rasch abwandte und vorgab, sehr beschäftigt mit ihrem Handy zu sein. Sie googelte das Erstbeste, was ihr einfiel, in diesem Fall »berühmte Enten«, und lauschte dem Gespräch einen Stand weiter.

»Und auf welchen Preis haben Sie sich geeinigt? Ah ja, verstehe. Sie wissen aber, dass sie keine Papiere hat? Ein reines Kunstobjekt, keine Anlage ... Oh ja, zweifelsohne, sehr schönes Exemplar, erstklassig gearbeitet. Ich glaube, Ihre Großmutter wird viel Freude daran haben.« Er schaute auf seine Uhr. »Sie brauchen es heute? Ah, verstehe. Die Party ist um halb sieben.« Wieder ein Blick auf die Uhr. »Tja, das könnte ein Problem werden, weil ich noch bis sechs hier auf dem Antiquitätenmarkt in Damariscotta bin.«

»Ich kann sie ihm mitbringen«, warf Ryan alias John mit gesenkter Stimme ein.

»Mir wäre es ehrlich gesagt lieber, das persönlich zu erledigen«, sagte Rocky ins Telefon. »Vielleicht bringe ich sie einfach auf der Party vorbei, als Überraschung?« Laurie steckte ihr Telefon weg und schlenderte weiter zu einem Stand mit bunten Tüchern. Die junge Frau dahinter war in ihr Buch vertieft und vermutlich nicht in Plauderlaune. Laurie stellte sich Nick vor, wie er am Auskunftsplatz der Bibliothek saß, den Hörer ans Ohr geklemmt, und eindringlich darauf beharrte, dass er, leider, leider, die Ente bis spätestens halb sechs haben müsse, sonst müsse er sich doch etwas anderes einfallen lassen, was wirklich schade wäre. »Einen Moment«, sagte Rocky und stellte das Telefon stumm, bevor er sich an Ryan wandte. »Ich mache so was wirklich ungern. Ich erledige die Dinge lieber persönlich, ich will das Geld bar auf die Hand.«

»Er ist Bibliothekar«, sagte Ryan. »Hat studiert und ständig die Nase in Büchern. Sein Job besteht darin, den Leuten fünfmal am Tag zu sagen, sie sollten bitte leise sein. Sieht so jemand aus, der andere übers Ohr haut?« Nick würde jetzt vermutlich erwidern, dass Ryan seine Rolle etwas zu sehr genoss. Etwas zu dick auftrug, um noch glaubhaft zu sein.

Nicht so bei Rocky, der sich wieder ans Telefon klemmte. »Also gut, John bringt es Ihnen auf der Arbeit vorbei und lässt sich das Geld direkt geben … Ja, mir auch. Ich hoffe, Sie hat viel Freude daran. Den Rest klären wir später.« Er legte auf und schob das Telefon wieder in seine Hosentasche. »Das wäre das.«

Jetzt schaute Laurie doch hinüber, das wollte sie sehen. Ryan lehnte am Pick-up, Rocky ging um ihn herum, öffnete erneut die Beifahrertür und holte eine schlichte Leinentasche heraus. Er ging damit zu Ryan und holte die Ente heraus. Ihre Ente! Laurie erkannte sie sofort wieder. »Passen Sie gut auf das Schätzchen auf«, sagte er. Nach kurzer Überlegung drückte er ihm auch die Tasche in die Hand. »Hier, packen Sie sie am besten wieder ein, dann ist sie geschützt. Wie wollen wir das mit der Bezahlung regeln?«

Ryan nahm sein Handy, allerdings nicht sein richtiges, sondern ein Prepaid, das immer dann zum Einsatz kam, wenn er nicht wollte, dass Leute an seine Nummer kamen. Für ihn war es ein Indiz ersten Ruhms gewesen, als sein Agent ihm geraten hatte, sich so ein Teil anzuschaffen. »Geben Sie mir mal Ihre Handynummer«, sagte er. Rocky ratterte sie herunter, und Ryan tippte sie in sein Telefon. »Ich schicke Ihnen mal eben eine Nachricht, dann haben Sie auch meine Nummer. Melden Sie sich morgen oder übermorgen, dann habe ich das Geld.«

Rocky nickte. »Und was sage ich Matt?«

Ryan zuckte mit einer Schulter. »Sagen Sie ihm, jemand hätte Ihren Wagen geknackt und die Ente gestohlen. Was soll er schon groß machen? Die Bullen wird er kaum rufen.«

»Er wird stinksauer sein.«

»Und wenn schon, er ist nicht Al Capone«, meinte Ryan und wandte sich mit der Tasche über der Schulter zum Gehen. Er war keine zehn Schritte von Laurie entfernt, als hinter ihm eine helle Frauenstimme erklang.

»Oh mein Gott! Sie waren doch in *Halls of Power!*«

Ryan erstarrte den Bruchteil einer Sekunde. Dann drehte er sich betont beiläufig nach einer jungen Frau um, die eine geblümte Teekanne in den Händen hielt. »Meinen Sie mich?«

»Sie haben den Kongressmitarbeiter gespielt! Diese Folge habe ich erst kürzlich gesehen!«

Laurie sah mit Entsetzen, dass Rocky alles mitbekommen hatte und langsam zu ihnen herüberkam. »Tut mir leid«, meinte Ryan zu der Frau. »Es ist sehr schmeichelhaft, aber Sie verwechseln mich.

Und da wären Sie nicht die Erste.« Er wandte sich zu Rocky um und grinste. »Was habe ich gesagt? Allerweltsgesicht.« Er zuckte mit den Schultern und ging weiter. Die Frau schaute ihm noch einen Moment irritiert hinterher, dann wandte sie sich wieder der Teekanne zu.

Laurie hielt sich noch eine gefühlte Ewigkeit an einem Stand mit alten Gläsern auf, bevor sie es schließlich wagte, ohne alle Eile hinunter zur Straße zu schlendern und weiter zu ihrem Auto. Sie ließ sich neben Ryan auf den Fahrersitz fallen und atmete tief durch.

»Hast du das mitbekommen? Sie hat mich erkannt.«

»Natürlich habe ich es mitbekommen. Der Schreck sitzt mir noch immer in den Gliedern.«

Ohne ein weiteres Wort reichte Ryan ihr die Ente.

Laurie nahm sie und hielt sie in den Händen. Was immer Rocky reinigungstechnisch mit ihr angestellt hatte, er hatte einen guten Job gemacht. Sie sah noch besser aus als vorher. Glatter, glänzender, strahlender. Wie frisch poliert. Laurie strich über ihren Rücken, die Schwanzfedern, wieder hinauf zum Kopf, die gefleckte Brust, die lebendigen Augen. Als sie den Blick hob und Ryan ansah, war sie fast zu Tränen gerührt. »Danke«, sagte sie.

»Dafür nicht, ich habe nur meinen Job gemacht, so getan, als ob. Der Rest ist allein dein Verdienst.« Er nahm die Red-Sox-Kappe ab und setzte seine Sonnenbrille wieder auf. »Lass uns verschwinden. Ich will nicht, dass jemand zum Fenster reinschaut und mich für Matt Bomer hält. Da könnte selbst Rocky Verdacht schöpfen.«

»Bisschen viel Wunschdenken«, fand Laurie.

»Hey, nicht fies werden. Ich habe deine Ente gerettet.«

»Was hat er dir da eigentlich gezeigt? Welches Foto, welcher Brief?«

»Lange Geschichte«, sagte Ryan. »Erzähle ich dir auf der Rückfahrt.«

19

Dot hatte eine ganze Sammlung von Sammlungen, und eine davon waren ihre Sonnenbrillen. Laurie hatte zehn oder zwölf übers ganze Haus verteilt gefunden, in Schubladen und Handtaschen oder vergessen hinter der Kaffeemaschine. Runde grüne Kunststofffassungen in der Größe zweier Tennisbälle, eckige rote Brillen mit goldenen Sprenkeln, horngefasste Schmetterlingsbrillen mit funkelndem Strass an den Ecken. Keine schien teuer gewesen zu sein, es waren Sonnenbrillen, wie man sie in Tankstellen und Drogeriemärkten bekam und die man irgendwann in Taxis vergaß oder im Café liegen ließ. Auf den von ihren Reisebegleitern geschossenen Polaroids sah man Dot mit solchen Brillen vor dem Eiffelturm posieren oder am Grand Canyon, oder sie hatte sie sich hoch ins Haar geschoben, während sie unter einem Sonnenschirm an einem Cocktail nippte.

Als Ryan also sagte, Rocky habe ihm das Foto einer Frau gezeigt, von der er annahm, dass es Dot in einem bunt bedruckten Sommerkleid mit großer verspiegelter, blau gefasster Sonnenbrille zeigte, war Laurie daher nicht weiter verwundert. Auf dem Foto sei Dot mit einem grauhaarigen Mann zu sehen gewesen, den Arm um seine Taille gelegt und den Kopf an seiner Schulter. Laurie hatte Ryan die Ergebnisse ihrer Bibliotheksrecherchen gezeigt, darunter auch eine Aufnahme von Carl Kittery, und Ryan hatte in dem Holzbildhauer den Mann auf dem Foto erkannt. Zumal er darauf auch eine Ente aus Holz in den Händen hielt – mit der rotbraun gesprenkelten Brust und dem leuchtend grünen Kopfgefieder, dessen feinen Schwung Laurie mit geschlossenen Augen erkannt hätte. Er habe die Ente mit beiden Händen in die Kamera gehalten, so beschrieb es Ryan, als überreiche er ein Geschenk.

Rocky hatte Ryan außerdem einen Brief gezeigt, den Ryan zwar nicht im Wortlaut wiedergeben, den Inhalt aber mehr oder minder zusammenfassen konnte. Die fragliche Ente, hieß es darin, sei zwar eher untypisch für das Werk Kitterys, so gebe es kleinere Abweichungen von der künstlerischen Handschrift, auch habe er, soweit bekannt, nie Entenattrappen angefertigt, doch sei das Stück unverkennbar seinem Stil nachempfunden, und auch das Sigel könne als bewusste Anlehnung an das offiziell von Kittery verwendete verstanden werden. Denkbar sei, dass er so Arbeiten signierte, die nur als persönliche Geschenke gedacht waren und nicht zum Verkauf. Die Vermutung liege nahe, dass er die Ente der Frau geschenkt habe, mit der er auf dem Foto zu sehen sei – das erkläre auch, weshalb man das Objekt in ihrem Nachlass gefunden habe. Das Foto selbst stammte aus Kitterys Nachlass. Man fand es in seinem Haus in Bar Harbor, in einer Archivbox in seinem Studio. Auf der Rückseite stand in schon verblasster Tinte *D, 1972.*

Zu Lebzeiten habe Kittery hin und wieder von einer guten Freundin gesprochen, die in Calcasset lebte, und auch wenn er ihren Namen nie erwähnte, hatte er doch durchblicken lassen, dass sie einander sehr nahestanden. Es wäre vermutlich nicht zu weit hergeholt anzunehmen, dass diese Ente um 1972 von Carl Kittery angefertigt und Dot geschenkt wurde, eine liebe Erinnerung, von der sie sich nicht trennen wollte, sodass Matthew Pell sie in ihrem Nachlass gefunden habe.

Aus dem letzten Satz ging hervor, dass der Brief von Kitterys Enkeltochter verfasst war, die einige Zeit bei ihm und seiner Frau gelebt hatte. Er war unterzeichnet mit *Rosalie W. Kittery-Kane.*

Das alles erzählte ihr Ryan, während er mit der Ente auf dem Schoß neben ihr im Auto saß und sie zurück nach Calcasset fuhren. Und als er fertig war, blickte Laurie eine Weile wie benommen vor sich auf die Straße, die idyllischen Ortschaften und den Leuchtturm in der Ferne. Sie dachte an Dot und warum sie das Geschenk dieses Mannes, der ein guter Freund war, der ihr sehr nahestand, ganz unten in der Wäschetruhe aufbewahrt hatte. Ihr fiel wieder ein, was Ginger erzählt hatte, von den Gerüchten, dass Dot etwas mit einem verheirateten Mann gehabt habe. Das dürfte der Grund sein.

Vielleicht war diese Arbeit von ihm das Einzige, was Dot jemals von ihm hatte haben können. Wenn sie ihre Beziehung zu ihm hatte geheim halten müssen, wenn er seine Frau betrogen hatte, dann konnte sie sich nicht öffentlich mit ihm zeigen, sich nicht zu ihm bekennen – oder er zu ihr. Er wäre nicht immer für sie da gewesen, er hatte Familie. Und sie hatte die Ente, die, ungeachtet ihres künstlerischen Werts und trotz all dem Wirbel, für den sie die letzten Tage gesorgt hatte, immer nur ein Trostpreis gewesen war. Deshalb hatte sie niemandem davon erzählt, sie nicht im Haus präsentiert, sondern unter Decken verborgen in der Truhe aufbewahrt. Kittery sollte, wie so viele Männer vor ihm, seine Frau nicht verlassen, und Dot hatte die Ente zum Abschied bekommen, als eine Art Abfindung.

Seit über einem Monat breitete Dots Leben sich langsam vor Laurie aus. Es zeigten sich Seiten an ihr, von denen sie nichts gewusst hatte und die sie nie vermutet hätte. Konzertkarten für Van Halen, die aus einer Plattenhülle flatterten, ein Faible für billige Sonnenbrillen und natürlich Berge von wenn überhaupt nur notdürftig beschrifteten Polaroids. Wie bei jeder guten Geschichte hatte es ein, zwei Wendungen gegeben: Dot mit ihren exzentrischen Vorlieben, ihrer Sammelleidenschaft, eine Frau, die frei und ungebunden lebte. Doch dann Dot, die die heimliche Geliebte eines Mannes war, den sie nie ganz für sich haben konnte, und auf einmal stellte sich alles ganz anders dar. Eine Frau, die etwas wollte, das unerreichbar war. Vielleicht erklärte das die vielen Reisen, ihre unzähligen Bekanntschaften, all das lächelnde Posieren für die Kamera vor Sehenswürdigkeiten und auf Cocktailpartys. Vielleicht war es ihre Art, sich darüber hinwegzutrösten, dass ihre große Liebe unerreichbar war, dass ihr von ihm nur diese Ente geblieben war. Laurie musste sich eingestehen, dass sie enttäuscht war. Auch wenn es ihr nicht zustand, so fühlte sie sich doch betrogen.

Aber das sagte sie Ryan nicht. »Dann ist sie also echt«, sagte sie nur.

Er nickte. »Danach sieht es aus.«

»Dann hat die Mühe sich doch gelohnt.«

Wieder nickte er. »Ja.«

»Und wir haben sie uns zurückgeholt.«

»Du hast sie dir zurückgeholt«, stellte er klar. »Und du hast es für Dot getan.« Er lachte. »Ich glaube, das hätte ihr gefallen. Du hast es diesen Typen so richtig gezeigt, Laurie.«

»Was willst du Rocky sagen, wenn er anruft und sein Geld haben will?«

»Das überlege ich auch gerade. Vielleicht sollte ich einfach nicht drangehen. Oder ich gehe ran und sage, dass sie mir aus dem Auto gestohlen worden wäre. Ich meine, was sollte er machen, die Bullen rufen?«

»Klingt nach einem guten Plan.«

Sie merkte, wie er sich umwandte und sie von der Seite ansah. »Und was hast *du* jetzt vor?«

»Ich glaube, ich würde gern mit ihr sprechen, mit dieser Rosalie. Es gibt noch so viele offene Fragen. Ich glaube, ich sollte mir die Gelegenheit nicht entgehen lassen, sie seiner Enkelin zu stellen.« Laurie runzelte die Stirn. »Es kann auch sein, dass es die falsche Entscheidung ist, aber das werden wir erst danach wissen. Die Frage bleibt, wie wir es dem Rest der Verwandtschaft beibringen, wenn die Ente tatsächlich ein kleines Vermögen wert sein sollte. Aber darüber mache ich mir Gedanken, wenn es so weit sein sollte. Wir sind immer davon ausgegangen, dass außer dem Haus keine Vermögensmasse vorhanden ist.«

»Glaubst du, da könnte es Streit geben mit Mom und ihrer Schwester und den Cousinen?«

»Ich glaube nicht. Am Ende wird der Erlös geteilt, Dots Testament ist da ganz deutlich. Ich will nur keine verfrühten Erwartungen wecken. Nicht dass Leute sich in Unkosten stürzen und am Ende leer ausgehen, du weißt ja, wie sie sind. Gleich erst mal tollen Urlaub buchen und ein neues Auto kaufen. Mir sind der Brief und das Foto zwar Beweis genug, aber ich weiß nicht, wie das genaue Prozedere jetzt ist. Vorausgesetzt, wir *wollen* die Ente verkaufen, was ja auch noch nicht klar ist. Vielleicht behalten wir sie auch als Familienerbstück, etwas, das an die Kinder und Kindeskinder weitergegeben wird. Also deine, eure, nicht meine.« Sie stellte die Klimaanlage an. »Mein Gefühl sagt mir, dass ich bei seiner Enkelin anfangen sollte. Wenn sie mit diesem Betrüger geredet hat, wird sie auch mit mir reden.«

»Sie dürfte nicht erfreut darüber sein zu erfahren, dass er ein Betrüger ist.«

»Wahrscheinlich nicht, nein.«

»Ich bin auf jeden Fall schon sehr gespannt, wie es weitergeht. Allerdings muss ich jetzt erst mal zurück zu meiner besseren Hälfte, denn die Sache mit dem geglückten Entenraub will ich ihr unbedingt persönlich erzählen.« Er seufzte. »Verrückt, wie sehr ich Lisa vermisse.«

»Du warst gerade mal drei Tage weg«, stellte Laurie fest.

»Eben«, sagte er und sah sie an. »Du weißt, dass es mir egal ist, ob du jemals heiratest, ob du bis ans Ende deiner Tage allein bleibst oder nicht. Mach dir meinetwegen eine schöne Zeit mit Nick oder lass es bleiben. Aber wenn du nicht mal verstehst, warum ich mich so sehr freue, Lisa nach drei Tagen wiederzusehen, bin ich ehrlich gesagt ganz froh, dass du Chris nicht geheiratet hast. Es ist dein gutes Recht, jemanden nach drei Tagen wie verrückt zu vermissen. Und du hast es verdient, ebenfalls so sehr vermisst zu werden. Das nennt man Liebe.«

»Irgendwie sehe ich das bei mir nicht.«

»Sag niemals nie«, meinte Ryan. »Ein Kollege hat gerade das erste Mal geheiratet, und er ist älter als du.«

Laurie verdrehte die Augen. »Aber er ist ein Mann! Wenn Männer mit vierzig noch Single sind, hat niemand ein Problem damit. Der weiß eben sein Leben zu genießen, heißt es dann, und nachdem er zwanzig Jahre sein Singledasein genossen hat, darf er sich dann über Heiraten und Kinderkriegen Gedanken machen. Weißt du, wie oft mir auf Datingportalen Typen über den Weg laufen, die Mitte vierzig sind, aber ausschließlich Frauen zwischen zwanzig und vierunddreißig daten wollen?«

»Diese Typen willst du sowieso nicht, deshalb kann es dir egal sein.«

»Ich weiß. Mein Punkt war der, dass es für Frauen so einfach nicht ist. Wenn sie die ersten zwanzig Jahre ihres Erwachsenenlebens auf die Konventionen pfeifen und machen, wonach ihnen der Sinn steht, wendet das System sich gegen sie.«

»Ich weiß nicht, ob ein paar Typen auf Datingportalen schon ein System sind.«

Laurie seufzte. »Du weißt, was ich meine. Wenn du den Wasserhahn aufdrehst, erwartest du da ja auch, dass Wasser rauskommt, oder?«

»Muss ich das jetzt verstehen?«

»Beantworte einfach die Frage.«

»Ja, ich erwarte, dass Wasser rauskommt.«

»Auch das ist ein System, aber du machst dir nicht groß Gedanken darüber, weil es so selbstverständlich ist. Du bist es so gewohnt. Wasserhahn aufdrehen, Wasser kommt. So ist es für Männer in unserer Gesellschaft. *Du* bist ein attraktiver Mann mit einem coolen Job, der jung geheiratet hat. Gut für dich. Aber du brauchst nur mal einen Blick in die Werke der Weltliteratur zu werfen, da sind Frauen wie ich quasi schon tot.«

»Das ist nicht dein Ernst, oder? Ich kann dir Werke der Weltliteratur nennen, in denen Mischehen als wider die Natur galten. Die Zeiten ändern sich. Ein Glück.«

Laurie nickte heftig. »Du sagst es, das ist ein wirklich gutes Beispiel für ein verwerfliches System. Ich will auch nicht behaupten, dass es mich besonders hart trifft oder dass andere es nicht bedeutend schwerer haben. Ich meinte damit nur, dass es mehr als ein Zufallsbefund samstagabendlichen Datingportal-Surfens ist. Es *hat* System. Aber dir fällt so etwas nicht auf, weil es dich nicht betrifft.«

Sie merkte, wie er sie anschaute. »Dafür, dass ich dich immer bei *Vier Gewinnt* geschlagen habe, bist du ganz schon intelligent«, sagte er schließlich.

»Ich habe dich gewinnen lassen«, erwiderte sie.

Sie fuhren eine Anhöhe hinauf, auf der eine große Werbetafel für das Schifffahrtsmuseum zehn Meilen nördlich von Calcasset stand. In der sechsten Klasse war Laurie dort auf einem Schulausflug gewesen, genau wie vor und nach ihr ihre Brüder. Das Einzige, woran sie sich noch erinnern konnte, war der Schlüsselanhänger mit dem kleinen Leuchtturm, den sie für ihre Mutter im Museumsshop gekauft hatte. Im Grunde waren diese Jahre ein einziger Nebel aus Brüdern und Peinlichkeiten (Joey hatte eine Zeit lang ihre BHs aus der Waschküche im Keller geholt und an die Lampe über dem Esstisch gehängt). Und über allem lag Lärm. Ein ständiger Lärm, der aus der Küche kam und aus dem Wohnzimmer, aus den Zimmern der Brüder sowieso, aber auch vor dem Haus oder hinten im Garten, immer war irgendwas los, und immer war es so laut, dass Laurie sich oft einfach in ihr Zimmer verkrochen und sich ein Kissen über den Kopf gezogen hatte, denn damals hatte sie noch keine Kopfhörer, die sie abgeschottet hätten vom Tosen der Welt.

Als sie in Seattle nach einer Wohnung gesucht hatte, war Lautstärke ihr oberstes Kriterium gewesen. Grenzte die Wand des Schlafzimmers ans Nachbarhaus, stand sie einige Minuten reglos im Raum und lauschte, ob Lärm hereindrang, durch die Wände, die Böden, die Fenster. Denn in ihren eigenen vier Wänden sollte es nur laut sein, wenn sie es wollte. Und für den Fall der Fälle hatte sie Kopfhörer und Ohrstöpsel, damit sie ihre Ruhe hatte. Mehr wollte sie gar nicht. Einfach bloß ihre Ruhe.

»Woran denkst du?«, riss Ryan sie aus ihren Gedanken.

»Warum ich allein lebe«, sagte sie.

Die Frage, die sie nicht zu stellen wagte, stellte sich indes von selbst: Wozu das alles? Ein wertvolles Kunstobjekt war erfolgreich zurück in ihre Hände gelangt, nachdem ihr verletzter Stolz, von diesem miesen kleinen Betrüger übers Ohr gehauen worden zu sein, ihr keine Ruhe gelassen hatte. Nur leider war sie dabei auf etwas gestoßen, das sie lieber nicht gewusst hätte. Denn wie sollte sie es mit ihrem Bild von Dot vereinbaren, dass die geliebte, so auf ihre Freiheit bedachte Großtante anscheinend ihr halbes Leben damit vertan hatte, auf einen Mann zu warten, der nicht zu haben war?

Schweigend fuhr Laurie weiter.

20

Als Ryan und Laurie zurück bei Dot waren, schaute er auf die Uhr. »Wann geht dein Flug?«, wollte sie wissen.

»In zwei Stunden. Ich sollte mich auf den Weg machen.«

Während er die wenigen Sachen, die er mitgebracht hatte, zusammenpackte, schickte Laurie eine Nachricht an den »Team Quak« benannten Gruppenchat. *Ente geborgen*, schrieb sie, mehr nicht.

Keine zwei Sekunden später klingelte ihr Telefon. Sie sah Nicks Namen und sein Profilbild, das nicht ihn, sondern die Bibliothek zeigte.

»Dann hat es geklappt? Du hast die Ente?«

»Ich halte sie in der Hand«, versicherte sie ihm und ließ sich damit auf die Couch fallen. Bei genauerer Betrachtung stellte sie fest, dass der Hals noch schlanker und anmutiger war, als sie ihn in Erinnerung hatte, der Farbauftrag schien ihr allerdings jetzt, da er gründlich gereinigt war, weniger präzise. Und als sie die Ente umdrehte, frohlockte ihr Herz, als sie den Stempel mit den Buchstaben CKM sah. »Ich bin einfach nur froh, sie zurückzuhaben. Hast du mit Rocky gesprochen?«

»Noch nicht«, sagte er. »Ich rufe ihn später an. Mein Plan ist, mich sehr verärgert zu zeigen, weil der Typ mit der Ente nicht aufgetaucht ist, was in gewisser Weise sogar der Wahrheit entspricht, und dass ich die Ware noch immer nicht habe, auch das stimmt. Rein technisch gesehen lüge ich also nicht. Und was hast du noch herausgefunden?«

»Es war verrückt«, sagte sie und grinste ins Telefon, auch wenn es außer ihr niemand sah. »Bist du gerade bei der Arbeit?«

»Bin ich, aber ich kann jetzt auch Pause machen. Erzähl am besten von Anfang an.«

Sie erzählte ihm von dem Brief, den Rocky Ryan gezeigt hatte, und von dem Foto. Es sah so aus, als hätten sie recht gehabt mit ihrer Annahme, dass es sich bei dem Mann, der auf dem anderen Foto nur von hinten zu sehen war, um Kittery in seinem Atelier handelte. Alles deutete darauf hin, dass er und Dot eine Affäre gehabt hatten. Er hatte sogar mit seiner Enkelin darüber gesprochen, wenn auch ohne Dots Namen zu erwähnen. Allem Anschein nach war das recht lange gegangen mit den beiden. »Für mich sieht es so aus«, schloss Laurie, »als hätte sie mitgenommen, was sie kriegen konnte, da sie das, was sie eigentlich wollte, nie bekommen hätte.«

»Wie meinst du das?«

»So als würde der Dichter dir ein Gedicht schreiben oder der Musiker ein Liebeslied. Kittery hat diese Ente für Dot gemacht, es war sein Geschenk an sie. Wahrscheinlich erklärt das, warum es weder davor noch danach Brautenten von ihm gab. Sie war nur für Dot, deshalb hat er vermutlich auch ein etwas anderes Sigel gewählt. Diese Ente war nie für den Verkauf gedacht.«

»Ich würde sie mir gern anschauen«, meinte er.

»Du hast sie doch schon gesehen.«

»Ich würde sie jetzt aber gern noch mal sehen.«

»Okay.«

»Bist du sicher, dass es dieselbe ist?«

Ein Frösteln lief über Lauries Rücken. »Mach keine Witze. Ja, es ist dieselbe. Sie hat dieses Mal an einer Stelle, und der kleine Kratzer unter den Schwanzfedern ist auch da.«

»Vom Leben gezeichnet, wie wir alle.«

»Wem sagst du das«, erwiderte sie, und dann war es einen Moment ganz still.

»Wie wäre es, wenn ich später noch vorbeikomme?«, meinte er schließlich. »Ich mache um sieben Feierabend und könnte Bier und Pizza mitbringen.«

»Gute Idee. Ryan packt gerade, es wären also nur wir beide.«

»Umso besser, ich wollte nämlich nur eine Pizza mitbringen.«

»Dann machen wir das so.«

Sie legten auf, und Laurie schrieb eine leicht panische Nachricht an June, die sie, wie sich zeigen sollte, besser nicht ganz so übereilt hätte losschicken sollen: *Nick kommt später noch zum Essen, und jetzt weiß ich auch nicht, ob es ein Date ist, für das ich mir die Beine rasieren soll oder nicht.*

Danach ging sie nichts Böses ahnend in die Küche, um sich etwas zu trinken zu holen. Sie hatte den Eistee gerade aus dem Kühlschrank genommen, da kam schon die Antwort: *Du brauchst wegen mir keinen Aufwand betreiben. Ich bin da recht entspannt.* Es dauerte einen Moment, bis sie begriff. Es war, als würde sie in Zeitlupe ins Bodenlose fallen. Erst dieses Taumeln am Abgrund (die Erkenntnis, dass die Antwort von Nick kam und nicht von June), dann der endlose freie Fall (die Tatsache, dass sie es in den Gruppenchat geschrieben hatte und nicht nur an June) und schließlich der Aufprall (als sie sich klarmachte, dass jetzt alle, auch ihr Bruder, darüber spekulieren würden, was zwischen ihr und Nick lief).

Oh, mein Telefon wurde gehackt, schrieb sie zurück. *Diese verdammten Hacker.*

Klar, bestimmt waren das Hacker, antwortete Daisy.

Dachte ich mir schon, setzte Nick nach.

Ryan kam mit seinem Rucksack nach unten. »Das Taxi zum Flughafen soll in fünf Minuten da sein. Ich verabschiede mich schon mal und warte draußen, wie so ein Provinztrottel.« Er breitete seine Arme aus. »Es war schön, dich zu sehen, Laurie. Und es hat riesigen Spaß gemacht.«

Sie schloss die Arme um ihn. Er war so schön groß, und es fühlte sich einfach gut an, von ihm umarmt zu werden. Von allen vier Brüdern war Ryan derjenige, der nie mit Umarmungen gespart hatte. »Danke für deine Hilfe. Ohne dich hätten wir es nicht geschafft. Und es ist wirklich erschreckend, wie gut du lügen kannst.«

»Es kommt nicht oft vor, dass mein Beruf von praktischem Nutzen ist, weshalb es mich umso mehr freut. Wenn du für deine Rachegelüste mal wieder jemanden brauchst, der sich als jemand anders ausgibt, jederzeit gern.«

Sie lehnte sich ein wenig zurück. »Du bist der Beste. Und danke auch für das klärende Gespräch.«

»Ich habe es genauso gemeint, wie ich es gesagt habe. Bleib einfach, wie du bist. Mach, was dich glücklich macht. Ich werde immer für dich da sein, okay?«

»Okay, Lieblingsbruder«, sagte sie. »Und schau bitte nicht in den Gruppenchat.«

Er runzelte die Stirn. »Das hatte ich auch nicht vor, aber jetzt werde ich natürlich gleich mal einen Blick drauf werfen.«

»Meinetwegen. Aber erspar mir bitte blöde Kommentare.«

»Versprochen.« Er drückte sie noch mal und machte sich dann auf den Weg.

Nachdem sie die Tür hinter ihm geschlossen hatte, warf Laurie einen Blick auf die Uhr. Noch genug Zeit, um sich an die Arbeit zu machen.

Sie öffnete ihren Laptop und suchte nach »Rosalie Kittery-Kane«. Über den Suchergebnissen tauchte die Frage auf *Meinten Sie Rosalie Kittery-Lane?* »Was?«, murmelte sie gereizt. »Nein, meinte ich nicht. Warum sollte ich das meinen?« Es gab reichlich Resultate für »Rosalie Kane« und ein paar verstreute Kitterys: Bruce, Donna, Daniel, Robert, Tom, Margaret. Vielleicht hatte Ryan sich ihren Namen im Eifer des Gefechts ja doch nicht ganz korrekt eingeprägt. Nähme es Wunder in Anbetracht der heiklen Mission? Einen Betrüger im Nacken und keine Gelegenheit, sich Notizen zu machen, was wollte man erwarten? Vielleicht hieß sie ja doch Rosalie Kittery-Lane. Aber als sie nach Kittery-Lane suchte, kam überhaupt nichts.

Es war anzunehmen, dass Rosalie eine geborene Kittery war und jetzt Kane hieß, und den Doppelnamen verwendete sie normalerweise vielleicht gar nicht, sie hatte es nur in dem Brief getan, weil sie

Stellung zu dem von ihrem Großvater gefertigten Wasservogel nehmen sollte und die familiäre Verbindung hervorheben wollte. Vielleicht hatte sie auch gar nicht Kittery-Kane mit Bindestrich geschrieben, sondern einfach nur Kittery Kane. Laurie beschloss, sich die Ergebnisse für Rosalie Kane näher anzusehen.

Sie konnte sich auch nicht vorstellen, dass Matt sich die Mühe gemacht hatte, extra zu ihr zu fahren. Und wenn ihr Großvater Jahrgang 1915 war, dann müsste Rosalie so zwischen 1960 und 1995 geboren sein. Die 1940 geborene Namensvetterin schied also schon mal aus, ebenso die Rosalie Kane aus London, eine 2006 verstorbene Rosalie Kane und jene Rosalie, die 2012 in Sydney die Clara in Tschaikowskis *Nussknacker* getanzt hatte.

Aber wie wäre es mit der Rosalie Kane, die laut ihrem halb öffentlichen Facebook-Profil ein Stück die Küste hinab in Old Orchard Beach lebte? Ihr Geburtsjahr war zwar nicht angegeben, nur der Tag – der 12. November –, aber den Fotos nach zu urteilen musste sie um die fünfzig sein und damit genau in der richtigen Altersgruppe. Zwei der Fotos zeigten sie vor einer Schule, auch wenn von dem Schild nicht mehr als ING STREET SCHOOL zu erkennen war. Nach kurzer Suche hatte Laurie herausgefunden, dass Rosalie Kane Kunstlehrerin an der Nocking Street School in Old Orchard Beach war. Ein Künstler mit einer Enkeltochter, die als Kunstlehrerin arbeitete, das klang plausibel. Natürlich konnte sie auch völlig falschliegen, aber einen Versuch schien es auf jeden Fall wert.

Nach mehreren Anläufen hatte sie eine Nachricht auf Facebook verfasst.

Liebe Ms Kane, ich möchte mich mit einer etwas seltsam klingenden Frage an Sie wenden – Sie sind nicht zufällig die Enkeltochter von Carl Kittery, dem berühmten Holzbildhauer aus Bar Harbor? Entschuldigen Sie, dass ich Sie hier einfach so überfalle, aber ich habe heute herausgefunden, dass Ihr Großvater meine kürzlich verstorbene Großtante Dot Bennett aus Calcasset gekannt zu haben scheint. Ich würde mich sehr freuen, wenn Sie mir ein wenig darüber erzählen könnten. Vielleicht könnten wir uns ja auf einen Kaffee treffen, ich käme auch gern bei Ihnen vorbei. Es würde mich freuen, wenn Sie mir weiterhelfen könnten, und andernfalls entschuldigen Sie bitte die Störung. Mit freundlichen Grüßen, Laurie Sassalyn

Laurie saß lange da und überlegte, ob es nicht zu förmlich war oder zu formlos oder überhaupt zu viel verlangt, aber wenn Rosalie sich die Zeit genommen hatte, jemandem wie Matt Pell ausführlich zu antworten, dann würde sie wohl auch Laurie die Bitte nicht abschlagen. Sie schickte die Nachricht ab, und wie so oft, seit sie nach Calcasset zurückgekehrt war, hatte sie ein bisschen das Gefühl, als feuere sie wahnwitzige Wünsche mit der Leuchtpistole ab, in der Hoffnung, jemand möge sie zur Kenntnis nehmen und sie ihr erfüllen wollen.

21

Sie hatte Duschgel und Shampoo mit Gardenienduft benutzt, sie hatte sich umgezogen, das Wohnzimmer aufgeräumt, das Bad und die Küche und auch das Gästezimmer, in dem sie schlief. Fiel das schon unter Erwartungen haben? Hatte sie etwa keine Erwartungen? Und wusste er nicht längst, dass dem so war? Wusste nicht ihre ganze Chatgruppe Bescheid? Würde sie von Bier und Pizza Mundgeruch bekommen? Und wenn er davon auch Mundgeruch bekäme, würde es sich dann neutralisieren?

Laurie ließ sich auf die Couch fallen, legte die Füße hoch und bedeckte mit dem Arm ihre Augen. »Nicht mehr lang, dann bin ich *vierzig*«, deklamierte sie. »Wie blöd kann man sein?« Sie gab sich einen kleinen Klaps auf die Wange – und dann noch einen. »Hör auf mit dem Unsinn, hör einfach auf.« Sie dachte daran, wie sie mit Nick im nächtlichen Schein des Monitors an der Ausleihe gesessen und das Rätsel ihrer Ente zu lösen versucht hatte. Zu dem Zeitpunkt war sie ihr schon eine Weile auf der Spur gewesen, doch in dem Moment war sie abgelenkt von Nick, von seiner Nähe. Seiner Schulter, seinem Nacken, seinen Mundwinkeln, den feinen Fältchen um die Augen, dem vertrauten Klang seiner Stimme.

Sie musste an Junes Hochzeit vor acht Jahren denken. Es war der heißeste Tag des Jahres gewesen und noch vor Chris, vor Angus. Laurie war Brautjungfer und ihr Kleid erfreulich schlicht – halblang, blau, ärmellos und so geschnitten, dass man nicht sofort jeden Schweißfleck sah. Charlies jüngerem Bruder war es als Trauzeuge zugefallen, sie zum Altar zu führen – er war Anfang zwanzig, schaute den Rest des Tages ständig auf sein Handy und hatte sich eine vegane Vorspeise bestellt, die er dann nicht anrührte. Nick hatte sie in einer der hinteren Reihen entdeckt, Becca an seiner Seite. Laurie hatte die Hand so fest um ihren Blumenstrauß geschlossen, dass sie spürte, wie sich der Draht des Gebindes in ihre Finger grub. Zum letzten Mal mit ihm gesprochen hatte sie an dem Abend, als sie Schluss gemacht hatten. Jetzt war er hier, älter und verheiratet.

Er trug ein weißes Hemd zum blauen Anzug, und seine Superman-Locke hing ihm noch immer in die Stirn. Becca war hübsch, und Laurie stellte mit leiser Resignation fest, wie tadellos ihre Haare saßen. Natürlich hatte sie gewusst, dass Nick unter den Gästen sein würde, sie hatte June sogar noch versichert, dass sie kein Problem damit hätte, dass die Freundin sich deswegen keine Gedanken zu machen brauchte. Und im Prinzip stimmte das auch, denn nach so langer Zeit sollte es ihr wirklich nichts mehr ausmachen, aber auf einmal tat es das dann doch, weil es eben Nick war. Ihre erste große Liebe.

Ihn mit seiner Frau dort sitzen zu sehen führte Laurie zudem vor Augen, wie vergeblich sie selbst die letzten Jahre nach dieser selbstverständlichen Nähe gesucht hatte, der Sicherheit und dem Vertrauen, das zwischen ihnen beiden offensichtlich war. Es war keine schöne Erkenntnis. Nach Nick hatte es andere Beziehungen gegeben, sie hatte mit anderen Männern geschlafen, sie hatte ihren Spaß gehabt. Aber dieses Gefühl, den anderen perfekt zu ergänzen, im anderen geborgen zu sein, das hatte sie nie wieder gefunden. Vielleicht war es ja auch etwas, das sich mit den Jahren verlor, hatte sie sich gesagt, ein Gefühl, das der ersten, jugendlichen Liebe vorbehalten war. Aber was, wenn es ihr mit *ihm* vorbehalten war?

Und in diesem Durcheinander unzusammenhängender Gedanken und schwer zu fassender Empfindungen fiel sein Blick auf sie, und sie sahen sich zum ersten Mal seit Jahren, als Erwachsene, an. Der Augenblick zog sich ewig und mit ihm die Frage, ob er ihr etwas nachtrug, sauer war oder, schlimmer noch, sich kaum mehr an sie erinnerte und ihr nachher auf der Feier einen freundschaftlichen

Klaps auf die Schulter geben und leichthin etwas sagen würde wie »Na, lange nicht gesehen«, das doch dazu angetan war, einem das Herz zu brechen. Womöglich dachte er an sie beide so, wie sie glaubte, daran denken zu sollen, mit einer wohlwollenden Wärme, die einem nicht im Weg stand, einem nichts verbaute. Eine schöne Erinnerung, die eben genau das war, ungefähr so, wie sie sich auch an die Footballspiele auf der Highschool erinnerte oder wie sie mit June *Auf immer und ewig* im Kino gesehen hatte, im Seaside Twin, das nur zwei Säle hatte und günstige Preise und das man später abgerissen hatte, um einem Multiplex-Kino Platz zu machen.

Vielleicht idealisierte sie es auch im Nachhinein. Sie waren während der Highschool und der ersten Zeit auf dem College zusammen gewesen, mehr nicht. Vielleicht dachte er längst nicht mehr daran, vielleicht würde er sie gar nicht erkennen oder so tun, als würde er sie nicht erkennen. Vielleicht bat er sie später um einen Tanz, weil sie ihm und Becca leidtat, wie sie da so ganz allein unter den Gästen war.

Und dann neigte er den Kopf, eine kaum merkliche Geste, und lächelte. Wobei Lächeln fast zu viel gesagt wäre, seine ernste, auf die Trauung gerichtete Miene wurde sanfter, in seinen Augen, die noch immer von diesem unglaublichen Grün waren, blitzte es auf und ein Mundwinkel bewegte sich leicht nach oben. Galt das schon als Lächeln? Laurie merkte dennoch, wie ihr Gesicht zu glühen begann, noch mehr, als es unter dem mühsam rotierenden Deckenventilator ohnehin schon glühte, und der Schweiß ihr in immer kürzer getakteten Tropfen den Rücken hinabrann. Wenn sie ihn ansah, fühlte sie sich wieder wie achtzehn und gleichzeitig wie vierzig, sie spürte die Vergangenheit und die Gegenwart und auch die Zukunft, sie sah sie beide in der vierten Klasse auf dem Schulausflug ins Kunstmuseum von Portland, sie sah sich mit ihm auf dem Abschlussball und wie sie in ihrem Zimmer miteinander schliefen, während ihre Eltern unten beim Bridge saßen. Dann ein jäher Schnitt und die Trennung, unterlegt von einem Song der Old 97's aus einem knisternden Lautsprecher.

Sie sah ihn an und lächelte zurück.

Später auf der Feier stand sie an der Bar und überlegte gerade, wie sie den kleinen Teller mit Krabbenpasteten, ihre Serviette und das Glas Champagner am besten transportieren sollte, als sie seine Stimme neben sich hörte. »Kann ich dir etwas abnehmen?«

Es fühlte sich an wie der Sog, der einen streifte, wenn ein Zug ganz nah an einem vorbeifuhr, wie das Brennen in der Kehle, wenn sie den Whiskey, den sie bedauerlicherweise nicht bestellt hatte, in einem Zug austrank. »Oh, hi«, sagte sie. »Ich glaube, ich schaffe das. Eigentlich wollte ich bloß zu einem der Tische dort drüben.«

Sie stellte Teller und Glas auf einem der Stehtische ab, legte die Serviette dazu und atmete tief durch, um sich zu beruhigen. »Nur gut, dass wenigstens meine Schuhe bequem sind. Aber so ist June, sie meint es immer gut mit jedem.«

»Du siehst super aus.«

»Du siehst auch nicht schlecht aus«, sagte sie laut, um die Musik zu übertönen. Die Band war erstaunlich gut, insbesondere bei Popsongs und Balladen. Mit Jazz klappte es eher nicht so, und am Reggae scheiterten sie grandios. »Und, wie ist es dir so ergangen?«

»Gut«, sagte er. »Ich bin noch immer in Calcasset. Oder wieder, sollte ich vielleicht sagen. Ich arbeite jetzt in der Bücherei. Becca, meine Frau, müsste hier auch irgendwo sein, ich würde sie dir gern vorstellen. Wie geht es dir denn so?«

»Auch gut«, sagte sie. »Ich lebe in Seattle und arbeite als Redakteurin bei *The Outdoors*. Es ist eine Festanstellung mit Krankenversicherung und allem – meine Eltern waren ganz aus dem Häuschen, als ich den Job bekommen habe. Wie geht es deinen Eltern?«

»Oh, denen geht's gut. Aber sie überlegen langsam, wann sie in Rente gehen sollen. Mom möchte sich auf ihre Töpferei konzentrieren, und Dad wird sie vermutlich in den Wahnsinn treiben, wenn er den ganzen Tag zu Hause rumsitzt. Und wie geht es deinen?«

»Sie leben schon seit ein paar Jahren in Florida, es scheint ihnen dort zu gefallen. Meinen Vater plagt sein Rücken, aber sonst geht es ihnen gut. Bei meinen Brüdern ist auch alles gut. Ryan bekommt immer mehr Engagements, Patrick operiert fleißig Blinddärme heraus – oder Blinddarmfortsätze, wie es, glaube ich, richtig heißt –, Scott kommt zurzeit ganz gut zurecht, und Joey hat eine junge Frau kennengelernt, die Orchideen züchtet und auch sonst sehr charmant ist.«

»Das klingt erfreulich«, meinte er und warf einen Blick auf ihren Teller. »Darf ich mir eine von diesen kleinen Pasteten stibitzen?«

Sie nickte. »Nimm nur. Ich habe mir sowieso viel zu viel aufgeladen.«

Er kaute und machte dabei nachdenkliche bis anerkennende Grimassen, bis er schließlich schluckte und meinte: »Sehr schmackhaft. Doch, das muss man ihnen lassen.«

Laurie lachte, wie sie seit Jahren nicht mehr gelacht hatte. »Es ist schön, dich wiederzusehen, Cooper.«

»Ich freue mich auch«, sagte er. »Ich hatte schon so oft überlegt, dir auf Facebook zu schreiben oder June nach deiner Mailadresse zu fragen, aber irgendwie hat es sich nie ergeben.«

»Ja«, pflichtete sie ihm bei. »Das dachte ich auch gerade. Es ist schlimm, wie schnell die Zeit vergeht. Wenn ich morgens aufwache, habe ich inzwischen immer das Gefühl, mit jedem Tag älter zu werden.«

»Du bist zweiunddreißig«, warf er ein.

»Ich weiß. Aber irgendwie ist es immer später, als man denkt.«

Er nickte bedächtig und legte ihr die Hand auf den Arm. »Wenn du einen Moment hier wartest, gehe ich kurz Becca suchen. Ich möchte wirklich, dass ihr euch kennenlernt – du wirst sie, glaube ich, mögen.«

»Eigentlich sollte ich mal schauen, wo June gerade steckt. Ich hatte versprochen, ihr ein bisschen zu helfen. Aber wir sehen uns bestimmt später noch.«

»Gut, dann bis später«, sagte er, während sie sich bereits zum Gehen wandte.

Aber immer wenn er später nach ihr suchte, sah sie zu, dass sie gerade woanders oder beschäftigt war, und so blieb es dabei.

Jetzt hatte er die Scheidung hinter sich, sie ihre geplatzte Verlobung, und während Laurie nun auf der Couch herumsaß, sich ein wenig dehnte und streckte und nicht so recht wusste, was sie tun sollte, um die eine Stunde, bis Nick kommen würde, herumzukriegen, fiel ihr Blick auf eine Ausgabe von Jane Austens Roman *Überredung*, die in einem der Bücherstapel zwischen *Shogun* und *Der Spion, der aus der Kälte kam* lag. Sie stand auf und fischte den Band heraus. Als sie ihn aufschlug, flatterte eins von Dots Lesezeichen heraus, ein Kassenbon von 2010 – Aspirin und Hustenbonbons. In dem Jahr war Dot bereits zweiundachtzig gewesen. Laurie stellte sie sich vor, wie sie mit einem Einkaufskorb durch die Gänge des Drogeriemarkts ging. Vielleicht hatte sie das Buch dabeigehabt und in der Kassenschlange darin gelesen, weil sie Untätigkeit noch nie gemocht hatte, und den Bon dann einfach zwischen die Seiten gesteckt, bevor sie sich wieder auf den Heimweg gemacht hatte, um ihre Erkältung auszukurieren.

Eigentlich hatte Laurie sich noch ein bisschen hübsch machen wollen, aber dann fing sie an zu lesen, und die Zeit verging wie im Flug. Als seine Nachricht kam, dass er in fünf Minuten da sei, waren immerhin ihre Haare getrocknet, und sie putzte sich schnell noch die Zähne, obwohl sie es bereits vorhin getan hatte, und warf einen prüfenden Blick durchs Schlafzimmer, ob nicht noch Unterwäsche herumlag oder eine leere Eispackung neben dem Bett stand. Dann ging sie in die Küche, holte Teller und Servietten und stellte sie auf den Couchtisch.

Sie war gerade fertig, als es auch schon klingelte. Sie eilte zur Tür, um aufzumachen. Nick kam direkt von der Arbeit, er trug seine Kuriertasche über der Schulter, die Pizza in der einen Hand, ein Sechserpack Bier in der anderen. Auf dem flachen Pizzakarton lag eine Sonnenblume. »Für dich«, sagte er. »Diesmal wollte ich tatsächlich Rosen, aber das war alles, was sie noch hatten.«

»Das passt schon«, sagte sie. »Bei Rosen sticht man sich bloß.« Sie nahm die Blume, platzierte sie in einer schmalen Vase auf dem Couchtisch, und er stellte die Pizza und das Bier dazu. Dann setzten sie sich, sie ans eine Ende der Couch, er ans andere. »Dank dir bin ich die letzten Wochen reicher mit Blumen beschenkt worden als die ganzen zehn Jahre zuvor. Wie war es bei der Arbeit?«

»Gut war es«, sagte er. »Ich habe den ganzen Tag Fragen beantwortet, was doch deutlich mehr Spaß macht, als Leute zu ermahnen, leise zu sein und sie daran zu erinnern, was sie in den Büchereiräumen bitte alles zu unterlassen haben. Die Kolleginnen waren pünktlich, niemand war krank. Das zählt bei mir schon als guter Tag. Nicht so gut wie deiner, vermute ich, und längst nicht so aufregend. Zeig mal den großen Preis.«

»Sekunde«, sagte sie und verschwand in der Küche, um die Jagdente zu holen und sie mit großer Geste zu präsentieren, als solle sie bei *Der Preis ist heiß* verkauft werden. »Dieses wunderschöne Tier ist nun endlich in sein angestammtes Revier zurückgekehrt.« Sie reichte sie ihm.

»Verrückt«, fand er. »Dass ihr das wirklich durchgezogen habt – und dass es funktioniert hat.«

»Am Ende wurde es doch noch knapp«, sagte Laurie. »Ryan war sehr zuversichtlich, dass niemand ihn erkennen würde, aber sein Fernsehruhm, so bescheiden er auch sein mag, hätte uns fast die Show vermasselt. Nachdem der Deal besiegelt war, hat ihn eine Frau aus *Halls of Power* erkannt, obwohl er gerade mal in zwei Folgen mitgespielt hat.«

»Ausgerechnet *Halls of Power*«, meinte Nick. »Aber er konnte seinen Kopf aus der Schlinge ziehen, nehme ich an?«

»Er ist nicht umsonst Schauspieler, und du kennst seinen Charme. Er hat glaubhaft versichert, das würde ihm ständig passieren, er habe einfach so ein Allerweltsgesicht.« Sie nahm die geöffnete Flasche, die er ihr reichte. »Aber der Deal war wie gesagt schon besiegelt, Rocky hatte die Ente herausgerückt, und wir mussten bloß noch damit nach Hause kommen. Ryan wird sich ein neues Prepaidhandy zulegen müssen, aber das dürfte der einzige Kollateralschaden sein. Wie und wohin die Ente verschwunden ist, dürfen die beiden Typen unter sich klären.«

»Und was hast du jetzt weiter vor?«

Sie seufzte. »Der eigentlich interessante Teil kam ja, als Rocky Ryan die Unterlagen zeigte, die Matt ihm als Beleg für die Echtheit der Ente gegeben hatte.« Sie erklärte, was es mit dem Brief und dem Foto auf sich hatte, und berichtete von der Nachricht, die sie via Facebook geschickt hatte. »Jetzt warte ich erst mal ab und schaue, ob und wie sich das Puzzle zusammenfügt.«

»Habe ich dir eigentlich schon gesagt, wie cool du bist?«, fragte er und nahm sich ein Stück Peperonipizza.

»Kann sein. Aber man kann es auch nicht oft genug hören, oder? Du hast mir die letzten Wochen übrigens auch viele tolle Freundschaftsdienste geleistet. Selten hat mir eine Recherche so viel Spaß gemacht – Cheers!« Sie stieß ihre Flasche mit seiner an.

»Cheers. Freut mich, dass es dir gefallen hat. Mich wundert es auch immer, dass es Männer gibt, die glauben, auch ohne Datenbankwissen könnte man bei Frauen punkten.«

»Lächerlich«, fand sie. »Bei mir zählen tolles Auto, breite Schultern, routinierter Umgang mit Nachschlagewerken, wenn auch nicht unbedingt in dieser Reihenfolge.«

»Was willst du der Frau sagen, wenn sie es sein sollte?«

»Ich möchte natürlich wissen, ob ihr Großvater ihr von Dot erzählt hat. Matt mag nicht zu trauen sein, aber hier lag er vielleicht mal richtig. Er hat Rosalie aufgespürt, und bei ihr machte es Klick, als er ihr das Foto zeigte. Die Ente war sicher ein Geschenk von Kittery an Dot, das scheint mir die plausibelste Erklärung. Außerdem würde ich ihr gern erzählen, was passiert ist. Ich finde, sie hat ein Anrecht darauf. Er hat sie belogen, sie wollte nur helfen. Ich an ihrer Stelle würde wissen wollen, mit wem ich es bei Matt zu tun hatte.«

»Und dann, was hast du mit der Ente vor? Willst du sie verkaufen?«

Laurie lächelte. »Das ist eine gute, wenn auch völlig andere Frage. Wenn meine Mutter, ihre Schwester und ihre Cousinen sie verkaufen wollen, verkaufen wir sie natürlich. Das ist schließlich ihre Entscheidung. Aber wenn sie mich fragen sollten, was ich an ihrer Stelle tun würde, würde ich sagen, diese Ente hat Dot etwas bedeutet, obwohl oder gerade weil ihre Beziehung zu Kittery so kompliziert war. Sie hätte sie nicht all die Jahre aufbewahrt, wäre da nichts gewesen. Und weiter mag ich gerade noch nicht denken.«

»Woran magst du denn denken?«

Sie lächelte ihn von der Seite an. »Ich musste vorhin an Junes Hochzeit denken. Wie kurz wir uns dort nur gesehen und dann acht Jahre nichts mehr voneinander gehört haben.«

»Ich hatte den Eindruck, du wolltest mir aus dem Weg gehen«, erwiderte er. »Ich habe den ganzen Abend nach dir Ausschau gehalten, aber wenn ich dich irgendwo entdeckt habe, warst du im nächsten Moment schon wieder verschwunden. Du warst schwerer zu fassen als Carmen Sandiego.«

Sie lachte. »Ich war ehrlich gesagt nicht besonders scharf darauf, Becca kennenzulernen. Es war ein ziemlich emotionaler Tag für mich, ich war die Brautjungfer meiner besten Freundin. Und ich hatte keinen Begleiter. Wenn ich Becca nicht gemocht oder sie womöglich richtig toll gefunden hätte, wäre das für meine seelische Verfassung verheerend gewesen.«

»Du hättest sie gemocht«, sagte er. »Und sie dich auch. Ihr hättet euch gut verstanden. Aber ich verstehe natürlich auch dich. Obwohl ich wusste, dass ich dich dort treffen würde, war es doch noch mal etwas anderes, dich tatsächlich dort zu sehen. Es war nicht ganz so leicht, wie ich es mir vielleicht vorgestellt hatte.«

»Warst du noch sauer auf mich?«, wollte sie wissen. »Warst du mit zweiunddreißig noch immer sauer wegen der Trennung damals?«

»Nicht sauer«, sagte er. »Du hattest ja im Grunde recht. Ich habe hier gelebt und du dort, wie hätte es funktionieren sollen? Aber an Trennung hätte ich nie gedacht, erst als du mit mir Schluss gemacht hast. Es kam doch recht ... plötzlich. Ich habe meine Eltern immer darum beneidet, dass sie sich so früh kennengelernt haben – sie kennen sich seit dem College. Irgendwie dachte ich, bei uns könnte es auch so sein.«

»Darf ich dich etwas fragen?«

»Klar.«

»Erzähl mir von Becca.«

Er fing an, am Etikett seiner Bierflasche herumzupulen. »Wir haben uns im letzten Studienjahr kennengelernt. Sie hat Biologie studiert, Schwerpunkt Botanik.«

»Ah, also ein Pflanzenmensch«, meinte Laurie. »Da scheiden sich in der Biologie ja die Geister. Du bist entweder Team Flora oder Team Fauna. Ich muss dir nicht erklären, was ich besser finde.«

Er lachte. »Schon verstanden. Aber ich wollte da nicht kleinlich sein. Wir haben uns gut verstanden, wir waren glücklich. Wir haben unseren Master beide in New York gemacht, dann sind wir hierhergezogen, haben geheiratet. Mir war immer klar, dass ich mal die Bibliothek von meinen Eltern übernehmen würde. Becca dachte, das wäre nur vorübergehend, für ein paar Jahre. Am Anfang dachte ich das vielleicht auch, aber als meine Eltern dann in Rente gingen, die öffentlichen Gelder immer stärker gekürzt wurden und wieder mal die Schließung der Bücherei im Raum stand, konnte ich unmöglich das Handtuch werfen. Und genau zu der Zeit bekam sie dieses Jobangebot in Michigan. Ich sagte zu ihr: ›Ich kann hier gerade nicht weg‹, worauf sie wissen wollte, wie lange ich noch bräuchte, und ich musste ehrlich eingestehen, dass ich es nicht wusste. Da meinte sie: ›Gut, dann gehe ich ohne dich.‹«

»Wünschst du dir manchmal, du wärst mitgegangen?«

»Nach Michigan? Eigentlich nicht. Ein Jahr nachdem wir uns getrennt hatten, hatte ich es mal überlegt. Mir ging es zu der Zeit nicht gut, ich kam schwer mit der Trennung zurecht und fragte Becca, ob wir es noch mal versuchen könnten. Sie hat sich sehr offen gezeigt, und das rechne ich ihr hoch an. Aber als ich sie dann dort besucht habe, hatte ich sofort das Gefühl, dass es zu spät war – als hätte sich eine Tür geschlossen. Sie hatte einen neuen Freundeskreis, neue Interessen, ein neues Leben. Wir verstanden uns noch immer gut, trugen dem anderen nichts nach, aber ... da war einfach nichts mehr, verstehst du? Es war wie ein Album, das man mal sehr mochte, und irgendwann hört man es nach langer Zeit wieder und stellt fest, dass einem die Musik nichts mehr bedeutet.«

»Wäre es sehr schlimm, wenn ich sage, dass es mir so mit Calcasset geht?«

Er schüttelte den Kopf. »Wenn es für dich so ist, kannst du es ruhig sagen.«

»Es tut mir leid, dass es so schwer für dich war.«

Er nickte. »Ich hatte ja gesagt, wir hätten uns in aller Freundschaft getrennt, was auch stimmt, aber sich letztlich einzugestehen, dass es vorbei ist und dass es ihr leichter zu fallen schien als mir, damit zurechtzukommen, war dann doch ganz schön hart.«

»Und jetzt bist du wieder Single.«

»Es sei denn, ich will mir eine neue Zahnärztin suchen.«

»Du Armer.«

»Ja, ich kann einem wirklich leidtun.«

Pizza und Bier erwiesen sich als genau das Richtige, um den Tag zu feiern, an dem Laurie, wie sie hoffte, der größte Coup ihres Lebens gelungen war. Es gab zwei Pizzerien in Calcasset. Laurie und Nick tendierten von jeher zu Olive & Mario's, die bald ihr dreißigjähriges Bestehen feierten und eine schärfere Sauce machten, als man sie bei Three Brothers bekam, der neueren, schickeren Konkurrenz, die in der Gegend ganze sechzehn Filialen betrieb und weniger authentisch und vertrauenswürdig war. Bei Olive & Mario's gab es nur Tresen, Tische, Toiletten und eben die Küche, aus der die weltbesten Pizzen kamen, und im Sommer natürlich noch die beiden

Liegestühle vor dem Haus, wo man Mario und seinen Bruder manchmal bei einem Glas Wein sitzen sah.

Sie wischten sich die Finger an den Papierservietten ab, und als sie satt und ein bisschen beseelt waren vom Bier, beschlossen sie, sich Ryans vorläufigen Karrierehöhepunkt in *Halls of Power* anzuschauen. In nur zwei Folgen hatte der von ihm verkörperte Kongressabgeordnete vertrauliche Dokumente entwendet, sie an den politischen Gegner verkauft, an einem Staatsbankett teilgenommen, die erste Präsidentin der Vereinigten Staaten zu verführen versucht (besagte President Hall) und war schließlich bei der Explosion einer Luxusjacht ums Leben gekommen. Ryan brillierte. Sein Lächeln war süffisant, und er machte im Anzug einfach eine gute Figur. Er war so überzeugend, dass selbst Laurie ihn nach zehn Minuten am liebsten erwürgen wollte.

Beim Vorspann der ersten Folge legte sie ihre Hand auf Nicks Knie, und er legte seine Hand auf ihre. Als ein Senator bei einem gescheiterten Putschversuch eine so stark blutende Stichverletzung am Bein davontrug, dass sie gar nicht mehr hinschauen konnte, verbarg sie ihr Gesicht an Nicks Hals, und er legte den Arm um ihre Schulter. Zum Ende der ersten Folge hatte sie sich mit angezogenen Knien ihm zugewandt und ließ den Kopf an seiner Schulter ruhen. Bis es Zeit wurde für das Staatsbankett, verflochten und entflochten sich ihre Finger. Laurie griff nach seiner Hand und betrachtete die Innenseite seines Handgelenks, strich sacht über die Haut, die so blass und zart dort war, drückte ihre Lippen darauf und schaute in seine Augen.

Die Explosion der Jacht bekamen sie kaum noch mit, weil sie zu dem Zeitpunkt schon auf der Couch lagen, er unten und sie oben, und Laurie ihn küsste, als könne sie sich nichts Köstlicheres vorstellen als ihn. Seine Hand schob sich unter ihr Shirt und ihren Rücken hinauf, was ihr leise murmelnde Laute entlockte, als vernasche sie gerade ein süßes Dessert.

»Wäre das in Ordnung für dich?«, fragte sie ihn, als er mit der Zunge ihre Ohrmuschel entlangfuhr.

»Mehr als in Ordnung. Ist es denn für dich okay?«, fragte er zurück, als sie sich enger an ihn schmiegte.

»Für mich fühlt es sich gut an. Es ist ja auch nicht so, als hätten wir das noch nie gemacht.«

Er hob den Kopf ein wenig und sah sie an. »Ich bin jetzt besser als damals auf der Highschool, versprochen.«

Sie nickte. »Das dachte ich mir. Ich auch.« Sie küsste ihn auf die Wange, aufs Kinn. »Es gäbe da nur ein Problem.«

Er schwieg einen Moment. »Und das wäre?«

»Diese Couch gehört mir nicht – sie ist Teil von Dots Nachlass. Rein rechtlich betrachtet gehört sie also meiner Mutter und ...«

»Oh, bitte keine Details«, stöhnte er und vergrub sein Gesicht an ihrer Schulter. Sie lachte.

»Eigentlich wollte ich damit auch nur sagen, nicht auf der Couch meiner Tante.«

»Großtante«, murmelte er und sah sie dann wieder an. »Und auch nicht in ihrem Bett, denn wenn du es so betrachten willst, was wäre wohl schlimmer?«

»Oh nein, keine Sorge. Ich schlafe oben in einem der Gästezimmer.« Sie zeigte vage in die Richtung.

»Wir müssen also noch mal umziehen«, stellte er fest.

»So sieht es aus«, erwiderte sie und kletterte von ihm herunter. Sie griff nach seiner Hand und zog ihn zur Treppe.

»Sollen wir die Ente mit nach oben nehmen?«, fragte er.

»So sehr hänge ich dann auch nicht an ihr«, meinte Laurie.

22

»Ich finde es nicht so gut, andere auszuziehen«, sagte Laurie an Nicks Schulter, als sie sich gegen die geschlossene Schlafzimmertür fallen ließen und er ihren Hals küsste.

Er hörte auf und sah sie an. »Warum?«

»Ich finde es gut, nackt zu sein, nur dass wir uns nicht falsch verstehen. Aber den anderen auszuziehen ist einfach furchtbar umständlich«, sagte sie und grub die Finger in sein Haar. »Ich habe auch nach zwanzig Jahren nicht verstanden, wie man jemandem ohne allzu mühsame Verrenkungen die Hose ausziehen soll. Am Ende habe ich immer das Gefühl, dass es ohne mich bedeutend leichter gewesen wäre.« Sie gab ihm einen Kuss auf die Wange, machte einen Schritt zur Seite und zog sich ihr Shirt über den Kopf. »Siehst du?«, sagte sie und warf es auf den Stuhl in der Ecke. »Ganz einfach. Wäre es wirklich besser, wenn ich das dir überließe?«

»Ich glaube«, er hob dozierend den Finger und strich dann über ihre Schulter, »die Idee dahinter ist, dass man es irgendwie verführerisch macht. Ich hätte dir das Shirt nicht einfach über den Kopf gezerrt und achtlos in die Ecke geworfen, ich hätte es mit etwas mehr Raffinesse versucht.«

»Na ja«, sagte sie, schlang die Arme um ihn und spürte den Stoff seines Hemds an ihrem Bauch. »Aber jetzt habe ich mein Shirt schon ausgezogen, wie viel verführerischer soll es denn noch werden?« Und als sie ihn küsste, fühlte es sich plötzlich anders an. Fast meinte sie sich von außen zu sehen, eine halb nackte Frau, die einen Mann zu verführen versuchte. »Der Trick könnte auch darin bestehen, dem anderen nicht viel Vorsprung zu lassen.«

Er fasste mit verschränkten Armen unten an sein Hemd, aber als er es sich ebenso schwungvoll über den Kopf ziehen wollte wie sie ihres, verhedderte er sich erst mal.

»Anfänger«, zog sie ihn auf und schlug sich die Hände vor den Mund.

Er lachte durch sein Hemd hindurch, mit dem er noch immer kämpfte. »Spotte nicht, wenn ich mich vor dir von meiner verletzlichsten Seite zeige.« Schließlich hatte er es geschafft und warf das Hemd ebenfalls auf den Stuhl.

Laurie wusste, dass sie recht füllig war, und als Teenager hatte sie sehr darunter gelitten, einen deutlich stärker entwickelten Busen zu haben als die meisten anderen Mädchen in ihrem Alter. Später hatte sie sich damit abgefunden, in ihren Zwanzigern ihre Brüste sogar lieben gelernt, aber jetzt, wo sie stramm auf die Vierzig zuging, war sie sich dessen nicht mehr so sicher. Nick schien ihre Vorbehalte nicht zu teilen. Er schob einen Finger unter ihren BH-Träger und fragte: »Kann ich dir den ausziehen?«

Sie schloss die Augen und merkte, wie sie allein schon von der leichten Berührung seiner Finger an ihrer Schulter ganz flatterig wurde. »Kannst du?«, sagte sie. »Ich weiß nicht, ob du das kannst.«

Er küsste sie und fasste hinter ihren Rücken, um den Verschluss zu öffnen. Normalerweise versuchte sie sich in diesem Moment keine Gedanken darüber zu machen, ob es Männern auffiel, dass sie statt der üblichen zwei Haken an ihrem BH gleich vier öffnen mussten. Aber Nick ließ sich nichts anmerken und küsste sie einfach weiter. Beim zweiten Haken den einen Mundwinkel, beim dritten den anderen, und als er den vierten und letzten öffnete, küsste er sie wieder voll auf den Mund. Dann streifte er ihr den BH von den Schultern, hielt ihn einen Moment in den Händen und betrachtete die winzige Schleife zwischen den Körbchen. »Niedlich«, fand er.

Sie zog ihn wieder an sich, und er warf den niedlichen BH über ihre Schulter. Sie hätte nicht sagen können, wo genau er landete. Sein Kuss schmeckte nach Bier. Sie musste an Gingers Abneigung gegen

Biertrinker denken, aber ihr gefiel es eigentlich ganz gut. Aber vielleicht lag es auch nur daran, dass er es war, Nick, oder weil sie mit dem Bier auf ihren großen Erfolg angestoßen hatten. Das hier war echt, es war unverfälscht, und als sie sich zurücklehnte, um ihn anzusehen, fiel ihr das kreisrunde Muttermal an seiner Schulter auf und wieder ein, und sie legte den Finger darauf. »Den Glückspenny hatte ich völlig vergessen.«

Nick strich mit der flachen Hand an ihr hinab, von der Achselhöhle bis zur Hüfte, und die Berührung weckte eine ungute Erinnerung an Chris, der die Angewohnheit hatte, die Finger ins weiche Fleisch ihrer Flanke zu graben, das unter der Berührung nachgab und zwischen seinen Fingern hervorquoll, und der Anblick hatte ihm stets ein Lächeln entlockt und die Bemerkung »Das gefällt mir«, als müsse er extra betonen, dass er es nicht furchtbar fand oder unglaublich oder alles beide. Nick dagegen sagte gar nichts, er strich nur über ihren Bauch und schob dann einen Finger unter den Bund ihrer Jeans. »Darf ich ein bisschen mithelfen?«, fragte er leise an ihrem Ohr.

Sie hauchte ein Ja, und als er den Knopf öffnete, begann alles in ihr zu zerfließen. Im Gegenzug öffnete sie den Knopf seiner Hose, dann aber ließ sie ab von ihm. »Wir treffen uns gleich da drüben«, sagte sie, ein wenig außer Atem, und deutete zum Bett. Er nickte. Sie streifte Jeans und Unterhose ab, empfand diesen kurzen Moment völliger Nacktheit und damit einhergehender Nervosität, dann raffte sie ihre Klamotten zusammen und legte sie auf den Stuhl. Jetzt bereute sie, dass sie keine zueinander passende Unterwäsche angezogen hatte, aber ihm schien es entweder nicht aufzufallen oder nichts auszumachen, und als sie sich ins Bett legte und das Laken über sich zog, brauchte sie nicht lange auf ihn zu warten, und dann war er da, und es stand nichts mehr zwischen ihnen.

Er lächelte, als er sie so sah. »Ich hatte vergessen, dass du immer das Laken hochziehst.«

»So bin ich eben«, erwiderte sie und stützte sich seitlich auf den Ellbogen. »Und wenn wir schon dabei sind, ich nehme die Pille nicht mehr. Nach der Trennung von Chris habe ich sie abgesetzt. Wahrscheinlich werde ich in meinem Alter sowieso nicht mehr schwanger, aber ich denke, darauf sollten wir uns nicht verlassen.«

»Alles klar«, sagte er, setzte sich auf und griff nach seiner Brieftasche, die er in weiser Voraussicht auf den Nachttisch gelegt hatte. Dabei musste er sich so weit aus dem Bett beugen, dass sein nackter Hintern unter dem Laken hervorlugte. »Sicher ein betörender Anblick«, bemerkte er, als er ein paar Kondome aus dem Seitenfach fischte.

»Wie lange trägst du die schon mit dir herum?«, fragte sie argwöhnisch. »Sag jetzt bitte nicht seit 1998.«

»Ich habe sie heute eingesteckt«, versicherte er ihr und drehte sich wieder zu ihr um.

Sie lachte. »Dann nehme ich alles zurück und möchte mich bei den tagesaktuellen Kondomen entschuldigen – und beneide dich um deinen Optimismus.«

Er riss eines der Päckchen ab und legte es vorn auf dem Nachttisch bereit, die anderen zwei schob er beiseite. »Seit du Calcasset verlassen hast, stecke ich jeden Tag drei Kondome ein, in der Hoffnung, dass du unverhofft zurückkommst und wir im Bett landen.«

»Das nenne ich wahre Hingabe«, sagte sie. »Schön, dass es funktioniert hat.«

Er schmiegte sich an sie und begann sie zu küssen, und sie spürte den Druck seines Handballens an ihrem Ohr und seine Finger, die sich in ihr Haar gruben. Plötzlich war alles wieder da, der Geruch seiner Klamotten damals auf der Highschool, der Geruch seiner Haut, in den sich leichter Schweiß und der Duft von Gardenien mischten. Denn so war es jetzt, so fühlten seine Hüften sich an, seine Schulter, so küsste er jetzt, so berührte er sie, wenn er sie noch näher an sich spüren wollte. Nostalgie konnte fatal sein, eine falsche Erinnerung, die von dem Wunsch rührte, sich aus der Gegenwart in eine imaginierte oder doch zumindest geschönte Vergangenheit zu flüchten. Aber dieses Wissen änderte nichts daran, dass es Nick war, dass sie hier mit ihm war. Nachdem sie jahrelang nichts mehr von ihm gehört hatte und davon ausgegangen war, ihn vielleicht nie wiederzusehen, geschweige denn, dass sich ergeben würde, was sich gerade ergab, fühlte sie, wie etwas von ihr abfiel, als sie mit den Wimpern seine Wange streifte, wie mit einem Wimpernschlag Verpflichtungen, Familie und die geplatzte Hochzeit vergessen waren.

Es gab nur noch erhitzte Haut und einen vertrauten und doch fremden Körper, tastende Berührungen und ein bisschen Herumprobieren, bis sie sich wieder eingefunden hatten. Ein Innehalten und aufeinander abgestimmtes Fühlen, denn jetzt waren sie erwachsen, das war der Unterschied, beide hatten sie Erfahrung und begegneten sich mit der Unerschrockenheit jener, deren Wege sich kurz, doch bedeutsam kreuzten, in der sicheren Gewissheit, dass es vorbei wäre, bevor es unnötig kompliziert werden konnte.

Danach machte sie das Licht aus und kroch wieder unter das Laken, zog es sich hoch bis zur Hüfte. Sie lag auf der Seite, das Gesicht ihm zugewandt, einen Arm angewinkelt unter ihrem Kopf. So blieben sie eine Weile, ganz still, nur die Finger leicht ineinander verschränkt. »Ist es okay, wenn ich einschlafe?«, fragte er leise. »Oder wachst du dann wieder um zwei auf?«

Bis auf die durch das Rollo einfallenden Lichtstreifen war es dunkel im Zimmer. »Schlaf ruhig«, sagte sie. »Und ich weiß nicht, wann ich zuletzt so entspannt war wie jetzt. Ich bin also recht zuversichtlich, dass ich durchschlafen werde. Was meinen Rücken angeht, wirkt diese Matratze wahre Wunder.«

»Ich glaube, meine daheim ist zu weich«, meinte er. »Morgens beim Aufwachen fühle ich mich oft wie eine Brezel.«

»Warm und salzig?«

»Schön wär's«, sagte er mit einem leisen Lachen. »Ich wollte mir längst eine neue kaufen, aber dann muss ich die alte entsorgen, und es war schon mühselig genug, sie diese Treppe hinaufzubekommen. Vielleicht sollte ich sie einfach behalten, bis das Haus über mir zusammenstürzt.«

»Nein, du solltest dir eine neue kaufen«, sagte Laurie. »Das ist eine Anschaffung, die sich wirklich lohnt. Es wird dein Leben verändern, glaub mir. Nichts hilft besser gegen Rückenschmerzen als eine vernünftige Matratze. Überleg mal, wie viel Zeit du darauf verbringst, da sollte sie dir schon etwas wert sein.« Sie merkte, wie ihr die Lider schwer wurden. »Brauchst du noch etwas? Ein Glas Wasser?«

»Nein, ich bin wunschlos glücklich. Ich glaube, ich mache jetzt einfach die Augen zu.«

Sie beugte sich hinüber. »Wo bist du?«, flüsterte sie.

»Hier«, kam seine Stimme aus dem Dunkeln, und sie fand seinen Mund und küsste ihn mit einer Selbstverständlichkeit, als wollte sie es jetzt jeden Abend so halten.

»Wenn du vor mir aufwachst, es ist noch Eiskaffee im Kühlschrank.«

»Danke.«

»Gute Nacht, Nick.«

»Gute Nacht, Laurie.«

Laurie schlug die Augen auf und brauchte einen Moment, um sich zurechtzufinden. Wegen Nick lag sie auf der falschen Seite des Betts, sie spürte seinen Körper warm und schwer neben sich. Sie hörte seinen Atem. Ihr Fuß hatte sich im Laken verheddert. Sie versuchte, ihn zu befreien, ohne einen Krampf zu bekommen oder Nick aufzuwecken. Sie bewegte sich wie unter Wasser, verharrte reglos, wenn sie ihn laut einatmen hörte, entspannte sich, wenn er seufzend ausatmete und weiterschlief. Ihre Hüfte war etwas steif. Sie hätte sich gern auf die andere Seite gedreht, mit dem Rücken zu ihm, aber dabei würde sie gegen ihn stoßen und ihn aufwecken.

Mit einem stillen Seufzer schloss sie die Augen wieder. Sie hatte mit Nick geschlafen, was sie vor ein paar Wochen noch für gar keine gute Idee gehalten hätte. Mit Nick, der davon auszugehen schien, dass sie nach Calcasset zurückkehren und in Dots Haus ziehen würde. Oder wenn nicht in Dots Haus, dann doch in eines, das ganz ähnlich wäre. Und was, wenn sie es tatsächlich täte? Dann hätte sie statt des Pazifiks den Atlantik vor der Haustür, würde aber noch immer an der Küste leben, inmitten grüner Natur. Die Winter wären kälter, dafür würde es nicht so oft regnen. Ihre Freunde in Seattle wären zwar weit weg, aber Freunde hatte sie hier auch. Sie könnte Junes Kinder aufwachsen sehen, Sommerpartys für ihre Nachbarn schmeißen, Daisy und Melody würden vorbeikommen und auf der Veranda Musik machen.

Sie könnte mit Nick einschlafen, mit ihm aufwachen, mit ihm zu Abend essen, mit ihm einen Kaffee trinken. Er könnte die ersten Fassungen ihrer Texte lesen, sie würde sich seine Geschichten von der Arbeit anhören, die Mühe mit den Besuchern, der Stadtverwaltung und den öffentlichen Geldern. Sie könnte sich eine richtig gute Matratze kaufen und jederzeit Sex mit ihm haben. Sie könnte am Herd stehen und Frühstück zubereiten und darauf warten, dass er hinter sie trat und die Arme um sie legte, und vielleicht würde sie die Hand über die Schulter strecken und seine Wange berühren, und manchmal gingen sie dann gleich wieder zurück ins Bett.

Sie könnte mit den Füßen auf seinem Schoß auf der Couch liegen und *Halls of Power* schauen, sich mit ihm an die Lyrics alter Songs erinnern, sie könnten unter der Dusche knutschen wie Teenies und versuchen, einfach glücklich zu sein. Hatte sie das etwa nicht verdient, glücklich sein?

Vorsichtig streckte Laurie den Arm aus und tastete auf dem Nachttisch nach ihrem Telefon. Sie nahm es zur Hand und berührte den Bildschirm.

Es war 02.08 Uhr.

23

Laurie wachte auf der Couch im Wohnzimmer auf. Sie trug Shorts und ein T-Shirt, die sie vom Wäschestapel auf der Waschmaschine genommen hatte, nachdem sie es um drei Uhr morgens aufgegeben und nackt aus dem Bett gestiegen war, weil sie nicht glaubte, noch mal einschlafen zu können. Auf Zehenspitzen war sie durchs Haus geschlichen und hatte sich schließlich auf die Couch gelegt, die Häkeldecke über die Beine gezogen und die Füße herausschauen lassen. Und ehe sie groß darüber nachgrübeln konnte, wie lange sie wohl noch wach liegen würde, war sie auch schon eingeschlafen.

Ein paar Stunden später wachte sie wieder auf. Sie stand auf, faltete die Decke zusammen und legte sie über die Lehne der Couch. Draußen war es schon hell, und als sie auf die Uhr schaute, war es zehn vor acht. Auf leisen Sohlen tapste sie wieder nach oben und warf einen Blick durch die offene Tür. Nick schlief noch tief und fest, das Gesicht halb im Kissen vergraben und einen Arm angewinkelt darunter. Sie ging ins Zimmer, machte einen Schritt aufs Bett zu, dann noch einen und ließ sich dann langsam auf die Bettkante sinken, streckte sich schließlich lang aus, mit dem Gesicht zu ihm, und lauschte seinem Atem.

Sie sagte sich, dass es doch eigentlich schön war, wenn beim Aufwachen jemand da war, mit dem man Kaffee trinken und frühstücken konnte und der einen fragte, wie man geschlafen hatte. Ein bisschen neidete sie ihm seinen Schlaf, er schien nicht mal gemerkt zu haben, dass sie nachts auf die Couch umgesiedelt war. Auch dass sie zurückgekommen und wieder ins Bett gekrochen war, bemerkte er nicht. Er verschlief einfach alles. Seine Wangen waren stoppelig, und sie fuhr mit den Händen über ihre eigenen und fragte sich, ob sie gerötet waren.

»Schaust du mir beim Schlafen zu?« Seine Augen waren noch geschlossen, und sie fuhr zusammen, als er plötzlich sprach.

»Entschuldige«, sagte sie leise. »Ich wollte dich nicht wecken.«

»Schon in Ordnung«, murmelte er ins Kissen. »Ich wollte sowieso aufstehen.«

Sie beugte sich zu ihm und küsste seine nackte Schulter. »Ich mag es, dich so früh am Morgen zu sehen.«

Er öffnete die Augen und drehte sich auf die Seite. »Du wirst mich noch viel mehr mögen, wenn ich mir erst die Zähne geputzt habe.«

»Im Badezimmerschrank habe ich einen ganzen Vorrat originalverpackter Zahnbürsten entdeckt«, meinte Laurie. »Wahrscheinlich für Besuch, der über Nacht geblieben ist«, sinnierte sie weiter.

»Die Freuden des Sex im hohen Alter«, sagte er, wälzte sich aus dem Bett und griff nach seiner Jeans, während sie sich wieder zurückfallen ließ, die Arme hinter dem Kopf verschränkte und beim Anblick seines nackten Hintern einen anzüglichen Pfiff versuchte. »Lass mich wenigstens kurz ins Bad gehen, bevor du mich wieder vernaschst.«

»Willst du einen Kaffee?«

»Wäre auch nicht schlecht«, sagte er und verschwand im Flur.

Laurie ging hinunter in die Küche, nahm zwei Gläser und holte die Kanne Eiskaffee aus dem Kühlschrank. Ihren goss sie über klirrende Eiswürfel und rief in Richtung Bad: »Mit Milch oder Zucker?«

»Beides bitte«, rief er zurück.

Sie bereitete seinen Kaffee zu und stellte dann beide Gläser auf den Frühstückstisch.

Kurz darauf kam Nick barfuß in die Küche. Er trug sein Hemd lose über der Jeans und eine Brille, die ihm sehr gut zu Gesicht stand. »Moment«, sagte Laurie, »trägst du sonst Kontaktlinsen?«

»Seit dem College«, sagte er.

»Und wann hast du die rausgenommen?«

»Nachdem du eingeschlafen warst«, sagte er. »Und wieder aufgestanden bist.« Er setzte sich ihr gegenüber an den Tisch.

Dann hatte er es also doch mitbekommen. »Tut mir leid«, sagte sie. »Ich dachte, du würdest einfach weiterschlafen.«

»Habe ich ja auch«, erwiderte er. »Irgendwann habe ich mich dann umgedreht und gemerkt, dass du nicht da bist, und da dachte ich mir schon, dass die Zwei-Uhr-Falle zugeschnappt hat und du dir ein ruhiges Plätzchen zum Schlafen gesucht hast. Außerdem habe ich gemerkt, dass ich noch meine Kontaktlinsen drin hatte, also bin ich aufgestanden, um sie rauszunehmen. Ich war auch kurz im Wohnzimmer und habe dich da friedlich schlummern sehen, aber beschlossen, dich lieber schlafen zu lassen, statt an deiner Wade zu lecken.«

Sie lächelte. »Danke. Ich glaube, wenn du das gemacht hättest, hätte ich nach dir getreten und dich böse am Kopf treffen können.«

»Ich bin einfach nur froh, dass du etwas Ruhe gefunden hast.«

Sie gähnte und schüttelte den Kopf. »Es liegt nicht an dir«, sagte sie. »Wirklich nicht. Ich mag das sehr, mit dir einzuschlafen. So schnell war ich schon ewig nicht mehr weg.«

»Alles gut, ich habe es nicht persönlich genommen. Und danke für den Kaffee.«

»Möchtest du sonst noch etwas? Ich könnte Toast machen.«

»Nein, ich muss sowieso noch nach Hause, mich umziehen, auch wenn ich den Duft deines Shampoos am liebsten die nächsten zwölf Stunden mit mir herumtragen würde. Ich hole mir unterwegs einen Bagel.«

»Du musst heute arbeiten?«, fragte sie irritiert und warf einen Blick zur Uhr. »Dann bist du aber spät dran.«

»Nein, heute nicht. Ich habe meine Sechs-Tage-Woche gerade hinter mir. Wollen wir nachher noch etwas zusammen unternehmen?«

»Eigentlich müsste ich schauen, dass ich hier im Haus weiter vorankomme«, sagte sie. »In den letzten Tagen habe ich nicht viel geschafft. Ich habe das Gefühl, dass es gar kein Ende nimmt mit den Kartons, und dabei wollte ich in zwei Wochen mit allem durch sein.«

»Soll ich dir helfen?«

Sollte er? Ja, warum eigentlich nicht, sagte sie sich. Und auf einmal sah sie sich beide im Wohnzimmer auf dem Boden sitzen und den ganzen Tag lang den Inhalt großer Kartons in kleinere Kartons sortieren, Bücher durchblättern und Musik aus Dots Plattensammlung hören, bis es draußen langsam dunkel wurde. Warum erfüllte diese Vorstellung sie mit einer solchen Sehnsucht? Ihr blieb nicht mehr viel Zeit mit Nick, bloß ein paar Wochen noch, in der sie ihn küssen und mit ihm auf der Couch knutschen und Filme gucken, mit ihm schlafen und ihm stolz von der Ente erzählen konnte, weshalb also wusste sie schon, dass sie Nein sagen würde, bevor sie es überhaupt tat? »Mach dir lieber einen schönen Tag«, sagte sie. »Ich will heute wirklich was wegschaffen, und wenn du da bist, wäre ich bloß ständig in Versuchung, mich ablenken zu lassen.«

»So charmant wurde mir schon lange nicht mehr gesagt, dass ich mich vom Acker machen soll.« Er beugte sich über den Tisch und küsste sie auf die Wange. »Kann ich dich später anrufen?«

Während er schon aufstand, nickte sie. »Natürlich kannst du mich anrufen. Aber versuch nicht zu flirten, denn ich habe wirklich zu tun.«

Er ging zur Tür und nahm auf dem Weg seine Tasche, deutete dann, als er sie sich umgehängt hatte, mit großer Geste an sich hinab. »Ich sag's nur, aber das könntest du jeden Tag haben. Ist dir täglicher Dauerregen tatsächlich lieber?«

»Schon verstanden, raus mit dir«, meinte sie und warf eine zusammengeknüllte Serviette nach ihm. Er zwinkerte ihr zu und verschwand nach draußen, und kaum dass die Tür sich hinter ihm geschlossen hatte, nahm sie sein Glas und kippte das Eis aus seinem Kaffee in ihres.

Dann schrieb sie June: *Nick war letzte Nacht hier.* Sie setzte noch einen Smiley hinterher. Dann löschte sie ihn wieder und nahm stattdessen den mit den gebleckten Zähnen. Dann den mit den Herzchenaugen. Den Schweißausbruch, den Schrei, den explodierenden Kopf, das Partyhütchen, die betenden Hände? Am Ende nahm sie das Emoji mit den beiden Ausrufezeichen, was im Grunde albern war, weil sie auch einfach zwei Ausrufezeichen hätte setzen können.

June schrieb sofort zurück. *Und?*

Es wird kompliziert.

Und wieder June: *Wer hätte das gedacht?*

24

Laurie nutzte Facebook so selten, dass sie beinah vergessen hatte, wie dessen Benachrichtigungston klang. Nachdem sie das ganze Wochenende mit Nick hin- und hergeschrieben hatte und ihr Telefon ständig *pling* gemacht hatte, stutzte sie, als es plötzlich einen anderen Ton von sich gab: Rosalie Kane hatte ihr geantwortet! Mit angehaltenem Atem las Laurie ihre Nachricht.

Liebe Laurie,

ja, Carl Kittery war mein Großvater. Wie Sie vermutlich wissen, ist er 1995 gestorben. Ich bin 52 (wie doch die Zeit vergeht), bin also 1969 geboren, und habe drei Jahre bei ihm gelebt, von 1988 bis 1991. Ich glaube, er und Ihre Tante Dot kannten sich sehr gut. Ich jedenfalls konnte mich noch gut an sie erinnern, als ich sie jüngst auf einem Foto aus dem Jahr 1972 entdeckte, das die zwei zusammen zeigt. Mein Großvater hält darauf eine seiner Jagdattrappen, eine Ente, die er vermutlich für sie gemacht hatte. Ich glaube, sie standen sich sehr nah, auch wenn er mir gegenüber nie näher auf die Natur ihrer Beziehung eingegangen ist. (Die Ehe meiner Großeltern war recht kompliziert.)

Ich würde mich sehr gern mit Ihnen treffen. Mein Grandpa war ein ganz besonderer Mensch, genau wie Ihre Tante, vermute ich. Wahrscheinlich werde ich von Ihnen genauso viel über meine Familie erfahren wie Sie über Ihre. Ich arbeite als Lehrerin und habe noch Sommerferien, wenn es bei Ihnen passt, können Sie gern mal am Nachmittag vorbeikommen. Ich würde mich sehr freuen.

Herzliche Grüße
Rosalie

Laurie schrieb sofort zurück und fragte Rosalie, ob sie auch recht kurzfristig Zeit habe, da sie selbst nicht mehr lange in der Stadt sei, und ob sie sich vielleicht gleich übermorgen treffen könnten, am Dienstag. Rosalie antwortete, dass es perfekt passen würde, und schrieb ihr ihre Adresse. Als Laurie sie googelte, zeigte Streetview ihr ein bezauberndes kleines Cottage mit kunterbunten Metallskulpturen im Vorgarten. Unverkennbar das Haus einer Kunstlehrerin.

Der Rest des Tages und der nächste vergingen wie im Flug. Montag traf sie sich mittags mit June und abends mit Nick, und jedes Mal wurden weiter Polaroids sortiert, denn die Fotoboxen wollten einfach kein Ende nehmen. Nick blieb wieder über Nacht, und diesmal schlief Laurie in Dots Zimmer, bis der Wecker sie um sieben Uhr aus dem Schlaf riss und sie wieder in ihr Bett und zu Nick zurückkehrte. Sie blieb liegen, als er aufstand und kurz zu Frederick's fuhr, dem Café ein paar Straßen weiter, um Kaffee und Muffins zu holen, und als er zurückkam, waren die Muffins noch warm und durchs Tütenpapier schimmerte das Fett. Laurie lag im Bett, brach einen der Muffins entzwei und pickte sich die Krümel vom Nachthemd, während Nick erzählte, dass er unterwegs noch seine Mutter getroffen habe, weshalb es etwas länger gedauert hätte, weil sie unbedingt wissen wollte, was ihn denn um diese Zeit zu Frederick's verschlagen habe, wo doch das Cozy Cup bei ihm auf dem Weg läge, und da er ihr nicht gleich auf die Nase binden wollte, dass er bei Laurie übernachtet hatte, meinte er nur, dass Federick's den besseren Kaffee habe, was zu einer längeren Auseinandersetzung führte, in der er sich dazu genötigt sah, einen Standpunkt einzunehmen, den er eigentlich gar nicht vertrat.

»Solltest du in den nächsten Tagen meiner Mutter über den Weg laufen, wundere dich bitte nicht, wenn sie dir von meinem Sinneswandel und meiner neu entdeckten Leidenschaft für Filterkaffee erzählt«, schloss er.

Er konnte sie leider nicht zu Rosalie begleiten, auch wenn die gemeinsame Fahrt nach Old Orchard Beach beiden Spaß gemacht hätte, aber er hatte einer Freundin von Ginger Hilfe mit ihrem Tablet versprochen. Laurie meinte also, sie würde ihn anrufen, wenn sie zurück wäre, und dann ausführlich von allem berichten.

Mit dem Auto würde sie zwei Stunden brauchen, und Laurie hatte Rosalie gesagt, dass sie so gegen dreizehn Uhr bei ihr wäre. Nachdem sie genug Kaffee intus hatte, suchte sie einige der Polaroids aus dem Jahr 1972 heraus, für den Fall, dass Rosalie jemanden darauf erkannte, und noch ein paar von ihrer Familie: von ihrem Großvater – der Dots Bruder war –, ihrer Mutter und deren Cousinen, Lauries Brüdern sowie eines von dem sagenhaften Leo, dem einzigen von Dots Liebhabern, von dem es ein vernünftiges Bild gab. Bevor sie losfuhr, machte sie noch ein paar Fotos vom Haus und steckte zu guter Letzt auch Matts gefälschtes Gutachten ein. Obwohl sie nur ungern daran erinnert wurde, wäre es sicher hilfreich, Rosalie die ganze Geschichte schildern zu können.

Sie nahm die Route 1 statt der 95, so wie es auch die Touristen machten, denn obwohl die 95 schneller gewesen wäre, war die 1 einfach die schönere Strecke. Man fuhr die Küste entlang, hatte Blick aufs Wasser, fuhr an unzähligen Werbetafeln für Motels vorbei, durch pittoreske Postkartendörfer, die von Sommerfrischlern bevölkert waren.

Früher war das für Laurie alles so selbstverständlich gewesen, dass sie es kaum noch wahrgenommen hatte. Sie war die Küste hinauf- und hinuntergefahren, auf Ausflügen und an langen Wochenenden und auf dem Weg zu Sommercamps, und nie hätte sie gedacht, dass ihr das alles einmal so fremd werden könnte.

Als sie in Rosalies Straße einbog, sah sie einen roten Kleinwagen vor dem Haus mit den bunten Skulpturen stehen und an dessen Heck einen Aufkleber, auf dem stand: DEINE LEHRER SIND STOLZ AUF DICH. Sie hängte sich ihre Schultertasche um und ging den schmalen Weg zum Haus hinauf, klopfte mit einem schwarzen Metallklopfer in der Form einer Katze an die Tür und brauchte nicht lange zu warten.

»Hallo, Sie müssen Laurie sein.« Rosalie Kane hatte ein freundliches Lächeln und graue Haare, die sie zu einem Zopf geflochten hatte, sie trug ein ärmelloses blaues Jerseykleid und dazu weiße Stoffschuhe, wie Lauries Mutter sie immer zum Einkaufen anzog. »Wie schön, dass Sie sich die Zeit nehmen. Kommen Sie doch herein.«

»Danke für die Einladung«, sagte Laurie und betrat das Haus. Obwohl recht klein, war es doch hell und wirkte geräumig, mit vielen Grünpflanzen und kleinen Töpferarbeiten, die im Flur auf einem alten Holztisch standen. Als Laurie sie sich näher ansah, blieb auch Rosalie stehen und warf einen Blick darauf.

»Das sind Arbeiten, die meine Schüler für mich gemacht haben«, erklärte sie. »Irgendwann weiß man nicht mehr, wohin damit, aber mein Mann und ich sind übereingekommen, dass sie hier einen guten Platz haben, und wenn der Tisch voll ist, muss ich schweren Herzens wieder ein bisschen aussortieren.«

Laurie zeigte auf einen aus dünnen blauen Tonwürsten gefertigten Becher in der Größe einer Getränkedose. »Das ist wirklich hübsch.«

»Sie haben einen guten Geschmack«, lachte Rosalie. »Den hat mein Sohn Kevin in der vierten Klasse gemacht. Jetzt ist er Architekt. Ich finde das nach wie vor eine seiner besten Arbeiten, kann ihn aber einfach nicht dazu bewegen, ein Haus nach diesem Modell zu entwerfen.« Sie deutete den Flur hinab. »Sollen wir uns bei dem schönen Wetter nach draußen setzen?«

»Sehr gern.«

Auf der hinteren Veranda standen schon Gläser und eine Kanne Eistee bereit, ein Fliegengitter hielt die Wespen fern, und man hatte dennoch einen schönen Blick ins Grüne. Sie setzten sich, und Laurie erzählte Rosalie von ihrer Reise in die alte Heimat und wie es dazu gekommen war, dass sie sich jetzt um Dots Nachlass kümmerte und dabei immer neue Dinge entdeckte, mit denen sie nicht unbedingt gerechnet hatte.

»Und durch den Fund der Ente kamen sie darauf, dass sie meinen Großvater gekannt haben muss«, folgerte Rosalie.

Laurie nickte. »Genau. Ein Antiquitätenhändler in Wybeck brachte mich überhaupt erst darauf, dass die Ente möglicherweise aus dem Atelier Ihres Großvaters stammt. Mir sagte der Name erst überhaupt nichts, und Dot hatte ihn auch nie erwähnt. Es stand nichts darüber in ihrem Testament, sein Name fiel kein einziges Mal. Ich bin mir sicher, dass sie ihm sehr verbunden war, aber sie hat anscheinend noch größere Diskretion walten lassen als Ihr Großvater. Gemeinsame Freunde und Bekannte aus dieser Zeit wussten sicher Bescheid, bloß leben viele von denen vermutlich nicht mehr oder sie sind weggezogen. Und ihren Bekanntschaften der letzten zehn Jahre dürfte das alles kein Begriff mehr sein.«

»Ich hatte es ehrlich gesagt auch komplett vergessen, bis dann Matt Pell hier auftauchte. Wahrscheinlich wurde ich ihm empfohlen, da ich mich eine Zeit lang mit dem Werk meines Großvaters beschäftigt habe, da fand ich es schlüssig, dass er mich um eine Einschätzung bittet. Zuerst war ich mir nicht sicher, da das Sigel etwas von seinem üblichen abweicht und er meines Wissens auch nie eine Ente gemacht hat. Aber dann hat Matt mir ein Foto von Dot gezeigt, und auf einmal machte es Klick. Ich dachte, Moment, woher kenne ich diese Frau? War das nicht die Freundin meines Großvaters?«

»Dann kannten sie Dot also als seine … Freundin?«

Rosalie setzte sich zurecht. »Ich habe nach dem College einige Zeit bei meinen Großeltern gelebt. Ich brauchte eine kleine Auszeit, um mich zu orientieren, und sie waren nicht mehr die Jüngsten, da bin ich erst mal zu ihnen gezogen. Das Haus in Bar Harbor hatten sie bereits aufgegeben, sie lebten da schon in Waldoboro. Meine Großmutter kam kurz darauf ins Pflegeheim, die meiste Zeit verbrachte ich also mit ihm. Und eines Abends fing er nach dem Essen an, von dieser Frau zu erzählen, einer guten Freundin, die er damals hatte.«

Laurie nickte. »Und was hat er erzählt?«

»Vielleicht sollte ich vorausschicken, dass es meiner Großmutter nie besonders gutgegangen war. Sie hatte viele gesundheitliche Probleme. Immer wenn ich von ihr hörte, war sie wieder im Krankenhaus und musste wegen diesem oder jenem behandelt werden. Wahrscheinlich war sie auch depressiv und irgendwann abhängig von den Schmerz- und Beruhigungsmitteln, die ihr, wie es damals üblich war, immer recht großzügig verschrieben wurden. Sie war für mich als Kind kaum präsent, eine schemenhafte Gestalt, die kaum je zu Hause, sondern ständig in irgendwelchen Kliniken und Einrichtungen war oder spezielle Kuren machte.«

»Hat Ihr Großvater dennoch viel Zeit mit ihr verbracht?«

»Er hat versucht, sie jeden Tag zu besuchen. So war es zumindest in der Zeit, als ich bei ihm gelebt habe. Wenn er es mal nicht schaffte, hat er immer geschaut, dass jemand an seiner Stelle zu ihr geht. Als Kind habe ich nicht wirklich auf solche Sachen geachtet. Es hieß immer, Grandma sei krank. Ich kannte sie kaum. Aber meine Mutter tat sich schwer damit, dass ihre Mutter sich in dieser Situation befand. Und mein Großvater wollte es nicht noch schlimmer machen, aber er war eben auch einsam. Er brauchte Gesellschaft. Nähe. Und dann erzählte er mir von dieser Freundin, die ihm sehr geholfen habe in dieser Zeit. Ihren Namen hat er mir nie gesagt, aber er erwähnte mal, dass sie aus Calcasset war.«

»Wissen Sie, wie die beiden sich kennengelernt haben?«

»Angeblich durch gemeinsame Freunde. Ich glaube, es war auf einer Silvesterparty. Sie kamen ins Gespräch, redeten über Literatur. Mein Großvater meinte, sie hätten dasselbe Lieblingsbuch gehabt.«

Laurie nickte langsam und musste an die Bücher in Dots Haus denken, unzählige Bücher, die dicht an dicht in den Regalen standen und sich auf allen freien Flächen stapelten. »Hat er zufällig gesagt, welches Buch?«

»John le Carré«, sagte sie mit einem Lächeln. »*Der Spion, der aus der Kälte kam.* Mein Großvater hat Krimis geliebt, vor allem Agententhriller.«

»Dot auch«, meinte Laurie. »Dieses Buch von le Carré habe ich kürzlich erst zwischen ihren Büchern gefunden.«

Rosalie lächelte. »Es ist schon faszinierend, was zwei Menschen zusammenbringt. Daran musste ich auf jeden Fall denken, als Matt von dieser alten Dame aus Calcasset sprach. Und mir fiel wieder ein, dass ich ein Bild von der Freundin meines Großvaters hatte, und als ich es mit dem Foto von Dot verglich, das Matt mitgebracht hatte, fiel es mir wie Schuppen von den Augen. Es war ganz eindeutig dieselbe Person. Und obwohl er meines Wissens nie eine solche Ente gemacht hat, hielt mein Großvater auf dem Bild eine solche in der Hand. Und als Matt mir dann die Ente zeigte, erkannte ich trotz kleinerer Abweichungen eindeutig die künstlerische Handschrift meines Großvaters. Wenn es als ein Geschenk für Dot gedacht war, dürfte das Sigel nicht so wichtig gewesen sein. Das Foto allein war Beweis genug. Und so schrieb ich den Brief, um die Ente zu authentifizieren, und ich gab ihm das Foto, und seitdem habe ich nichts mehr von ihm gehört, bis dann Ihre Nachricht kam.«

»Das«, sagte Laurie und atmete tief durch, »ist leider noch nicht das Ende der Geschichte. Matt Pell ist ein … wie soll ich sagen … ein Betrüger?« Rosalie sah sie mit großen Augen an. »Er hat Sie die Echtheit der Ente bezeugen lassen, mich hat er mit einem gefälschten Gutachten von Wesson & Truitt abgespeist, das die Ente als billige Massenware ausweist.«

Rosalie war ganz still geworden. »Und warum sollte er das getan haben?«

»Um mich davon zu überzeugen, dass die Ente allenfalls dekorativen oder für mich sentimentalen Wert hat. Ich habe sie ihm für fünfzig Dollar überlassen.«

Rosalie lehnte sich zurück und legte sich die Hand auf den Bauch. »Oh nein. Wenn ich das gewusst hätte! Es tut mir leid. Warum habe ich nicht daran gedacht, mit Ihnen Kontakt aufzunehmen? Das ist wirklich furchtbar. Kann ich irgendetwas tun, damit Sie die Ente wieder zurückbekommen?«

»Tatsächlich habe ich sie schon zurück.« Hier beschloss Laurie, etwas weiter auszuholen, weil die Geschichte einfach zu gut war, um sie nicht ausführlich zu erzählen: Rocky und Matt, die Besenkammer in der *Meeresbrise*, ihr Fernsehstar-Bruder, der Trödelmarkt bei der Kirche und nicht zuletzt die Ente, die sicher und wohlbehalten in Dots Wohnzimmer war und dort endlich zu späten Ehren kam.

»Und Matt hat sich seitdem nicht mehr gemeldet?«

»Bislang nicht«, sagte sie. »Er steckt natürlich auch in einem Dilemma. Wenn er es an die große Glocke hängt, gibt er praktisch zu, dass er mich übers Ohr gehauen hat, denn wegen fünfzig Dollar würde er sich nicht so aufregen. Und wie will er überhaupt beweisen, dass ich etwas mit der Sache zu tun habe? Früher oder später wird er es sich denken können, aber Beweise? Ich glaube, wir haben das sehr schlau angestellt.«

»Solange er die Ente nicht bei Ihnen sieht, sollte alles gut sein«, fand Rosalie. »Ich bin auf jeden Fall froh, dass sie wieder bei Ihnen ist. Wirklich, mir fällt ein Stein vom Herzen. Ich weiß, dass mein Großvater Dot sehr mochte. Rein objektiv betrachtet mag es lapidar wirken, einer Frau, der man sonst nicht viel geben konnte, eine Ente zu schenken, aber ich glaube, die beiden haben einander viel bedeutet und hatten, allen Umständen zum Trotz, eine sehr glückliche Zeit miteinander.«

»Immerhin hat sie die Ente fünfzig Jahre aufgehoben«, sagte Laurie und musste sich dann erst mal vergegenwärtigen, dass Dot, als Laurie zur Welt kam, dieses Geheimnis bereits seit über zehn Jahren bewahrte. »Ich denke, wir können davon ausgehen, dass sie ihr viel bedeutet hat. Vielleicht erklärt das auch, dass sie nie jemandem davon erzählt, sie niemandem gezeigt oder Ihren Großvater erwähnt hat. Es war etwas, das ihr allein gehörte, etwas, das ihr wichtig war. Andererseits, woher will ich das wissen? Vielleicht hat sie sich ja ihren Freundinnen anvertraut. Vielleicht wusste ihre Schwester Bescheid. Ich kann sie nur nicht mehr fragen – die Menschen, die sie damals kannte, all die Gesichter auf den Polaroids, gibt es nicht mehr. Sie sind entweder längst gestorben oder unauffindbar.«

»Ich wüsste zu gern, wer dieses Foto gemacht hat«, sagte Rosalie. »Das Bild der beiden mit der Ente. Sie wirken darauf so vertraut miteinander. Es tut mir leid, dass ich es jetzt nicht hier habe, um es ihnen zeigen zu können, aber sie sehen glücklich darauf aus. Ganz unverstellt. Als wüsste die Person hinter der Kamera über sie Bescheid. Ein gemeinsamer Freund vielleicht, eine Freundin.«

Laurie nickte. Plötzlich senkte die Erkenntnis sich wie eine bleierne Decke auf sie: im ersten Moment schwer und beklemmend, dann aber seltsam tröstlich. »Ich werde es nie erfahren«, sagte sie wie zu sich selbst. »Ich werde nie die ganze Geschichte kennen. Er lebt nicht mehr, sie lebt nicht mehr, es gibt kaum noch jemanden, der davon erzählen könnte. Die Geschichte ist damit zu Ende. Er hat die Ente für sie gemacht, aber mehr werde ich über die beiden nie erfahren.«

Rosalie lächelte. »Selbst wenn sie noch leben würden, was würde es ändern? Wir sind darauf geeicht zu vergessen. Sie vergessen im Laufe Ihres Lebens mehr, als Sie erinnern. Ich auch. Manchmal schaue ich mir diese Töpferarbeiten im Flur an, die Schüler für mich gemacht haben, und jede habe ich sorgfältig eingewickelt und nach Hause mitgenommen, und ich bin mir sicher, dass meine Gedanken bei dem Kind waren, wenn ich die Schale, die Vase, den Aschenbecher dort auf den Tisch gestellt habe. Aber jetzt? Ich könnte nicht mehr sagen, wer was gemacht hat.«

»Warum behalten Sie die Sachen dann?«

Sie hob die Schultern. »Auch wenn der persönliche Bezug mit der Zeit verloren geht, sind sie mir noch immer Beweis, dass meine Arbeit nicht umsonst ist und es einen Sinn hat, was ich hier seit über dreißig Jahren mache, auch wenn die Bezahlung in keinem Verhältnis zum Aufwand steht. Für mich steht diese kleine Auswahl von Kunstwerken für alle Kinder, die ich im Laufe der Jahre unterrichtet habe.«

Laurie nickte. »Ich kenne das, ich bin Journalistin. Es fällt mir schwer, einer Sache nicht auf den Grund zu gehen oder sie nicht in einen größeren Zusammenhang zu stellen.«

Rosie lächelte. »Ich bin Künstlerin. Mir geht es ganz genauso.«

25

Als Laurie wieder zurück war, ließ sie sich ein Bad ein und stieg mit einem großen Glas Weißwein in die Wanne. Sie ließ heißes Wasser zulaufen, bis der Schaum sich hoch türmte, und legte den Kopf zurück, spürte den kühlen Rand im Nacken.

Womöglich war es bloß eine Affäre gewesen. In gewisser Weise auch eine Tragödie. Aber vielleicht war es auch schön gewesen, und sie waren glücklich. Sie konnte es nicht wissen und würde es nie erfahren. Er hatte diese Ente extra für Dot gemacht und ihr geschenkt. Sie hatte sie in den Tiefen ihrer Wäschetruhe aufbewahrt, und dort lag sie auch noch, als Dot nach China reiste, als sie sich in New York *Avenue Q* ansah, als sie zu Patricks Hochzeit fuhr und als sie die letzten Tage ihres Lebens sterbend im Krankenhaus lag. Dort hatte die Ente gelegen, als Laurie sich bereit erklärte, sich um das Haus zu kümmern, hatte still dort gelegen, als Laurie sich in Dots Schlafzimmer die Wäschetruhe vornahm, bis sie zu ihrer Verwunderung unter all den Decken zum Vorschein kam.

Immerhin ihrem Freund John, der ihr launig geschrieben hatte, dass ihr *in der Stunde der Not immer noch die Enten blieben,* musste sie sich anvertraut haben. Er hatte Bescheid gewusst und vermutlich halb im Scherz gemeint, den Vogel zu Geld zu machen, wenn es hart auf hart käme. Aber so schlimm war es nicht gekommen. Dot hatte die Ente nie verkauft, sie hatte sie behalten, auch wenn ihr Wert im Laufe der Jahre immer weiter gestiegen war.

Als ihre Fingerkuppen anfingen, schrumpelig zu werden und der Schweiß ihr im Gesicht stand, stieg sie aus der Wanne und wurde auf einmal von einem Frösteln erfasst, was nicht verwunderlich war, wenn man nackt und nass in einem klimatisierten Haus stand. Sie wickelte ein großes Badetuch um sich und murmelte dabei »Die Spionin, die aus der Kälte kam«, hell erfreut über ihren lahmen Witz und ein bisschen enttäuscht, dass niemand da war, der ihn hören und goutieren konnte, denn so dumm war er gar nicht, sie war ja tatsächlich eine Art Agentin in …

Laurie hielt inne, sich die Haare zu frottieren. Ihr war etwas eingefallen. Ein Ticket, das aus den Seiten eines Buchs fiel, ein Geldschein, ein ausgeschnittener Zeitungsartikel. Sie schlüpfte in die Jogginghose und das T-Shirt, die sie auf dem Wäschekorb bereitgelegt hatte, und lief ins Wohnzimmer. Dort fuhr sie mit dem Finger über die Rücken von Dots schwankenden Bücherstapeln, bis sie fand, wonach sie suchte: *Der Spion, der aus der Kälte kam.* Vor ein paar Tagen hatte sie sich Jane Austens *Überredung* aus diesem Stapel gezogen. Sie war ganz nah dran gewesen.

Es war ein abgegriffenes Taschenbuch, wieder und wieder gelesen, vielleicht an Freunde verliehen oder in Stunden der Not als tröstend vertraute Lektüre zur Hand genommen. Aber vor allem war es ein Buch, das Dot mit dem Menschen verband, den sie liebte. Laurie blätterte durch die Seiten, bis etwas heraus und zu Boden fiel. Sie legte das Buch zur Seite und bückte sich danach.

Es war ein Foto. Laurie nahm es mit zur Couch, um es in Ruhe zu betrachten. Man sah Dot in einem bunt bedruckten Sommerkleid, sie trug eine große Sonnenbrille, blau gefasst und mit verspiegelten Gläsern. Sie sah exakt so aus wie auf dem Bild, das Rocky Ryan gezeigt und wie ihr Bruder es ihr beschrieben hatte. Doch auf diesem Foto war Dot allein. Es musste unmittelbar vor oder nach dem anderen entstanden sein, denn in den Händen hielt sie die Ente. Wochen brachte Laurie nun schon in diesem Haus zu, hatte alles von innen nach außen gekehrt und dabei das Foto übersehen, das die ganze Zeit zwischen den Seiten dieses Buches gesteckt hatte und das Dot mit der Ente zeigte. Hätte sie es nur früher entdeckt, hätte sie aus Dots Alter schließen können, dass die Ente kaum ein billiges Souvenir aus dem Duty-free-Shop sein konnte. Hier hatte Dot noch dunkle Haare. Laurie kannte sie eigentlich nur ergraut.

Und als sie das Foto umdrehte, sah sie, dass etwas auf die Rückseite geschrieben war. Mittlerweile erkannte sie es als die Handschrift Carl Kitterys.

Ich bin so stolz auf dich. C.

Laurie runzelte die Stirn. Weshalb war er stolz auf sie? Bitte nicht noch ein Rätsel! Sie war es langsam leid mit den Geistern der Vergangenheit, der unablässigen Spurensuche. Es war wie eine Schnitzeljagd. Andererseits war sie schon so weit gekommen und wollte jetzt nicht aufgeben. Sie überlegte. Er schien Dot die Ente als ein Zeichen seiner Anerkennung geschenkt zu haben. Aber wofür? Laurie rief sich noch einmal alles in Erinnerung, was sie bislang herausgefunden hatte, aber ihr wollte nichts einfallen.

Und dann, während sie das Foto so betrachtete, fiel ihr etwas auf. Was war denn das an Dots Händen? Sie nahm die Leselupe vom Couchtisch und sah es sich genauer an. Doch, hier war es ganz deutlich zu sehen, etwas … Grünes? War es Schminke von ihren Augen oder …

Es konnte nur Farbe sein. Dot hatte grüne Farbe an den Händen. Laurie schob die Lupe weiter zur Ente, die sie hielt, nahm deren grünen Kopf ins Visier. Dann schaute sie hinüber zu der Ente, die für so viel Wirbel gesorgt hatte und nun arglos auf dem Kaminsims stand. Schaute auf deren leuchtend grünen Kopf.

Ich bin so stolz auf dich.

Sie betrachtete den Farbklecks und die Ente, die Ente und den Farbklecks.

Dann legte Laurie Foto und Lupe beiseite und eilte so schnell den Flur hinab in Dots Schlafzimmer, dass sie fast über ihre eigenen Füße stolperte. Sie riss die Schranktüren auf und räumte alles heraus, die Kartons mit den Farben und Stiften und Perlenschnüren, bis sie zu dem großen blauen Aufbewahrungsbehälter aus Kunststoff gelangte, der mit IN ARBEIT/UNVOLLENDET beschriftet war. Sie hatte ihn bisher nicht geöffnet. Warum eigentlich nicht? Vorsichtig hob sie den Deckel ab.

Ganz zuoberst lagen sieben oder acht Enten aus Holz, halb fertige Stücke, teils sehr routiniert gearbeitet, teils nicht, als wären zwei Personen am Werk gewesen, jemand für die grobe Vorarbeit, jemand anderes für die Vollendung. Oder als seien es Übungsstücke. Laurie räumte alles heraus. Die untersten waren aus kleinen Holzblöcken grob herausgehauen, fast noch Rohlinge, das Holz von minderer Qualität. Die oberen dagegen deutlich besser und präziser gearbeitet. Die Unterschiede zwischen den gut und weniger gut gearbeiteten Stücken fielen nicht mehr so ins Auge, sie wirkten wie aus einem Guss. Ganz zuunterst fand Laurie noch Abbildungen von Enten, die aus verschiedenen Zeitschriften zu stammen schienen, darunter die ganzseitige Aufnahme einer Brautente, die den grünen Kopf genau so hielt wie die Ente auf dem Kaminsims.

Einige der unvollendeten Arbeiten waren bemalt. Laurie nahm eines der besseren Stücke und warf einen Blick auf den flach geschliffenen Boden, wo sich normalerweise das Künstlersigel befand. Hier stand in schwarzer Schrift, wie von einem Filzschreiber, DOT B. Laurie nahm die nächste Ente zur Hand, auch sie war mit DOT B. signiert, aber jemand hatte noch ein Herz darum gemalt.

»Oh mein Gott.« Laurie ließ sich auf Dots Bett sinken und strich über die Ente, die mit Dots von einem Herz umrahmten Namen signiert war. Sie ließ sich auf den Rücken fallen und warf den Arm über die Augen. Sie war ganz außer Atem und hörte sich »Scheiße!« rufen, dann setzte sie sich wieder und zog ihr Telefon heraus.

»Hey, Laurie«, meldete er sich nach dem ersten Klingeln.

»Nick, ich weiß jetzt, was hier los ist. Ich weiß, wer die Ente gemacht hat.«

»Ich dachte, die wäre von Kittery.«

»Ist sie nicht.«

»Moment. Wir haben diesen ganzen Aufstand gemacht, und jetzt ist sie doch nicht echt?«

Nun musste Laurie lachen. »Doch, sie ist echt. Sehr sogar.«

»Und von wem ist sie?«

»Von Dot«, sagte Laurie. »Dot hat die Ente gemacht.«

Am anderen Ende war es erst ganz still, dann sagte er: »Ich bin in einer halben Stunde da.«

Sie saßen beide im Schneidersitz auf dem Wohnzimmerboden. Ihre Knie berührten sich fast. Laurie beugte sich über die Ente und zeigte auf die Zeichnung eines Flügels, Reihen sich dicht überlappender Federn, tropfenförmig hingeworfene, schwarz umrissene Formen, wie winzig kleine Raumschiffe. »Das ist seine Handschrift«, erklärte sie. »Diese Gefiederstruktur. Aber in den Beispielen, die ich mir angesehen habe, laufen sie etwas spitzer zu. Bei Dot sind sie etwas weicher, runder. Man erkennt, dass sie die Technik zwar von ihm gelernt, aber auf ihre eigene Weise umgesetzt hat.«

Nicks Haare streiften ihre, als er sich etwas vorbeugte, um es sich genauer anzusehen. »Wie viel Arbeit darin steckt, wie viel Liebe zum Detail. Und ich rede noch nicht mal davon, diese Form überhaupt erst aus einem Holzblock zu schnitzen.«

»Ja«, sagte Laurie. »Ich hatte dir von den Probestücken erzählt. Manche davon sind nicht besser als das, was wir nach einer Woche Übung hinbekommen würden. Aber man sieht, welche Fortschritte sie gemacht hat. Sie muss Jahre darauf verwandt haben. Bevor sie die hier geschaffen hat, wie lange wird er sie da in seiner Kunst unterwiesen haben? Fünf Jahre? Oder eher zehn? In dieser Plastikbox im Schlafzimmer liegen bestimmt dreißig angefangene Holzenten. Und manche sind fast so gut wie die hier.«

»Meinst du, es ist die Einzige, die sie vollendet hat?«, fragte er.

Laurie schüttelte den Kopf. »Ich weiß es nicht. Meines Wissens hat sie nie jemandem von diesem Hobby, dieser Passion erzählt. Sie hat ein richtiges Kunsthandwerk gelernt und war gut darin, aber sie hat es für sich behalten. Vielleicht wollte sie, dass es ihr Geheimnis bleibt, dass es nur etwas zwischen ihnen beiden ist. Wobei … Nein, einer ihrer Freunde, dieser John, der Chemiker, muss davon gewusst haben. Er hat in einem Brief an sie geschrieben, dass ihr in der Stunde der Not immer noch die Enten blieben. Ich hatte es so verstanden, dass sie die Enten zu Geld machen könnte, aber so hatte er es nicht gemeint. Er meinte ihre Kunst. Wenn sie an allem verzweifelte, blieb ihr immer noch das. Sein Brief ist aus dem Jahr, nachdem sie dieses Prachtstück gemacht hat. Sie muss ihm davon erzählt haben.«

Nick strich über den sanft geschwungenen Entenrücken. »Ich wüsste überhaupt nicht, womit ich anfangen sollte. Wie schafft man es bloß, aus einem schlichten Holzblock diese filigranen Formen herauszuschälen?« Er hob den Blick und sah Laurie an. »Meinst du, er lebt noch? Dieser Freund von ihr?«

»John? Daran habe ich noch überhaupt nicht gedacht«, sagte sie. »Ich habe keinen ihrer alten Freunde, Bekannten oder Affären aufzuspüren versucht. Diesen John habe ich auf einigen der Fotos gesehen, und er schien im selben Alter wie Dot, weshalb es ziemlich unwahrscheinlich ist, dass er noch lebt.«

Nick betrachtete sie schweigend und lächelte. »Du hast so viel Zeit und Energie in diese Sache gesteckt. Du kannst stolz auf dich sein, dieses Rätsel gelöst zu haben. Ich wüsste nicht, dass ich jemals einen so kniffeligen Fall gelöst hätte. Ich sitze praktisch jeden Tag unter einem Schild, auf dem ganz groß INFORMATION steht, aber meine Infos fallen dann in der Regel doch nicht ganz so spektakulär aus.«

»Ich wünschte, ich könnte mich darüber freuen«, sagte Laurie. »Aber ich tue es nicht. Ich fühle mich schrecklich.« Sie stützte die Hände hinter sich ab und lehnte sich zurück. »Ehrlich gesagt fühle ich mich richtig mies.«

»Was? Aber warum denn?«, fragte er, denn er war einfach zu gut, um zu verstehen, was sie meinte.

»Weil mir nicht einmal der Gedanke gekommen ist. Diese Ente ist *ihre* Arbeit, Nick, sie hat sie gemacht. Ich habe es ihr nicht zugetraut, das will ich damit sagen. Obwohl sie so weit gereist war, so viele Leute kannte, so viele Interessen hatte. Ich meine, sie hat jeden Kurs belegt, der am Community College angeboten wurde, sie hat alles versucht, das nur halbwegs interessant schien, aber *das* … Ich habe wirklich kein einziges Mal gedacht, Moment, könnte diese Ente nicht Dots eigener Hände Arbeit sein? Vielleicht ist sie gar kein billiges Souvenir, kein Sammlerstück, kein Abschiedsgeschenk irgendeines Verflossenen, sondern *ihr* Werk. Das Ergebnis jahrelanger Arbeit, eines steten Übens und sich Verbesserns. Wie viel Herzblut sie da hineingesteckt hat, wie viel Leidenschaft. Aber der Gedanke kam mir erst, als ich auf dem Foto die Farbe an ihren Händen gesehen habe.«

»Du bist zu streng mit dir«, meinte Nick. »Ich finde die Vorstellung, dass Dot Entenattrappen auf semiprofessionellem Niveau geschaffen hat, nicht unbedingt naheliegend.«

»Ich habe sie wirklich sehr gemocht, Nick. Ohne sie wäre ich zu Hause komplett durchgedreht mit meinen vier Brüdern. Sie war immer für mich da und hatte jederzeit ein offenes Ohr für mich. Aber ich? Nichts wusste ich, absolut gar nichts.«

Nick schüttelte den Kopf. »Du wusstest es. Oder sagen wir, du hast etwas geahnt. Warum sonst hättest du dich so dahinterklemmen sollen? Dir war klar, es muss etwas bedeuten, dass sie die Ente in den Tiefen ihrer Wäschetruhe aufbewahrt hat und sie nicht wie ihre anderen Schätze auch irgendwo im Haus platziert hat. Du kanntest sie wahrscheinlich besser, als dir bewusst ist. Und dieses Wissen hat dich dazu gedrängt, nicht eher lockerzulassen, bis du diesem Rätsel auf den Grund gegangen bist. Dot würde es so gewollt haben. Du brauchst dich deswegen nicht schlecht zu fühlen.«

Lauries Hals war wie zugeschnürt, aber sie würde *nicht* weinen, sie wollte nicht alles noch komplizierter machen, als es schon war. Sie räusperte sich. »Ich versuche schon mein ganzes Leben, unabhängig zu sein, meinen Weg zu gehen und für meine Arbeit respektiert zu werden. Trotzdem kam mir nicht einmal der Gedanke, des Rätsels Lösung bei Dot selbst zu suchen, als ich etwas Schönes und

Geheimnisvolles in ihrem Haus gefunden habe. An Dots Stelle wäre ich sehr enttäuscht von mir.«

»Ich verstehe immer noch nicht, was daran so schlimm ist.« Er legte die Hand auf ihr Knie. »Was ist los, Laurie?«

Sie stand auf und setzte sich auf die Couch, vorn auf die Kante, als sei sie auf dem Sprung. »Ich wollte ihr einen letzten Dienst erweisen. Sie und ihr Leben sollten denselben Respekt erfahren, den ihr ihre Kinder und Kindeskinder entgegengebracht hätten, wäre sie einen anderen, konventionelleren Weg gegangen. Ich wollte allem, was sie hinterlassen hat, was ihr einmal wichtig war, jedem Polaroid und jedem Urlaubssouvenir, dieselbe Aufmerksamkeit zuteilwerden lassen, auch wenn sich außer mir niemand mehr dafür interessierte. Und ich habe das Gefühl, daran gescheitert und dieser Aufgabe nicht gerecht geworden zu sein. Ich habe wochenlang alles sortiert, aber das, worauf es ihr vielleicht am meisten ankam, ausgerechnet das habe ich übersehen. Es hätte nicht viel gefehlt, und ich hätte die Ente an diesen miesen Betrüger verhökert.«

»Hast du aber nicht.«

»Doch, habe ich. Ich habe sie mir zwar zurückgeholt, aber das ändert nichts daran, dass ich sie fast verscherbelt hätte.«

»Laurie, mit diesem *fast* und *was wäre gewesen, wenn* kannst du dich verrückt machen. Ich wäre auch fast mit Becca nach Michigan gegangen. Wir hätten uns fast nicht scheiden lassen. Wir wären nach einem Jahr fast wieder zusammengekommen, weil ich es so furchtbar fand, allein zu sein. Es gibt jeden Tag Abertausende Dinge, die fast geschehen. Aber eben nur fast, sie geschehen nicht wirklich.«

»Ich hätte fast geheiratet«, setzte sie nach.

Er nickte. »Siehst du, hast du aber nicht.«

»Schrecklich fühle ich mich trotzdem.«

»Hat dir schon mal jemand gesagt, dass du dir nicht so viele Gedanken machen sollst? Du nimmst dir das alles viel zu sehr zu Herzen.«

Sie lächelte. »Ich weiß. Und mir ist auch klar, wie das klingen muss. Die Sache ist nur die, ich mag es hier. Ich mag Dots Haus. Es ist noch warm und voller Leben, weil alles hier mich an sie erinnert. Ich dachte, ich sei genau die Richtige für diese Aufgabe, weil ich Dot *kannte*, weil ich glaubte, wir wären uns in vielem so ähnlich. Und ausgerechnet das sehe ich nicht, obwohl es ein wichtiger Teil ihres Lebens war. Es fühlt sich an, als hätte ich sie verraten.«

Er verdrehte die Augen. »Ach, Laurie. Was hat denn deine oder Dots Unabhängigkeit damit zu tun? Warum musst du das so herausstellen, wem willst du etwas beweisen? Was wäre denn so schlimm daran, wenn du hierbleibst, bei deinen alten Freunden und den Menschen, denen du etwas bedeutest, wenn wir jeden Abend zusammen ins Bett gehen und einfach glücklich sind? Was wäre daran schlimm? Was, glaubst du, würdest du dadurch verlieren?«

Laurie dachte als Erstes an ihr großes Bett zu Hause und wie gut sie darin schlafen konnte, wenn sie es ganz für sich hatte, wenn sie sich in der Mitte lang ausstrecken konnte und niemand da war, der sie zur Seite drängte oder der aufwachte, sobald sie sich bewegte, oder sie weckte, wenn er sich bewegte, und der die Bettdecke an sich zog und keinen Platz mehr ließ für die Kissen, die sie brauchte, um bequem zu liegen. »Wenn ich ehrlich bin, habe ich durchaus daran gedacht«, sagte sie. »Und das nicht erst seit gestern. Ich habe es in Betracht gezogen. Es ernsthaft in Gedanken durchgespielt. Aber ich kann es einfach nicht.«

Er atmete tief durch. »Wieder so ein *fast*, was?«

Sie schüttelte den Kopf. »Ich kann mein Leben einfach nicht mit einem anderen Menschen teilen, wie beispielsweise meine Eltern es getan haben. Oder wie June und Charlie es tun oder wie es dir vielleicht vorschwebt. Ich habe das schon immer geahnt bei mir, es war der Grund, warum ich Chris nicht geheiratet habe. Aber die Erleichterung, die ich dann tatsächlich empfand, als ich alles abgeblasen hatte, hat es mir bestätigt.«

»Hat dir was bestätigt?«

»Dass ich niemals heiraten werde«, erwiderte sie. »Egal wen

und ganz gleich, wie toll er ist oder wie gut wir uns sonst verstehen.« Warum erzählte sie ihm das? Meinte sie wirklich ihn damit? Wollte sie ihn vor einer Enttäuschung bewahren? Wollte sie sich davor bewahren? Sie wusste es selbst nicht – bis sie dann seinen Blick sah, der weniger verletzt als enttäuscht war. Als hätte er mehr von ihr erwartet. Und da wusste sie, dass sie einfach bloß klare Verhältnisse hatte schaffen wollen. Damit das schon mal geklärt war, wenn sie das nächste Mal im Bett landeten. Falls es überhaupt noch mal dazu kommen sollte.

»Du kannst dir wirklich nicht vorstellen zu heiraten?«, fragte er. Sie schüttelte den Kopf. »Wirklich unter gar keinen Umständen?«, hakte er nach, und wieder schüttelte sie bloß den Kopf. Darauf kam von ihm nur noch ein mattes »Okay, gut«.

»Nick«, sagte sie und atmete tief durch.

»Nein, ich habe dich schon verstanden.« Er stand nun ebenfalls auf und setzte sich in den großen Ohrensessel. »Ich habe verstanden, was du mir sagen willst.«

Sie wollte ihn küssen, ihm um den Hals fallen, aber sie wollte auch, dass er es endlich gut sein ließ. »Nick«, sagte sie.

»Sass, ich bin jetzt vierzig, bei dir steht es auch bald an. Ich bin zu alt für solche Spielchen. Ich kapiere nicht, was das soll, uns und dem, was wir einander sind oder sein könnten, die Tür vor der Nase zuzuschlagen.«

»Was stellst du dir vor?«, fragte sie. »Von Seattle nach Maine, das ist eine ziemliche Strecke. Worauf soll es denn hinauslaufen? Was, wenn es klappte mit uns, würdest du dann alles aufgeben wegen mir? Von hier wegziehen?« Sie sah ihm die Antwort an. »Nein, natürlich nicht. Du denkst, ich würde hierher zurückkehren, wir könnten in Dots Haus leben, und für dich würde im Grunde alles bleiben wie bisher. So stellst du dir das vor.«

»Bist du die Einzige, die sich etwas wünschen darf?«, erwiderte er. »Und wenn ich dich bitte, es zumindest in Erwägung zu ziehen, denke ich dabei nicht nur an mich oder meine eigenen Vorstellungen. Ich möchte, dass du glücklich bist. Und ich könnte mir vorstellen, dass du es hier wärst. Warst du denn nicht glücklich die letzten Wochen? Du hattest eine gute Zeit mit June, mit Daisy und Melody, du hast meine Großmutter in ihrem Leuchtturm besucht, und du hast bei ihr noch immer einen Stein im Brett. Ich hatte das Gefühl, du wärst angekommen. Hast du das nicht, dich hier zu Hause gefühlt? Mir kommt es vor, als ginge es dir hier gut. Aber vielleicht täusche ich mich auch. Ich kann dir die Entscheidung nicht abnehmen, aber du solltest dem Glück wenigstens noch eine Chance geben, selbst wenn es nicht in deine Lebensplanung oder dein Selbstbild zu passen scheint.«

Laurie stand auf und setzte sich auf die Armlehne von Nicks Sessel. Sie zog ihr Telefon heraus und zeigte ihm ein Foto. »Das ist mein Haus. Die Blumen im Vorgarten habe ich selbst gepflanzt. Ich habe mir genau die Blumen ausgesucht, die ich schon immer haben wollte, in genau den Farben, die mir gefallen. Hier, schau – Rosa, Lila, Blau und Gelb. Ich bin ins Gartencenter gefahren und habe sie mir ausgesucht, dann habe ich Löcher in die Erde gebuddelt und sie eingepflanzt. Das ist mein Zuhause, ich habe es mir selbst geschaffen. Du weißt, wie sehr ich meine Eltern und meine Brüder liebe, aber die Vorstellung, dass keiner von ihnen diese Blumen so gepflanzt hätte, mag ich auch. Keiner der Männer, mit denen ich zusammen war, käme auch nur auf den Gedanken, so etwas zu pflanzen. Sogar meine Freunde nicht, nicht mal June. Und du auch nicht. Ich brauche viel Raum für mich, einen Ort, an dem ich so sein kann, wie ich will. An dem ich solche Blumen pflanzen kann.«

Nick zeigte auf die Hausnummer. Die Ziffern waren hoch und schmal, sie hatte einen ganzen Samstag darauf verwandt, genau die richtigen zu finden. »Die gefallen mir«, sagte er.

»Mir auch«, pflichtete sie ihm bei. »Und wenn ich den Weg entlang zum Haus gehe, dann weiß ich, hinter dieser Tür erwarten mich Ruhe und Frieden, und ich kann mir echt nichts Schöneres vorstellen. Noch nie habe ich mich irgendwo so geborgen gefühlt, auch nicht im

Haus meiner Eltern. Oder hier.« Sie scrollte mit dem Daumen weiter. »Das ist die Hündin meiner Nachbarin Sandy, die ebenfalls Sandy heißt. Wie es dazu kam, weiß ich nicht, weil ich den Sandys erst zweimal begegnet bin, aber ich werde es noch herausfinden.« Wieder scrollte sie weiter. »Das ist Brynne. Wir haben zusammen bei *The Outdoors* in der Redaktion gearbeitet. Sie ist letzten Herbst mit mir zum Arzt gefahren, als ich eine Blutung hatte, die ich zu dem Zeitpunkt nicht hätte haben sollen. Aber keine Sorge, mir geht's gut.«

Er nickte. »Sehr gut.«

»Das ist Erin. Sie ist an dem Abend vorbeigekommen, als ich die Hochzeit abgeblasen habe. Wir haben Wein getrunken, dann hat sie mich mit zu sich nach Hause genommen, hat mich im Gästezimmer ins Bett gepackt, und am nächsten Morgen hat sie mir Kaffee gemacht und French Toast. Sie bekommt mein Hochzeitskleid, es wird großartig an ihr aussehen.« Nächstes Foto. »Das ist Anne – wir haben uns beim Yoga kennengelernt. Obwohl ich Yoga eigentlich schrecklich finde, mochte ich Anne auf Anhieb. Wir treffen uns ab und an auf einen Kaffee.« Nächstes. »Das sind Jen und Toni, die beiden sind …«

»Ich hab's verstanden«, unterbrach er sie. »Du hast Freunde, alles klar.«

»Ich habe dort nicht nur Freunde, Nick. Mein ganzes Leben spielt sich dort ab«, sagte sie. »Und ich mag mein Leben und habe nicht vor, es aufzugeben, nur weil ich Dot gern hatte und June mag und … überhaupt. In Calcasset bin ich aufgewachsen, aber ich bin hier nicht mehr zu Hause. Meine Schwägerin möchte nicht mal zu Besuch herkommen, das habe ich dir erzählt, oder? Es ist längst nicht dieses perfekte Idyll, und das hat seine Gründe.«

»Ich weiß nicht, ob ich den pazifischen Nordwesten jetzt unbedingt als modernes Paradies bezeichnen würde.«

»Natürlich nicht!«, rief sie. »Ich versuche hier keinen Wettbewerb auszutragen, wessen Gegend die bessere ist. Ich bin einfach nur … ehrlich. Ich versuche dir zu sagen, wie es für mich ist.«

»Ich habe es schon verstanden. Deine Ehrlichkeit erschöpft sich allerdings ein bisschen darin, mich als den miesen Typen hinzustellen, der dich dazu bringen will, für ihn alles stehen und liegen zu lassen. Davon war überhaupt nicht die Rede. Ich dachte nur, du wärst hier glücklich, ich dachte, *wir w*ären hier glücklich. Wenn dem nicht so ist, dann habe ich mich getäuscht, und ich wäre der Letzte, der dich davon abhalten würde, wieder zurück nach Seattle zu gehen.« Sie merkte, wie er mit sich rang, die Worte aber trotzdem nicht zurückhalten konnte. »Es wäre ja auch nicht das erste Mal.«

»Soll das ein Witz sein? Geht es darum? Trägst du es mir noch immer nach, dass ich … lass mich nachdenken, 2002 an die Westküste gegangen bin?«

»Nein, mich stört nur, dass immer du diejenige bist, die geht, und es angeblich immer meine Schuld sei. Du kannst nicht mal sagen, dass du gehst, weil du es *möchtest.* ›Ich habe mich anders entschieden‹ würde völlig ausreichen. Du stellst es so hin, als würden irgendwelche Erwartungen, die ich angeblich an dich stelle, dich vertreiben. Ich habe keine Erwartungen. Ich habe dich nie vor diese Entscheidung gestellt, entweder hier oder gar nicht. Das habe ich nie gesagt, kein einziges Mal. Wenn du dich nicht mal mit der Vorstellung anfreunden kannst, mir auf halber Strecke entgegenzukommen – gut, muss ja nicht sein. Aber schieb dann nicht die Verantwortung mir zu.«

»Auf halber Strecke?«, fragte sie entgeistert. »Denkst du an Minneapolis, wäre das ungefähr in der Mitte? In diesem Fall kann man sich aber nicht in der Mitte treffen. Wenn beide irgendwo einen Neuanfang machen, gibt nur jeder gleich viel auf. Aber je älter man wird, desto mehr hängt doch daran. Ich werde nicht alles aufgeben, was ich mir aufgebaut habe. Nur weil ich Gefühle für dich habe, werfe ich nicht mein ganzes Leben über den Haufen.«

»Weil du Gefühle für mich hast«, wiederholte er.

Sie schob das Kinn vor. »Nick, ich wusste, dass es nicht leicht werden würde für mich, dass ich wieder alles vor die Wand fahren würde, und es tut mir leid, wenn es dadurch für dich schmerzhaft wird. Es klingt vielleicht verrückt, aber es geht überhaupt nicht darum, was ich für dich empfinde. Wenn ich das Bett mit jemandem teile, wache ich jede Nacht um zwei auf, das hat überhaupt nichts mit dir zu tun. Das ist immer so, ich kenne es nicht anders. Ich will aber nachts durchschlafen, ich brauche meinen Schlaf. Ich will mich nicht über Waffeleisen streiten. Ich will meine Urlaubsplanung nicht jedes Mal absprechen müssen. Ich will reisen, wohin ich will, so wie Dot.«

»Du willst die Urlaubsfotos, die Souvenirlöffel und die Bücher. Aber eigentlich willst du überhaupt nichts.«

Laurie stand auf und verschwand im Schlafzimmer. Seit Wochen sortierte sie jetzt schon Dots Polaroids. Sie hatte eine Box, die mit FREUNDE etikettiert war, und eine, auf der FAMILIE stand. Laurie stapelte beide übereinander und trug sie ins Wohnzimmer. Bei jedem Schritt wurden sie schwerer, als trage sie das Gewicht von Jahren. Jahre, in denen ständig die Kamera *klick-klick* gemacht hatte, in denen jeder Moment, jedes Gesicht hatte festgehalten werden müssen. Sie trat vor den Sessel, in dem Nick saß, und stellte beide Boxen auf seinen Schoß. Dann nahm sie den Deckel der FREUNDE-Box ab und eine Handvoll Bilder heraus, die sie Nick in die Hand drückte. »Hier, es geht nicht darum, nichts zu wollen«, sagte Laurie. »Es geht darum, was ich haben kann. Verstehst du, was ich meine?«

»Ehrlich gesagt nein«, sagte er. »Aber ich sehe, dass es dir ernst ist damit.«

Sie setzte sich neben ihn und legte die Hand auf sein Knie. »Ich bin wirklich froh über das, was wir haben«, sagte sie. »Wirklich. Du kannst dir gar nicht vorstellen, wie froh ich bin, dass wir uns wiedergesehen haben und diese Wochen miteinander hatten.«

Er nickte langsam. »Ja, das bin ich auch.«

Kurz darauf ging er und verabschiedete sich mit einem Kuss, der allerdings recht flüchtig ausfiel. Als sie die Tür hinter ihm schloss, kam eine Nachricht von June. *Hey, Charlie ist auf einem Junggesellen-*

abschied, ich muss noch die Kinder abfüttern und ins Bett kriegen und könnte ein bisschen Unterstützung gebrauchen. Du hast nicht zufällig Lust, zum Essen vorbeizukommen?

Laurie schrieb sofort zurück. *Bin in einer halben Stunde da, ich freue mich!*

26

June war gerade dabei, Spaghettisauce zu kochen, und Bethie hatte einen Heulanfall gehabt, weil Tommy einen ihrer Haarreifen zerbrochen hatte. Sie war jetzt oben in ihrem Zimmer und las ein Buch, während Tommy unten ein Video schaute. Junes Gesicht sah verquollen aus, als habe sie selbst erst kürzlich geweint, und sie hielt den Blick aufs Nudelwasser gerichtet. »Das verdammte Wasser will einfach nicht kochen«, sagte sie. »Ich schwöre, ich habe es vor einer Viertelstunde auf den Herd gestellt, aber es *köchelt* noch nicht mal.«

Laurie ging zu ihr und legte den Arm um Junes Schultern. »Hey, alles gut. Der Herd funktioniert, es ist einfache Physik, das Wasser wird kochen. Schau mal, am Boden des Topfes bilden sich schon kleine Bläschen. Es kann sich nur noch um Sekunden handeln.«

June lächelte matt. »Kurz bevor ich dir geschrieben habe, saß ich am Esstisch, den Kopf in den Händen, und habe mir wie ein Mantra immer wieder vorgesagt: Ich liebe meine Kinder, ich liebe meine Kinder, ich liebe meine Kinder.«

Laurie drückte sie. »Natürlich liebst du sie. Deshalb können sie einem manchmal trotzdem den letzten Nerv rauben.« Sie nahm sich einen Holzlöffel und rührte die Sauce um. »Die sieht lecker aus. Und sie riecht auch sehr gut.«

»Ich hoffe, dass sie auch so schmeckt«, sagte June. »Ich hatte mir gedacht, dass wir uns einen schönen Abend machen, nur ich und die Kinder, während ihr Dad noch zu dieser blöden Feier musste, zu der er eigentlich gar nicht wollte, aber dann hab ich mir erst die Hand verbrannt, und dann fing Bethie wegen ihrem Haarreif an zu heulen und schrie ihren Bruder an, dass sie ihn hassen würde, und er schrie zurück, er würde sie auch hassen, und wahrscheinlich sind sie in einer Stunde wieder ein Herz und eine Seele, aber ich stehe noch immer völlig fertig hier und habe das Gefühl, mir würde gleich der Schädel platzen.«

»Das tut mir leid, June«, sagte Laurie und rührte weiter in der Sauce. »Und danke, dass du es mir erzählt hast. Es ist gut, mal für fünf Minuten an etwas anderes als an meine Ente zu denken.«

»Wie läuft es mit Nick?«, wollte June wissen und stierte wieder ins Nudelwasser, als wolle sie jedes Bläschen einzeln zum Kochen bringen.

Laurie hielt inne. »Ich dachte, wir reden erst mal über deine Baustelle.«

»Meine Baustelle war, dass du vorbeikommen und mir hier Gesellschaft leisten solltest, damit ich keinen Schreikrampf kriege. Das haben wir, jetzt können wir gern mit dir weitermachen. Vielleicht lenkt mich das auch von dem verdammten Nudelwasser ab.«

Laurie lachte und legte den Löffel beiseite, lehnte sich an den Küchentresen und begann June vom Besuch bei Rosalie zu erzählen, vom *Spion, der aus der Kälte kam,* der grünen Farbe an Dots Händen und der blauen Plastikbox mit den halb fertigen Enten in ihrem Schlafzimmer. Am Schluss erzählte sie noch, wie Nick vorbeigekommen und wie er wieder gegangen war. »Ich glaube«, schloss sie, »es könnte vorbei sein. Noch nicht richtig und endgültig vorbei, aber es fühlt sich an, als wäre das der Anfang vom Ende.«

»Oh Laurie«, sagte June. »Das tut mir leid.«

»Du hast es ja gleich gesagt«, erwiderte Laurie. »Es war keine gute Idee, und es konnte nichts daraus werden, auch wenn ich es mir noch so sehr gewünscht habe.«

June ließ den Herd einen Moment aus dem Auge und ging eine Flasche Wein aus dem Kühlschrank holen. »Aha«, sagte sie und zog den Korken heraus. »Und wie sehr wünschst du es dir genau?«

»Sehr«, gab sie zu. »Aber nicht genug, um tatsächlich wieder hierherzuziehen. Weißt du, woran mich das erinnert? Als ich Bethie letzthin gefragt habe, was sie da aus Lego baut, und sie dann meinte, das würde ein Stall, für die Pferde. Es hätte auch eine Schule werden können, es war einfach nur ein Rechteck aus roten Legosteinen, aber für sie wurde es ganz klar ein Stall. Genauso hat sich mein Leben früher angefühlt, zwischen zwanzig und dreißig. Du lernst jemanden kennen, und dein Leben ist einfach nur dieses Rechteck, es könnte *alles* sein. Und wenn du dann jemand anderen kennenlernst, wird es statt einer Schule eben ein Stall oder was auch immer.« Sie schaute June an, die versonnen lächelnd Wein in zwei Gläser goss. »Was ist?«

June reichte ihr ein Glas. »Nichts. Ich bin von dieser Metapher einfach nur sehr beeindruckt. Wahrscheinlich werde ich Lego fortan mit ganz anderen Augen betrachten.«

»Aber jetzt, mit fast vierzig, ist es anders. Ich habe bereits die Schule gebaut. Mit Fenstern und Tischen und Stühlen, einer Schulglocke und Tafeln und Stiften …«

»Das klingt nach ziemlich viel Zubehör.«

»Bring mich jetzt nicht zum Lachen, June. Du nimmst es außerdem viel zu wörtlich. Worauf ich hinauswill, ist, dass ich mir etwas aufgebaut habe. Ich habe diese Schule gebaut, und wenn ich jetzt jemanden kennenlerne, der einen Stall hat, müssen wir schauen, wie wir Schule und Stall zusammenbringen. Leider gibt es diese romantisch verblasene Vorstellung, man liebe jemanden nur dann wirklich, wenn man aus Liebe zu ihm alles wieder abreißt, was man sich aufgebaut hat. Man liebt den anderen so sehr, dass man dieses kleine Legosteinchen wird, das perfekt in sein Gebäude passt und es erst komplett macht. So stellt Nick sich das vor. Er träumt davon, dass ich zurück nach Calcasset ziehe, in Dots Haus, dass wir sonntags zum Brunchen zu Ginger gehen, also im Prinzip stellt er sich genau sein Leben vor, nur eben mit mir. Und ich behaupte nicht, in dieser Hinsicht besser zu sein. Mir wäre es am liebsten, er würde nach Seattle ziehen, am besten in meine Straße, aber ein paar Häuser weiter, und nach dem Sex nach Hause gehen, damit ich in Ruhe schlafen kann. Dann wäre aber *er* das Legosteinchen, das sich in mein Gebäude einfügt. Das kann es aber nicht sein, denn weder das eine noch das andere fühlt sich richtig an.«

»Hast du mit ihm darüber gesprochen?«

»Worüber?«

»Hast du ihm gesagt, dass du durchaus über eine Lösung eures Problems nachdenkst, sie dir vielleicht sogar wünschst, oder hast du einfach bloß Nein gesagt?«

Laurie überlegte einen Moment. »Ich weiß nicht genau.«

»Also nein. Und warum nicht?«

»June, es kommt nicht darauf an, was ich sage. Ich weiß, dass er niemals von hier wegziehen wird. Er ist hier quasi der inoffizielle Bürgermeister. Die Menschen lieben ihn. Er hat sich lieber scheiden lassen, als Calcasset zu verlassen!«

June wirkte nicht überzeugt. »Ich denke, da war nicht allein dieser Job ausschlaggebend. Becca wollte Karriere machen, er war immer schon etwas bodenständiger. Charlie und ich dachten damals, dass sie ein ziemlich ungleiches Paar abgeben.«

»Dann hältst du es also nicht für ausgeschlossen, dass er vielleicht doch woanders hinziehen würde?«

»Das kann ich dir nicht sagen. Woher soll ich das wissen? Oder du. Wir wissen es beide nicht. Du hättest ihn einfach fragen sollen. Du scheinst davon auszugehen, dass es für ihn nur diese eine Option gibt, dass du zurückziehst und in Dots Haus lebst. Du hinterfragst das nicht und sagst erst mal Nein. Ist ja auch völlig legitim. Ich bewundere dich dafür, dass du weißt, was du willst, und es auch durchziehst. Dazu gehört Mut. Du wusstest schon immer, dass du eher keine Kinder möchtest, du willst nicht heiraten, du brauchst deine Privatsphäre. Aber das alles schließt nicht aus, dass du dein Leben mit jemandem teilst. Es heißt auch nicht, dass du nicht mit Nick zusammen sein willst. Sag ihm doch einfach, was *du* dir vorstellst.«

Laurie kaute auf ihrer Lippe. »Das weiß ich doch selbst nicht so genau.«

June seufzte. »Dann sage ich dir jetzt mal was – und ich hoffe, du weißt, dass ich es nur sage, weil ich es gut mit dir meine. Wir kennen uns schon sehr lange, du bist meine älteste und beste Freundin, und ich möchte, dass du glücklich bist, okay?« Sie ging zu Laurie und legte ihr die Hand auf den Arm. »Ich finde es unglaublich anstrengend, wie du an diese Sache herangehst.«

Laurie lachte überrascht auf. »Das nenne ich direkt.«

»Meine Kinder haben mich mürbe gemacht«, sagte June und seufzte. »Wenn man dir zuhört, kann man das Gefühl bekommen, als müsstest du dich entschieden, ob du diese Beziehung eingehen oder deine Identität bewahren willst. Als würde das eine das andere ausschließen. Entweder du heiratest und bindest dich für den Rest deines Lebens an jemanden und gibst alles auf, was du bist und hast, oder aber du stromerst als einsame Wölfin durch die Welt und rufst nur ab und an deine Eltern per Satellitentelefon an, damit sie wissen, dass du noch lebst. Aber so ist es nicht. Glaub mir, ich bin immer noch ganz ich selbst – und das, obwohl ich verheiratet bin, obwohl ich Kinder habe und sogar obwohl ich jemand anderen habe entscheiden lassen, in welcher Farbe wir das Wohnzimmer streichen. Und egal, wie du dich entscheidest, du wirst immer mal allein sein und mal brauchst du andere Menschen. So wie ich heute, als ich mit dieser Spaghettisauce zugange war und dir dann geschrieben habe, weil ich merkte, allein schaffe ich das nicht. Und dann bist du gekommen und schon ging es wieder.«

»Ja«, sagte Laurie und schaute in ihr Glas. »Natürlich.«

»Du musst nicht allein bleiben, um unabhängig zu sein«, sagte June. »Genauso wenig wie man heiraten muss, um geliebt zu werden. Es ist kein Entweder-oder. Und ich glaube, du bist es dir selbst schuldig, alle Möglichkeiten durchzuspielen, statt einfach davon auszugehen, dass das, was du dir wünschst, unmöglich ist.« June nahm einen großen Schluck Wein und ging zurück an den Herd. »Oh, schau, das Wasser kocht«, sagte sie. »Du hattest mal wieder recht.«

27

Am nächsten Morgen wurde Laurie von einem lauten Klopfen aus dem Schlaf gerissen. Sie quälte sich aus dem Bett, band ihre Haare zurück und rief, dass sie in einer Minute käme, dann schlüpfte sie in eine bequeme Hose, zog ihr Springsteen-T-Shirt über und eilte nach unten. Als sie aufmachte, stand Matt Pell vor der Tür und vibrierte förmlich vor Ungeduld. »Matt«, sagte sie.

»Wir müssen reden.« Sein Lächeln war verschwunden, er trug ein schlichtes graues T-Shirt, und zum ersten Mal hatte sie das Gefühl, den wahren Matt Pell zu Gesicht zu bekommen.

»Das trifft sich gut«, meinte sie. »Ich wollte nämlich auch noch mit Ihnen reden.« Sie ließ ihn herein und schloss die Tür, ging ihm voraus und holte das Gutachten aus ihrer Tasche. »Ich fange gleich mal an«, sagte sie und drückte es ihm in die Hand. »Das ist eine Fälschung und nicht mal eine besonders gute.«

Sie war davon ausgegangen, dass er sich verteidigen und versuchen würde, sich damit herauszureden, dass entweder das Auktionshaus einen Fehler gemacht habe oder alles ein großes Missverständnis sei, und ob man sich nicht setzen und in Ruhe über alles reden wolle. Es überraschte sie also, dass er nun lediglich einen entgeisterten Blick darauf warf und sie dann fragend ansah. »Entschuldigen Sie, aber was soll das sein?«

Sie lachte. »Das ist das Gutachten, das ich von Ihnen bekommen habe. Ich weiß, dass es nicht echt ist, ich habe mit Wesson & Truitt telefoniert, und zwar unter der richtigen Nummer, nicht der, die Sie hier angegeben haben und die, auch das weiß ich mittlerweile, ins Leere führt oder vielmehr zu diesem albernen Retrotelefon in Ihrem

Laden, an das nie jemand drangeht. Dieses Gutachten sei nicht von ihnen, wurde mir bei Wesson & Truitt gesagt, es wurde nie in Auftrag gegeben. Die Auftragsnummer stimmt auch nicht mit denen von Wesson & Truitt überein, die stets mit einem Buchstaben beginnen. Das war Ihr erster Fehler, Matt, und noch längst nicht der dümmste, wie mir der Blindtext ganz am Ende des Gutachtens verraten hat. Mit anderen Worten, man hat dort in jüngster Zeit keine Ente vorgelegt bekommen, die von Kittery stammen könnte. Das Gutachten ist gefälscht.« Sie riss es ihm wieder aus der Hand und wedelte damit vor seiner Nase herum.

»Ich verstehe kein Wort«, sagte er und griff nach dem Papier, drehte und wendete es und legte die Stirn in immer tiefere Falten. »Keine Ahnung, was das ist. Was hat das mit mir zu tun?«

In ihren Ohren begann es zu schrillen. »Das ist das Gutachten, das Sie mir mitgebracht haben – angeblich von Wesson & Truitt. Nur deswegen habe ich Ihnen die Ente so günstig abgetreten. Mit diesem albernen Wisch wollten Sie mir weismachen, dass sie nichts wert sei, billige Massenware.«

Er hielt es in den Händen und las schweigend, warf dann wieder einen Blick auf die Rückseite, strich mit den Fingern über das Papier, als habe er so etwas sein Lebtag noch nicht gesehen. »Ich bin ehrlich überfragt«, sagte er denn auch. »Ich sehe das heute zum ersten Mal.«

Laurie merkte, wie ihr die Brust schwoll, als trage sie einen mit glühender Lava gefüllten Ballon in sich. »Sie haben es mir in diesem Wohnzimmer gegeben«, sagte sie. »Dort haben Sie gesessen, in diesem Sessel, und mir diesen Schrieb auf den Tisch geknallt.«

Er schüttelte den Kopf. »Das ist kein Gutachten von Wesson & Truitt. Deren Auftragsnummern beginnen immer mit einem Buchstaben. Und hier unten steht sogar noch Blindtext. Das ist eine Fälschung, so etwas hätte ich Ihnen niemals gegeben.«

»Warum wiederholen Sie, was ich gerade gesagt habe? Natürlich ist es eine Fälschung, darum geht es ja. Aber die haben *Sie* mir gegeben. Sie kamen vorbei und meinten, hier, lesen Sie selbst und dass es Ihnen leidtäte, weil ich mir sicher mehr versprochen hätte. Und danach gab es sogar noch Zuspruch von Ihnen, wie gut ich mich um den Nachlass meiner Tante kümmerte und dass diese Arbeit ja immer an den Frauen der Familie hängen bliebe.«

Er schüttelte den Kopf. »Ich erinnere mich nicht. Wie käme ich dazu, so etwas zu tun?«

Sie wich einen Schritt zurück. »Was wird hier gespielt? Haben wir irgendwo eine versteckte Kamera? Ist das womöglich eine Quizshow, gibt es etwas zu gewinnen? Oder haben Sie etwas genommen, was Ihre Erinnerungslücken erklären würde? Klären Sie mich auf.«

Er hob beschwichtigend die Hände. »Es kann sich nur um ein Missverständnis handeln«, sagte er und kramte in seiner Tasche, zog ein Blatt Papier heraus und reichte es ihr. »Das ist der Beleg, den ich von Ihnen erhalten habe, als ich Ihnen die Ente abgekauft habe. Hier steht, Sie hätten sie mir für fünfzig Dollar überlassen. Daran erinnere ich mich noch genau.« Er sprach in dem sanften Tonfall, mit dem man Kinder zu beruhigen versucht.

»Das ist Betrug«, sagte sie und hielt ihm den Zettel unter die Nase. »Das ist nichts anderes als Betrug. So etwas können Sie nicht machen. Und was versprechen Sie sich davon, sich jetzt dumm zu stellen und so zu tun, als wüssten Sie nicht, wovon ich rede? Spekulieren Sie darauf, dass ich am Ende glaube, ich hätte mir alles bloß eingebildet und dass Sie einen eineiigen Zwilling hätten?«

»Ich weiß wirklich nicht mehr, was ich dazu sagen soll«, meinte er und nahm sie dann etwas schärfer ins Visier. »Wie wollen Sie beweisen, dass ich Ihnen dieses Gutachten gegeben habe? Genauso gut hätten Sie es auch selbst zusammenschustern können.«

Sie nickte langsam. »Ich glaube, ich verstehe, was hier gespielt wird. Die Show heißt *Wer will alte Damen übers Ohr hauen und auf glitzernden Rollerskates in die Hölle fahren?* Wissen Sie, was Sie sind? Ein mieses kleines Arschloch.«

»Ich weiß nicht, weshalb Sie sich so aufregen. Ich habe mir nichts zuschulden kommen lassen. Was man von Ihnen nicht gerade behaupten kann.«

Sie erwiderte seinen Blick. »Ach, jetzt bin ich es auf einmal? Ich habe nicht die geringste Ahnung, worauf Sie hinauswollen.«

»Nachdem dieses Objekt völlig legal von Ihnen in meinen Besitz übergegangen ist, habe ich einen Kollegen gebeten, es für mich zu verkaufen.«

»Ah«, sagte Laurie. »Ein Kollege. Sie meinen Ihren Kumpel, der eine noch schlechtere Meinung von Ihnen hat als ich?«

»Jemand hat mir dieses Objekt daraufhin gestohlen«, fuhr Matt fort, als habe sie überhaupt nichts gesagt. »Jemand hat es an sich genommen, um es dem Käufer persönlich zu überbringen, und ist dann spurlos damit verschwunden.«

Laurie nickte. »Das tut mir leid. Aber vielleicht sind Ihre Geschäftspraktiken auch etwas ... undurchsichtig?«

»Mein Kollege meinte, der Käufer sei ein gewisser Nick Cooper, irgendein Bibliothekar hier aus dem Ort. Sagt Ihnen der Name zufällig etwas?«

»Mini Cooper sagt mir was. Und Gary Cooper. Und einen Alice Cooper gibt es meines Wissens auch noch. Sind Sie sicher, dass Ihr Kollege die Ente nicht an Alice Cooper verkaufen wollte?«

Matt verschränkte die Arme. »Ich weiß, dass Sie früher mal mit ihm zusammen waren. Und anscheinend noch immer sind.«

Sie schüttelte den Kopf. »Ich glaube, jetzt reden wir aneinander vorbei. Sie meinten doch eben, Sie hätten die Ente an Nick Cooper verkauft? Wenn Sie wissen, wer er ist, dann fragen Sie ihn doch einfach, wo das gute Stück abgeblieben ist.«

»Er behauptet, sie nie erhalten zu haben. Sie scheint verschwunden zu sein, während sie sich in den Händen Dritter befand.«

»In den Händen Dritter?«, wiederholte sie. »Das wird ja immer abenteuerlicher. Dann sollten Sie sich an diese Person wenden.«

Matt zögerte, es gefiel ihm sichtlich nicht, damit herauszurücken. »Ich weiß nicht, wer diese Person ist.«

»Ihr Kollege hat die Ente jemandem übergeben, von dem Sie beide nicht wissen, wer es ist? Das ist ja kurios. Ich an Ihrer Stelle würde erst mal versuchen, diese Person ausfindig zu machen. Oder gleich Anzeige erstatten. Erzählen Sie der Polizei doch einfach, was passiert ist. Bei Rückfragen stehe ich natürlich jederzeit und gern zur Verfügung.«

»Sehr witzig«, sagte er.

»Sie haben sich ganz schön verändert«, stellte sie fest. »Seit Sie mich übers Ohr gehauen haben, ist doch einiges von Ihrem Charme abgebröckelt. Aber wissen Sie was, ich mag diese neue Seite Ihrer Persönlichkeit.«

Er straffte die Schultern und ließ die schmale Brust schwellen. »Machen wir es kurz: Ich weiß, dass Sie die Ente haben. Und ich habe es schriftlich, dass die Ente mir gehört, ich habe sie Ihnen abgekauft. Ich an Ihrer Stelle wäre jetzt also so schlau, sie mir zurückzugeben. Dann gibt es nämlich keinen Ärger, und wir vergessen das Ganze einfach.«

Bislang war sie ruhig geblieben, aber jetzt reichte es ihr. »Soll das ein Witz sein?«, rief sie. »Wollen Sie mir drohen? Warum sollte ich das Ganze vergessen wollen? Sie sind ein Dieb, ein Lügner und Betrüger, der sich an trauernden Angehörigen bereichert. Sie sind ein ganz mieses Stück Scheiße. Ich an Ihrer Stelle würde den Mund nicht so voll nehmen, denn sonst erstatte *ich* Anzeige, und zwar gegen Sie!«

»Ich möchte lediglich mein Eigentum zurück«, erwiderte er kühl. »Sie haben diese Ente von mir gestohlen.«

Natürlich hätte sie das Problem auch ganz einfach aus der Welt schaffen können, indem sie ihm erklärte, dass die Ente überhaupt kein Kittery war, sondern ein Dot-Bennett-Original und er sich den ganzen Aufwand somit hätte sparen können. Aber ihr stand nicht der Sinn danach, ihm das zu verraten.

»Glauben Sie, ich hätte Angst vor Ihnen?«, schrie sie ihn an. »Vor jemandem, der zu blöd ist, den Blindtext aus einem Dokument zu löschen? Irgendetwas sagt mir, dass Sie längst nicht der große Trickbetrüger sind, für den Sie sich halten, sondern nur ein ziemlicher Einfaltspinsel mit einer mehr als zweifelhaften Moral.«

»Na dann viel Glück«, sagte er. »Wenn ich die Ente als gestohlen gemeldet habe, werden Sie sie auch nicht mehr los.«

»Sie werden die Ente aber nicht als gestohlen melden«, sagte sie. »Denn dann würden Sie der Polizei auch den Rest der Geschichte erzählen müssen, und irgendwann würde sicher die Frage im Raum stehen, was Sie sonst noch so alles haben mitgehen lassen bei Ihrem honorigen Trauerarbeitsbusiness.«

»Was soll denn das schon wieder heißen?«

Laurie trat ganz nah an ihn heran und fixierte ihn mit gehobenen Brauen. »Ich weiß über Betty Donnellys Tigeruhr Bescheid«, raunte sie. »Und wo Rauch ist, ist auch Feuer.«

Vieles an diesem Sommer würde ihr wohl noch lange in Erinnerung bleiben, aber zu sehen, wie Matt alles Blut aus den Wangen wich, war ein Anblick, den sie zu gern im Bild festgehalten hätte, sei es nun als Foto, in Öl, Aquarell oder Kreidepastell oder aus Rice Krispies gelegt, um ihn ein Jahr lang täglich zum Frühstück zu verspeisen.

»Wer hat Ihnen das erzählt?«, wollte er von ihr wissen, im Ton jener Leute, die es gewohnt sind, andere einzuschüchtern.

Sie verzog das Gesicht. »Das war aber keine Antwort, die für Ihre Unschuld spricht. ›Welche Tigeruhr?‹ hätten Sie mich fragen müssen. ›Mir ist im ganzen Leben noch keine Tigeruhr untergekommen.‹« Sie ging zur Tür und öffnete sie weit. »Und jetzt raus mit Ihnen. Falls es noch nicht klar sein sollte, unsere Geschäftsbeziehung ist hiermit beendet.«

»Wir haben einen Vertrag.«

»Sie können gern einen Anwalt einschalten, und dann schauen wir mal, was passiert.«

Er bedachte sie mit einem letzten finsteren Blick, dann schulterte er seine Tasche und wandte sich zum Gehen.

»He!«, rief sie, als er schon halb zur Tür hinaus war.

Er drehte sich um. »Was?«

»Haben Sie wirklich meinen Artikel über die texanische Blauechse gelesen?«

Er grinste schief. »Ich bin eher nicht so der Leser.«

»Tja, das merkt man. Tut mir leid wegen der Briefe von Andrew Wyeth. Ich weiß, wie sehr Sie sich darauf gefreut hatten.« Sie verpasste der Tür einen Tritt, sodass sie laut hinter ihm zuschlug, und schaute ihm dann durch das kleine Fenster hinterher, wie er die Veranda hinunterstürmte und zu seinem in ihrer Einfahrt geparkten Auto eilte.

28

Laurie hatte June angerufen, als sie von dem College, das ihre zweite Wahl war, angenommen wurde, und sie hatte sie angerufen, als sie von dem College, das ihre erste Wahl war, abgelehnt wurde. June hatte sie angerufen, als sie sich mit Charlie verlobt hatte, und während sie und Charlie sich Zeit damit gelassen hatten, Freunden und Verwandten zu erzählen, dass sie schwanger war, hatte June Laurie gleich nach ihren positiven Schwangerschaftstests angerufen. Laurie hatte June angerufen, bevor sie mit Chris Schluss machte und auch kurz danach. June rief Laurie an dem Tag an, als bei ihrer Mutter Krebs festgestellt wurde und auch als der Krebs besiegt war. Laurie rief June an, als sie den Kaufvertrag für ihr Haus unterschrieben hatte, und June rief Laurie an, als sie und Charlie ihren ersten Termin beim Paartherapeuten vereinbart hatten.

Bevor ihre Eltern sie also an ihrem Vierzigsten anriefen, ihre Brüder samt Anhang im Laufe des Tages Textnachrichten schickten und Freunde und Bekannte aus Seattle sich per Videochat meldeten, war es nur konsequent, dass June sie als Erste anrief, noch bevor Laurie sich den ersten Kaffee eingegossen hatte. »Ich wusste, dass du schon wach bist«, meinte die Freundin. »Um diese Zeit schaust du immer kurz auf Twitter und löst Kreuzworträtsel der *Times*, zumindest halb.«

»Du hast recht, genau das hatte ich vor. Wobei ich es manchmal auch ganz schaffe.«

»Herzlichen Glückwunsch erst mal. Wie geht es dir, fühlt es sich … anders an?«

Laurie stand an der Küchenspüle und schaute hinaus in Dots

Garten, wo ein Rotkehlchen im Gras herumsprang und irgendetwas aus der Erde pickte. »Eigentlich fühle ich mich genauso wie immer. Sollte ich mich anders fühlen?«

»Ich wüsste nicht, warum. Ich möchte dir ganz herzlich dazu gratulieren, eine superfantastische Vierzigjährige zu sein, so wie du gestern und das ganze Jahr davor eine ganz fantastische Neununddreißigjährige warst. Ich hab dich lieb, Laurie, und ich freue mich, dass du den Sommer hier verbracht hast und wir uns so oft sehen konnten.«

»Danke, Junie.« Laurie ging hinüber ins Wohnzimmer, wo die Ente auf dem Couchtisch stand. »Ich verspreche dir, das nächste Mal nicht wieder so lange damit zu warten.«

»Hast du heute schon was vor?«

»Eigentlich nicht. Ich glaube, ich mache hier einfach weiter, denn ich bin fast durch. Kaum zu glauben, aber ich bin kurz davor, den letzten Karton im letzten Schrank durchzusehen.«

»Also Charlie und die Kinder würden sich freuen, wenn du heute Abend zum Essen kommst. Ich würde dich abholen, dann kannst du so viel Wein trinken, wie du magst. Charlie wollte den Grill anwerfen, und Bethie will dir unbedingt etwas vorführen, was sie beim Kinderturnen gelernt hat. Sie nennt es einen Salto, aber ich warne dich schon mal vor, es sieht eher aus wie diese Rolle vorwärts bei den Brandschutzübungen in der Schule.«

»Die würde ich auch nicht mehr hinbekommen.«

»Wie läuft es mit Nick? Hast du mit ihm gesprochen?«

Vier Tage war es jetzt her, seit sie ihm die Polaroids in die Hand gedrückt hatte. Sie hatten sich immer mal wieder kurze Nachrichten geschickt, und sie war auch einen Abend zum Essen bei ihm gewesen, aber sie war nicht über Nacht geblieben. »Nicht darüber, nein. Ich bin auch noch zu keiner Lösung gekommen, außer dass ich mir eine kürzere Entfernung zwischen uns wünsche. Am liebsten wäre mir Teleportation. Oder eine kurze Zugfahrt, eine Tagesstrecke mit dem Auto.«

»Das scheint mir zwar alles etwas unwahrscheinlich, aber man soll ja niemals nie sagen. Wir sehen uns dann später.«

Laurie war mit dem Ausräumen des Hauses fast fertig. Sie hatte ein neues Unternehmen beauftragt, sich um den Sperrmüll und die Sachspenden zu kümmern – und diesmal hatte sie vorher nicht weniger als sechs Referenzen eingeholt –, June würde es ins Haus lassen, wenn Laurie bereits wieder in Seattle wäre. Ein paar Sachen hatte sie für Dots Freunde in Calcasset beiseitegelegt, Päckchen gepackt für Freunde an anderen Orten und für Verwandte, die ausdrücklich um dieses oder jenes gebeten hatten. Vom Dach bis zum Keller gab es praktisch nichts mehr, was nicht ein Mal durch ihre Hände gegangen wäre. Die Ente blieb erst mal im Wohnzimmer, sie hatte es Laurie nach wie vor am meisten angetan. Die Wäsche war gewaschen, und sie begann schon, alles, was sie nicht mehr brauchte, langsam einzupacken. Ihr Flug war gebucht, in einer Woche würde sie wieder im eigenen Bett schlafen. *Ein Glück,* schrieb Erin. *Ich weiß kaum noch, wo mir hier der Kopf steht.*

Um sechs duschte sie, zog sich ihre bequemste Jeans und ein schwarzes T-Shirt mit V-Ausschnitt an. Bei den Devons musste sie zum Glück niemanden beeindrucken. Als June sie abholen kam und Laurie zu ihr ins Auto stieg, genügte ein Blick auf ihre Freundin, und sie wäre fast wieder ausgestiegen. »Oh nein«, sagte sie.

Vielleicht lag es an Junes etwas zu schickem Sommerkleid oder daran, dass sie dezent geschminkt war. Oder vielleicht hatte Laurie schon die ganze Zeit geahnt, dass etwas im Busch war. »Was?«, fragte June.

»June Marie«, sagte Laurie, »was erwartet mich bei dir?«

June blinzelte. »Wie meinst du das? Meine Kinder und mein Mann natürlich. Und jetzt schnall dich an.«

»Und wer noch?«

June holte tief Luft. Als sie wieder ausatmete, stieß sie ein wenig überzeugendes, kieksiges »Niemand?« hervor.

Laurie ließ die Schultern sinken und griff nach dem Sicherheitsgurt, um sich anzuschnallen. »Du warst schon immer eine schlechte Lügnerin.«

»Ich habe nur gesagt, wir laden dich zum Essen ein. Ich habe nicht gesagt, dass außer uns niemand da wäre. Ich kann ja auch nichts dafür, wenn Leute einfach vorbeikommen wollen, oder?« Sie lächelte schief.

»Fahr einfach«, sagte Laurie. »Davon will ich mich mit eigenen Augen überzeugen.«

June sah sie betroffen an und legte sich die Hand aufs Herz. »Und ich hätte dich vielleicht vorwarnen sollen, aber wir haben alle Wände zu deinen Ehren in Schwarz und Grau gestrichen.«

»Das findest du auch nur witzig, weil es nicht dein Vierzigster ist.«

June lachte. »Ich wollte damit nur sagen, du musst sehr tapfer sein, denn wir werden dich feiern – ob du willst oder nicht.«

Man brauchte nicht lange von Dot zu June. Während der Fahrt haderte Laurie die ganze Zeit, ob sie nicht vielleicht doch etwas anderes hätte anziehen sollen. So wie es aussah, würde auch Nick da sein – und was, wenn sie sich heute das letzte Mal sahen? Was, wenn er umwerfend gut aussah und sie so, als habe sie sich auf ein Grillen im Garten eingestellt, mit den Kindern? Was, wenn er gerade von der Arbeit kam und nach Bibliothek roch, nach Büchern und einfach nur nach Nick?

Ehe sie wusste, wie ihr geschah, waren sie auch schon da.

»Kneifen gilt nicht«, sagte June. »Aber es wird nicht so schlimm wie befürchtet, versprochen. Du kennst unser Haus, du warst schon oft da. Nur Mut, alles wird gut.«

»Du weißt, dass ich nicht gern im Mittelpunkt stehe.«

June legte ihr die Hand auf die Schulter. »Verdirb mir jetzt nicht alles. Die Kinder freuen sich schon den ganzen Tag darauf. Es ist ihre erste Überraschungsparty. Ich würde nichts machen, was nicht in deinem Sinne wäre. Vertrau mir einfach.«

»June«, bettelte sie.

»Und jetzt raus mit dir, Geburtstagskind«, sagte June und stieg ebenfalls aus. »Du schaffst das schon.«

Laurie folgte ihrer Freundin den Weg hinauf zum Haus, vorbei an Bethies Schwimmbecken und Tommys Roller, der an der Treppe lehnte. »Darf ich mir kurz die Füße abkühlen?«

»Nein, darfst du nicht.«

»Eine Runde Roller fahren?«

»Laurie, werd nicht kindisch.« June öffnete die Tür und ging ihr voraus ins Haus, das im Abendlicht recht dunkel war. Laurie folgte ihr in den Flur, wo die Schuhe der Familie ganz ordentlich im Schuhregal standen.

»ÜBERRASCHUNG!«

Ganz so viele waren es zum Glück doch nicht. Nick war da und Junes Mann und die Kinder. Ginger, Nicks Großmutter, hatte ihr Haar frisch rosa gefärbt, Daisy und Melody hingen auf der Couch ab, und Violet und Louise, zwei von Dots noch jüngeren Freundinnen aus dem Kirchenkreis, die sich in der ersten Zeit um das Haus gekümmert hatten, machten sich auch jetzt nützlich und werkelten in der Küche herum. Um sich bei den beiden zu bedanken, hatte Laurie abends mal für sie gekocht und June ebenfalls dazu eingeladen.

»Ganz vielen Dank euch allen, das wäre doch nicht nötig gewesen«, brachte sie schließlich hervor und strahlte in die Runde. Daisy stand auf und brachte ihr ein Glas Wein. »Ich freue mich, dass du gekommen bist«, sagte Laurie mit einem Lächeln. »Danke.«

»Die Freude ist natürlich ganz meinerseits«, sagte sie. »Als June uns erzählt hat, dass du heute hundertzwölf wirst, konnten wir einfach nicht Nein sagen.«

»Hundertzwölf ist eher noch eine Untertreibung«, fand Laurie.

Louise und Violet brachten ihr Blumen, und Junes Kinder hatten Glückwunschkarten mit viel Glitzer gebastelt. Ginger schloss Laurie in die Arme und drückte ihr ein Basecap der Calcasset Claws auf den Kopf. »Neuer Fanartikel«, verkündete sie stolz. »Wir dachten uns, wir nehmen zur Abwechslung mal ein frisches Grün.« Und ganz dicht an Lauries Ohr, damit nur sie es hören konnte, sagte sie: »Ich freue mich so für dich, Liebes. Die Vierziger werden dir gefallen, versprochen. Ich hatte den meisten Spaß ab vierzig, und schau mich an, es hat mir nicht geschadet.«

Nachdem Ginger Laurie noch einmal gedrückt hatte und dann meinte, sie wolle mal ein bisschen mit den Kindern spielen gehen – wobei *spielen* meinte, dass Bethie und Tommy ihr sehr ausführlich berichteten, was sie im Fernsehen gesehen hatten, und Ginger sich alles mit großen Augen anhörte und gluckste und lachte und unbedingt noch mehr hören wollte –, kam Nick herübergeschlendert, und er sah fast noch besser aus, als sie ihn in Erinnerung hatte, auch wenn ihr letztes Treffen erst ein paar Tage her war. Und wenn sie ehrlich war, schlief sie mittlerweile auch allein nicht mehr sonderlich gut. »Hi«, hauchte sie etwas atemlos, als er sie mit einem Kuss auf die Wange begrüßte.

»Alles Gute zum Geburtstag«, sagte er und strich leicht über ihre Schulter.

»Danke«, sagte sie. »Und danke, dass du gekommen bist. Ich bin wirklich froh, dass unser kleines Abenteuer einen so versöhnlichen Abschluss findet.«

»Ich auch«, sagte er. »Es wäre wirklich schade, wenn wir jetzt wieder zehn Jahre nicht miteinander sprechen würden.« Er überreichte ihr eine kleine, in gepunktetes Papier gewickelte Schachtel mit einer großen roten Schleife. »Ich habe dir auch ein Geschenk mitgebracht, aber keine Sorge, es ist nicht das, wonach es aussieht.«

Sie nahm es entgegen. »Soll ich es gleich aufmachen?«

»Nein, lieber nicht«, sagte er. »Mach es später auf, wenn du zu Hause bist, und ruf mich dann an.«

»Moment, es ist ein Geschenk, über das wir am Telefon sprechen müssen? Überbringst du mir zum Geburtstag schlechte Nachrichten?«

»Im Gegenteil. Es kann bloß sein, dass ich etwas dazu erklären muss.«

Sie runzelte die Stirn. »Bist du sicher, dass ich es nicht doch jetzt aufmachen soll? Du machst es nämlich ganz schön spannend.«

Er beugte sich vor, um ihr ins Ohr zu flüstern. »Ich konnte einfach der Gelegenheit nicht widerstehen, dich noch ein letztes Mal auf die Folter zu spannen, bevor du wieder nach Hause fliegst.« Seine Haare kitzelten sie an der Schläfe, und er roch so sehr nach Nick – nach Büchern und Seife und schier aberwitzig vielen Pheromonen –, dass ihr die Knie ganz weich wurden. Uff, dachte sie, das haut ja vielleicht rein.

»Okay«, sagte sie mit matter Stimme.

»Du wirst rot«, flüsterte er.

»Das liegt an dir«, flüsterte sie zurück.

»Warum, was mache ich denn?«

»Hier sein. Stell dich lieber wieder dort drüben hin.« Sie zeigte zum Tisch mit den Getränken, und er lächelte so, als müsse er sich ein Lachen verkneifen. Dann zog er ab. June, die ihren Blick auffing, schaute vielsagend auf das Geschenk. Laurie zuckte mit den Schultern und ließ es in ihrer Tasche verschwinden.

Gegen Mitternacht war sie wieder zurück. Nicht June, sondern Charlie hatte sie gefahren, weil Bethie aufgewacht war und nach ihrer Mama gerufen hatte – und zwar nur nach ihr, Daddys mussten draußen bleiben. Mit einer Tragetüte aus Papier in der Hand stieg sie aus, darin das Geschenk von Nick und diverse andere kleine Aufmerksamkeiten, die sich halbwegs mit ihrem Wunsch vereinbaren ließen, bitte nichts geschenkt zu bekommen – oder wenigstens nichts, das sich auf dem Rückflug nur schwer in ihrem Gepäck verstauen ließe.

Sie wusste selbst nicht, wem sie etwas vorzumachen versuchte, aber sie öffnete erst mal alle anderen Geschenke, auch wenn sie dabei die ganze Zeit überlegte, was sich wohl in der kleinen mysteriösen Schachtel befand. Als wäre alles andere nur Beiwerk, das nicht wirklich zählte. Ein hübscher Schmuckanhänger, den Daisy und Melody bestimmt auf einem der Kunsthandwerkermärkte hier in der Gegend gefunden hatten. Von Ginger ein Kompass in einem Messingetui, dazu ein Kärtchen, auf dem stand: *Damit du immer deinen Weg findest.* Und von June und ihrer Familie eine gerahmte Fotografie von Dots Haus aus dem Jahr 1974 – mit freundlichem Dank an den örtlichen Geschichtsverein –, die einer aktuellen Aufnahme aus diesem Sommer gegenübergestellt war.

Dann stand bloß noch das gepunktete Päckchen vor ihr auf Dots Esstisch. Laurie betrachtete es einen Moment, dann zog sie die rote Schleife auf und riss das Papier ab. Als sie die Schachtel öffnete, fand sie ein dreimal zusammengefaltetes Blatt Papier darin. Sie nahm es heraus, atmete einmal tief durch und faltete es auseinander. Es war die etwas körnige Kopie eines Artikels aus einem Alumni-Jahrbuch von 1995, in dem von der Pensionierung Prof. John Edward Harlans berichtet wurde, Abschlussjahrgang 1950 und langjähriges Mitglied der naturwissenschaftlichen Fakultät der Universität Bangor. Sein Forschungsschwerpunkt in der Biochemie war irgendetwas mit Proteinstrukturen, diesen Teil überflog Laurie nur. Er war verheiratet, hieß es am Schluss, hatte vier Kinder und freue sich darauf, bald mehr Zeit zum Reisen und für seinen Garten zu haben.

Am Ende der Seite war ein schwarzer Pfeil, das universelle, wenn auch nicht ganz logische Zeichen für *Bitte wenden,* und genau das tat sie. Sie drehte das Blatt um. John E. Harlan, stand auf der Rückseite, Gatecrest c/o Ivywood, Apartment 215, Carrywick, Maine. Sofort googelte sie *Ivywood Carrywick* und fand eine Einrichtung für betreutes Wohnen.

Dann rief sie Nick an. Er ging gleich nach dem ersten Läuten dran. »Hallo Sass«, sagte er.

»Er lebt noch?«, fragte sie. »Er lebt und genießt den Ruhestand in einer lauschigen Seniorenresidenz?«

»Als ich gestern mit ihm sprach, klang er zumindest noch sehr gesund und munter.«

Sie trommelte mit den Fingern auf den Tisch. »Worüber habt ihr gesprochen? Was hat er gesagt?«

»Ich habe ihm erzählt, dass Dot Bennetts Großnichte sich gerade etwas in die Familiengeschichte vertieft und hofft, dass er ihr vielleicht weiterhelfen könne.«

»Und?«

»Er wusste, dass Dot gestorben ist. Wenn er irgendetwas tun könne, stehe er gerne zur Verfügung.«

»Ob er wohl einverstanden wäre, wenn ich ihn besuche?«

»Du unterschätzt mich, Sass. Er erwartet uns. Also dich. Oder nein, eigentlich uns. Wenn das für dich in Ordnung ist.«

»Natürlich ist es in Ordnung. Aber wann? Ich reise bald ab, das weißt du.«

»Deshalb habe ich ihm gesagt, dass wir morgen kommen. Es ist vielleicht etwas übergriffig, aber ich habe June gefragt, wann du Zeit hast, und sie meinte, ein paar Stunden am Morgen könntest du sicher erübrigen. Ich hoffe, es macht dir nichts aus. In Anbetracht der Umstände fand ich es verzeihlich.«

Laurie schüttelte den Kopf, obwohl er es ja nicht sehen konnte. »Dir ist verziehen. Dann lass uns morgen zusammen zu ihm fahren, ich freue mich.«

»Schön«, sagte er. »Ich glaube, es ist gut, noch mal was gemeinsam zu unternehmen, bevor du wieder zurückfährst.«

»Das denke ich auch.«

»Alles Gute zum Vierzigsten, Sass.«

»Danke, Nick.«

Als sie zu Bett ging, kam sie nur schwer zur Ruhe und wünschte sich, er wäre jetzt bei ihr. Zum ersten Mal hatte sie das Gefühl, dann vielleicht besser schlafen zu können.

29

Die Seniorenresidenz lag am Ende einer langen Zufahrt, die durch eine kleine Grünanlage führte. Der Haupttrakt wurde von zwei imposanten Gebäudeflügeln neueren Datums flankiert. An den Fenstern hingen Vogelhäuschen oder bunte Blumenkästen, und als sie in eine der Parklücken fuhren, kam gerade eine alte Dame mit ihrem Hund vorbeispaziert. »Nicht übel, hier seinen Lebensabend zu verbringen«, fand Nick und stellte den Motor ab. »Vielleicht erklärt das ja, warum John auch mit seinen vierundneunzig Jahren noch so aufgeräumt klang.«

»Angenommen, er wäre hier irgendwann nach der Pensionierung eingezogen, er könnte locker schon zwanzig Jahre hier wohnen«, überlegte Laurie weiter. »Stell dir das mal vor, Nick! Damals waren wir noch auf dem College. Und zusammen.« Sie pfiff leise durch die Zähne. »Entweder ist er schon sehr lange hier, oder wir sind doch jünger als gedacht.«

»Vielleicht ist es ein bisschen von beidem«, schlug Nick versöhnlich vor, als sie ausstiegen und zum Haus gingen. »Ich glaube, man erwartet uns bereits.«

Die freundliche Dame an der Rezeption kannte tatsächlich ihre Namen und sagte ihnen, dass Johns Apartment im ersten Stock links sei. Er gehöre zu den Bewohnern, die schon 1998, kurz nach der Eröffnung, eingezogen seien, fügte sie lächelnd an. Sie händigte ihnen ihre Besucherausweise aus und erinnerte sie daran, dass in der gesamten Anlage nicht geraucht werden dürfe.

Derart instruiert, gingen Nick und Laurie durch die Lobby und betraten einen der Fahrstühle, der hell und geräumig war, sichtlich auf Gehhilfen aller Art zugeschnitten. Als die Türen nach der kurzen Fahrt wieder aufglitten, empfing sie auf einem mit blauer Teppichware ausgelegten Korridor gedämpfte Stille. Sie wandten sich nach links und fanden sich nach ein paar Schritten vor einer weit offenen Tür, an der JOHN HARLAN stand. An der Wand direkt daneben hing ein Gemälde, das drei Segelboote auf offener See zeigte. Vom Flur aus sahen sie ihn am Fenster sitzen und in einer Zeitung lesen. Nick klopfte an die offene Tür. »Mr Harlan?«

Er hob den Blick und wandte den Kopf. »Ja?«

»Wir hatten gestern telefoniert, ich bin Nick Cooper, und das ist Laurie, Dots Großnichte.«

»Oh! Ja, natürlich, kommen Sie herein, kommen Sie.« Laurie folgte Nick in das Apartment, das nicht sehr groß, doch tadellos war, ein Fernseher in der einen, Familienfotos in der anderen Ecke. Zwei Sessel standen seinem Fensterplatz gegenüber. Er deutete einladend darauf, während er die Zeitung zusammenfaltete und sie auf den Beistelltisch legte. »Ich habe die extra hochbringen lassen, damit Sie nicht zu stehen brauchen.« Als Laurie näher kam, hob er den Blick, und ein warmes Lächeln breitete sich über sein Gesicht. »Es ist wirklich erstaunlich, wie sehr Sie mich an Dot erinnern.«

Laurie erwiderte das Lächeln und gab ihm die Hand. »Das höre ich gern. Ich bin Laurie Sassalyn, Mr Harlan, und möchte mich schon mal bedanken, dass Sie bereit sind, mir zu helfen bei meinen Fragen.«

»Nennen Sie mich einfach John. Wir sind doch im Grunde so was wie alte Freunde.«

Sie setzte sich in einen der Sessel und Nick nahm den anderen. Dann holte sie das Foto von John und Dot aus ihrer Tasche, das sie in der mit D & J beschrifteten Box gefunden hatte. Es war noch keins von Dots Polaroids, 1962 stand auf der Rückseite, ihre Faszination für Sofortbildkameras hatte erst etwas später begonnen. Auf dem Foto sah man die beiden auf einer Bank unter einem Baum sitzen, er hatte den Arm um sie gelegt, und sie hatte, in einer recht mutigen

Geste, wie Laurie fand, die Hand auf seinem Knie. »Das habe ich bei ihren Sachen gefunden, ich dachte, Sie hätten es vielleicht gern.« Sie reichte es ihm.

Er hielt es sich nah ans Gesicht. »Ach, schau einer an«, sagte er. »Wie jung wir da noch waren. Das ist die Bank vor dem Institutsgebäude, in dem ich gearbeitet habe. Sie kam oft in der Mittagspause vorbei. Das Foto muss ein Kollege von mir gemacht haben. Ich konnte damals gar nicht genug Bilder von ihr haben.«

John erzählte, dass er und Dot sich Mitte der Fünfziger kennengelernt hatten. Sie arbeitete an der Grundschule in Calcasset, er war Forschungsassistent für ein Unternehmen in Bangor. Sie hatten sich auf der Hochzeit von Freunden kennengelernt, Champagner getrunken und sich auf Anhieb bestens verstanden. Sie gingen zusammen aus, irgendwann fragte er sie, ob sie nicht heiraten wollten. »Aber sie meinte, sie wäre nicht für die Ehe gemacht«, sagte er. »Das hörte man damals, glaube ich, nicht so oft.«

Nick und Laurie wechselten einen Blick. Sie musste daran denken, wie sie diese Glaskugel mit ihrem eingravierten Hochzeitsdatum am liebsten hatte zerschlagen wollen.

Danach hatten sie sich ein paar Jahre aus den Augen verloren, waren sich dann auf einer Party wiederbegegnet, und beide waren sie ungebunden. Sie begannen sich zu treffen, doch diesmal heimlich, da seine Familie wusste, dass sie ihm damals einen Korb gegeben hatte, und wenig angetan gewesen wäre, wenn er die Beziehung zu ihr wieder aufgenommen hätte. Sie blieben zusammen, bis er mit Mitte dreißig zu dem Schluss kam, dass es, wenn er Familie und Kinder wollte, wohl langsam an der Zeit wäre. »Es folgten lange Diskussionen«, sagte er. »Aber bei der Frage heiraten oder nicht heiraten lässt sich kaum ein Kompromiss finden. Erst recht nicht in der Frage, ob man Kinder haben möchte oder nicht.« Und so trennten sie sich endgültig. Sechs Monate später lernte John seine spätere Frau kennen. Etwa fünfzehn Jahre lang, sagte er, hätten er und Dot sich noch hin und wieder geschrieben. »Der Brief, den Sie erwähnten, muss aus der Zeit stammen, als ich schon verheiratet war«, meinte er. »Es freut mich, dass sie ihn aufgehoben hat und er ihr etwas bedeutet hat, auch nachdem unsere Wege sich getrennt hatten.« Auf einmal sah Laurie in seinem Gesicht etwas von dem jungen Mann aufscheinen, den sie von den Fotos kannte. Seine Augen waren dieselben, auch sein Lächeln hatte sich kaum verändert.

»Das ist jetzt vielleicht eine etwas seltsame Frage«, sagte sie, »aber wissen Sie irgendetwas über ihre Beziehung zu Carl Kittery?«

»Der Entenmann!«, rief John und strahlte. »Sagen Sie bloß, Sie kennen Carl?«

»Nicht persönlich«, erwiderte Laurie. »Er ist schon vor geraumer Zeit gestorben. Aber im Haus meiner Tante habe ich eine wunderbare Schnitzarbeit gefunden, eine Entenattrappe aus Holz.«

»Die Brautente?«, fragte John.

Laurie setzte sich überrascht auf. »Ja, genau!«, rief sie und zeigte ihm ein Foto der Ente. »Sie haben wirklich ein ausgezeichnetes Gedächtnis.«

Er schmunzelte. »Für jemanden in meinem Alter, meinen Sie wohl.«

»Ganz generell«, sagte sie. »Mir passiert es in letzter Zeit immer häufiger, dass ich in ein Zimmer komme und überhaupt nicht mehr weiß, was ich dort wollte.«

»Sie hatte mir Fotos davon geschickt, und eines davon hatte ich gerahmt auf dem Klavier stehen, es also ziemlich oft vor Augen gehabt. Woody hab ich den Vogel genannt, nicht sonderlich originell, ich weiß.«

»Stimmt es, dass Dot ihn gemacht hat? Dass … Woody ihre eigene Arbeit war?« Laurie wartete mit angehaltenem Atem auf die Antwort. Was, wenn sie falschgelegen hatte? Sie würde sicher nicht noch mal von vorn anfangen, aber würde sie es verkraften, so kurz vor dem Ziel enttäuscht zu werden?

Doch sie sollte nicht enttäuscht werden. »Aber ja, das war ihre eigene Arbeit«, bestätigte ihr John. »Hat sie alles gelernt vom Entenmann. Sie waren ja auch lange zusammen, ich weiß nicht mehr genau … zehn Jahre oder so? Er hat ihr alles beigebracht. Mir hat sie immer mal wieder Fotos geschickt, woran sie im Laufe der Jahre gearbeitet hat. Ich wünschte, ich hätte sie noch. Manchmal arbeiteten sie auch zusammen, aber auf diesen Vogel hier war sie besonders stolz, weil das ganz allein ihr Werk war. Mich wundert, dass sie Ihnen nie davon erzählt hat.« Er betrachtete sie nachdenklich. »Aber dann hätte sie vermutlich auch von ihm erzählen müssen, vom Entenmann, und das war ja nicht so einfach. Nichts, was man mal eben so der Verwandtschaft erzählt. Aber es freut mich, dass Sie es herausgefunden haben und jetzt wissen, dass es Dotties Arbeit ist. Ich glaube, sie wäre darüber sehr froh gewesen.«

»Es war nicht ganz einfach, darauf zu kommen, weil sie ihre Arbeit mit seinem Künstlersigel signiert hat, wenn auch leicht abgewandelt.« Laurie zeigte ihm eine Aufnahme von der Unterseite der Ente.

»Stimmt«, sagte er, »davon hatte sie mir geschrieben. Ihm gefiel die Arbeit so gut, dass er sein Werkstattsigel daraufsetzte, so als sei sie seine Meisterschülerin. Den beiden war vermutlich nicht klar, dass sie Ihnen damit einmal so ein Rätsel aufgeben würden.«

»Die drei Punkte, die er sonst immer für seine Frau und seine beiden Töchter daruntersetzte, hat er weggelassen«, sagte Laurie.

»Na ja«, meinte John, »das scheint mir nur richtig. Wie ich schon sagte, sie war nicht einfach, diese ganze Beziehung. Aber dafür waren die beiden ziemlich glücklich, so mein Eindruck. Vor fünfzig Jahren war das eher die Ausnahme, dass Männer Frauen Respekt dafür zollten, etwas genauso gut oder besser als sie selbst zu beherrschen. Ich glaube, sie hat ihn auch dafür geliebt, dass er ihr Talent erkannte und sie in seiner Kunst unterwies, ohne zu fürchten, sie könne ihn eines Tages überflügeln.«

»Er war doch während der ganzen Zeit ihrer Beziehung verheiratet, oder?«, fragte Laurie nach.

»Das war er, allerdings. Aber sie kannte die Situation, er hat ihr da nichts vorgemacht. Seiner Frau ging es wohl nicht gut, er fühlte sich verantwortlich. Na ja. Aber ich glaube, Dottie kam das gar nicht ungelegen. Im Gegensatz zu mir hätte er nicht darauf gedrängt, dass sie ihn heiratete. Sie war mit ihm zusammen, aber nicht an ihn gebunden.«

»Wissen Sie, wie lange sie mit ihm zusammen war?«

Er überlegte einen Moment und schloss die Augen. »Da muss ich kurz nachdenken. Wann hat sie diese Ente gemacht, Anfang der Siebziger?«

»1972«, sagte Laurie.

»Ich glaube, irgendwann danach haben sie sich dann getrennt. Er war älter als sie, hatte Kinder, und als die ersten Enkel kamen, verschoben sich bei ihm vielleicht die Prioritäten. Ich weiß es nicht genau, aber ein paar Jahre danach war es aus mit den beiden.«

»Darf ich fragen, warum Sie und Dot irgendwann keinen Kontakt mehr hatten?«

»Ach, wissen Sie«, sagte er und schüttelte den Kopf, »dafür gab es keinen konkreten Anlass, wir haben uns nicht überworfen oder dergleichen. Es verlor sich einfach so im Sande, wie es eben oft geht. Damals begann sie mit ihren Reisen, sie war ständig unterwegs, hatte viele Freunde und Bekannte, neue Interessen. Und meine Frau und ich hatten selber so unsere Probleme, und es schien mir nicht richtig, Dottie davon zu erzählen. Das wäre weder ihr noch meiner Frau gegenüber fair gewesen. Und irgendwann schlief der Kontakt zu ihr dann ganz ein.«

Laurie nickte und schaute kurz zu Nick, senkte dann den Blick auf ihre Hände. *Es verlor sich einfach so im Sande, wie es eben oft geht.* »Aber über gemeinsame Bekannte habe ich immer mal wieder erfahren, wie es ihr ging, was sie so machte«, hörte sie John sagen. »Nachdem meine Frau gestorben ist, habe ich sie dann angerufen. Das war vor ungefähr fünf Jahren. Ich fühlte mich einsam und wusste nichts mit mir anzufangen. Also rief ich sie an und sagte ›Dot, ich bin's, John, wie ist es dir die Jahre ergangen?‹« Er lachte leise und betrachtete das Foto in seinen Händen. »Wir haben bestimmt zwei Stunden miteinander gesprochen. Übrigens auch über Sie, Laurie, über Ihre Brüder und Ihre Mutter. Über meine Kinder.«

»Da gab es bestimmt einiges zu erzählen, nach so langer Zeit«, meinte Nick.

»Das kann man so sagen.« Er beugte sich vor, um das Foto an einen Blumentopf gelehnt auf die Fensterbank zu stellen. »Ich habe sie wirklich geliebt.«

»Ich auch«, sagte Laurie leise.

»Sie war stolz auf Sie. Als wir miteinander telefoniert haben, ging es die ganze Zeit ›Oh, meine Nichte, die jetzt Journalistin ist‹ und ›Kürzlich ist wieder ein Artikel von ihr in einer Zeitschrift erschienen‹. Behalten Sie es am besten für sich, aber ich hatte den Eindruck, Sie waren ihr von allen die Liebste.«

»Sie war auch meine Lieblingstante.«

Sie blieben noch eine Weile bei John und aßen mit ihm im Speisesaal zu Mittag. Außer ihnen saßen ein Ehepaar und zwei Frauen in den Siebzigern mit an dem großen runden Tisch, und immer wieder legte jemand im Vorbeigehen die Hand auf Johns Schulter und fragte ihn, wie es ihm gehe, blieb kurz stehen, um zu plaudern oder wollte einfach bloß wissen, ob das Essen heute genießbar war. Das Essen war genießbar, wenn auch nicht weiter der Rede wert, die übliche Heim- und Kantinenkost, aber die freundschaftliche Atmosphäre unter den Bewohnern machte es mehr als wett. Laurie fühlte sich fast ein bisschen an ihre Collegezeit erinnert.

Als es Zeit wurde, sich wieder auf den Weg zu machen, begleitete John sie noch hinaus. Laurie bewunderte seinen geraden Rücken, seinen sicheren Gang. Dot hätte ihn gewiss auf ihre Liste rüstiger Neunzigjähriger gesetzt, hätte sie ihn so sehen können. »Ich bin so froh, dass Sie heute hier waren«, sagte er und griff nach Lauries Händen.

»Ich auch, John«, sagte sie und gab ihm zum Abschied ein Küsschen auf die Wange. Sie nahm sich eine der Broschüren, die in der

Lobby auslagen, und schrieb ihm ihre Telefonnummer auf die Rückseite. »Wenn Ihnen nach einem kleinen Plausch ist, rufen Sie mich einfach an, versprochen?«

John nickte und gab dann Nick die Hand. »Danke, dass Sie uns heute zusammengebracht haben.«

Nick lächelte. »Wenn Sie mir die Bemerkung gestatten, aber ich glaube, Sie würden sich auch prächtig mit meiner Großmutter verstehen. Ich kann Sie bei Gelegenheit gern mit ihr bekannt machen.«

»Was für eine schöne Idee«, fand Laurie. Es war Nick schon immer ein Bedürfnis gewesen, Verbindungen zu schaffen, Beziehungen herzustellen. Menschen miteinander bekannt zu machen, für jemanden das passende Buch zu finden, eine Frau mit ihrer Familie zu versöhnen.

»Das würde mich freuen«, sagte John. »Wir bleiben in Verbindung.« Laurie merkte, dass er nicht ernsthaft davon ausging, noch mal von ihm zu hören, und sie konnte es ihm nicht verdenken. Natürlich musste er annehmen, es sei nichts weiter als Höflichkeit, so wie man nach jedem Klassentreffen auch sagte *Lasst uns bald mal was zusammen machen*, woraus dann nie etwas wurde, aber er kannte Nick eben nicht. Laurie hingegen kannte ihn, und sie wusste, dass er in spätestens ein paar Wochen mit Ginger bei John aufkreuzen würde.

Auf dem Rückweg ließen sie sich Zeit, um noch einmal ganz in Ruhe alles durchzugehen, was John ihnen erzählt hatte. Dass Dot etwas so Schönes geschaffen hatte, etwas, auf das sie und der Mann, den sie liebte, stolz waren, von dem sie aber dennoch glaubte, nicht darüber reden zu können. Aber vielleicht hatte sie es auch gar nicht gewollt. Vielleicht hatte sie das für sich behalten wollen, vielleicht hatte es ihr genügt, dieses Geheimnis zu haben, auf das eines Tages, wenn sie schon nicht mehr da wäre, jemand stoßen würde, jemand, der sich fragte, was es damit wohl auf sich hatte. Man behält etwas fünfzig Jahre nicht einfach für sich, fand Nick, weder eine Ente noch ein Geheimnis. Er nahm sogar an, Dot habe es für sie bewahrt, als habe sie gewusst, dass Laurie es wäre, die eines Tages ihre Sachen durchginge und darauf stoßen würde. Und die nicht lockerließe, bis sie es herausgefunden hatte. Eine gewagte Theorie, fand Laurie, aber letztlich doch eine Version der Geschichte, mit der sie sich anfreunden konnte. Im Grunde machte es auch nichts, ob Dot tatsächlich diesen Glauben in sie gesetzt hatte. Es reichte schon, dass sie es sich bei ihr vorstellen konnte.

Bis sie wieder in Calcasset waren und Nick vor Dots Haus hielt, hatte sich der Himmel zugezogen. Es war grau und diesig, ein leichter Nieselregen hatte eingesetzt. »Möchtest du noch mit reinkommen?«, fragte Laurie. »Ich könnte uns einen Tee machen oder etwas anderes.«

Er sah sie an. »Ich weiß, dass du nur noch ein paar Tage hier bist.«

»Ja.«

»Das wollte ich nur vorher gesagt haben, nicht dass du denkst, ich würde dir nicht zuhören.«

Sie nickte. »Gut, dann lass uns reingehen.«

Tee gab es dann keinen. Einander umschlungen taumelten sie durch die Küche und die Treppe hinauf, sie zog ihn hinter sich her ins Schlafzimmer und fiel schon halb ausgezogen mit ihm aufs Bett. Sie lachten und liebten sich, und sie versuchte sich genau einzuprägen, wie es sich anfühlte, ihn auf sich zu spüren oder mit den Haaren seine Wange zu streifen, wenn sie sich über ihn beugte. Neben ihm zu liegen, das Gesicht an seinem Hals vergraben und die Augen geschlossen, während sie einander berührten. Wie wollte sie sich das bewahren? Sie hatte gewusst, worauf sie sich einließ, dass es bald wieder vorbei wäre. Und auch wenn sie nicht die erste Frau war und nicht die letzte sein würde, die sich um eine große Liebe gebracht sah, wünschte sie doch, etwas daraus schaffen zu können, das sich bewahren ließe, ein kleines Kunstwerk, das über die Jahre verborgen und geborgen auf dem Boden einer Truhe schlummern würde und von dem nur sie wusste.

30

Sie schliefen im nassgrauen Licht des Nachmittags ein. Als sie wieder aufwachten, war es Abend und goss in Strömen. »Ich sollte nach Hause fahren«, sagte Nick. »Ich weiß, dass du noch einiges zu erledigen hast.« Er schwang sich aus dem Bett und begann sich anzuziehen.

»Ist das okay für dich?«, fragte sie.

»Ja.« Er drehte sich lächelnd um. »Ist es. Ich meine … Du wirst mir fehlen. Aber ich komme schon klar.« Er nahm seine Armbanduhr vom Nachttisch und streifte sie sich übers Handgelenk, dann fiel sein Blick wieder auf sie, wie sie nur im T-Shirt, das sie vor dem Einschlafen übergezogen hatte, auf dem Bett lag, und er hob anzüglich eine Braue. »Genau so werde ich mich an dich erinnern. Immer, in meinen Träumen. Wenn ich mich dann mal mit anderen Neunzigjährigen über das Essen im Altenheim beschwere, brauche ich bloß daran zu denken, wie du halb nackt im Bett lagst, während draußen der Regen prasselte, und ich werde der glücklichste Mensch auf Erden sein.«

Sie runzelte die Stirn. »Ich nehme es einfach mal als Kompliment. Und es freut mich natürlich, dass du hoffst, in dem Alter noch solche Fantasien zu haben. Darum kann man dich nur beneiden.«

»Warum sollte ich die nicht haben?«, erwiderte er.

Sie stand auf, zog sich eine Jogginghose an und begleitete ihn nach unten. In der Küche zog er sie an sich. Sie schlang die Arme um ihn und schmiegte die Wange an seine Schulter. »Willst du einen Schirm?«, murmelte sie an seinem Hals.

»Geht schon, ich fahre gleich nach Hause.«

»Rufst du mich morgen an?«, fragte sie, obwohl es genau genommen keine Frage war.

»Natürlich«, sagte er. »Bevor du abreist, will ich dich auf jeden Fall noch mal sehen.«

Sie lösten sich voneinander. Er streifte im Hinausgehen ihre Hüfte, drehte sich noch einmal lächelnd nach ihr um, und als sie die Tür hinter ihm geschlossen hatte, stand Laurie ganz still und lauschte dem Regen, dem Ticken der Küchenuhr. Sie schloss die Augen und legte die Hand auf die Anrichte, hielt sich einen Moment fest, um der Schwerkraft zu widerstehen, die sie zur Tür zog, ihm hinterher, um ihn am Weggehen zu hindern.

Aber sie ging ihm nicht hinterher, sie blieb, wo sie war. Hörte seinen Wagen anspringen, ihn wegfahren und wartete, bis wieder Stille einkehrte. Dann ging sie hinüber ins Wohnzimmer und legte sich auf Dots Couch. Das Gefühl war ihr schrecklich vertraut, dieses *Ich will das nicht.* Exakt so hatte es sich angefühlt, als sie diese Liste mit Hochzeitsgeschenken zusammenstellte, als Angus davon sprach, was für eine gute Mutter sie einmal sein würde, und als Nick davon anfing, dass sie in Dots Haus ziehen und doch hier leben könne. Sie musste an Nicks Worte denken – »eigentlich willst du überhaupt nichts« – oder wie June ihr auf den Kopf zugesagt hatte, wie anstrengend sie es finde, ihr zuzuhören, dass sie alles nur als negativen Raum definiere. *Ich will nicht, es geht nicht, ich kann nicht.*

Jetzt jedoch war es anders, sozusagen die Negation der Negation. *Ich will nicht, dass er weggeht. Ich will das mit uns nicht verlieren. Ich will mich nicht von ihm trennen müssen. Ich will ihn nicht vermissen. Ich will nicht den Fehler machen, Nein zu ihm zu sagen. Nein zu mir selbst zu sagen.*

»Oh verdammt«, sagte sie, sprang auf, zog sich die Schuhe an und nahm die Autoschlüssel vom Haken an der Tür.

Er war ihr nur ein paar Minuten voraus. Als sie vor seinem Haus hielt, stand er noch auf der Veranda und holte gerade die Post aus dem Briefkasten. Als sie die Autotür zuschlug, schaute er auf, leicht verwundert. »Hi«, sagte sie.

Dann lächelte er. Sie hatte sein Lächeln schon immer geliebt. Schon damals, als sie zehn waren, fünfzehn, zwanzig, und es war auch jetzt noch ein Lächeln, bei dem ihr das Herz aufging. »Mir wurde kürzlich gesagt, dass *Hi* kein gelungener Gesprächseinstieg sei«, meinte er. »Es sei so unspezifisch.«

Sie ging die Einfahrt hoch. Sein Haus gefiel ihr, und sie war sich ziemlich sicher, dass in seinem Bad noch ihre Zahnbürste lag. »Nachdem du gerade gegangen warst, hatte ich kein gutes Gefühl«, sagte sie. »Und ich wollte sowieso noch mit dir reden.« Er schwieg – sie konnte es ihm nicht verdenken. »Ich möchte das so nicht«, sagte sie. »Ich möchte nicht, dass es so auseinandergeht, dass wir einfach …« Sie machte eine Geste wie Löwenzahnsamen, die sich in alle Winde zerstreuten.

»Okay«, sagte er. »Was möchtest du?«

Da war es wieder. Doch wie sie jetzt hier im Regen stand und sich erneut mit dieser Frage konfrontiert sah, fiel ihr die Antwort auf einmal überraschend leicht. »Ich möchte mit dir zusammen sein. Also, idealerweise«, setzte sie nach. Sie sagte nicht »mit *dir* zusammen sein« wie in einem Liebeslied oder wie ein schmachtender Teenie, sondern sie legte die Betonung auf »zusammen sein«, wie einen festen Entschluss.

Nick stand reglos da. »Das möchtest du«, wiederholte er. »Idealerweise.« Er ließ es weniger nach klarer Ansage klingen als nach etwas, das so überraschend kam, dass er es erst mal verdauen musste. Er sah sich um, strich sich die regenfeuchte Supermanlocke aus der Stirn. »Willst du nicht raufkommen?«, sagte er dann. »Hier ist es trocken.«

Sie nickte, ging die Stufen zur Veranda hinauf und blieb neben ihm stehen. Nur das vom Vordach rauschende Wasser war zu hören, sonst war es still. Laurie fasste sich ein Herz. »Was, wenn ich nicht heiraten möchte, wenn ich dir sagte, dass ich gern allein lebe und mir nicht vorstellen kann, eine Beziehung zu führen, wie meine Eltern oder deine Eltern oder June sie führen, aber dass ich trotzdem mit dir zusammen sein und das mit uns nicht aufgeben möchte?«

Seine Stirn hatte sich mit jedem Wort in tiefere Falten gelegt. »Du möchtest, dass wir zwischen Seattle und Maine hin- und herpendeln? Wie realistisch ist das?«

»Überhaupt nicht realistisch«, erwiderte sie. »Deshalb habe ich idealerweise gesagt. Ich möchte auch nicht, dass es ewig so bleibt, versprochen. Ich will nicht bis ans Ende meines Lebens eine Fernbeziehung führen. Und ich möchte dir auch keine netten Briefe schreiben, wenn du mit einer anderen verheiratet bist.«

»Aber es ändert nichts daran, dass du dort bist und ich hier«, sagte er. »Was sollen wir mit dieser Situation anfangen, wie stellst du dir das vor?«

Sie atmete tief durch. »Kannst du dir wirklich nicht vorstellen, von hier wegzuziehen?«

»Du meinst nach Seattle? Ich war noch nie dort.«

»Ich meine ja auch nicht jetzt sofort, und ich verlange dir auch keine Zusagen für später ab. Ich dachte nur … Du könntest mich in Seattle besuchen und ich dich hier, dann könnten wir ja sehen, wie es so ist, wir könnten einander noch einmal neu kennenlernen. Wir bräuchten uns jetzt noch nicht zu trennen. Wäre das eine Möglichkeit?«

»Du willst nicht zurückkommen, sondern möchtest, dass ich wegziehe.« Er hätte es vorwurfsvoll sagen können oder verärgert, doch er sagte es ganz nüchtern und sachlich.

»Mir ist bewusst, dass ich, geografisch betrachtet, mehr von dir verlange, als mir auf halber Strecke entgegenzukommen – denn die Mitte wäre Minnesota, das hatten wir ja geklärt, und ich möchte nicht in Minnesota leben, es ist einfach zu kalt dort.«

»Das sehe ich auch so.«

»Keine der Möglichkeiten, die mir eingefallen sind, ist wirklich leicht«, fuhr sie fort. »Wir sind schon zu alt, um noch mal ganz von vorn anzufangen. Es ist sozusagen Beziehung für Fortgeschrittene. Wahrscheinlich liebe ich dich wirklich, aber ich werde, nur um mit dir zusammen zu sein, nicht alles aufgeben, was ich mir aufgebaut habe. Und ich denke, das solltest du auch nicht. Ehrlicher kann ich's kaum noch sagen.«

»Also, was sollen wir tun?« Er ging nicht auf den ersten Teil des Satzes ein, dass sie ihn liebe, wahrscheinlich, und sie war ihm dankbar dafür.

»Ich weiß es selbst nicht genau«, sagte sie. »Denn mein Gefühl sagt mir, dass dein Wunsch hierzubleiben mindestens so stark ist wie meiner, es nicht zu tun. Und das ist auch völlig in Ordnung. Wir sind dann eben ein bisschen wie John und Dot und gehen getrennte Wege, wenn es sich nicht anders einrichten lässt, unsere Vorstellungen nicht vereinbar sind. Aber wenn dem so ist, sollten wir am besten gleich einen Schlussstrich ziehen. Du wirst mir furchtbar fehlen, und ich werde todunglücklich sein – und du ja vielleicht auch, das weiß ich nicht. Aber ich versichere dir, dass ich vollstes Verständnis dafür hätte, dich immer lieben und froh sein werde, dass wir diesen Sommer hatten, wenn mehr eben nicht geht. Das ändert allerdings nichts daran, dass ich, auch wenn ich nicht heiraten will und immer viel Zeit und Raum für mich brauchen werde und mir nicht mehr vorstellen kann, hier zu leben, mir nichts sehnlicher wünsche, als mit dir zusammen zu sein. Ich wünschte mir, wir könnten das irgendwie aushandeln, einen Weg finden, um …«

»Ich dachte, du lebst lieber allein«, unterbrach er sie.

»Ich bin gern allein«, erwiderte sie. »Aber noch lieber wäre ich mit dir zusammen, nur eben …« Sie schaute hinaus in den Regen und sah einen Vogel unerschrocken durchs graue Nass schießen. »Ich wäre gern wie ein Vogel, der immer mal wieder allein seine Kreise zieht, aber stets in der Gewissheit, dass seine Artgenossen nicht weit sind und er sich ihnen jederzeit wieder anschließen kann. Vielleicht finden wir etwas, das für uns funktioniert, auch wenn es etwas unkonventionell ist. Wir könnten die zwei Hälften eines Doppelhauses bewohnen, oder du wohnst unten und ich oben. Ich könnte mich daran gewöhnen, im selben Bett zu schlafen, denn eigentlich mag ich es, wenn du neben mir liegst und wir zusammen einschlafen. Oder ich finde mich damit ab, um zwei Uhr morgens aufzuwachen, und vielleicht lag es auch gar nicht an dir, sondern an diesem Haus oder dem Rauschen des Meeres oder an etwas ganz anderem. Ich weiß selbst nicht genau, was mir vorschwebt. Wir müssen auch nicht zu mir ziehen, in mein Haus. Und es muss auch nicht unbedingt Seattle sein. Aber hierher zurückziehen, in die Stadt, in der ich aufgewachsen bin, ins Haus meiner Großtante, das kann ich mir beim besten Willen nicht vorstellen, auch wenn es auf den ersten Blick die einfachste Lösung sein mag. Und ich dachte gerade, vielleicht kannst du dir ja auch vorstellen, irgendwo anders Bürger des Jahres zu werden.«

Ein Lächeln spielte um seine Mundwinkel. »Es ist sehr romantisch, wie du mir hier im Regen dieses Angebot machst. Gut, wir stehen unter dem Dach der Veranda, aber ich glaube, das zählt trotzdem.«

»Ich hätte auf den perfekten Sonnenuntergang warten sollen«, sagte sie. »Aber so viel Zeit habe ich nicht mehr. Es hat mir schon ziemlich auf der Seele gebrannt.«

Er wandte den Blick zum Garten und schien sich nicht daran zu stören, dass Wasser in Strömen aus der Dachrinne floss. »Ich weiß nicht«, meinte er. »Ich weiß nicht, ob ich woanders leben könnte, Laurie. Ich bin so verrückt nach dir, dass ich auf der Stelle Ja sagen will, aber ich würde uns beiden etwas vormachen, wenn ich behauptete, dass es leicht würde oder auch nur realistisch wäre.«

Sie trat näher. »Ich möchte dir nicht das Gefühl geben, du müsstest dein Leben nach meinem ausrichten, nur weil ich meines nicht nach deinem ausrichten kann. Es kann auch sein, dass es einfach nicht geht, ich weiß es nicht.«

Er sah sie wieder an und kniff leicht die Augen zusammen. »Du willst also nicht heiraten«, hielt er fest, »aber es soll auch nicht unverbindlich sein. Verstehe ich das richtig?«

»Ja. Nicht heiraten und auch nicht zusammenleben oder zumindest nicht das, was man für gewöhnlich darunter versteht. Ich brauche einfach meine eigenen Küchenschränke.«

»Aber nicht nur Gelegenheitssex.«

»Nein.«

»Schon etwas Festes.«

»Ja, Nick«, sagte sie und griff nach seiner Hand. »Ich bin niemand, der geteilten Kleiderschränken etwas abgewinnen kann, aber einer Partnerschaft sehr wohl. Und du warst mir die letzten Wochen ein so toller Partner, und ich habe mich wirklich gut gefühlt mit dir. Wenn ich mir wünsche, dass es funktioniert, dann meine ich uns beide, wir als Paar. Für immer. Ich möchte Schildkrötenschmuggler jagen und dass du da bist, wenn ich zurückkomme. Und ich möchte da sein für dich, was immer du noch vorhast im Leben.«

»So stellst du dir das vor«, sagte er mit einem leichten Lächeln, und erst dachte sie, er mache sich über sie lustig. Doch dann sah er sie an. »Ich verstehe.« Er fuhr sich mit der Hand durchs nasse Haar. »So einfach ist es nicht. Ich wüsste nicht, wie ich das nach nur wenigen Wochen entscheiden sollte, und lass sie noch so schön gewesen sein. Andererseits habe ich mit zunehmendem Alter das Bedürfnis, das Glück nicht mehr leichtfertig ziehen zu lassen, wenn es sich mir noch mal zeigt.«

»Ich weiß genau, was du meinst.« Sie drückte seine Hand, dann schauten sie beide hinaus in den Regen. »Es beunruhigt mich selbst, dass ich es mir so sehr wünsche. Es fühlt sich so unwirklich an. Ich meine, das ist es ja auch. Also nicht jetzt, die letzten paar Wochen, aber das, was mir vorschwebt, das haben wir ja noch nicht …«

»Getestet«, schloss er. »Es ist noch unerprobt.«

Sie nickte. »Ja«, sagte sie. Während sie darauf wartete, dass dem noch etwas folgte, schien der Regen immer lauter zu werden, alles andere dafür gespenstisch still.

»Dann sollten wir es auf einen Versuch ankommen lassen«, sagte er.

Sie wandte sich ihm zu, und er sah sie an, und plötzlich war 1998 und letzten Monat, es war 1985 und dann sie auf Dots Schoß und daheim bei ihren Eltern, sie war bei Ginger und allein auf ihrem Zimmer und im Bett mit Nick, und alles fügte sich zusammen. »Es könnte natürlich auch sein, dass es nicht funktioniert«, gab sie zu bedenken. »Ausschließen kann man es nicht.«

»Ich glaube, das bekommen wir schon hin«, sagte er.

»Ich hoffe es.« Sie lächelte.

»Ich denke schon«, sagte er.

Sie zog ihn an sich. »Ich glaube auch.«

Epilog

Wer findet Flughäfen eigentlich nicht furchtbar? Laute, überfüllte Orte, an denen Leute einem mit ihren Rollkoffern in die Hacken fahren, weil sie mal wieder zu spät zu Hause los sind und jetzt Angst haben, ihren Flieger zu verpassen. Wenn man wartet, gibt es nicht wirklich etwas zu tun. Alles ist überteuert und überfrachtet, alle sind in Eile, gehetzt und gestresst. Aber heute konnte Laurie sich keinen schöneren Ort vorstellen, und sie wusste nicht, wann sie zuletzt irgendwo so glücklich gewesen war. Als sie Nick das letzte Mal abgeholt hatte, war sie ihm so stürmisch um den Hals gefallen, dass er fast hintenüber gekippt wäre. Er hatte seine Tasche fallen lassen und so laut gelacht, dass es durch die graue Weite der Gepäckausgabe hallte. Sie erwog, es heute wieder zu tun.

Die Schiebetüren öffneten und schlossen sich mit den ankommenden Flügen, den aus dem Bauch der Maschinen in Gänge und in Fahrstühle strömenden Passagieren, gehetzten Reisenden, die ungeduldig auf ihr Gepäck warteten und schnellstmöglich wieder wegwollten, denn wer fand Flughäfen nicht furchtbar? Laurie hingegen wippte in freudiger Erregung auf den Zehen und ließ die Autoschlüssel in ihrer Hand klimpern. Er hatte ihr vorhin eine Nachricht geschrieben, als er gelandet war, dann noch eine, als er ausgestiegen war, und eben schrieb er, dass er jetzt auf dem Weg sei. Und dann glitten auch schon die Türen auf, und da war er. Nick, ihr Nick, das Bordgepäck in der Hand. Er grinste, als er sie sah, und als er dann bei ihr war und sie küsste, schmolz sie förmlich dahin. »Hallo«, sagte er und lehnte sich ein wenig zurück, damit er sie ansehen konnte.

»Hallo«, flüsterte sie zurück. »Wie war dein Flug?«

»Lang«, sagte er. »Wie war die Wartezeit?«

Sie lachte. »Nicht so lang wie dein Flug.«

Sie warteten an der Gepäckausgabe, bis sein dunkelgrüner Koffer um die Ecke kam. Nick nahm ihn vom Band, und sie griff nach seinem Handgepäck. »Danke«, sagte er, »aber das brauchst du nicht.«

»Hey«, sagte sie, »ich mache heute den Abholservice mit allen Extras. Hier müssen wir lang.« Sie zeigte den Gang zum Parkhaus hinunter.

Auf der Heimfahrt berichtete er von Gingers Schulter-OP, die gut verlaufen war, und von dem Magen-Darm-Virus, der Junes Kinder beide zur gleichen Zeit erwischt hatte, was weniger erfreulich gewesen war. In der Bücherei waren gerade wieder größere Umbauarbeiten im Gange, und die Claws hatten die Saison als Tabellenerste beendet, was Grund zu großem Jubel gegeben hatte. »Und was macht die Entenstory?«, erkundigte er sich.

Laurie hatte die Geschichte von Dot und der Brautente einer der Zeitschriften angeboten, für die sie öfter schrieb. Jetzt standen ihr drei Seiten zur Verfügung, um von der Ente zu erzählen und dem Betrugsversuch, vor allem aber davon, was es für sie bedeutete, von dem zu Lebzeiten nicht gewürdigten künstlerischen Talent ihrer Großtante zu erfahren. Nick fand, sie solle ein Buch daraus machen. Sie erwiderte, dass sie es ganz langsam angehen lassen wollte, Seite für Seite, den Rest würde man dann sehen.

»Meinst du, du erträgst es, mich eine ganze Woche bei dir zu haben?«, fragte er, während sie über den Highway fuhren. »Nicht zu viel Nähe und Zusammensein? Ich kann mir auch ein Zimmer außerhalb nehmen.«

»Machst du Witze? Es sind gerade mal acht Tage. Ich werde dich mit allen Poren in mich aufsaugen«, erwiderte sie. »Ich werde dich einatmen, als wärst du ein Inhalator. Am Ende wird es dir bestimmt noch unheimlich, wie sehr ich mich an dich klette, immerhin muss es wieder einen Monat vorhalten. Betrachte es einfach als Anzahlung.«

»Aber du wirst wieder mitten in der Nacht wach werden«, wandte er ein.

»Ich habe ein Gästezimmer.«

»Und wenn ich dir zu viel werde?«, fragte er.

»Dann gehe ich spazieren. Du kannst dich bestimmt mal ein paar Stunden allein beschäftigen.«

»Es dürfte dich kaum überraschen, dass ich ein paar Bücher im Gepäck habe.«

Sie lachte. »Seit Erin dich bei deinem letzten Besuch kennengelernt hat, schwärmt sie vor unseren Freunden in den höchsten Tönen von dir. Sie nennt dich den Bibliothekar. Die anderen sind ein bisschen neidisch, dass sie noch nicht das Vergnügen hatten.«

»Sehr schmeichelhaft«, fand er.

»Sie werden dich sicher nach dem Dewey-Dezimalsystem fragen«, warnte sie ihn vor.

»Kein Problem. Ich könnte eine ganze Stunde über die Vorzüge und Nachteile der Dewey-Klassifikation im Vergleich zu BISAC reden.«

»Das sagt mir überhaupt nichts.«

»Deshalb brauche ich auch eine Stunde.«

Eine Stunde konnte er haben. Sie würde ihn eine ganze Woche haben, und sie hatte ihre Arbeit und eine wunderschöne Holzente auf dem Kaminsims, denn es war nun ihre Ente, ganz offiziell, alle waren sich einig gewesen, dass sie die Ente bekommen sollte. Sie hatte ein Bett, das sie mit Nick teilen konnte oder auch nicht, eine Küche, in der er Kaffee machen konnte oder auch nicht, eine Tür, die sie einfach hinter sich zumachen konnte, sich aber dennoch jedes Mal darauf freute, sie wieder öffnen zu können, und dabei fiel ihr ein, die Tür am Kleiderschrank klemmte, da würde sie jemanden kommen lassen müssen, der sich das mal ansah. Sie hatte Freunde an der Ost- und an der Westküste und eine wunderbare, wenn auch manchmal etwas anstrengende Familie, die sich über den Rest des Landes verteilte. Sie hatte eine Schaumstoffhand, die wie ein riesiger

Flutschfinger aussah, nur dass WIR SIND NR. 1 draufstand, um das Baseballteam ihrer alten Heimat zu feiern, und im Handschuhfach hatte sie einen broschierten Naturführer liegen, der ihr unerlässlicher Begleiter war, um systematisch Natur und Tierwelt ihrer Wahlheimat zu erkunden. Und wer wusste schon, wo sie in ein paar Jahren sein würde, vielleicht könnte sie sich sogar noch mit einem dritten Ort anfreunden, um dort ihr weiteres Leben zu verbringen, zusammen mit Nick.

Vielleicht nähme sie ihn in ein paar Tagen mit, wenn sie loszog, um nach Schwarzbären und Weißkopfseeadlern Ausschau zu halten. Oder sie ließ ihn in Ruhe lesen und stundenlang kein Wort mit niemandem wechseln, während sie mit dem Fernglas die blaugrünen Weiten absuchte und ihre Profikamera auf jedes bewegliche Ziel richtete. Oder sie probierte ihre neue Sofortbildkamera aus, dann könnte sie ihm, wenn sie zurückkam, gleich zeigen, was ihr an diesem Tag am besten gefallen hatte. Und er würde das Foto in der Hand halten, es ganz in Ruhe betrachten, vielleicht würde er es auch mit nach Hause nehmen und immer dann ansehen, wenn er sie vermisste. Vielleicht bewahrte er es in einer Schublade auf, vergaß es dort irgendwann, und eines Tages würden sie es wiederfinden, bei ihren Sachen, bei seinen Sachen, an einem Ort, den sie sich dann geschaffen hätten.

DANKSAGUNG

Meine Agentin Sarah Burnes setzt sich furchtlos für mich ein und hat ein fast intuitives Gespür für mein Schreiben. Meine Lektorin Sara Weiss hat mich durch den komplexen und teils besorgniserregenden Blues des zweiten Buches gelotst. Beide sind mir unverzichtbare Partnerinnen, um die Geschichten aus dem Kopf aufs Papier zu bekommen.

Mein lieber Freund Jesse Thorn hat ein Faible für alten Kram und Trödelsendungen, weshalb ich ihm erzählte, dass ich eine Geschichte über einen alten Gegenstand schreibe, aber noch nicht wüsste, was genau dieser Gegenstand sein sollte. Ich erzählte ihm, was mir vorschwebte, worauf er den alles entscheidenden Vorschlag machte: »Entenattrappe.« Ohne ein solches Gespräch hätte es kein Buch gegeben, fürchte ich. Oder doch zumindest nicht dieses. (Außerdem schlug er noch geschnitzte Wappenadler vor, und Wappenadler klingt irgendwie auch nach einem guten Buch.)

Mein guter Freund Erik Adams entwickelte 2019 bei einer Lesung von *Weil alles jetzt beginnt* live auf der Bühne mit mir den Plot von *Halls of Power.*

Meine Schwester Susan ist in allem mein großes Vorbild, hat aber auch ein Herz aus Gold und ein Leben, das sich in viele Kapitel unterteilt. Ich bin so froh, dass wir einander haben.

Einer der meist unterschätzten Vorteile, ein zweites Buch zu veröffentlichen, dürfte wohl der sein, dass man darin all den Leuten danken kann, denen man beim ersten Buch vergaß zu danken oder nicht mehr dazu kam oder nicht einmal ahnte, wie viel man ihnen zu verdanken hatte. Umso mehr freut es mich, an dieser Stelle der famosen Emily Isayeff danken zu können, die all das in sich vereint, was man von einer Pressereferentin, Moderatorin, Freundin und Förderin nur erwarten kann. Wegen Emily verstehe ich jetzt, warum Stars in ihren Dankesreden ihren Pressereferent:innen danken.

Ich kann mich sehr glücklich schätzen, bei Ballantine mit einem so fantastischen Team zusammenzuarbeiten: Kara Welsh, Jennifer Hershey, Kim Hovey, Debbie Aroff, Sophie Vershbow und allen, die Korrektur gelesen haben, die Bücher herstellen und verkaufen. Besser hätte ich es mir wirklich nicht wünschen können. Ich danke auch allen Verlagen weltweit, in denen meine Bücher erschienen sind oder erscheinen werden, und insbesondere den Übersetzer:innen, die oft viel zu selten genannt werden: Ich stehe tief in ihrer Schuld.

Ich hätte die schlimmste Phase der Pandemie und meine Arbeit an diesem Buch kaum überstanden ohne Freundschaften, die sich in dieser Zeit noch vertieft haben, darunter die zu Molly Backes (und Alfie) und Kat Kinsman. Und ebenso dankbar bin ich für alles, was ich besonders in der Anfangsphase mit großer Begeisterung gelesen, gesehen und gehört habe: *Get Your Pets, Staying in with Emily and Kumail, The Big Lasagna.*

Allen bei NPR, die mich immer wieder zum Reden gebracht haben, vor allem meinem Podcast-Team: Danke.

In vielerlei Hinsicht ist dies auch ein Buch darüber, wie wir füreinander sorgen und füreinander da sein können. Deshalb möchte ich auch meinen Freunden danken – Alan, Glen, Alex, Mike, Marc, Margaret, Gene, Barrie, Audie, Julia – ihr wisst gar nicht, wie sehr ich das alles zu schätzen weiß. Und Stephen und Katie, die mir mein zweites Zuhause sind, auch wenn ich gerade nicht da bin – ganz herzlichen Dank euch beiden.

Und nicht zuletzt danke ich meinen Eltern, meinen Großeltern, meinen Tanten und Onkeln, meinen Cousins und Cousinen, Nichten und Neffen … Ich bin so froh, dass wir immer so zahlreich auf unser aller Fotos vertreten sind.

Liebe passiert, wenn man am wenigsten damit rechnet

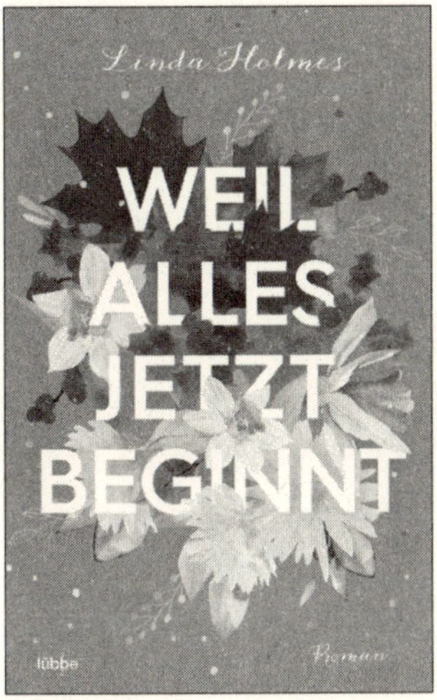

Linda Holmes
WEIL ALLES JETZT BEGINNT
Roman
Aus dem amerikanischen Englisch von Alexandra Kranefeld
368 Seiten
ISBN 978-3-7857-2710-2

Evvie sitzt schon im heimlich gepackten Auto, um ihren Mann zu verlassen, da erfährt sie, dass er tödlich verunglückt ist. Doch wie sagt man der trauernden Familie, den mitfühlenden Freunden, dass dieser Mann nicht der perfekte Ehemann, Arzt, Freund war? Dann zieht Dean bei Evvie ein, ein New Yorker Baseballstar auf der Flucht vor der Presse. Erste Regel der WG: Ihre Ehe und seine Karriere sind tabu. Bis sie merken, dass der jeweils andere genau der ist, den sie jetzt für einen Neuanfang brauchen …

Lübbe